아나하라트

공주와 구세주

4

아나하라트 4

공주와 구세주

김영지 장편 소설

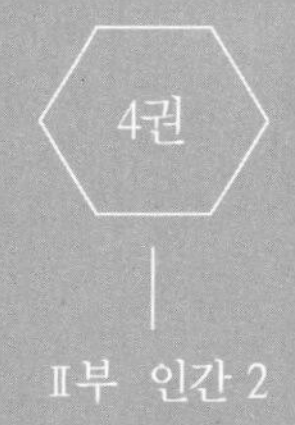
4권
Ⅱ부 인간 2

6
호문클루스

내 친애하는 과학자는 그것을 호문클루스라고 불렀다.

인위적으로 조작되어 본연의 가치를 상실한 모든 생명을 시로니는 비통을 담아 그렇게 일컬었다.

포박당한 유령은 눈가리개를 한 채 의자에 묶였다. 우리가 간신히 붙잡은 유령은 다시 봐도 어린 소년이었다. 그는 상처투성이였다. 기절하기 전까지 디브리에게 사정없이 얻어맞은 탓이다. 상처투성이일 뿐 아니라 무기력하게 늘어져 있기도 한데, 이건 시로니가 꽂은 주삿바늘 때문이다. 그것은 자백제라고 했다. 마약의 일종으로 투약하면 어떤 기밀도 불게 된다고 한다.

"그런 표정 짓지 말아요. 고문보다는 이 편이 훨씬 낫잖아요."

시로니의 말에 나는 애써 초연한 척했지만, 그런들 저 광경이 끔찍하기는 마찬가지였다. 어두운 방, 눈부신 조명은 유령만 비추고 있었다. 우리는 어둠에 숨어 유령을 관찰했다. 그는 노곤하게 늘어져 혼잣말을 중얼대고 있었다. 약이 충분히 돈 것을 확인하고 시로니가 유령에게 물었다.

"좋아, 네 이름은?"

"적색, 칠, 다시…… 사십, 팔……."

"아니, 식별 번호 말고. 네 이름말이야, 이름!"

유령이 앞으로 기우뚱 쓰러졌다. 몸을 숙인 채 그는 몇 번 더 중얼거렸다. 그 속엔 그의 이름도 섞여 있었다.

"노바……."

"좋아, 노바 소년. 소년은 이요브의 권속인가? 말이 힘들면 고개를 끄덕여도 괜찮아."

노바는 흐느적대며 끄덕였다. 그가 고분고분 대답하자 시로니는 다시 물었다.

"북쪽 도시에선 뭘 하고 있었지?"

"도시 전복을…… 위한, 임무……."

"도시 전복? 이요브의 명령인가?"

노바의 호흡이 희미해지자 디브리가 그의 상체를 일으켜 등받이에 붙였다. 그 상태로 시로니는 재차 질문했고 노바는 이번에도 고개를 끄덕였다.

"이유는? 제길, 너 같은 말단이야 당연히 모르겠지."

노바가 고개를 가로젓는 걸 보며 시로니는 신경질을 냈다. 그러곤 질문을 바꿨다.

“그럼 과학자와 공주를 노린 이유는 뭐지? 그것도 이요브의 명령인가?”

이번에도 노바는 고개를 가로저었다. 시로니는 설명을 요구했고 그는 숨을 몰아쉬며 힘겹게 대답했다.

“임무…… 중 자의적 판단……. 도시의 중추, 자이트…… 고립…… 과학자와 공주…… 제거…….”

뜻밖의 정보에 나는 흠칫 놀랐다. 갑자기 자이트 얘기가 왜 나오지? 시로니도 심각해져서 노바를 채근했다. 잠시 후 그가 실토한 내용은 우리가 상상도 못 하던 것들이었다.

이요브의 권속인 노바는 아크제리유트의 집권기부터 북쪽에 상주하던 중앙의 스파이였다. 당시 그의 임무는 북쪽의 동태를 살피는 게 다였다. 그런데 몇 달 전 새로운 임무가 하달되었다. 새 도시의 정권을 변질시키라는 명령이었다. 임무를 받은 건 노바만이 아니었다. 북쪽에는 세 자릿수에 달하는 이요브의 권속이 숨어 있었고 그들은 모두 동일한 임무에 투입되었다. 그들은 각기 다른 영역에서 공작을 펼쳤다. 소문을 흘리며 분란을 조장하고, 도시의 수뇌부를 노렸다. 그때 특별히 선택받은 것이 자이트였다.

“그럼 자이트가 그렇게 된 건…….”

나는 자이트의 낯선 모습을 떠올리며 신음했다. 그러나 시로니는 고개를 저었다.

"조작된 바가 아주 없진 않겠지만 그걸 다 유령 탓이라고 할 순 없어요. 유령의 세뇌 수준이 어느 정도인 줄 알잖아요. 자이 씨의 행동은 본인 선택이라고 보는 편이 맞아요. 이들이 어떤 방법으로 등을 떠밀었는지는 모르겠지만."

시로니는 입술을 잘근 씹었다. 겉보기에는 온화하지만 역량이 뛰어나고 저돌적인 자이트는 이들에게 최적의 표적이었다. 아니나 다를까 자이트는 순식간에 돌변하여 도시를 장악했다. 그리고 정점에서 홀로 무너져 갔다. 북쪽의 변질은 순조로웠다. 하지만 위협적인 변수가 있었다. 그것은 자이트의 마음을 돌릴 수 있는 사람, 나와 시로니였다. 아, 시하의 결혼식 전날 유령이 나타난 것도 그 때문이었다. 내가 자이트를 설득하지 못하도록 먼저 개입해 우리의 관계를 파탄 낸 것이다.

"이제 이해가 되네요. 이요브의 권속이 날 노릴 턱이 없는데, 목적은 자이 씨고 나는 걸림돌이었단 말이네."

시로니가 매서운 표정으로 말했고 나는 오랫동안 입을 뗄 수가 없었다. 시로니는 노바에게 북쪽에서 펼친 공작 내용, 북쪽에 숨어든 스파이들의 인적 사항과 정보를 더 심문해 냈다. 느린 목소리에 귀 기울이는 것은 힘든 일이었고 그래서 심문이 끝났을 때 우린 모두 지쳐 있었다. 특히 노바는 기진맥진해서 숨이 넘어가기 직전이었다. 시로니는 가운 주머니에서 새로운 주사기를 꺼냈다. 그가 노바에게 다시 주사하는 걸 보고 나는 놀라서 물었다.

"아직 안 끝났어요?"

"아니요, 다 끝났어요. 이건 해독제예요. 아까 약을 좀 세게 써서 중화시켜 주려고요."

나는 그 말을 듣고 안심했다. 하지만 앞으로가 더 걱정이다. 유령을 잡았고 그에게 듣고 싶은 이야기를 다 들었다. 그럼 이제 이 아이를 어떻게 해야 할까? 여긴 적진 한가운데다.

"이 애는 어떡하죠?"

"근처에 제가 개인 연구실로 쓰던 건물이 있어요."

시로니가 굳이 하지 않고 삼킨 뒷말은 노바를 거기에 가둬 놓겠다는 말이었다. 나는 마음이 못내 불편했다. 노바를 보자니 무아카가 떠올랐다. 맨몸으로 싸움터에 뛰어들어 만신창이가 된 아이. 노바는 그날의 무아카와 다를 바가 없었다. 대체 저 소년은 무엇을 위해 싸우는 걸까?

"저 애한테 돌아갈 곳이 있을까요?"

"돌아가 봐야 중앙의 부대겠죠. 그럼 다시 임무에 투입될 테고, 소년병의 운명이야 뻔해요."

무아카의 잔향이 다시금 느껴졌다. 그 아이도 몇 년간 전쟁터를 전전하며 끊임없이 싸웠다. 유일한 가족, 엄마이자 언니인 차아카를 위하여.

"이 애는 원해서 이런 일을 하는 걸까요?"

나는 답답한 마음에 다시금 물었다. 되돌아온 것은 시로니의 매몰찬 조소였다.

"잘 훈련된 양치기 개는 시키지 않아도 늑대와 싸우죠. 그게 원해서 하는 일인지, 아니면 반복된 학습의 결과인지는 모르겠지만요. 피를 뚝뚝 흘리면서도 다시 양을 지키러 가는 그 개는 과연 충성스러운 걸까요, 미련한 걸까요?"

시로니의 비유는 신랄했다. 잘 훈련된 개. 그 개는 맡겨진 일에 최선을 다했다. 그래서 우리와 그렇게 싸웠다.

"원해서인지 아닌지는 모르겠지만 스스로 하는 건 맞아요. 스스로 아주 열심히 하죠. 그렇게 길러지고 그렇게 만들어졌으니까. 아까 이 녀석이 덤비는 거 봤죠? 대체 어떤 꼬마가 그런 식으로 어른한테 덤비죠? 그것만 봐도 정상은 아니에요."

나는 디브리와 노바의 대치를 떠올렸다. 노바의 능력은 위협적이었지만 결국 맞붙었을 때 압도한 건 디브리였다. 당연한 일이다. 디브리는 장신의 남자고 노바는 나와 체격 차이가 얼마 나지 않는 어린 소년이니까. 어쩌면 우리가 유령을 위험하게 여긴 만큼 노바에게도 우리가 강적이지 않았을까? 그럼에도 그는 우리에게 달려들었다. 무섭도록 힘센 두 남자와 만만치 않은 과학자에게 맨몸으로, 총에 맞아 부상까지 입은 상태로.

나는 무거운 마음으로 노바를 바라보았다. 그때 노바는 늘어진 목소리로 무언가를 흥얼거리고 있었다. 약 기운 때문일까? 그 아이는 노래를 부르고 있었다.

"메트로폴리스 국가네요."

시로니가 나지막이 말했다. 국가라고? 나는 노래를 듣기 위해 귀를 기울였다. 그때 노바의 입안에서 빠드득, 하고 으스러지는 소리가 들렸다. 이라도 간 걸까? 나와 시로니는 무슨 일인지 깨닫지 못하고 가만히 서 있었다. 그런 우릴 향해 디브리가 대뜸 소리쳤다.

"엎드리십시오!"

우린 움찔 놀랄 뿐 반응할 수 없었다. 우릴 구한 것은 라이시였다. 옆에 서 있던 그가 나와 시로니를 끌어당기며 땅을 박찼다. 나는 라이시에게 깔리며 그의 어깨 너머로 노바를 바라보았다. 곧 디브리가 탁자를 엎어 가로막는 바람에 그 모습도 가려졌다. 굉음과 함께 폭발이 일어난 것은 그 직후였다.

"뭐야, 지금?"

바닥에 나동그라졌지만 너무 놀라서 아프지도 않았다. 내가 일어나서 상황을 살피려 하자 라이시가 막았다. 그가 내 얼굴을 가리며 말했다.

"보지 마."

영문을 알 수가 없었다. 다만 매캐한 화약 냄새 때문에 숨이 막혔다. 그 덕에 피비린내가 가려진 건 다행이었다. 유령은 그렇게 자폭했다.

"더럽네요."

시로니가 이를 갈며 말했다.

"기분이 아주 더러워요."

시로니의 날카로운 말에 대꾸하는 사람은 없었다. 하지만 모두 그와 같은 마음이었다. 폭발로 방 한쪽은 아수라장이 되었다. 디브리가 낌새를 채지 못했다면 우리도 무사하지 못했을 거다. 소란에 놀이터 스태프들이 달려왔다. 시로니는 실험에 실패했다고 천연덕스럽게 말했고, 그들은 새로운 방을 마련해 주었다. 폭사한 노예에 대해선 묻지도 않고 그저 다른 좋은 방을 내주었다.

노바는 어금니에 기폭 장치를 숨기고 있었다. 첩보 활동을 하다 궁지에 몰리면 언제든 자폭할 생각이었나 보다. 잘 훈련된 양치기 개는 마지막까지 충성을 다했다. 그가 자살하기 전에 흥얼대던 노랫소리가 떠올라 소름이 끼쳤다.

침묵이 무겁게 흘렀다. 아무리 적이라지만 눈앞에서 그런 참사가 일어났는데 다들 기분이 좋을 리 없었다. 분위기를 전환하려는 듯 시로니가 한숨을 내쉬며 말했다.

"어쨌든 뜻밖이네요. 이요브가 북쪽에 관여하고 있었다니. 그러고 보니 아크 씨를 죽인 것도 그 언니라고 했죠?"

시로니의 물음에 나는 고개를 끄덕였다. 우리가 아직 싸우고 있을 때였다. 이요브는 갑자기 나타나서 아크제리유트를 살해하더니 그 시체와 함께 사라졌다. 대체 무슨 속셈인지 짐작도 못 하겠다. 다만 심상치 않은 무언가가 있을 거라고 확신할 뿐이다. 이요브 이야기로 분위기가 한층 더 가라앉자 시로니가 손뼉을 쳤다.

"기분은 더럽지만 어쨌든 유령은 사라졌어요. 그러니까 다들 정신 차려요. 이제 겨우 계획에 착수할 수 있게 됐잖아요. 고생이란 고생은 다 했는데 아직 시작점인 게 정말 더럽긴 하지만요."

그래, 정신을 차려야 한다. 시로니 말마따나 이제 시작이니까. 그리고 이 시작점에서 나는 시로니와 다시 논해야 할 게 있다.

"우리 계획에 대해 할 말이 있어요."

"뭐죠?"

"노예가 된 사람들도 함께 구할 방법을 찾았으면 좋겠어요."

내 말이 떨어지기 무섭게 시로니의 얼굴이 냉랭해졌다.

"그날 내가 한 말 잊었어요? 아니면 애당초 듣지도 않았나?"

시로니의 목소리가 매몰찼다. 그에 나는 얌전히 고개를 저었다.

"아니요, 기억해요."

그는 내게 말했다. 본분을 잊지 말라고. 이 구명정엔 인원 제한이 있다고. 전능하지 않은 이상 선택은 불가피하며, 한계를 아는 것도 지혜라 했다. 나는 시로니가 했던 말을 다 기억한다. 그렇기에 그 똑똑한 과학자를 향해 말할 수 있다.

"하지만 그게 옳다고 생각하지 않아요."

"무슨 뜻이죠?"

"그 사람들을 외면할 수 없다는 뜻이에요."

시로니의 얼굴이 더 굳어졌다. 화가 났다기보다는 당황한 것 같았다. 창백해진 과학자를 향해 나는 그동안 고민한 결론을 전했다. 나는 라이시와 밤늦게까지 묻고 답했다. 시로니의 말처럼 우리의 구명정에 인원 제한이 있는지, 두 사람을 살리기 위해 한 사람을 죽게 내버려 두는 것이 과연 옳은지, 내가 이룰 구원이 정말 그토록 편협한 것인지. 우리가 함께 내린 결론은 그렇지 않다는 거다.

시로니의 전제는 처음부터 끝까지 모두 틀렸다. 그 과학자는 다수를 위해 소수를 외면하라고 했다. 그렇게 결단하는 것도 구세주의 사명이라고. 하지만 많은 사람을 살리기 위해 적은 사람을 버리는 일이 과연 정당할까? 아니다, 그 두 개를 같이 묶어서는 안 된다. 많은 사람을 살린 것과 적은 사람을 버린 것은 별개다. 그걸 연관 지어 소수의 희생에 당위성을 부여하는 것은 기만이다. 사람은 머릿수를 세서 덧셈뺄셈으로 계산할 수 있는 게 아니니까. 생명은 그렇게 셈할 수 없다. 그러니 다수를 위해서 소수를 버린다 말할 수 없다. 다수를 위하고 소수를 버리는 것뿐이다. 말장난 같지만 이것이 공정한 표현이다.

또한 그는 내게 본분을 잊지 말라고 했다. 애당초 내 본분이 뭐였지? 연구소 아이들을 구하는 건가? 이것도 아니다. 내 진짜 본분은 세상을 구하는 것. 그리고 한 사람은 한 세계, 한 사람이 버림받으면 하나의 세계가 버림받는 것이다. 나는 한 사람의 가치를 폄하할 수 없다. 바로 내가, 라이시가, 시로니와 디브리가, 기달티와 아야라, 성의 아이들, 그리고 나를 여기까지 오게 한 작은 아이 지카가 그 한 사람이니까. 그를 제외한 것이 과연 세계라 할 수 있나? 그렇지 않다. 단 한 사람도 빼놓지 않은 세계가 바로 내가 구해야 할 세상이다.

"그러니까 그 사람들을 포기할 수 없어요. 그래선 안 돼요."

그렇다. 그게 바로 우리가 내린 양보할 수 없는 결론이다. 설령 내 앞에 있는 과학자가 화를 내더라도. 시로니는 내 말을 가만히 듣고 있다가 이내 한숨처럼 말했다.

"밤새 둘이 속닥거리던 게 이거였어요?"

시로니의 목소리는 여전히 냉소적이었다. 과학자는 같은 태도로 평했다.

"이상적이네요."

그리고 한참 후에 다시 덧붙였다.

"철없이 낭만적이기도 하고요. 내 빌어먹을 스승이 날 보며 이런 기분이었을까 싶네요."

시로니는 고개를 젓더니 지친 목소리로 항변했다.

"공주님의 이상이 우리의 지향점인 건 맞아요. 하지만 도착점은 아니죠. 탁상공론은 책상에서 끝내야 해요. 지금 우린 책상 앞이 아니라 현실 한가운데 있고 선택의 기로에 섰어요. 지금 필요한 건 장밋빛 꿈과 낭만이 아니라 냉정하고 이성적인 판단이에요."

시로니의 목소리는 쉬어 있었다. 언뜻 단호한 그 목소리는 사실 흔들리고 있었다. 그가 내게 이런 모습을 보이는 건 이번이 세 번째다. 처음은 북쪽 도시에서 자이트의 변모에 혼란스러워하는 내게, 두 번째는 어제 옥션이 끝나고 노예 이야기를 하던 내게. 그는 무언가를 두려워하듯 선을 그었다. 그게 느껴졌지만 나는 할 말을 멈추지 않았다.

"아니요, 생각과 행동을 다르게 해선 안 돼요. 잘못됐다는 걸 알면서 어쩔 수 없다고 핑계 댄 결과가 뭔지 알잖아요."

시로니의 말대로 세상의 모든 사람은 선택의 기로에 선다. 두 갈래인 그 길의 한편은 옳고 다른 한편은 옳지 않다. 또한 전자의 길은 괴롭고 후자의 길은 편하다. 그러니 사람들은 두 번째 길을 선택한다.

고통에서 벗어나기 위해서. 체파르데아도 그랬다. 그의 경악스러운 만행도 살기 위한 선택이자 타협이었다.

"하지만 모두가 그렇게 선택해요."

시로니는 궁지에 몰린 표정으로 말했다. 그 말은 숨 막힌 애원 같았다. 하지만 나는 물러나지 않고 그를 더 몰아넣었다.

"우리는 그러지 말아야 해요."

"그게 철없고 낭만적이라는 거예요. 이 길이 맞다 싶으면 앞뒤 안 가리고 달려야 한다는 건가요? 전에도 말했죠, 그건 아무 의미 없는 개죽음이라고!"

시로니는 더 참지 못하고 새되게 소리쳤다. 그래서 나는 오히려 단호히 반박할 수 있었다.

"의미 없는 행동이 아니에요. 전에도 혁명군한테 그랬죠, 저러다 죽으면 개죽음이라고. 그런데 결국 그들은 어떻게 했죠? 그들은 도시를 해방시켰어요."

시로니는 말을 잇지 못했다. 그날의 눈부신 승리, 자유, 해방, 그리고 새벽을 기억하기 때문에. 그때 시로니는 새로운 것을 보게 해줘서 고맙다고 했다. 과거부터 현재까지 세상의 모든 것을 보았지만 이런 즐거움은 처음이라고 했다. 그러니 설령 그 도시가 다시 흔들려도 부정하지 못할 것이다. 그날의 의미를. 그것을 떠올린 듯 시로니는 오랫동안 침묵했다. 침묵 끝에 그가 속삭인 소리는 실낱같이 가늘었다.

"무섭네요."

시로니가 그렇게 긴장한 모습은 처음이었다. 늘 자신만만했던 과학자는 낯선 모습으로 고개를 들었다. 그리고 나직하게 말을 뱉기 시작했다.

"지금 무작정 달리자고 하는 공주님이 아까 그 유령과 뭐가 다르죠? 그 불쌍한 소년을 봐요. 이요브에게 철저히 속았어요. 하지만 그런 줄도 모르고 달려들었죠. 최선을 다해서, 목숨 건 임무에 사명감마저 느끼며. 그러다 나라와 민족을 위한답시고 자기 입안의 기폭 장치를 이용해 자폭했죠. 그 불나방을 보고 느끼는 바가 없어요? 이것이 옳다, 그러니 가자! 그러다 죽으면 멋진가요? 아니요, 그건 질 낮은 자기만족이에요. 세상에 대한 또 다른 포기에 지나지 않아요."

다시 생각해도 기가 막힌지 그는 비소를 터트렸다. 그러고는 한풀 꺾인 목소리로 부드럽게 말했다.

"노예들을 구하고 싶다고요? 그게 무슨 뜻인지 알기나 해요? 여길 엉망으로 만들자는 소리예요. 여기 있는 모두를 적으로 돌리겠다는 말이고요. 유령한테 목숨을 위협받는 것도 충분히 지긋지긋했어요. 그런데 기껏 보존한 목숨을 다시 걸란 말인가요? 공주님, 나는 과학자예요. 절대 안전장치 없이 실험하지 않아요. 그런 내게 도박을 요구하는 건 부당해요."

시로니는 목에 가시라도 걸린 듯 답답해 보였다. 그는 솔직했다. 그 말처럼 이제껏 그의 행보는 파격적인 한편 소극적이었다. 모든 일에 참견하지만 스스로 나서는 일은 없다. 안전한 곳에서 도움을 빌려주는 착한 과학자, 그게 시로니였다. 그러니 시로니의 거부는 정당하다. 그가 나에게 빌려주기로 한 것은 지식이지 목숨이 아니었으므로.

마찬가지로 나는 강요할 수 없었다. 단지 사실을, 우리가 한 사람도 외면해서는 안 된다는 물러날 수 없는 사실을 잠잠히 설명할 뿐. 선택은 시로니의 몫이었다.

"잔인해요, 공주님."

시로니의 목소리가 희미했다. 하지만 그는 신중할지언정 비겁하지는 않았다. 자신의 안전을 바란다고 타인을 완전히 외면할 만큼 이기적이지도 못했다. 무모한 도전자들을 멍청이라 욕하면서 끝내는 자신도 그중 하나라고 실토하는 사람이었다. 그래서 그는 도리어 사납게 이를 악물었다.

"좋아요. 그 길을 그렇게나 원하신다면 한번 가봐요."

시로니가 눈을 들어 나를 바라보았다. 그 눈은 어느 때보다 매서웠다.

"대신 자기감정에 휘둘려서 유령처럼 무분별한 짓을 하는 거라면 나는 절대 용납 못 해요. 오판으로 길을 잘못 들어 비웃음 사고 싶진 않아요. 그러니 대답해요, 이 길이 진짜인가요?"

물음이 날카로웠다. 시로니는 내가 대답할 틈도 없이 몰아치듯 채근했다.

"내가 원하는 건 감격스러운 선동이 아니라 제대로 된 판단이에요. 공주님은 한 사람도 포기하지 않는 그 길이 옳다고 했죠. 그걸 증명할 수 있어요? 그게 만용과 낭만 섞인 오판이 아니라는 걸 정말 증명할 수 있어요?"

시로니는 몸서리치며 내게 물었다. 갈림길에서 타협이 아니라 결단을 택하기로 한 그는 격정을 참지 못하고 테이블을 내리쳤다.

"나는 다른 걸 묻는 게 아니에요! 당신에게 그럴 만한 힘이 있는지, 당신의 그 아버지가 착할 뿐만 아니라 강해서 이 난관을 해결해 줄 수 있는지를 묻는 거예요."

소리는 그쳤지만 시로니의 거친 추궁은 그치지 않고 나를 맴돌았다. 어느 때보다 진지한 태도로 대답을 촉구하는 그에게 나는 잠잠히 물었다.

"어떻게 해야 믿겠어요?"

"승리한다면."

시로니의 대답은 간결했다.

"이 길이 유령과 다르다는 걸 승리로 보인다면 믿겠어요."

나는 미소를 머금었다. 모든 구명정에 인원 제한이 있다고 주장하던 그가 이제는 그 제한이 없다는 걸 증명해 보라고 한다. 자신의 말을 번복한 과학자를 향해서 나는 조용히 물었다.

"현실을 직시하라고 했죠?"

진리를 갈구하는 시로니는 언제나 올곧은 시선을 갖길 원했다. 비이성적인 판단과 얼토당토않은 망상으로 시야가 흐려지는 것을 경계했다. 시로니가 두렵다고 한 것도 유령처럼 되는 것, 죽는 것이 아니라 무지하고 맹목적인 신봉자가 되는 것이었다. 그렇기에 나는 그 의심 많은 과학자에게 설명해야 했다. 내가 이 길을 가자고 할 수 있는 이유를.

"정말 현실을 직시하고 싶다면 나를 공주님이라고 부르지 말아요.

구세주라는 말도 나한텐 어울리지 않아요."

시로니가 굳은 눈으로 해명을 바랐다. 그의 바람대로 나는 찬찬히 설명했다.

"날 봐요. 현실적으로 판단했다면 나는 애당초 이 세계에 있어선 안 돼요. 눈에 보이는 게 전부라면 나는 진작 잡아먹혔겠죠. 간신히 살아남았어도 다음엔 늑대에게 물려 갔을 거고, 그다음엔 폭군에게 나쁜 일을 당했을 거예요."

시로니는 여전히 굳어 있었다. 더 이해할 수 없다는 표정이었다. 나는 다시 한 번 웃었다.

"하지만 나는 지금 여기에 있어요."

앞으로의 승리는 아직 보일 수 없다. 그러니 내가 그에게 보여야 하는 건 지나온 승리, 내가 걸어온 길에 있었던 부정할 수 없는 기적들이다. 시로니는 내가 무슨 말을 하는지 알아채고 얼굴을 더 찡그렸다. 아직도 이해할 수 없다는 표정이었다. 나는 비로소 깨닫게 된 그의 심중에 대고 물었다.

"혹시 나 때문에 불안했어요?"

내 물음에 시로니가 놀란 표정을 지었다. 나는 그때부터 그의 마음을 볼 수 있었다. 나와 함께 요새를 해방했던 과학자. 그 찬란한 새벽, 자유와 승리가 영원하리라 믿었던 과학자는 나 못지않게 혼란스러웠다. 승리는 변질되었고 구세주라 믿었던 나는 흔들렸으니까. 그래서 영리한 시로니는 재빨리 내게 한계를 긋고 기대를 지웠다. 그리고 그 자리에 타협을 채웠다. 그래서 그토록 절박했던 것이다. 희망을 놓쳤기 때문에. 그의 마음을 뒤늦게 헤아린 것이 나는 미안했다. 그래서 내 심정도 솔직히 털어놓았다.

"나도 불안했어요. 길을 잃은 기분이었고 무섭기도 했어요. 그건 사실이에요. 하지만 약속을 믿고 여기까지 왔어요."

내 담담한 말에 시로니도 조용히 물었다.

"무슨 약속이었죠?"

"나와 함께 있겠다고 했어요. 그리고 내가 지나간 자리로 기적을 만들겠다고 했죠."

내 대답에 시로니는 깊게 신음했다. 내가 그 철저한 과학자에게 보일 수 있는 건 이게 전부다. 그의 약속, 그리고 내가 걸어온 길. 그 두 가지가 내가 시로니에게 할 수 있는 증명이고 이 좁은 길을 택할 수 있는 이유다.

"그러니까 다시 한 번 즐거운 일을 해봐요. 그날처럼."

연구소 입구가 코앞인데도 시로니는 불평을 멈추지 않았다.

"내가 애송이 공주한테 구워삶아지다니, 다시 생각해도 굴욕이야."

아, 제발 그만 좀 해요! 아무리 막가기로 했다지만 입조심은 해야죠! 누가 들을까 봐 무서웠지만 나는 얌전히 걸으며 애써 웃었다. 노예인 리브나가 이 과학자에게 해도 괜찮은 행동은 그뿐이었다. 게다가 노예의 역할이 아니어도 나는 지금 시로니에게 겸손해야 한다. 어제 일 때문에라도.

어젠 정말 많은 일이 있었다. 우릴 집요하게 방해하던 유령을 드디어 붙잡았다. 유령은 우리에게 붙잡히자 스스로 목숨을 끊었다. 끔찍한 일이었지만 우리는 그 일을 뒤로하고 놀이터에 잠입한 당초의 목적을 상기했다. 그리고 나와 시로니 사이에 논쟁이 벌어졌다. 놀이터에 잡혀 온 노예들도 구해야 한다는 나와 계획대로 그들을 외면해야 한다는 시로니는 꽤나 치열하게 언쟁했고, 결과적으론 내 고집이 시로니의 뜻을 꺾었다. 결사반대했던 시로니는 몸부림치듯 항복했고 그때부터 이렇게 투덜투덜 개탄하고 계신다. 계획이 변경된 것보다 나한테 설득당한 게 분해서. 그러니 나는 얌전히 듣고 있을 수밖에 없다.

"뭐, 느끼는 바가 아주 없진 않았어요."

실컷 투덜댄 끝에 푸념하며 시로니는 나를 돌아보았다.

"사람은 모두 각자의 길을 걷죠. 틀린 길인 줄 알면서 마지못해 걷는 사람이 있는가 하면 틀렸다는 것조차 모르고 달리는 사람이 있어요. 내가 무서운 건 그거예요. 유령처럼 끝까지 달린 길에서 비웃음을 살까 봐, 아니면 자이 씨처럼 독단에 빠질까 봐."

시로니는 과학이 중립이라 했다. 도구나 마찬가지라면서 아크제리유트의 곁에도 있었고 혁명군을 돕기도 했다. 시로니는 어느 곳에나 참견하지만 정작 스스로는 나서지 않았다. 중립을 지키기 위해서.

"그래서 시작점에 서서 이것저것 재고 있었는데 결국 공주님 때문에 이렇게 한 길을 택해 버렸네요. 아아."

그랬는데 갑자기 옴팡지게 끌려들었으니, 시로니 입장에선 환장할 노릇이긴 하겠다. 나는 그가 관철하던 태도를 꺾은 게 미안하기도 하고 고맙기도 해서 자그마하게 인사했다.

"고마워요."

역효과였다. 시로니는 눈을 가늘게 뜨며 내 양 볼을 꼬집어 당기기 시작했다. 아아아! 저기요, 저 공주거든요!

"얄밉네, 진짜. 승자의 그 여유 만만한 표정. 분명히 말해 두는데, 오해하지 말아요. 공주님한테 끌려가는 게 아니라 내가 판단해서 가는 거니까. 아니다 싶으면 언제든 그만두고 되돌아갈 거니까!"

네네, 어련하시겠어요. 나는 뭐라 말하는 대신 부지런히 끄덕였다. 그러다가 나도 모르게 방싯거렸고 그 바람에 또 한 번 꽉 꼬집히고 말았다. 으악.

시로니의 결단으로 우리의 계획은 수정되었다. 이에 대해 라이시는 이미 동의한 상태고, 디브리는 상사의 뜻을 따를 뿐이라고 말했다. 그러면서 두 남자는 애인과 상사를 잘못 만났다고 잠깐 푸념했다.

계획 변경으로 오늘의 연구소 탐방은 말 그대로 그냥 탐방이 되었다. 당초의 계획은 놀이터를 통해 연구소에 방문하고 탐방 도중 실험체를 가둔 케이지를 개방해 아이들을 빼돌리는 거였는데 계획이 전면 수정되면서 그럴 필요가 없어졌다. 그래서 라이시와 디브리는 여기 오지 않고 새로 부여된 역할에 매진하고 있다. 디브리는 브로커 신분으로 콜로세움 노예들을 만나는 중, 라이시는 이르이트 씨가 되어 대통령과 데이트 중.

우리의 친구인 천재 과학자는 그렇게 정색하고 반대하더니 마음을 먹고 나선 순식간에 계획을 수정했다. 그러면서도 시로니는 계속

투덜댔다. 이런 무식한 방법은 딱 질색이라고. 아니나 다를까 새로운 계획은 기존의 것보다 어마어마했다. 나도 기가 막혔다. 위험 부담이 부당하다 어쩐다 했으면서 이런 계획을 내밀다니. 시로니는 이게 전부 살릴 수 있는, 노예들마저 외면하지 않는 유일한 계획이라고 했다. 대신에 실패하면 전부 죽는다며 매몰차게 웃었다. 하여튼 어제 일로 독이 바짝 오른 모양이었다.

대화하며 걷는 동안 우리는 연구소 입구에 당도했다. 원기둥 형태의 기하학적 건축물이 웅장한 자태를 뽐냈다. 놀이터에서 차를 타고 30분 거리에 있는 이곳이 바로 생명공학 제3연구소. 생체와 기계를 함께 연구하는, 우리가 노리는 다섯 개의 연구소 중 가장 규모가 큰 곳이다.

아이디 카드로 입구를 통과한 시로니는 자기 집에 온 것처럼 성큼성큼 걸음을 옮겼다. 우리는 건물 외관만큼이나 어지러운 패턴으로 꾸며진 현관을 지나 에스컬레이터를 탔다. 2층으로 올라가자 흰 가운을 입은 연구원 몇이 보였다. 그들은 무심코 우릴 돌아보더니 곧 반색하며 달려왔다.

"선배!"

그들이 반가워한 것은 시로니였다. 시로니를 선배라 부른 그들은 내가 온실에서 본 연구원들에 비해 한참 어려 보였다.

"오랜만."

시로니가 선배다운 태도로 화답했다. 후배들은 우릴 둘러싸더니 날 보며 물었다.

"옆에 누구에요?"

"리브나 양, 내 개인 스폰서 애인이야. 애인 분이 까칠하시니 과도한 관심은 삼가도록."

시로니가 그렇게 말했지만 연구원들은 들은 척도 않고 내게로 몰려들었다.

"그럼 놀이터에서 오신 건가요?"

"우와, 혹시 시간 있으세요?"

아, 이거 무슨 반응이지? 내가 당황하며 몸을 뒤로 빼자 시로니가 친절히 설명해 줬다.

"신경 쓰지 마요, 리브 양. 이 어린 것들이 촌스러워서 그래요. 놀이터에 엄청 관심이 많거든요."

시로니의 비웃음에 연구원들이 발끈해서 소리쳤다.

"선배는 직접 갈 수 있으니까 그런 소릴 하죠!"

"우리도 놀이터에 가보고 싶습니다! 이 악랄한 독점자! 자기만 좋은 거 보고!"

나는 시로니에게 '독점자'라고 외친 후배가 멱살 잡혀 흔들리는 모습을 어리둥절하게 바라보았다. 나도 놀이터를 보며 신기하다고는 생각했지만, 과연 이렇게 열광할 정도인가? 영 의아했는데 그런 내 의문은 순진하고도 어리석었다. 역시나 아는 만큼 보이는 법이다. 나에겐 그냥 놀이공원 같은 놀이터가 과학자인 이들에겐 대단한 지식의 보고, 인간 승리의 표상이었다. 놀이터가 그렇게 대단한 곳이냐는 내 물음에 연구원들은 눈에 불을 켜고 소리쳤다.

"물론이죠. 거긴 첨단 기술을 모아 놓은 사이언스 팩토리! 연구소에서 개발된 기술 중에서도 특출한 것만 적용해서 만든 현대 과학의 결정체입니다!"

"과학이 인간의 편의를 어디까지 보장할 수 있는가, 세상의 법칙을 어디까지 정복할 수 있는가 하는 우리 과학의 현주소를 보여 주죠!"

그들은 신이 나서 놀이터의 이모저모를 설명하기 시작했다. 태양의 기능을 완벽히 모방하여 비까지 내리게 하는 인공 해변의 모조 태양, 경매장에 설치된 성간 가스 생성기, 엘리베이터의 배경이 되는 거대 아쿠아리움을 탐험할 수 있는 사방위 투명 잠수정까지. 그들의 놀이터 찬양은 끝이 없었다.

"그중에서도 최첨단은 역시 무중력실이죠."

아, 무중력실. 오늘 이르이트 씨가 대통령님하고 데이트하러 간 곳이다.

"고공 낙하로 잠시 무중력을 연출하는 게 아니라 특수 개발된 코어로 중력이 발휘하는 인력과 동등한 척력을 발생시켜 진짜 무중력을 유지하는 획기적 기술이에요."

"그 기술을 이용해 만든 무중력실에서 사람들은 유유자적 떠다니다가 뜰채로 술을 떠 마신다죠. 게다가 중력의 영향을 받지 않아서 그곳에서 데이트하는 연인들은 온갖 방식과 자세로 서로의 육체를……."

"거기까지만 해라, 이 이론만 빠삭한 애송이들아."

뭐지. 방금 뭔가 엄청난 얘기가 나오려던 것 같은데. 아, 못 들어서 다행이다. 그보다 라이시, 너 지금 무사하지?

시로니의 핀잔에 수다스럽던 연구원들은 입을 다물었다. 하지만 그들은 별로 아쉬워하지도 않고 화제를 옮겼다.

"그런데 선배, 갑자기 웬일이에요?"

"빨리도 물어본다. 그냥 놀러 왔어. 리브 양한테 연구소 구경 좀 시켜 주려고. 참, 전에 내가 판 요새 부품은 어떻게 됐어? 조립 다 했나?"

"아, 그거요? 구축은 진작 끝났죠. 설계대로 완벽하게. 아직 못 보셨죠? 보여 드릴게요!"

시로니는 슬쩍 물어봤을 뿐인데 그들은 천진난만하게 우릴 안내했다. 시로니의 말대로 이곳의 연구원들은 매우 똑똑한데 어딘지 백치미가 흘렀다. 그들의 열성적인 모습이 나는 꽤나 의외였다. 온실에 있는 병원처럼 음울하고 차가울 줄 알았는데. 시로니는 그게 제3연구소의 특징이라고 했다. 이 연구소의 주요 종목은 인체와 연관된 기계공학이고 그래서 인체 실험이 비교적 적어 다른 연구소처럼 우울하고 숨 막히지 않다고 했다. 우리를 요새로 이끌며 한 연구원이 말했다.

"선배, 이틀만 일찍 오지 그랬어요."

"왜?"

"요테르 조교가 간만에 거품 물었거든요. 그때 선배까지 왔으면 그 사람 졸도하는 거 볼 수 있었을 텐데."

"뭔 일 있었어?"

"컨트롤러가 오작동해서 비행형 괴수 수백 마리가 놀이터 건물로 돌진했거든요. 선배도 놀이터 있었으면 알지 않아요?"

모를 리가, 돌진시킨 당사자인데.

"그때 와서 우리 탓하고 노발대발 장난 아니었다니까요? 교수한테 쪼개지기 전에 조교 때문에 피 말라 죽을 뻔했어요."

"저희 자유 연구 시간도 다 뺏겼어요. 진상을 규명할 때까지 철야래요. 어제는 또 괜히 성질나서 컨트롤러 성적 가지고 트집 잡고."

또라이, 시어미, 꼰대……. 연구원들은 저마다 한마디씩 하며 조교라는 요테르를 욕했다.

요테르, 나도 아는 이름이다. 나삭 옆에 있던 중년 남자. 내가 기억하기로 그는 나삭의 조수였다. 기묘하게 냉철한 태도가 거북스러운 사람이었는데 여기서의 평판도 딱히 좋아 보이진 않는다. 시로니는 싱글싱글 웃으며 후배들의 푸념을 듣더니 대수롭지 않게 말했다.

"고생이 많네. 그렇게 더러우면 그냥 나처럼 때려치워."

"안 그래도 그러고 싶어요. 우리도 스폰서 좀 연결해 줘요."

"연구 실적을 그럴싸하게 내봐라, 스폰서가 알아서 붙지."

후배들의 원성이 빗발쳤고 시로니는 가차 없이 맞받아쳤다. 후배들과 대화하는 시로니는 즐거워 보였다. 꽤나 아끼는 모양인데, 그런 후배들의 뒤통수를 칠 생각을 하다니 시로니는 역시 대단하다.

이윽고 우린 거대한 정비소에 도착했다. 그곳에는 건물 1층 높이에 운동장 넓이인 납작한 비행기 같은 것이 있었다. 형태는 많이 바뀌었지만 그 무쇠 색깔을 보니 곧바로 알 수 있었다. 시로니가 연구소에 팔아넘겼다는 요새의 부품으로 만든 거였다. 그걸 보며 시로니가 휘파람을 불었다.

"제법 그럴싸한데?"

"그렇죠? 역시 메카닉은 짜릿해요!"

"구동만 되면 정말 혁신적인 작품이 될 거예요!"

연구원들의 외침에 시로니가 시침을 떼며 되물었다.

"구동 못 하고 있어? 안 움직이디?"

"알면서 뭘 물어봐요. 선배가 동력 시설만 쏙 빼놓고 팔았잖아요. 안 그래도 이것 때문에 조교한테 또 욕먹고 있어요. 왜 움직이지도 않는 걸 그 돈 들여 샀냐고. 처음엔 자기도 관심 보였으면서."

"동력을 어떻게 전환해야 할지 모르겠어요. 우리 방식으로 띄우면 그건 단순히 요새 부품으로 만든 비행기가 되고, 원래 요새처럼 물리 법칙을 초월하게 만들고 싶은데 역시 동력 장치가 문제예요."

저 개조 요새를 만들고 그들이 봉착한 난관은 하나였다. 동력. 요새의 제작자인 네벨라는 사람의 기력을 거대한 힘으로 변환시키는 기묘한 기술을 가지고 있었다. 연구원들은 요새를 띄우기 위해 네벨라처럼 인간의 기력을 에너지로 바꾸는 기술을 개발하고자 했으나 불가능했다. 개발은커녕 네벨라의 기술이 과학인지 마법인지조차 아직 밝히지 못한 실정이다. 따라서 저 대단한 개조 요새는 고철로 전락했고, 연구원들을 개탄하게 만들었다.

후배 연구원들의 울상을 보고 있다가 시로니가 선심 쓰듯 말했다.

"음, 다들 난처한 것 같은데 내가 움직이게 해줄까?"

"정말요? 어떻게요?"

"저거 내일까지 12번지 지하도에 옮겨 놔봐."

"지하도요? 거기서 뭘 할 수 있는데요?"

"보면 알 거야. 요테르 선배한텐 말하지 말고."

여러모로 수상한 제안인데 그들은 아무 의심 없이 명랑하게 고개를 끄덕였다. 요새를 움직여 주기만 한다면 아무래도 상관없다는 태도였다. 아, 그들은 정녕 매우 똑똑한 백치였다.

연구소를 둘러보고 돌아서며 시로니가 내게 속삭였다.

"저 어린 것들 귀엽죠?"

나는 너무 쉽게 속아 넘어간 저들이 불쌍해서 대답할 수 없었다. 저 사람들이 귀엽냐고요? 아뇨, 그보단 시로니가 너무 악당 같아요.

우리가 연구소에서 돌아왔을 때 라이시와 디브리는 아직 각자의 임무로 바빴다. 그래서 나는 그 사이에 네벨라의 반지 중 체히하를 다루는 방법을 연습했다. 예전에 라이시가 했던 것처럼 땅을 폭삭 무너트릴 수 있도록. 땅, 더 정확히는 광물을 다루는 이 반지는 라이시의 말대로 가장 다루기 어려웠다. 그래서 시험 삼아 벽 몇 개를 쪼개고 나는 기진맥진 쓰러지고 말았다. 아, 힘들어! 실전에선 7층 바닥을 부숴야 하는데, 그때 나 탈진하는 거 아니야?

내가 기력을 다 쓰고 방에 누워 있을 때였다. 문이 끼이익 열리더니 나만큼이나 지친 이르이트 씨가 돌아왔다. 기품 있게 꾸미고 있던 그는 머리를 헝클이고 겉옷을 벗어 던지며 라이시로 돌아왔고, 창백하게 탈색된 얼굴로 내 옆에 풀썩 몸을 뉘였다. 말은 안 하지만 온몸으로 힘든 기색을 표현하는 그는 내게 바라는 바가 있었고, 나는 기꺼이 그의 어깨를 토닥토닥 두드려 주려고 했다. 그런데 시로니가 나보다 한발 먼저 말했다.

"데이트 잘 했어요?"

라이시가 괴로워하며 신음했다. 시로니는 웃음을 터트렸다.

"얼굴 좀 보게, 영 거북한가 봐?"

"제 비위와 별개로 그 사람한테 못할 짓을 하는 기분입니다."

"어머, 착해라. 설마 대통령 각하를 생각하는 거예요? 정말 사랑에 빠졌나?"

시로니의 유들유들한 물음에 라이시는 울컥해서 항변했다.

"남의 마음을 가지고 노는 게 꺼림칙한 겁니다."

이 와중에 나는 왜 저 얘기가 남 얘기 같지가 않지? 여태 말은 안 했는데 너 옛날에 내 마음 가지고 충분히 많이 놀았어, 이 나쁜 자식아. 나는 울컥해서 다독이던 손으로 그를 매몰차게 때렸다. 라이시가 영문을 모르겠다는 눈으로 쳐다볼 땐 도리어 싸늘하게 그를 노려봤다. 그가 억울해할 틈도 없이 시로니가 다시 말했다.

"정직하게 징징대는 거 그만 좀 해요. 소수를 희생할 수 없어요, 징징. 사람의 마음을 가지고 놀 수 없어요, 징징. 물이 너무 맑으면 고기가 노닐기 힘들답니다, 여러분."

아, 아직도 저러는 걸 보니 시로니의 앙금은 정말 깊고도 깊은 모양이다.

"그보다 오늘 무중력실 데이트는 어땠어요? 황홀했으니 또 가자는 얘기 했나요?"

라이시가 또 한 번 괴로워했다. 아무래도 시로니는 이 소재로 라이시를 놀리는 게 재미있나 보다. 아니면 내게 동조한 데 대한 복수일 수도.

"내일 또 가긴 할 겁니다."

"잘했어요. 내일 가면 바닥에서 코어 하나만 빼 와요. 분해하는 방법은 내일 나가기 전에 알려 줄게요."

라이시는 고개를 끄덕였다. 그러곤 내게 시선을 돌려 '갑자기 왜 때려'부터 시작해서 시시콜콜한 시비를 걸기 시작했다. 해묵은 원한을 떠올린 나는 그에게 힘껏 항거했고, 결국 디브리가 돌아왔을 땐 라이시에게 깔려서 버둥대게 되었다.

"다녀왔습니다. 어, 두 분은 뭐하십니까?"

디브리가 물었지만 나를 깔고 누운 라이시는 미동도 하지 않았다. 으앙, 바람피우고 온 주제에 왜 심술이야! 게다가 이 녀석, 여기 온 첫날에 그 수모를 당하고 엄청 뻔뻔해졌다. 사람들 앞에서도 날 대하는 데 거침이 없어! 라이시가 나를 못살게 구는데도 시로니는 태연히 말했다.

"놔둬요, 싸우면서 크는 거니까."

싸우는 거 아니거든요. 괴롭힘당하는 중이거든요! 보고만 있지 말고 도와 달라고! 내가 팔다리를 파닥였지만 그들은 본 척도 하지 않았다.

"노예님들 반응은 어때요?"

"반신반의해 보입니다. 그래도 이미 죽기 아니면 까무러치기다 생각 중이고, 중앙에도 공주님의 소문이 파다하게 퍼져 있는 터라 분위기가 나쁘진 않습니다."

"우리한테 협조해 줄 것 같아요?"

"구해 준다는데 협조하지 않을 리야 없지만 제시한 조건에 대해선 미심쩍어하고 있습니다. 저더러 상대편 전략 매니저냐고 묻는 사람도 있었습니다."

"정상이에요. 갑자기 내려온 구원의 밧줄이 썩은 줄인지 아닌지 의심도 안 하면 그건 바보 멍청이죠. 쉽진 않겠지만 조금 더 수고해 줘요. 꾸준히 설득하고 루트 뚫어서 노예들끼리도 정보를 공유하게 해주고요. 그리고 우릴 도와줄 사람들도 반드시 확보해 놔요."

디브리는 명료하게 대답하며 경례했다. 두 사람이 이야기하는 동안 나는 라이시에게서 풀려났다. 노예 쪽은 분위기가 심각해서 우리도 장난을 그치고 이야기를 들었다.

변경된 작전의 일환으로 디브리는 지하에서 대기 중인 전투 노예들을 만나고 있다. 그의 임무는 우리 중에서 가장 막중하고 어렵다. 제 집 같은 연구소에서 순진한 후배들을 꼬드기는 시로니나 이미 사용할 줄 아는 반지를 조금 더 연습하는 나, 사랑의 포로가 되어 대통령과 즐거운 시간을 보내는 이르이트 씨의 일은 이미 완성된 일을 더 견고하게 하는 것에 지나지 않는다. 그에 비해 디브리의 일은 갑작스럽게 끌려와 무자비한 폭력 앞에 놓인 남자들에게 신뢰를 얻는 일, 맨 처음부터 시작해야 하는 어렵고 힘든 작업이다.

게다가 시로니의 말처럼 그 사람들이 불신하는 건 당연하다. 왜냐하면 우리의 요구는 서로를 공격하지 말라는 거니까. 상대를 죽여야 살아남는 콜로세움에서 그 요구는 지독하다. 설령 내가 죽이지 않아도 상대방이 칼을 휘두르면 말짱 꽝이다. 그럼에도 그들은 싸워선 안 된다. 협력하고 하나가 되어야만 죽음을 강요하는 경기에서 벗어날 수 있다.

"공주님, 미리 말하지만 우리를 따르지 않는 사람은 구할 수 없어요. 우리가 구하는 건 우릴 믿고 따라 주는 사람들뿐, 나머지는 안 돼요. 그럴 여력도 의리도 없어요. 이 마지노선만은 반드시 지켜 줘요."

디브리의 이야기를 전해 듣고서 시로니가 내게 쐐기를 박았다. 나는 라이시를 바라보다가 이내 고개를 끄덕였다. 시로니의 말대로 그들의 선택까지 우리가 책임질 순 없었다.

"그리고 교수님, 안 좋은 소식이 하나 있습니다."

"뭔데요?"

"놀이터에서 나삭 교수를 본 것 같습니다. 흰 가운을 걸친 장신의 노인을 복도에서 마주쳤는데, 전에 교수님이 말씀하신 인상착의와 똑같았습니다."

"뭐? 아, 그 해골은 또 왜?"

시로니가 질색하며 오만상을 찌푸렸다. 나도 깜짝 놀랐다. 우린 여기서 그와 마주칠 가능성이 거의 없다고 생각했다. 그는 평소 놀이터의 맨 지하, 본인의 개인 연구실에서 두문불출한다니까.

"젠장, 설마 날 찾나? 평소엔 아무리 들락거려도 신경 안 쓰더니 왜 하필 이때."

시로니는 짜증을 내며 엄지손톱을 잘근 깨물었다.

"이제 어떡해요?"

"어떡하긴요, 당연히 피해 다녀야죠. 혼자 어슬렁거리는 거면 공주님이 있는 건 아직 모르는 거예요. 공주님이 여기 계신 걸 알았으면 그 허약한 노인네 혼자 돌아다닐 게 아니라 이요브를 불렀겠죠."

이요브라니, 그 이름의 중압감은 나삭보다 월등했다. 이요브도 나삭만큼이나 놀이터에서 마주칠 확률이 적은 인물이다. 중앙의 주인이지만 그는 울타리를 지킬 뿐 울타리 안의 메트로폴리스에는 관여하지 않는다. 말하자면 이 놀이터는 태풍의 눈. 두 영주의 기세는 바깥으로만 등등하고 안으로는 영향을 거의 끼치지 않는다. 그런데 우리가 여기에 있다는 사실을 그들이 알게 되면?

"나삭 교수는 놀이터를 못 건드려요. 관리를 맡고는 있지만 어쨌든 주인은 이요브니까요. 대신 이요브에게 연락할 수는 있겠죠. 그래서 이요브가 공주님을 보면 무슨 짓을 할까요?"

시로니가 무시무시하게 말했지만 내 생각은 조금 달랐다. 글쎄, 이요브가 우릴 발견하면 목적이 과연 나일까? 지금까지 만났던 영주들 중에서 내게 가장 흥미가 없었던 사람이 이요브다. 그는 내게 관심이 없다. 대신 그의 관심은 모조리 라이시에게 쏠려 있다. 그러니 마주쳤을 때 걱정해야 하는 건 내가 아니라 라이시다.

나삭을 목격했다는 말에 우린 모두 심각해졌다. 콜로세움이 열리는 건 내일모레, 이틀간 그들의 눈을 피해야 한다. 난이도가 올라갔지만 바뀌는 건 없다. 콜로세움이 열리는 날, 우린 이곳에 있는 모두를 구할 것이다.

중앙의 유목민은 척박한 동토에서 찾아낸 마른 풀로 가축을 먹이며 살아가는 자들이다. 낡은 천막에서 가축과 지낼지언정 가족과 함께하는 삶이 무척 소중했을 것이다. 그들의 일상을 짓밟은 메트로폴리스라는 거인은 광야의 바람보다 매몰차고 혹독했다. 군인은 그들의 천막을 불태우고 가축을 도살했으며 가족을 찢어 놓았다. 과학자는 상품 가치가 없는 이들은 연구 재료로 삼고 건강한 남자나 아리따운 여성은 놀이터의 상품으로 보냈다.

유목민의 일상은 무자비하게 파괴당했다. 여자들은 아픈 일을 당했고 남자들은 출구 없는 싸움터에 내몰렸다. 잠깐이나마 고립되었던 나는 그들의 두려움을 안다. 갑자기 들이닥친 이 현실이 꿈이기를, 잠에서 깨면 익숙하고 평화로운 일상에 다시 안길 수 있기를 간절히 기도하는 두려움을 나는 안다. 그래서 더욱 외면할 수 없었다. 그들이 지금 얼마나 두려울지 아니까.

이제 내일 아침이면 콜로세움이 개막한다. 디브리는 경기가 시작되면 절대 서로를 공격하지 말라고 노예들을 설득했다. 라이시는 도주하다 사망한 노예, 노바에게 분노하는 대통령을 부추겨 여자 노예 전부를 콜로세움의 제물로 삼게 만들었다. 이로써 물밑 작업은 끝났다. 이제 남은 건 그들의 선택이다.

"혼자 뭐 해요?"

발코니에 서 있던 나는 옆을 돌아보았다. 언제 나왔는지 시로니가 옆 발코니 난간에 걸터앉아 있었다.

"남자 친구 재워 놓고 사색 중인가?"

그 말에 나는 난처하게 웃었다.

"잠깐 구경하러 나왔어요."

나는 다시 밤하늘로 시선을 돌렸다. 하늘에선 연분홍색 벚꽃이 비처럼 내리고 있었다. 어제는 산호 같은 달 사이로 투명한 물고기가 헤엄치더니 오늘은 꽃비가 내린다.

"쓸데없이 장관이죠? 시멘트 천장을 저런 식으로 가려 놓다니, 이걸 참신하다고 해야 할지 기만적이라 해야 할지."

가짜였구나, 하늘은 진짜인 줄 알았는데. 내가 새삼 놀라자 시로니가 옆에서 말했다.

"잠이 안 와요?"

"약간요. 시로니는요?"

"이 몸은 원래 야행성이에요. 공주님 같은 꼬마가 아니라서 심야에 익숙하죠."

시로니의 너스레에 웃음을 터트렸지만 이내 나는 꽃비를 바라보며 속삭였다.

"내일이네요."

"네, 내일이죠. 기대되네요, 그들이 어떤 선택을 할지. 모호한 구원과 확실한 생존 중에 뭘 택할까요?"

나는 대답하지 않고 꽃비만 바라보았다. 시로니도 별로 대답을 바란 건 아니었다.

"가혹한 요구라고 생각해요. 살기 위해 살고자 하지 말아야 한다니, 그건 인간의 본능과 반대되는 요구예요. 더 웃긴 건 그게 정답이라는 거죠. 물에 빠졌을 때도 발버둥 치면 결국 익사해요. 살고자 애쓰면 가라앉고 힘을 빼면 떠오른다니, 아이러니한 일이죠."

나는 허공에 시선을 고정한 채 묵묵히 끄덕였다. 꽃비는 계속해서 아름답게 내렸다. 잡을 수 없는 꽃잎을 바라보며 얼마의 시간이 흘렀을까, 시로니가 먼저 침묵을 깼다.

"이미 아시겠지만 저는 메트로폴리스 출신이에요."

나는 고개를 돌려 시로니를 바라보았다. 하지만 시로니는 내게 옆얼굴만을 보인 채 말을 이었다.

"대학을 졸업하고 연구원으로 발탁돼서 밖으로 나왔어요. 처음엔 세계적인 연구소에 들어갈 생각에 들떴죠. 그런데 정작 밖으로 나와 보니 모든 게 내 생각과 달랐어요. 비행기를 타고 수천 마일은 날아갈 줄 알았는데 정작 내가 이동한 거리는 10미터에 지나지 않았어요. 인간을 원래 크기로 되돌리는 배양액에서 나와 세상의 진실을 봤을 땐 뒤통수를 맞은 기분이었죠. 어땠을지 상상할 수 있어요? 자신이 관찰 용기 속 개미였다는 걸 깨닫는 기분이요."

글쎄, 어떤 기분일까? 얼떨떨하지 않을까? 너무 엄청나서 상상이 안 된다. 나는 일전에 들었던 메트로폴리스의 정체, 그 도시가 과학자의 플라스크 안에 있다는 이야기를 떠올리고 물었다.

"메트로폴리스는 어떻게 만든 거예요?"

"과학과 마법의 총집이라고밖엔 설명을 못 드리네요. 마법이라니, 과학자라는 이름이 부끄럽지만 검은 힘은 아직 미지의 영역이라서."

메트로폴리스란 거대한 플라스크 안에 조성된 아주 작은 세계다. 모든 것이 축소된 세계는 아주 정교한 장난감 상자 같다. 유사 하늘과 반딧불만 한 인공 태양으로 그 세상을 조성한 것은 과학이다. 하지만 사람을 비롯한 여러 생물을 미세한 크기로 축소시킨 것은 마법, 피네하스의 검은 힘이었다. 생물을 축소시키는 것, 이건 내게도 이미 익숙한 소재다. 이 세계에 온 첫날 나도 그렇게 작아졌었다. 생물의 크기를 작게 만드는 액체, 그 정체는 아마도…….

"머리가 셋인 뱀?"

"네, 맞아요. 본 적 있나요?"

나는 고개를 끄덕였다. 두미야의 산채에서 괴수 사냥을 할 때 봤다. 라이시는 그 뱀의 침이 생물을 축소시켜서 함부로 터트리면 안 된다고 했다.

"하지만 바깥을 돌아다니는 건 복제품이에요. 오리지널은 나삭이 개인 연구실에 보관하고 있어요. 레플리카보다 훨씬 성능 좋은 효소를 분비하죠. 그 뱀의 침으로 생물이 미세한 수준까지 축소되어 메트로폴리스에 들어가죠. 결국 메트로폴리스는 뱀의 입을 통과해야만 들어갈 수 있죠. 뱀의 입, 이걸 다른 말로 하면 뭔지 알아요?"

이번엔 설레설레 고개를 저었다. 그러자 시로니가 짧게 말했다.

"피네하스."

나는 깜짝 놀라 시로니를 바라보았다. 그 말은 사실이었다. 피네하스, 뒤늦게 알게 된 그 뜻은 뱀의 입이었다.

"이것만 봐도 그가 메트로폴리스를 얼마나 편애하는지 알 만하죠. 뱀이 입안에 머금은 작은 세계, 그 속에서 아무것도 모른 채 살아가는 우리. 그는 우리를 호문클루스로 만들어 즐기고 있는 거예요."

"호문클루스요?"

"네. 플라스크 안의 생명, 작은 사람이라는 뜻이에요. 나는 조작당한 생물을 호문클루스라고 불러요. 메트로폴리스에 갇힌 모든 사람이 호문클루스죠. 뭐, 유독 그들만일까요? 세뇌당한 소년병도, 죽어서도 조종당하는 시체 인형도, 몸이 변형된 실험체도 마찬가지죠. 그들도 결국은 호문클루스예요."

호문클루스, 나는 그 익숙지 않은 단어를 조용히 곱씹어 보았다. 그러면서 호문클루스가 되는 것이 어떤 폭력보다 무서운 게 아닐까 생각했다.

"나는 종종 생각해요. 저 모조 하늘을 진짜라고 믿는 편이 행복할지, 가짜라는 걸 깨닫는 편이 행복할지. 자신이 호문클루스라는 사실을 모르는 게 나은지, 그걸 깨닫게 되는 것이 더 나은지요."

그렇게 말한 시로니는 비로소 나를 바라보며 넌지시 물었다.

"공주님은 우리가 왜 그 어린애들을 실험했다고 생각해요?"

나는 무겁게 고개를 저었다. 사실 오랫동안 궁금했던 것 중 하나이다. 과학자들은 왜 아이들의 몸에 그런 짓을 했을까, 왜 세포를 비틀어 사람의 것이 아닌 것을 이식했을까, 수많은 아이의 삶을 그렇게 희생시킨 이유가 대체 뭘까. 시로니는 내 오랜 의문에 조용히 해답을 던졌다.

"생명의 비밀을 풀기 위해서였어요. 인간을 진화시키려고 한 거죠. 내일 살육 경기를 즐기는 사람들의 가장 큰 소원이 그거예요. 영생. 우습죠? 남의 목숨은 벌레처럼 여기면서 자신만은 죽지 않길 바라다니, 유리병에 갇힌 신세인 줄도 모르고."

고개를 젓는 시로니의 얼굴엔 냉소가 가득했다.

"다 아는 입장에선 정말 우스워요. 플라스틱 통 안인지도 모르고 아등바등 집을 짓는 개미도, 그 안에서 세상을 다 가졌다고 생각하는 여왕개미도. 그래서 나는 지식을 원했어요. 적어도 실험관의 호문클루스 신세는 면하고 싶어서요. 하지만 바깥으로 나와도, 아무리 높게 올라도 볼 수 없는 게 있었어요."

"그게 뭔데요?"

"미래요."

그는 희망보다 두려움을 담고서 말했다.

"물론 예측은 할 수 있죠. 하지만 그건 가능성일 뿐 진짜 미래가 아니에요. 우리는 시간을 걷지만 그 끝에 무엇이 있는지는 때가 되기 전까진 알지 못해요. 그래서 나는 모든 선택의 순간이 두려워요. 내가 저들을 비웃듯 더 높은 곳에서 나를 내려다볼 수 있는 존재가 날 비웃을까 봐."

시로니의 나지막한 말이 측은해 나는 자그맣게 대답했다.

"잘못된 선택을 해도 비웃지 않을 거예요."

"감사한 말이긴 한데 연민도 딱히 달갑진 않아요."

시로니의 야박한 말에 나는 그만 웃음을 터트렸다. 쭉 심각하던 시로니도 함께 웃었다. 그는 자기가 너무 진지했다고 생각했는지 목소리를 바꾸며 한탄했다.

"아, 정말 싫어요. 바보 멍청이로 전락하는 건. 틀린 줄도 모르고 우기는 것도!"

그러더니 난간 너머로 손을 뻗어 애꿎은 나를 흔들기 시작했다. 나는 그 손길에 웃음과 비명을 함께 터트렸다. 그러다 라이시를 깨울까 봐 황급히 입을 막았다. 내게 행패를 부린 후 시로니는 조금 홀가분해진 목소리로 말했다.

"그러니 반드시 증명해 줘요. 내가 제대로 된 선택을 했다는 걸요."

"승리로요?"

"승리와 즐거움으로."

어느 사이 한 가지가 더 추가되었다. 나는 불평하지 않고 욕심 많은 과학자님께 답했다.

"네, 약속할게요."

안 그래도 실패가 용납되지 않는데 반드시 이겨야 할 이유가 하나 더 늘었다. 이 약속을 지키기 위해서라도 나는 반드시 보여야 했다. 승리를, 그리고 즐거움을.

하늘에 박힌 태양은 백열하여 이글거렸고 가열된 땅은 아지랑이를 피어 올렸다. 마른 공기와 주변을 둘러싼 긴장감이 무섭도록 현실적이라 나는 이 척박한 사막이 진짜인지 가짜인지 알고도 구별할 수 없었다. 이 사막이 가짜라는 걸 간신히 깨닫게 해주는 건 저 유리 벽이다. 유리 너머에 마련된 관람석은 숨 막히도록 더운 이곳과 딴판이었다. 관람석에 앉은 고귀한 사람들은 여느 때처럼 품격 있는 차림새였다.

경기장이 한눈에 보이는 대기실에서 나는 순서를 기다렸다. 개막식은 이미 괴수들의 싸움으로 거창하게 끝났다. 본격적인 경기는 이제부터, 곧 있으면 남자들이 서바이벌을 시작할 것이다. 나를 비롯한 여자 노예들은 서바이벌 후 데스 매치에 투입된다. 그래서 지금 이곳엔 흐느낌이 가득하다. 여자들은 겁에 질려 울고 있었다. 갑자기 잡아 와 며칠은 노리개로 쓰더니 갑자기 콜로세움으로 나가 죽으라 한다. 조만간 버려질 것은 알았지만 이렇게까지 잔인하게 내동댕이쳐질 줄은 몰랐다. 그래서 여인들의 흐느낌에 서린 한은 깊고도 깊었다.

여자 노예들이 사지로 내몰린 건 대통령 때문이다. 대통령의 노예, 노바는 도주하다 죽은 것으로 처리되었다. 모처럼 천출에게 은혜를 베풀었다가 배신당한 대통령은 몹시 노여워했다. 그러자 최근 대통령과 긴밀한 관계를 유지하던 이르이트 씨가 다른 노예들에게 연대 책임을 물리자고 제안했다. 대통령은 이르이트 씨를 좋아했고 그의 의견에 따랐다. 그래서 이번 시즌에 판매된 여자들은 모두 이곳에 끌려왔다. 이른 아침에 끌려 나온 그들은 정오가 되자 울다 지쳐 넋을 놓았다. 그때쯤 첫 번째 경기가 시작되었다.

시작을 알리는 방송과 함께 모래 바닥이 갈라지며 거대한 규모의 밀림이 나타났다. 밀림 곳곳에는 섬뜩하게 움직이는 괴수가 숨어 있었다. 괴수들이 사납게 싸우던 개막식은 바로 이 경기를 위한 퍼포먼스였다.

콜로세움의 첫 번째 경기, 밀림 서바이벌. 이제 노예들은 밀림 외곽에서 출발하여 중심의 골인 지점에 들어가야 한다. 밀림을 통과하는 노예에게 주어지는 건 고작해야 칼 한 자루. 전원 생존하는 팀이 손꼽을 만큼 적은, 하지만 전멸하는 팀은 적지 않은 극악의 경기이다. 한편 생존율이 낮은 건 괴수 때문만이 아니다. 괴수보다 더 많은 사람을 죽이는 건 다른 팀이다. 전략 매니저들은 노예들에게 조언한다. 다음 경기를 위해 기회가 되는 대로 다른 팀의 전력을 줄이라고. 게다가 노예들이 이 경기에서 온 힘을 다할 이유는 충분하다. 경기에서 이기면 살아남을 뿐 아니라 대부호들이 준비한 상당한 보상을 얻게 되니까.

이렇게 많은 사상자가 발생하는 경기를 처음부터 진행하는 이유는 약자를 빨리 낙오시키기 위해서다. 그래서 살아남은 자를 스타로 만들어 열광하는 것, 그것이 메트로폴리스의 귀한 손님들이 콜로세움을 즐기는 방법이다. 하지만 그 만행도 여기까지다. 이번 경기에는 낙오자도 영웅도 없을 것이다. 관람객은 그들이 기대하는 것을 볼 수 없을 것이다. 그렇게 결연하게 밀림을 바라보는데 귓가에서 시로니의 목소리가 들려왔다.

—아아, 잘 들리나요? 대답하기 어려우면 마이크 부분 손가락으로 톡톡 두드려 주세요.

나는 시로니의 말대로 내 목 리본에 달아 놓은 소형 마이크를 톡톡 두드렸다.

—좋아요. 리브나 양, 이르이트 씨, 브로커 씨 모두 제대로 연결됐네요. 저는 지금 지하에 내려와 있어요. 이르이트 씨는 대통령 곁에서 모두 관람할 수 있으니 그냥 두고, 리브나 양과 브로커 씨한테는 이르이트 씨 쪽 대화가 들리게 연결할게요. 저는 이제부터 괴수 컨트롤 때문에 좀 바쁠 예정이니 양쪽 상황 잘 조율해서 움직여 주세요. 알겠죠?

나는 이번에도 마이크를 두드려 대답했다. 창살 너머 바깥에 있는 디브리도 나와 똑같이 대답했다. 그러자 잠시 후 이어폰에서 낯선 목소리가 들렸다. 남자치고는 여성스러운 목소리와 어투, 대통령 같다. 그는 이르이트 씨와 콜로세움에 대한 이야기를 하고 있었다.

—연결됐으면 다시 한 번 대답해 줘요, 리브나 양과 브로커 씨.

나와 디브리는 또 한 번 마이크를 두드려 대답했고 기본 세팅을 끝낸 시로니는 당부를 이었다.

—이번 경기의 예상 소요 시간은 20분이에요. 원래는 전투와 헤매는 시간을 포함해 한 시간 정도 예정된 경기인데 이번엔 15분 안에 끝날 거예요. 그럼 바로 두 번째 경기가 시작될 수 있게 이르이트 씨가 조정해 주세요. 괜히 공개 처형 퍼포먼스 같은 거 못 하도록 말이에요.

톡톡 두드리는 소리가 들렸다. 이르이트 씨가 대답한 모양이다. 앞으로 15분이라니, 이제 정말 금방이다. 나는 결전을 앞두고 심호흡을 했다. 그사이 밀림 탐험은 이미 시작되었다.

밀림 외곽, 각기 다른 루트로 30여 개의 팀이 뛰어들었다. 보통은 초반에 주춤대며 작전을 짜지만 그들은 시작과 동시에 부리나케 달려야 했다. 시로니가 조종하는 괴수들이 출발점에서부터 그들을 위협하며 쫓아냈기 때문이다. 사람들은 그렇게 꼬리에 불붙은 여우처럼 밀림 속으로 달리기 시작했다. 경기의 주최자들은 인간이 괴수에게 공격당하는 장면을, 그리고 인간들이 대항하고 도망치다 죽는 광경을 보고자 했을 것이다. 하지만 그들은 원하는 바를 얻을 수 없었다. 왜냐하면 괴수들이 누구도 공격하지 않았으니까. 뭔가 이상한 점을 느꼈는지 대통령이 미심쩍게 말했다.

—별일이군요, 괴수가 이상하게 온순하네요. 개막식 때와 많이 다르군요.

그에 이르이트 씨도 메마르게 답했다.

—상관없지 않습니까. 다음 경기를 위해서라도 생존자가 많은 편이 나으니.

이르이트 씨가 대통령의 의문을 불식시켰다. 어느덧 10분이 지났다. 사람들은 밀림을 거의 다 돌파해 골인 지점으로 향하고 있었다. 길을 헤매는 사람은 드물었다. 괴수들이 사람들을 공격하기는커녕 교묘히 길을 안내했기 때문이다. 시로니가 조종하는 괴수들은 익살스러웠다. 사람들이 길을 잘못 들면 험악한 꼬리로 바닥을 탕탕 치며 꾸짖고, 누군가 넘어지려고 할 땐 작은 촉수로 슬쩍 일으켰다. 보호가 이어지자 노예들의 안색이 초반과 많이 달라졌다. 그들은 디브리가 전한 말이 거짓이 아님을 깨달았고, 경기가 거의 끝날 즘엔 묘한 기대감에 들떴다. 이대로 순조롭게 경기가 끝났으면 좋았을 텐데…….

막판에 예정에 없던 비극이 일어났다. 거의 모든 팀이 괴수들이 포진해 있던 중간 지역을 통과했고, 이제 곧 골인 지점이었다. 사람들은 그곳에서 필연적으로 다른 팀과 마주칠 수밖에 없었다. 그런데 한 사람이 수풀 속에서 갑자기 나타난 상대편에 놀라 칼을 내질렀다. 그 칼은 맞은편에서 나타난 남자의 배를 찔렀고 중계 카메라는 그 사고를 똑똑히 담았다. 나는 너무 놀라서 옆으로 고개를 돌렸다. 그런데 끔찍하게도 귓가에선 환호성이 울렸다. 지루한 경기에 지쳐 있던 대통령이 터트린 감탄사였다.

—첫 사망자가 나왔네요.

그 신난 목소리에 소름이 돋았다. 죽은 사람은 찔린 사람이 아니라 찌른 사람 쪽이었다. 얼떨결에 찔린 사람이 눈이 뒤집혀 반격한 것이다. 심지어 그걸로 끝이 아니었다.

—보세요, 복수하려나 봐요.

그 말에 나는 깜짝 놀라 다시 스크린을 바라보았다. 대통령의 말처럼 살해당한 사람의 다른 팀원들이 경악하며 칼을 다잡았다. 살인자에게 변명의 여지는 없었다. 그가 곡괭이질 하듯 칼을 내리찍는 것을 다들 보았기 때문이다. 네 사람이 복부에 부상을 입은 남자를 덮쳤다. 무참한 살인이 또 한 번 일어났다.

대기실 사방에서 비명이 터져 나왔다. 스크린 중계를 보고 있던 여자들이 기겁하며 소리를 질렀다. 나도 숨을 참으며 그 광경을 외면했다. 하지만 귓전에서 울리는 대통령의 목소리까지 막을 순 없었다.

—이제야 좀 경기답네요. 이걸로 한 팀은 전멸했군요.

이럴 수가, 안 돼. 나는 망연자실 우거진 밀림을 바라보았다. 사람이 죽었다. 첫 번째는 실수였고 두 번째는 두려움이었다. 죽이지 않으면 죽는다는 두려움에서 비롯된 본능이 내리 다섯을 죽였다. 그리고 그 두려움은 믿음도 깨트렸다. 그들은 이제 더는 기적을 믿지 않을 것이다.

—제길…….

시로니의 나지막한 목소리가 귓전에서 울렸다.

—분위기 안 좋아요. 괴수들 시야로 보는 중인데 사람들 분위기가 눈에 띄게 경직됐어요. 비명 소리가 너무 컸어.

—어떡합니까, 이대로 진행합니까?

디브리가 물었다. 철창 너머를 보니 디브리가 입을 가린 채 소곤거리고 있었다.

—비서님, 노예들 중에서 그나마 유대가 생긴 대상이 있나요?

—네, 실험실 아이들을 구출하는 데 협조해 주기로 한 남자들이 있습니다.

—예정대로 진행하되 그 사람들 우선 확보하고 방금 다른 팀 전멸시킨 저 네 명 경계해요. 두 번째 경기에서도 칼부림할 확률이 높으니까. 공주님, 상당히 위험해졌으니까 여자들 사이에 숨어 있어요. 분위기 험악해지면 사정 보지 말고 자기 몸부터 지키고요. 알겠죠?

알트 군은 바로 두 번째 경기 진행시켜요. 괜히 시간 끌면 사람들 머릿속만 더 복잡해질 거예요.

나는 경황이 없어 대답하지 못했다. 그사이 경기는 종료되었다. 사망자는 모두 여섯. 무사히 도착점에 들어온 사람들은 피를 뒤집어쓴 네 사람을 보며 술렁였다. 불안이, 그리고 불신이 퍼져 나가고 있었다.

—생각보다 시시하게 끝났는데 두 번째 경기를 바로 시작하죠.

라이시의 목소리가 들려왔다. 나는 가슴을 졸이고 대통령의 대답을 기다렸다. 다행히도 라이시를 좋아하는 대통령은 그의 부탁을 선선히 들어주었다.

—좋아요. 나도 두 번째 경기를 빨리 보고 싶거든요. 무슨 일이 일어날지 정말 기대하고 있어요.

밀림이 지하로 사라지고 텅 빈 경기장에 벽이 쳐졌다. 드디어 여자들도 경기장으로 밀려 나가게 되었다. 거칠게 내모는 손길에 여자들은 마지못해 끌려 나왔다. 나는 맨 뒤에서 디브리와 함께 철장 바깥으로 나왔다. 그 와중에도 대통령의 목소리는 쉬지 않고 이어졌다.

—두 번째 경기가 시작되네요. 원래는 이렇게 곧장 할 마음이 없었는데, 생각해 보니 이르이트 씨는 내게 꽤 많은 부탁을 하는군요.

한없이 좋은 사람인 척했지만 대통령의 본질은 정치가였다. 뼛속까지 계산적인 그는 빌미를 잡고 은밀히 말했다.

—나도 부탁 하나 해도 될까요? 반드시 들어줬으면 하는데, 별로 어려운 건 아니에요.

애매하게 돌리는 말이 의미심장했다. 그래서 나는 경기장으로 걸어가면서도 귓가에 들리는 소리에 집중했다. 라이시가 짧게 되묻는 소리가 들려왔다.

—무엇을 원하십니까?

—이제 그만 정체를 밝혀 줬으면 좋겠어요.

대통령의 대답이 곧장 이어졌다. 동시에 딱딱한 구둣발 소리가 울려 퍼졌다. 가슴이 철렁 내려앉았다. 그것은 많은 사람이 라이시를 에워싸는 발소리였다.

—내가 여태 베푼 걸 생각하면 이 정도는 괜찮겠죠?

대통령의 목소리는 지금까지와 달랐다. 거기엔 깊은 갈증이 담겨 있었다.

"라이시……."

나는 신음했다. 하지만 시로니는 냉정했다.

—신경 안 써요, 알트 군. 그 정도는 혼자 해결할 수 있죠?

잠시 후 라이시의 대답이 돌아왔다.

—물론입니다.

그 목소리는 여느 때처럼 침착했다. 대통령을 향한 대답이기도 하고 시로니를 향한 대답이기도 했다.

그때부터 나는 정신을 차릴 수가 없었다. 눈앞의 상황과 귀에 들리는 상황이 뒤죽박죽 섞여 나를 어지럽혔다. 두 장소의 숨 막히는 긴장감이 날 사이에 두고 휘몰아치는 것 같았다. 나는 태연하려 애쓰며 경기장으로 걸어 나갔다. 그때 라이시의 목소리가 다시금 들려왔다.

—제 무슨 정체를 궁금해하시는 겁니까?

—서운하게 시치미 떼지 말아요. 도청기를 망가트려서 사람을 심었어요.

—그 사람이 헛소리를 전했나 보군요.

—그럴 리가요, 신원조차 불분명한 이르이트 씨보단 훨씬 믿을 만한 사람이에요.

동전 줍듯 남의 이야기를 챙기는 높으신 분, 일전에 우리 방에 도청기를 놓았던 사람이 바로 대통령이었다. 그는 도청기가 발각되자 포기하지 않고 우리 주변에 사람을 붙여 두었나 보다.

"어이, 이봐!"

라이시 쪽에 정신이 쏠려 있던 나는 한 목소리에 퍼뜩 정신을 차렸다. 놀라서 뒤를 돌아보니 노예 관리자 한 명이 점점 닫히는 문 밖에서 다급히 손짓하고 있었다. 그가 애타게 부르는 사람은 디브리였다. 그는 직원인 디브리가 경기장에 갇힌 줄 알고 당황해서 소리치고 있었다. 하지만 디브리는 대답하지 않고 묵묵히 돌아섰다. 대기실과 이어진 통로는 완전히 닫혔고 이로써 남자들과 여자들, 그리고 나와 디브리까지 모두 경기장에 서게 되었다.

널따란 경기장, 거기 갇힌 150여 명의 사람들은 등을 벽에 붙인 채 주변을 경계했다. 여인들은 여전히 아리따운 드레스 차림, 반면 남자들은 한차례 밀림을 헤매 진흙투성이다. 그 사이에서 살인자를 찾는 건 어렵지 않았다. 진흙도 붉었지만 피는 그보다 더했다. 팽팽한 긴장감이 열사의 더위를 더 숨 막히게 만들었다. 그 와중에도 귓전에 울리는 대통령의 목소리는 느긋했다.

—나는 시로니 박사가 가끔 하는 말들이 다 장난인 줄 알았어요. 그런데 당신을 보며 확신이 생겼죠. 당신은 우리가 모르는 다른 세상에서 온 게 분명해요. 아닌가요?

우리는 대통령을 너무 우습게 보았다. 그는 우리 생각보다 촉이 좋은 인물이었다. 그는 몇 년간 묘연했던 시로니의 행방과 도무지 캐낼 수 없는 이르이트 씨의 정체, 그리고 자신을 매료시킨 노예를 수상히 여겼다. 그는 미심쩍어하다 옥션에서 치열하게 경쟁했던 사람이 누군지 알아보았고, 끝내는 그 셋이 기묘한 상관관계에 있다는 걸 눈치챘다. 결국 지금까지 꿍꿍이를 감추고 비위를 맞춘 것은 이르이트 씨가 아니라 대통령 쪽이었다.

—만약 그렇다면 어쩌실 겁니까?

이르이트 씨가 덤덤히 되물었다. 그러자 대통령은 웃음을 터트렸다.

—나한테도 그 세계를 안내해 줬으면 해요.

—그 세계로 나가서 뭘 하려는 겁니까?

—걱정 말아요, 그저 친선하고 싶을 뿐이에요.

믿을 수 없는 말이다. 정말 친선을 원한다면 사람을 포위하고 협박하지 않을 것이다. 라이시도 비슷한 생각인지 나직이 답했다.

—집 안에서 길들여진 고양이는 밖에 나가면 대개 죽습니다.

—이르이트 씨는 생각보다 소심한 사람이었군요. 집고양이 신세에 만족하란 뜻인가요?

—아니요. 정말 밖으로 나오고 싶다면 집고양이의 습성부터 버리

라는 뜻입니다.

불리한 상황인데도 이르이트 씨의 말엔 가감이 없었다. 그에 대통령은 이채롭다는 듯 되물었다.

—그건 거절인가요?

—말 그대로이니 곡해하실 필요는 없습니다.

대통령이 또 한 번 웃음을 터트렸다. 라이시는 침착하게 대화를 이끌었고 그 덕에 나는 우선 한시름 놓았다. 숨죽이며 상황을 살피던 시로니도 다시 입을 열었다.

—역시 이르이트 씨는 알아서 잘하네요. 시간 끌어 주는 동안 비서님도 서둘러요. 분위기 안 좋은데 저 사람들 설득하는 거 가능하겠어요?

—시도해 보겠습니다.

디브리가 굳게 답했고 나도 다시 경기장 상황에 집중했다. 전략 매니저들이 벽 밖에서 소리치고 있어서 경기장 주변은 아주 소란스러웠다. 경기를 설명하는 방송이 흘러나왔다. 두 번째 경기도 규칙은 간단했다. 경기장에 있는 사람을 아무나 한 명 죽이면 미션 통과. 미션을 수행한 자들은 집게로 들려 경기장에서 빠져나가게 된다. 이번 경기는 마지막 한 사람이 죽을 때까지 계속된다. 말 그대로 데스 매치였고 여자들은 이 무자비한 경기의 볼거리이자 희생양이었다.

경기 규칙을 듣고 사람들은 더욱더 벽 쪽으로 물러났다. 여자들은 사색이 되었고 남자들은 서로의 눈치를 보느라 바빠졌다. 망설임과 살의를 함께 내보이는 것은 남자들만이 아니었다. 몇몇 대담한 여자들도 남자들이 돌진해 오기 전에 자기 옆 사람을 죽이는 방법을 궁리했다.

전략 매니저들은 자신의 팀에 조언을 퍼부었다. 절대 먼저 움직이지 마라, 혹시 접전하면 속전속결이다, 마지막까지 체력을 비축하고 있다 지친 사람을 노려라……. 그들의 외침 속에서 시로니의 말이 생각나는 까닭은 뭘까.

호문클루스, 조작당한 가련한 생물. 그건 지금 우리의 꼴과 더없이 어울리는 말이 아닐까? 우린 장난감 상자에 갇혀 실험을 당하고 있다. '죽이면 살려 줄게, 네 옆 사람을 아무나 한 명만 죽여 봐.' 그 속삭임에 사람들은 갈등하고 결심하고 무너지고, 호문클루스의 몰락이 처절하면 처절할수록 저 유리 너머는, 저 플라스크 바깥의 누군가는 열광하고. 모든 상황이 뜨거운 햇빛과 맞물려 머리를 아찔하게 만들었다. 현기증을 느끼던 그때, 디브리가 천천히 경기장 중앙으로 나아갔다.

"여러분, 약속대로 구하러 왔습니다. 다들 무기 내려놓고 협조해 주십시오."

그를 알아본 남자들이 술렁댔다. 하지만 그들은 무기를 놓는 대신 경기장 한 구석, 피를 뒤집어쓴 자들을 바라보았다. 그 시선이 의미하는 바는 명백했고 이 때문에 살인자들의 기세는 더 사나워졌다. 분위기가 험해지자 디브리가 재빨리 중재에 나섰다.

"그건 사고였습니다. 제발 믿어 주십시오. 지금 무기만 내려놓으면 우리는 모두 탈출할 수 있습니다. 그 증거로 저도 여기 들어왔습니다."

디브리의 단호한 말에 남자들이 다시 웅성댔다. 나는 긴장하고 분위기를 살폈다. 남자들은 선택을 망설이고 있었다. 다행히도 흐름이 나빠 보이지는 않았다. 지난 이틀간 디브리는 사람들과 충분히 대화를 나눴고 시로니가 조종한 괴수는 그들에게 확신을 심었다. 게다가 마지막 살육이 우발적이었다는 것도 다들 알고 있다.

그럼에도 망설이는 이유는 두려움 때문이다. 무장한 사람들 사이에서 혼자 무방비해지려면 큰 용기가 필요했다. 그리고 지금 우리는 그런 용기를 가진 사람이 필요했다. 어려운 것은 시작이다. 단 한 명만 무기를 내려놓으면, 그래서 하나둘씩 그 첫 사람을 따라 무기를 내려놓으면 우리는 이 지옥에서 탈출할 수 있다.

나는 입술을 깨물고 그들의 선택을 기다렸다. 한 명만, 제발 단 한 명만. 이 살인 경기의 판도를 뒤집어 줄 한 사람을 나는 간절히 기다렸다. 조금 더 기다렸다면 누군가가 용기를 내주었을까? 하지만 우리에겐 기다릴 시간이 없었다. 우리를 장난감으로밖에 생각하지 않는 어느 조급한 사람 때문에.

—저기서 노예들을 구출할 생각이었죠? 경기장 위에서 탈출이라니, 참신하네요. 저 남자도 누군지 알아요. 시로니 박사와 함께 있던 남자였죠?

대통령이 다시 이쪽으로 관심을 보이며 말했다.

—그런데 날 너무 우습게 봤나 봐요. 어떻게 탈출할지는 모르겠지만 내 허락 없이는 쉽지 않을 거예요. 저들을 붙잡기 전에 다시 한

번 부탁할게요. 당신의 세계를 알려 줘요.

대통령의 갈증 섞인 청원에 라이시는 조심히 대답했다.

―원하시는 바는 알겠습니다. 하지만 목적이 정말 친선이라면 과정도 그렇게 해주십시오.

라이시가 회유를 시도하자 대통령은 웃음을 터트렸다.

―요즘 젊은이들은 늙은이를 우습게 보죠. 그러다간 큰코다쳐요. 나이 들도록 정치판에 있으면 상대가 적당히 궁리하는 게 다 보인답니다.

라이시가 뭐라 되물은 것 같다. 하지만 그 소리는 다른 소음에 가려져 들리지 않았다. 철컥대며 기계 돌아가는 소리가 들렸다. 동시에 경기장을 둘러싼 벽에서 날카로운 가시가 촘촘히 솟아났다. 벽에서 가시가 돋자 사람들은 놀라서 물러났다. 그걸로 끝이 아니었다. 다시 한 번 기계 소리가 나더니 이번엔 벽이 점점 움직였다. 가시가 돋아난 벽은 사람들을 몰며 공간을 좁히기 시작했다. 사람들이 질겁하여 벽을 바라보며 뒷걸음치는데 대통령의 목소리가 평화롭게 울렸다.

―이게 내가 사람을 다루는 법이에요. 열을 가진 사람에게 아홉을 빼앗고 하나만 남겨 두면 그 이후론 꼼짝 못 하죠. 데리고 다니던 계집애도 저 안에 있죠? 혹여 살아남을 거라는 기대는 하지 말아요. 살아도 죽일 테니까.

나는 소름이 끼쳐서 이어폰을 뺐다. 그러자 신경이 분산되던 것이 사라지고 내가 속한 주변의 공기가 더 생생해졌다. 조금씩 마음을 열고 있었는데, 무기를 막 버리려 했는데. 그런데 이곳은 다시 아수라장이 되었다. 벽은 사람의 걸음과 비슷한 속도로 밀려왔고 그 때문에 사람들은 남녀 할 것 없이 아우성쳤다. 날카로운 벽을 피해 물러나면 무기 든 적들이 기다린다. 명백한 진퇴양난, 망설이거나 생각할 시간이 없었다. 이젠 죽을지 죽일지를 서둘러 정해야 한다.

나는 어지러운 기분으로 주변을 황망히 둘러보았다. 남자들은 무기를 내려놓지 않고 신중히 걸음을 옮겼다. 사방을 살피는 그들의 눈에는 적개심이 가득했다. 가운데 있던 디브리는 그들과 거리가 좁혀지자 뒷걸음쳐 여자들이 있는 방향으로 물러났다. 하지만 여자들이 있는 곳이라고 안전한 건 아니었다. 맨몸으로 내던져진 그들은 이곳에서 가장 절박했다.

그 절박함은 곧 행동으로 드러났다. 무기를 내려놓을 용기보다 타인을 해칠 용기가 아무래도 더 쉬웠던 모양이다. 소란 속에서 한 여자가 옆에 있던 다른 여자를 벽으로 밀었다. 그 바람에 상대 여자는 가시에 긁히고 말았다. 다친 여자가 비명을 질렀고 그 소리는 사람들을 더욱 혼란에 빠트렸다. 공격당한 여자는 부상을 입고 도망치려 했다. 그러나 공격한 여자는 호락호락 놓아주지 않았다.

주변의 다른 여자들은 어쩔 줄 몰라 하며 더욱더 몸을 사렸다. 하지만 이대로 두면, 이대로 저 여자가 첫 번째 살인자이자 승리자로 등극하면 다들 어떻게 돌변할지 모른다. 그것만은 반드시 막아야 했다. 나는 절박한 심정으로 사람들을 헤치며 그들에게 달려갔다.

"멈춰요, 싸우면 안 돼요!"

나는 주저앉아 웅크린 여자와 억척스럽게 몰아붙이는 여자 사이로 다급히 끼어들었다. 하지만 공격하던 여자의 기세는 꺾이지 않았다. 이미 시작한 일을 멈출 수도 없는 노릇, 멈춘들 주변에서 이 일을 없던 것으로 해주지도 않을 터. 그는 이미 절박했다.

"비켜!"

여자가 사납게 소리치며 나를 밀쳤다. 나도 벽으로 내몰려 가시에 찔리고 말았다. 날카로운 쇠붙이가 피부에 스치는 감각은 섬뜩했다. 어깨에서 가늘게 피가 흘렀다. 아, 맨살을 찢기는 것은 이토록 아픈 일이다. 그런데 하물며 칼에 찔린다는 것은, 죽는다는 것은? 그렇다. 그것은 정녕 두려운 일이다. 그래서 사람들은 타인을 다치게 하더라도 자신만은 다치지 않기를 바란다.

그런데 누군가를 상처 입히면 우린 정말 안전해질까? 아니, 그렇게 해서 살아남으면 또 똑같은 선택을 강요당할 뿐이다. 또 타인을 죽여 위기를 극복할 것인가? 생존을 위해 마지막의 마지막까지 상대를 죽인다면, 이 세상에 혼자가 될 때까지 싸운다면 그땐 과연 만족할 수 있을까?

나는 상처에서 눈을 돌리며 이를 악물었다. 지금 우리가 해야 할 일은 이 살인 경기에서 승리하는 것이 아니다. 호문클루스로서 목숨을 부지하는 것이 아니다. 정말 우리가 해야 할 일은, 이 플라스크를 부수고 탈출하는 것이다. 나는 지면을 향해 손을 펼치며 소리쳤다.

"체히하!"

반지를 시동하자 사람과 벽 사이의 바닥이 솟구쳐 일어났다. 허리 높이까지 올라온 모래 더미가 벽을 막아섰고 모래를 삼킨 벽은

끼릭끼릭 헛돌았다. 벽이 이동을 멈추자 사람들이 다시 웅성거렸다. 먼 곳의 남자들은 영문을 몰랐지만 여자들은 모두 나를 바라보았다. 그때까지 머리채를 붙잡고 붙잡힌 채 벽으로 떠밀고 떠밀려지던 두 여자도 행동을 우뚝 멈췄다. 나는 다시 그들에게 다가가 단호히 말했다.

"여기서 나가게 해줄게요. 제발 싸우지 말아요."

바닥이 솟구치는 광경에 놀란 여자는 나를 두렵게 바라보다 붙잡고 있던 머리채를 덧없이 놓았다. 나는 바닥에 엎드린 여자를 일으켰다. 원래의 곱던 모습이 눈물과 손톱자국으로 엉망이었다. 가까스로 싸움을 말리고 나는 깊게 숨을 들이마셨다. 가시 벽은 여전히 기계음을 내고 있었다. 저 모래 더미가 얼마나 버틸지 모르겠다. 잠깐 시간을 벌었지만 사람들의 흥분과 불안은 이미 극에 달했다. 디브리도 이미 칼날을 피해 멀찍이 물러난 후였다.

나는 숨을 내뱉으며 다시 주변을 둘러보았다. 이글대는 모래땅이 삭막했고 그 탓에 목이 말랐다. 주변엔 거친 숨소리만 가득했다. 밀려든 벽 때문에 경기장은 아까보다 좁았다. 그럼에도 중심은 텅 비어 있었다. 모두의 표적이 될 수 있는 저 자리는 위험하기에 아무도 서지 않았다. 우린 저 곳에 설 한 사람이 필요했다.

나는 다시 한 번 숨을 깊게 내쉬었다. 그리고 천천히 걸음을 옮겼다. 처음 몇 걸음은 여자들 틈이어서 아무도 신경 쓰지 않았다. 다음 몇 걸음은 나를 여자들과 분리시켰고 몇몇 사람이 날 돌아보았다. 그 후 이어진 걸음부터는 모든 사람이 나를 주목했다. 사람들은 숨을 죽였고 그 빈 곳엔 내 자박대는 발소리만 남았다. 잠시 후 나는 누구와도 가깝지 않고 모두와는 가장 가까운 자리에 서게 되었다. 경기장 한가운데, 모두가 바라보는 그 자리에.

혹 누군가 달려든다면 도망칠 수 있을까? 도망친다면 어디로 도망칠까. 이미 모든 사람의 눈에 사로잡혔는데. 이로써 나는 모든 사람의 첫 번째 표적이 되었다. 만약 지금부터 사람이 죽는다면 가장 먼저 죽는 것은 아마도 나일 것이다.

모두와 살기 위해 나는 죽음 앞에 섰다. 그 길에서 웃는 것은 온 힘을 다하더라도 불가능했다. 입술을 깨물고 마른 침을 삼켰다. 심장이 뛰다 못해 터질 것 같았다. 후들거리는 다리가 갑자기 주저앉지 않기만을 바랄 뿐이다.

“다들 겁내지 마세요.”

애써 말했지만 아무도 반응하지 않았다. 나는 가까스로 호흡을 고르며 사람들을 둘러보았다. 경계하는 여러 무리 중 피를 뒤집어쓴 남자들이 눈에 띄었다. 나는 다시 천천히 걸음을 옮겼다. 내가 다가갔지만 그들은 경계하지도 두려워하지도 않았다. 맨몸으로 걸어오는, 굳이 위협하지 않아도 이미 겁에 질린 여자아이를 무서워할 남자는 세상에 없었다. 하물며 그들은 커다란 무기로 스스로를 지키고 있었다. 내가 당도할 때까지도 그들은 움직이지 않았다. 나는 언제 돌변할지 모르는 맹수를 앞에 둔 심정으로 조심히, 아주 조심히 걸음을 마저 내디뎠다. 그리고 그 앞에서 말했다.

“데리러 왔어요.”

당당하게 말하고 싶었는데, 내 입술에서 흘러나오는 목소리는 속삭임이나 흐느낌에 불과했다. 마주 선 남자는 체구가 컸고 얼굴이 무서웠다. 그의 얼굴엔 핏방울이 페인트처럼 튀어 있었다. 그 남자도 나처럼 쉰 목소리로 물었다.

"네가 공주인가?"

나는 묵묵히 끄덕였다. 그때 모래를 먹고 헛돌던 벽이 덜커덩 흔들렸다. 허리 높이까지 쌓여 있던 모래 담이 어느새 허물어져 무릎 높이로 낮아졌다. 나는 다급한 마음에 다시 한 번 그를 바라보았다. 벽이 흔들려 동요한 것은 그도 마찬가지였다. 그는 궁지에 몰린 짐승처럼 숨을 몰아쉬며 말했다.

"나는 널 죽일 수도 있어."

아무런 말도 할 수 없었다. 나는 입술을 꼭 깨문 채 간신히 눈을 들어 그 남자의 형형한 눈을 마주 보았다. 어쩐지 눈물이 날 것 같아서 울지 않으려고 안간힘을 써야 했다.

"그러지 않아도 괜찮아요."

나는 손을 들어 그의 피 묻은 손에 조심히 포갰다. 아무것도 없는 맨손이지만 내 손이 닿자 그는 불에 덴 듯 흠칫 경련했다. 하지만 나는 물러나지 않고 그의 손을 꼭 쥐었다. 내 작은 손이 잡을 수 있는 건 그의 손가락 몇 개가 다였다.

"구해 줄게요. 그러니까 죽이지 않아도 괜찮아요."

무표정하던 남자의 얼굴이 일그러졌다. 그는 이를 악물며 고개를 내저었다. 괜찮아요, 내가 다시 한 번 속삭이자 그는 결국 고개를 떨어트렸다. 플라스크의 호문클루스가 아닌 남자는, 냉혹한 살인마 또한 아니었던 그는 이윽고 잔뜩 멘 목소리로 속삭였다.

"아까 일은 실수였어."

그렇게 말할 때 그의 눈가는 나처럼 젖어 있었다. 그것을 숨기려는 듯 남자는 두 손으로 얼굴을 가렸다. 얼굴을 감싸는 손은 비어 있었고, 그의 무기는 이미 모래에 떨어졌다.

"정말 실수였어."

그가 되뇌었다. 후회 섞인 목소리로. 나도 목이 메어 아무런 말도 못 하고 고개를 끄덕였다. 얼굴을 가린 그는 볼 수 없겠지만, 그래도 나는 묵묵히 끄덕였다.

맨살을 찢기는 건 아픈 일이다. 그래서 사람들은 타인을 다치게 하더라도 자신만은 다치지 않기를 바란다. 하지만 그렇게는 예정된 파멸에서 벗어날 수 없다. 우리가 그 굴레에서 벗어날 수 있는 유일한 방법은 무기를 내려놓는 것. 그것이 내가 바란 단 한 가지였다.

"고마워요."

나는 자그맣게 인사하고 고개를 들었다. 드디어 한 사람이 무기를 놓았다. 이로써 우리는 모두를 구할 수 있게 되었다.

내가 고개를 들자 곁에 있던 남자들도 하나둘 손에서 무기를 내려놓았다. 피로 얼룩진 흉기는 바닥에 떨어져 뜨겁게 달궈진 모래 속에 파묻혔다. 나는 조금 떨어진 곳에 있는 다른 무리도 바라보았다. 그들도 눈을 내리깔며 말없이 무기를 버렸다. 무기를 단념하는 그들은 홀가분한 듯도 하고 미안한 듯도 했다.

그 후 내 시선이 닿는 곳마다 무기는 버려졌다. 모두가 맨손이 되는 것은 금방이었다. 유리 벽 너머의 사람들은 이곳에서 무슨 일이 벌어졌는지 알지 못했다. 사람들을 향해 전략을 외치던 자들도 몰려든 벽에 시야가 가려져 참견할 수 없었다.

"다들 가운데로 모여 주십시오."

남자들이 무기를 내려놓자 디브리가 말했다. 가장 먼저 발을 내디딘 사람은 가장 먼저 무기를 내려놓은 그 사람이었다. 그를 따라 사람들은 경기장 가운데로 모였다. 그들의 뒷모습에 안도하며 나는 오랫동안 참았던 눈물을 결국 터트렸다. 눈물이 햇살을 어지럽게 부수며 앞을 가렸지만 나는 묵묵히 걸어가는 그들을 끝까지 바라보았다.

"그럼 전에 말씀드린 대로 부탁합니다. 여성분들도 사이사이에 끼어 주십시오."

맨몸으로 모인 남자들은 디브리의 통솔에 따라 양옆 사람과 팔짱을 꼈다. 사슬처럼 팔을 묶은 그들은 긴밀하고 단단한 원을 만들었다. 여자들은 여전히 영문을 몰랐지만 그래도 기대를 품고 협력했다.

"무슨 일이 있어도 팔을 풀지 마십시오."

디브리가 당부할 때 그들은 서너 개의 완벽한 원을 만들었다. 나는 눈물을 닦으며 그들에게로 걸어갔다. 걸어가면서 라이시의 소식을 듣기 위해 아까 뺀 이어폰을 다시 귀에 꽂았다. 시로니의 말처럼 그는 역시 걱정할 필요가 없었다. 내가 다시 이어폰을 꽂았을 때 그쪽의 소란은 거의 끝날 무렵이었고, 그 끝엔 대통령의 신음이 있었다.

—나, 날개?

대통령이 겁에 질려 중얼댔다. 그의 관람 부스에서 무슨 일이 벌어졌는지는 그 소리만으로도 알 수 있었다. 그곳에서 라이시가 대통령에게 물었다.

—마지막으로 묻고 싶은 게 있습니다.

라이시의 목소리는 평화로웠지만 대통령은 기겁하며 소리를 질렀다. 그래도 라이시는 아랑곳 않고 진지하게 물었다.

—정말 나를 좋아하셨습니까?

—뭐, 뭐라고?

대통령은 당황했는지 말까지 더듬으며 되물었다. 이제 이르이트 씨가 아닌 라이시는 거기서 대답을 얻고 홀가분히 말했다.

—아닌 것 같아 다행입니다. 마음의 짐을 덜었습니다.

라이시의 목소리가 유쾌했다. 그래서 나도 그만 웃음을 터트리고 말았다. 울면서 웃는 못난이가 된 나는 사람들의 원 사이로 들어갔다. 라이시도 저 관람석에서 나와야 할 때가 됐다. 그는 나름 정들었을 대통령에게 마지막으로 인사했다.

—더 큰 세상이 있다는 걸 알았다면 두려움을 가지십시오. 훗날 때가 되어 우리가 당신들을 구할 수 있게 말입니다.

그래, 잘 말했다. 정말 두려움을 가졌으면 한다. 타인에게 선을 긋는 헛된 두려움이 아니라 스스로의 행실을 돌아보는 진짜 두려움을. 우리가 메트로폴리스까지 갔을 때 이들처럼 구해 낼 수 있도록.

나는 나를 에워싼 많은 사람을 기쁘게 바라보았다. 말을 마친 라이시는 관람석의 유리를 깨트렸다. 와장창 깨지는 소리는 이어폰에서도 들렸고 실제로도 들렸다. 그 소리를 신호로 나는 모래 바닥을 짚으며 큰 소리로 반지를 구동해 바닥을 무너트렸다. 자, 그럼 작전 시작이다!

—이 바보 공주! 멍청이! 내 말을 이렇게까지 개무시한 건 당신이 처음이야! 아아악, 젠장! 남자였다면 빰을 때리거나 사귀자고 할 텐데!

시로니의 격한 목소리가 귀에서 쨍쨍 울렸다. 아, 이어폰은 지하에 도착해서 다시 낄걸 그랬다. 어째 조용하다 했는데 시로니는 바닥이 무너지자마자 뒷목 잡고 쓰러질 기세로 소리를 지르기 시작했다.

—위험하니까 찌그러져 있으라 했잖아! 어? 내가 혼잣말을 했나? 아니면 꿈에서 말했어? 대답 좀 해봐, 이 겁 없는 공주야!

시로니가 계속해서 소리쳤지만 나는 여유가 없어서 대답하지 못했다. 시로니를 멈추게 한 것은 라이시였다. 이어폰에서 그의 목소리가 들려왔다.

—너무 다그치지 마십시오.

—뭐야, 지금 여자 친구 편들어?

—아니요, 제가 나중에 제대로 혼낼 예정입니다.

아, 뭐지? 다들 안전해졌는데 왜 나만 위험해진 거지? 뭔가 억울하지만 신경 쓸 겨를이 없다. 지금 기백 명과 자유 낙하 중인데 나중 일이야 알게 뭐야! 바닥을 무너뜨리며 추락하는데 무너진 잔해 사이로 아래층의 또 다른 바닥이 보였다. 나는 다시 한 번 소리쳤다. 그 바닥이 무너지도록, 체히하! 아까 콜로세움의 모래 바닥에서부터 쭉 해오던 일이다. 우리의 탈출 루트인 지하로 가기 위해 우린 가장 단순하고 무식한 방법을 택했다. 바로 바닥을 무너트리는 것. 그런데 콜로세움은 5층, 우리의 목적지는 지하 3층. 그래서 나는 총 일곱 개의 바닥을 무너트려야 한다. 지금이 다섯……, 다음이 여섯……. 자, 이제 마지막 일곱 개째다!

"체히하! 체히하! 체히아아악!"

나는 젖 먹던 힘까지 쥐어짜며 소리쳤다. 쿠앙! 굉음과 함께 바닥이 움푹 무너졌다. 바닥이 무너지는 걸 보고 나는 꽥 하고 그만 정신을 놓았다. 아, 진짜 너무 힘들다! 그래도 할 일은 다 했어! 난 이제 몰라, 더는 아무것도 못 해!

나와 함께 무너진 바닥을 세던 디브리가 품속에서 반중력기를 꺼냈다. 이르이트 씨가 무중력실에서 빼낸 코어로 시로니가 만든 간이 장치다. 디브리는 장치를 바닥에 던졌고 그것은 곧 가동되며 추락하는 사람들의 몸을 밀어냈다. 추락하던 속도가 현저히 줄어들면서 서로 팔짱을 낀 사람들은 이윽고 무사히 착지할 수 있었다. 단, 혼자였던 나와 디브리는 위기였다.

머리부터 격렬하게 바닥으로 향하던 디브리는 훈련받은 군인답게 재빨리 몸을 굴렸다. 문제는 내 쪽이었다. 마찬가지로 맨땅에 격렬하게 헤딩 중이던 나는, 훈련받지 못했을뿐더러 반지에 기력을 다 쏟아 아무것도 할 수 없었다. 눈을 꾹 감는 것밖엔. 이대로 떨어져도 죽진 않겠지, 으윽!

눈을 질끈 감았지만 그건 괜한 걱정이었다. 나한텐 무슨 일이 있어도 지켜 주겠다고 한 남자 친구가 있었으니까. 충돌 대신 느껴진 따스함에 나는 찡그리던 눈을 살며시 떴다. 하얗게 일렁이는 날개 사이로 반가운 얼굴이 보였다. 라이시였다.

"괜찮아?"

"이번엔 진짜 죽는 줄 알았어……."

나는 힘이 쭉 빠져서 모기 소리로 대답했다. 그러자 라이시는 한숨을 정말 깊게 내쉬더니 이를 악물고 말했다.

"고맙다, 살아 줘서."

반어법 아니지? 화난 것도 아니지? 물어보고 싶었지만 그럴 기운이 없었다. 아고, 힘들어. 행주의 물기 짜듯 기력을 죄다 짜낸 기분이다. 처음엔 내가 바닥 일곱 개를 어떻게 부수냐고 했는데 겨우겨우 하긴 했다. 만약 중간에 막히면 일단 착지하고 디브리가 이어서 부숴야 했는데 다행이다. 디브리의 기력을 아낄 수 있어서.

여기까지가 우리의 무식하고 무모하고 무리한 작전의 첫 단계다. 아무도 버릴 수 없는 날 위해 시로니가 다시 세운, 놀이터에 노예로 잡혀 온 사람들까지 모조리 구해 내는 작전. 우리가 바닥으로 착지하자 무너진 잔해 사이로 괴수들이 불쑥 몸을 내밀었다.

—자자, 사람들 얼른 태워요. 윗동네 멍청이들은 못 쫓아오겠지만 영주들은 언제 나타날지 모르니까!

시로니의 닦달에 디브리는 사람들을 괴수에 태웠다. 대부분 거대한 민달팽이의 등에 올라탔고 남자 서른 명은 말보다 큰 거미의 목에 올라탔다. 디브리는 거미에 올라탄 남자들에게 소리쳤다.

"여러분, 그럼 각자 흩어져서 실험실에 갇힌 아이들을 구조해 주시기 바랍니다! 거미의 목에 묶인 꾸러미를 보시면 통신기가 있습니다. 그걸 귀에 꽂으면 지시가 내려질 겁니다! 지시에 따라 아이들을 캡슐에 태워 데려오시면 됩니다!"

디브리는 그렇게 외치고 민달팽이에 올라탔다. 민달팽이는 곧장 시로니가 있는 개조 요새로 향할 것이고 거미들은 지하 통로로 흩어져 연구소로 향할 것이었다. 실험실의 아이들을 구하기 위해.

나와 라이시 앞으로도 거대한 거미 한 마리가 기어왔다. 라이시는 나를 안은 채 그 위로 올라탔고, 우리까지 올라타자 지하도의 듬성듬성한 불빛이 훅 꺼지며 깜깜한 어둠이 내렸다. 괴수들은 어둠 속을 소리 없이 질주하기 시작했다. 통로는 고요했다. 나는 힘이 빠져서 말할 수 없었고 라이시는 아까부터 말이 없다. 그 고요를 깨트린 건 통신기를 통해 울린 시로니의 목소리였다.

―안녕하세요, 여러분. 아이들을 구하는 데 협조해 주셔서 감사해요. 목숨 건 도전에는 갈채를, 하지만 우리도 여러분을 구하느라 죽을 뻔했으니 여러분도 기꺼이 감내해 주길 바라겠어요.

아, 항상 그랬지만 이번에도 쓸데없는 말이 좀 많다.

―지금 전기를 잠깐 끊어 놨어요. 이로써 CCTV도 통신도 모두 먹통, 소란은 눈치채겠지만 무슨 일인지 파악하는 데는 시간이 좀 걸리겠죠. 군인과 과학자, 그리고 무시무시한 영주님들의 시선이 놀이터에 몰린 사이 우린 실험실을 털 거예요.

—선배, 근데 이거 걸리면 우리 큰일 나는 거 아니에요?

—큰일은 진작 났어, 멍청이들아. 방송 중이니까 조용히 해.

시로니의 후배가 잠시 항변했지만 시로니는 매몰차게 타박한 후 말을 이었다.

—괴수 거미가 여러분을 각 연구소로 안내할 거예요. 도착하면 제 지시대로 연구소에 잠입해서 아이들을 구해 오시면 돼요. 꾸러미를 더 보시면 분사형 생물 축소액과 캡슐이 있을 거예요. 아이들에게 축소액을 뿌리고 캡슐에 태워 데려오시면 돼요. 애들 앉히면서 안전벨트 매라는 말 꼭 해주시고요.

시로니는 당부와 함께 각 거미의 목적지와 거리, 그리고 구해야 할 아이들의 수를 전했다. 나는 라이시에게 안긴 채 그 소리를 듣다가 킥킥 웃었다. 우여곡절 끝에 여기까지 왔다는 게 신기해서 웃음이 나왔다.

"웃어?"

내가 혼자 웃는 걸 보고 라이시가 기가 차다는 듯 말했다. 냉랭한 목소리라서 나는 웃음기를 지우고 소심히 되물었다.

"왜……."

"너 돌아가면 정말 혼날 줄 알아."

"너무해."

"그럼 좋은 소리 들을 줄 알았나?

나는 할 말이 없어서 그의 어깨에 얼굴을 파묻었다. 이러면 혹시 기분을 풀까 해서. 소용없었다. 그는 여전히 화가 난 상태였다. 잠시 후 그가 다시 물었다.

"힘들어?"

"아니, 이제 괜찮아."

"그럼 일어나, 옷 갈아입어."

라이시가 거미의 목에 달린 꾸러미에서 옷 한 벌을 꺼냈다. 경기장에서 탈출할 때까지 드레스 차림일 나를 위해 시로니가 마련한 거였다. 이 차림 그대로 지하도에 있으면 눈에 엄청나게 띌 테니까.

갈아입으라고 했지만 나는 꼼짝 않고 누워 있었다. 아직은 피곤해서 몸이 무거웠다. 그러자 라이시가 가차 없이 말했다.

"안 일어나면 내가 갈아입힌다."

그 말에 나는 지체 않고 벌떡 일어났다. 아, 원래도 그렇지만 지금이 녀석 참 까칠하다. 유별나게 엄격해. 까만 어둠 속이지만 라이시는 겉옷으로 가려 주었고 나는 그 안에서 주섬주섬 옷을 갈아입었다. 그 옷은 라이시가 입은 옷과 똑같은 검은색 군복이었다.

아까 대통령은 정장 대신 군복 차림으로 나타난 이르이트 씨를 보고 웃었다. 콜로세움 관람에 잘 어울리는 옷차림이라면서. 콜로세움이 열리면 분위기를 내려고 군복 내지 전투복 코스튬을 하는 사람도 적지 않았는데 대통령은 이르이트 씨도 그랬다고 생각한 모양이었다. 그게 실전을 위한 복장이라는 의심은 과연 했을까? 모르겠다. 그 대통령 아저씨는 정말 속을 알 수 없는 사람이었다.

옷을 갈아입고 우리는 얼마간 더 이동했다. 잠시 후 거미가 멈췄고 라이시는 내게 반지를 받으며 거미에서 내렸다.

"금방 갔다 올게."

라이시는 그렇게 말한 후 시로니의 지시를 따라 어둠 속으로 달려갔다. 거미는 혼자가 된 나를 숨기기 위해 구석에 웅크렸다. 옆에서 함께 따라온 괴수 몇 마리도 그 주변을 에워쌌다. 벽이 무너지는 굉음이 울리기 시작한 것은 그때부터였다.

우리가 향한 이 연구소는 집결지로부터 가장 멀고 보안이 견고했다. 그래서 우리가 이쪽으로 왔다. 벽째 무너뜨려 뚫고 가려고. 라이시가 이렇게 잠입 아닌 난입을 벌이면 시선은 자연히 이쪽으로 쏠릴 거다. 우리는 미끼이기도 하다. 군대든 과학자든, 심지어 영주라도 올 테면 이쪽으로 오라는 심산이다. 상대가 누구든 치포라로 도망칠 자신이 있으니까.

라이시가 아이들을 구해 올 동안 나는 기력을 회복하려고 얌전히 눈을 감았다. 그때 이어폰에서 목소리가 들려왔다.

—공주님, 들리십니까?

디브리였다.

—이쪽 상황 보고 드립니다. 저와 함께 이동한 사람들은 모두 요새에 탑승했습니다. 저는 이제 동력실로 들어가서 요새 가동시키고 대기할 예정입니다.

"네, 잘됐네요. 알려 줘서 고마워요."

—그리고 감사합니다, 설득은 제 역할이었는데 도와주셔서 살았습니다.

나는 뭘 인사까지 하냐며 웃으려 했지만 그보다 디브리의 말이 한발 빨랐다.

―그럼 삼가 명복을 빕니다.

"무슨 소리예요?"

―알타쉬헤트 씨가 아까 대통령한테 으름장 놓을 때 엄청 살벌했는데, 지금은 괜찮습니까?

"으름장이요?"

―공주님이 가운데로 나설 때 말입니다. 소리 못 들으셨습니까? 그때부터 다 때려 부수고 대통령 붙잡고 협박했는데 말입니다.

어? 난 못 들었다. 이어폰 빼고 있었으니까. 나는 디브리가 전해 준 뜻밖의 말에 놀라서 머뭇머뭇 말했다.

"좀 화난 것 같긴 한데……."

―그러니 삼가 명복을. 군인은 순직하면 두 계급 특진인데 공주님이셔서 유감입니다.

잠깐, 저기요!

―어쨌든 무사히 귀환하시길 바랍니다. 그 후 무사할 거라는 보장은 없지만.

아, 진짜! 내가 결국 신경질을 내자 디브리는 여느 때처럼 시원하게 웃었다.

―그럼 잠시 후 뵙겠습니다. 오시면 바로 요새 띄울 수 있게 준비하고 있겠습니다.

디브리는 말을 맺으며 통신을 끊었고 나는 기가 막혀서 한동안 웃었다. 다시 벽에 머리를 기대며 눈을 감으니 멀리서 쿵쿵 울리는 소리가 들렸다. 라이시의 실력을 의심하진 않지만 위험한 행동은 하지 않았으면 좋겠다. 무사하면 좋겠다. 내가 그의 안전을 바라듯 그도 나의 안전을 바랐을까? 그렇다면 나는 아까 그를 대단히 불안하게 만들었는지도 모른다. 그가 죽은 줄 알았을 때 그렇게 절망했으면서, 그에게 같은 공포를 안겨 줬는지도 모른다. 다시 생각해 보니 그에게 한 잘못이 너무 크다.

가까운 곳에서 쿵쿵대던 소리가 어느새 멎었다. 대신 메아리인지 뭔지 먼 곳에서 비슷한 소리가 아스라이 울렸다. 그 단조로운 소리를 듣고 있는데 통로 저편에서 저벅대는 발소리가 들려왔다. 작은 조명이 켜졌고 그 사이로 라이시의 얼굴이 떠올랐다. 떠난 지 10여 분 만에 돌아온 그는 장난감 기차처럼 생긴 길쭉한 캡슐을 들고 있었다.

그가 나를 보고 다가왔다. 나도 거미의 등에서 내려 그에게로 달려갔다. 나는 그대로 와락 그에게 안겼다. 내 갑작스러운 포옹에 그가 걸음을 멈추고 나를 내려다보았다. 그가 뭐라고 하기 전에 내가 먼저 말했다.

"미안해."

라이시가 나를 물끄러미 내려다보는 게 느껴졌다. 나는 그에게 다시 한 번 속삭였다.

"위험하게 행동해서 미안."

그는 나를 말없이 쳐다보다 결국 한숨을 푹 내쉬었다. 나는 눈치를 살피다가 자그맣게 물었다.

"걱정 많이 했어?"

"물어보지 마."

투덜대는 건 여전하지만 아까처럼 싸늘하진 않다. 화가 풀린 모양이다. 이런 걸 보면 라이시는 확실히 나보다 착하다. 나는 그가 죽은 줄 알았을 때 정말 오랫동안 화냈었는데. 나는 한시름 놓고 연구소에서 위험한 일은 없었는지 물어보려고 했다. 그런데 갑자기 지하도의 불이 켜지며 사방이 환해졌다. 놀라서 주변을 둘러보는데 시로니의 목소리가 들려왔다.

—공주님, 알트 군. 그쪽 통로만 전원이 다시 연결됐어요. 수습 중인 것 같아요. 곧 추적이 올 것 같으니까 서둘러요.

"다른 팀은 어떻게 됐습니까?"

—한 팀이 환기구에서 좀 헤매긴 했는데 지금은 다 해결됐어요. 전원 아이들 구조해서 복귀 중이에요. 거리가 짧아서 알트 군 쪽보단 다 먼저 들어올 거예요. 그러니 이제 본인들 걱정만 하면 돼요.

우린 서둘러서 거미 위에 자리를 잡았다. 그러자 괴수들은 아까처럼 엄청난 속도로 지하도를 달리기 시작했다. 아, 깜깜할 땐 몰랐는데 밝은 데서 보니 이거 무시무시하다. 올라탄 주제에 이러는 거 미안하긴 한데, 절지동물 특유의 사사삭 달리는 느낌이 좀 무섭다. 이만한 거미라면 거미집도 엄청 크겠지?

무엇과 맞닥트릴지 몰라 긴장하고 있는데 사방은 의외로 고요했다. 한동안 평화가 지속되어서 나는 살짝 마음을 놓았다. 이대로 아무것도 안 마주치고 요새에 도착했으면 좋겠다. 그럼 이 지긋지긋한 놀이터와도 드디어 안녕인데. 나는 돌아갈 생각에 들떠서 라이시에게 물었다.

"우리 집에 가면 뭐 할까?"

그러자 라이시는 정면을 주시한 채로 담담히 대답했다.

"잘 거야."

"잠만 잘 거야?"

"너 데리고 잘 거야."

대단한 포부다. 나는 그를 노려보며 여지없이 말했다.

"내가 누차 말하는데, 너 나중에 우리 엄마 만나면 어쩌려고 이래?"

"너 데려간다고 하면 넙죽 주실 것 같은데?"

"저, 집에선 나름 귀한 딸이거든요?"

"그러시겠지."

라이시의 비웃음에 내가 반박하려 할 때였다. 전력으로 질주하던 거미가 우뚝 멈췄다. 갑작스러운 정지에 우리도 놀라서 도란대던 것을 멈췄다.

"시로니? 갑자기 멈췄어요."

—전방에 열 반응이요. 사람이 있어요. 그리고 아까부터 진동이 울리는데, 이 소리 대체 뭐지?

사람? 진동? 나는 고개를 들고 귀를 기울였다. 쿵, 쿵. 내가 벽에 기대 있을 때 들리던 그 소리였다. 라이시가 낸 굉음의 메아리인 줄 알았는데 아니었다. 그 소리는 점점 가까워지고 있었다.

콰앙! 갑자기 굉음과 함께 큰 진동이 느껴졌다. 근거리에서 난 게 분명했다. 무언가가 오고 있었다. 우리는 위기를 직감했다. 잠시 멈췄던 괴수들이 다시 약진을 시작했다. 이제 집결지까진 얼마 안 남았다. 이 순간만 넘기면 되니까, 제발 무사히 좀 가자!

그렇게 달리던 우린 꺾어 들어간 지하도에서 한 사람과 마주쳤다. 시로니가 열 반응을 느낀 대상, 그는 흰 가운을 입은 장신의 노인이었다. 나는 그를 알아보고 비명을 질렀다.

"나삭이에요!"

—나도 봤어요!

"어떡하죠?"

—제길, 알게 뭐야! 그냥 지나쳐요!

시로니는 그렇게 소리치며 괴수들을 달리게 했다. 통로 한가운데 선 나삭을 밟고 지나가려고. 괴수들이 들이닥치고 있는데도 나삭은 주머니에 손을 꽂은 채 태연했다. 시믈라처럼 아무 힘도 없는 영주라고 했는데, 저 배짱은 뭐지? 뭔가 예감이 좋지 않다. 나는 불길한 기분으로 선두에 달리는 괴수를 바라보았다. 거대한 지네형의 괴수가 막 나삭을 덮치려던 찰나였다. 측면의 벽이 부서지며 무언가가 괴수를 내리찍었다. 거대한 발굽이었다. 나는 경악하며 벽을 부수고 나온 새카만 것을 바라보았다. 괴수? 아니다, 저건……. 나는 경악하며 눈을 커다랗게 떴다. 눈앞의 광경을 보고도 믿을 수가 없었다.

"아크제리유트?"

그 순간 또 한 번 벽이 무너지며 그보다 거대한 몸체가 통로로 기어들었다. 그것은 개구리 같은 형상을 하고 있었다. 그걸 보고 나는 다시 한 번 신음했다.

"체파르데아……."

그것이 자신의 이름인 줄을 알고, 그들은 샛노란 두 쌍의 눈으로 나를 바라보았다.

내 친애하는 과학자는 그것을 호문클루스라고 불렀다.

인위적으로 조작당한 모든 생명을, 비통을 담아 그렇게 일컬었다.

7
백합과 장미

넓은 통로가 순식간에 비좁아지며 조명도 어두워졌다. 나는 직접 보고도 그 광경을 믿을 수가 없었다. 통로를 가로막은 것은 체파르데아와 아크제리유트, 우리가 어렵사리 넘어선 강적들이었다. 벽을 부수며 들이닥친 그들은 휘몰아치듯 괴수를 쓸어버렸고 그 압도적인 광경에 나는 멍하니 얼이 빠졌다.

—괴수 버리고 날아와요!

시로니의 외침에 라이시가 날개를 폈다.

"기력 빌려줘!"

나는 그의 옷에 꽂힌 치포라를 잡았다. 직후 공기를 찢는 파공음이 터졌다. 굉음과 함께 우린 체파르데아와 아크제리유트의 사이를 찢어 벌리며 돌파했다. 장애물을 넘은 후 우리는 앞뒤 잴 것 없이 요새로 내달았다.

—어떻게 됐어요, 무사해요?

우리를 볼 수 없게 된 시로니가 다급히 물었다. 나는 라이시에게 매달린 채 뒤편을 바라보며 대답했다.

"간신히 지나쳤어요. 지금 요새로 가고 있어요."

—방금 뭐였죠? 한쪽은 아크제리유트였던 것 같은데!

시로니가 믿을 수 없다는 목소리로 소리쳤다. 얼떨떨하기는 우리도 마찬가지였다.

"모르겠어요, 체파르데아도 봤는데……."

—설마 시체 인형인가? 미쳤어, 영주들을 인형으로 만든 거야?

시로니가 비명을 질렀다. 아크제리유트를 보고 충격을 받은 것 같았다. 나도 시로니만큼이나 머리가 어질어질했다. 체파르데아가 왜 저기 있는 거지? 그날 죽었던 체파르데아가 왜…….

라이시는 쏜살같이 날아 요새가 있는 집결지에 도착했다. 시로니가 요새 난간에서 다급히 팔을 흔들고 있었다. 라이시는 나를 요새에 내려놓고 시로니가 가리키는 방향으로 다시 날아갔다. 그가 향한 곳은 천장에 뚫린 거대한 환풍구, 이곳 지하 3층과 지상을 연결하는 굴뚝이었다. 잠시 후 쾅쾅대는 소리가 울리더니 시멘트 덩어리와 환풍구의 창살이 와장창 떨어졌다.

—퇴로 확보했습니다, 오십시오!

이어폰에서 라이시의 외침이 들렸다. 시로니는 말이 떨어지기 무섭게 후배들에게 지시했다.

"동력실, 변압기로 기력 뽑아서 동력 조달해! 조종실은 요새 가동, 워밍업 생략하고 두 시 방향으로 곧장 진항!"

요새가 진동하더니 허공으로 서서히 떠올랐다. 그것이 떠오르는 데는 엔진 소리도 활주로도 필요 없었다.

연구소에서 개조한 요새는 동력 문제로 움직이지 못하는 고철 덩어리였다. 요새를 움직일 수 있는 유일한 동력은 북쪽의 소유였고 그래서 이 요새를 움직이려면 엔진을 달아 평범한 비행기로 전락시키는 수밖에 없었다. 하지만 시로니가 방법을 찾아냈다. 해답은 네벨라의 반지였다. 전기 분해의 원리를 몰라도 건전지는 갈아 끼울 수 있는 법. 인간의 기력을 거대한 힘으로 변환한다는 점에서 요새의 동력실과 네벨라의 반지는 그 구조가 같다. 그 기묘한 메커니즘은 풀지 못했지만, 변압기를 통해 반지로 동력을 조달할 수는 있었다. 그래서 지금 저 요새를 움직이는 건 며칠간 반지 사용법을 배운 디브리다.

디브리가 요새를 띄우고 있는데, 물 흐르듯 움직이던 요새가 갑자기 기우뚱하고 기울어졌다. 통로에 서 있던 나와 시로니는 기울어진 방향으로 주르륵 미끄러졌다. 간신히 난간을 붙잡고 후미를 돌아보니 기다란 무언가가 요새의 꼬리 부분을 휘감고 있었다. 나는 그것이 어디서 뻗어 왔는지 확인하고 신음했다.

"체파르데아……!"

어느새 뒤따라온 체파르데아가 혀로 요새를 끌어당기고 있었다. 이어폰으로 시로니의 후배가 소리쳤다.

―선배, 뭐가 걸렸나 봐요! 무게가 가중돼서 기력 소비가 늘고 있

어요!

시로니는 난간에 매달린 채 신경질을 냈다.

"제길, 이렇게 낭비하면 안 돼!"

—어떡해요, 기동 멈춰요?

"멈추면 우리 다 죽어!"

시로니가 윽박지를 때 우리 옆으로 무언가가 매섭게 지나갔다. 그게 뭔지는 뒷모습을 보고서야 알 수 있었다. 소리를 듣고 지상에서 돌아온 라이시였다. 라이시가 돌진하자 팽팽하던 혀가 뚝 끊어지며 안개로 흩어졌다. 체파르데아의 혀를 끊어 내고 라이시가 소리쳤다.

"뒤따라갈 테니 먼저 가십시오!"

직후 체파르데아가 그를 덮쳤고 둘은 순식간에 뒤엉켰다. 기울어진 요새가 평형으로 돌아오자마자 나는 요새의 후미로 달려가 라이시가 끌려간 방향을 애타게 바라보았다. 하지만 속 편하게 남 걱정을 할 때가 아니었다. 텅! 철판을 치는 소리와 함께 요새가 쑥 내려앉았다. 놀라서 고개를 드니 거대한 말 한 마리가 요새 지붕을 딛고 서 있었다. 아, 체파르데아를 끊어 냈더니 이번엔 아크제리유트다. 아크제리유트는 요새를 떨어트리려는 듯 무섭게 발을 굴렀다. 텅! 터엉! 발굽이 요새를 내리찍을 때마다 요새는 내리 꺼져 바닥에 점점 가까워졌다.

"시로니, 괴수로 날 옮겨요! 아크제리유트한테!"

나는 다급히 소리쳤다. 시로니의 욕설 섞인 외침이 돌아왔지만 그건 아크제리유트의 발광 때문에 잘 들리지도 않았다. 지네 한 마리가 요새와 바닥 사이의 간격을 긴 몸통으로 이으며 기어 올라왔다. 그 지네는 곧장 내게로 왔고 나는 그 위에 올라탔다.

"아크제리유트한테 닿게 해줘요!"

지네는 요새 천장으로 올라가 아크제리유트의 등을 덮쳤다. 동시에 나는 손을 뻗어 그의 검은 힘을 잡아다 흩어 버렸다. 흉흉한 말의 형상이 연기처럼 꺼지자 그 안에서 사람이 모습을 드러냈다. 아, 예상은 하고 있었지만……. 어둠 속에서 드러난 얼굴을 보고 나는 신음을 흘렸다. 생전보다 안색이 창백한 아크제리유트는 입술이 묶여 있었다.

—빌어먹을…….

괴수의 시선으로 아크제리유트를 확인한 시로니가 낮게 중얼댔다. 기분이 참담하기는 나도 마찬가지였다. 하지만 그 꼭두각시를 동정할 겨를은 없었다. 검은 힘을 잃은 아크제리유트가 내가 탄 지네를 잡아당겼기 때문이다. 가공할 만한 힘에 괴수가 쑤욱 끌려갔고 그 위에 타고 있던 나도 덩달아 딸려 갔다.

—공주님!

시로니가 소리치는 사이 아크제리유트는 괴수를 끌고 요새 아래로 뛰어내렸다. 지네의 등에 탄 채 추락하는 기분은 롤러코스터를 탈 때와 비슷했다. 심장이 위로 들리는 감각 직후 지네의 머리가 땅에 곤두박질쳤다. 다행히 지네의 기다란 몸이 사다리처럼 세워져 등에 매달려 있던 나에게는 큰 충격이 없었다. 그보다 큰 문제는 앞에 있는 아크제리유트였다.

나를 바닥으로 끌어 내리려는 아크제리유트가 지네 위로 기어오르며 날 붙잡으려 했다. 그 전에 시로니가 괴수들을 끌어모아 아크제리유트를 휘감았다. 하지만 그의 완력은 생전과 다름이 없었고 괴수들은 무참하게 박살이 났다. 그를 막을 수 없다는 걸 알고 시로니가 외쳤다.

—공주님, 지네에서 떨어져요!

이 큰 지네한테서 갑자기 떨어지라니! 나는 난감해하다가 눈을 질끈 감고 몸을 미끄러트렸다. 그대로 지네의 경사진 등줄기를 미끄럼 타듯 내려오다 중간에 옆으로 떨어져 우당탕 구르고 말았다. 호되게 굴렀지만 아파할 틈도 없었다. 지네가 아크제리유트를 휘감고 그보다 더 격렬하게 몸을 굴렸기 때문이다.

지네는 꿈틀대며 바닥에 난 환풍구로 굴러갔다. 철장으로 된 환풍구 덮개가 하중을 받아 끼기긱 소리를 냈고, 그 위로 괴수 몇 마리가 더 뛰어들어 끝내는 덮개를 무너뜨렸다. 아크제리유트는 그대로 괴수들과 함께 까마득한 지하로 추락했다. 아크제리유트가 나락으로 떨어진 걸 보고 나는 간신히 몸을 일으켰다. 고개를 들어 보니 요새는 이미 까마득히 높은 곳에 떠 있었다.

—여기선 선회 못 해요. 알트 군이랑 같이 날아와요!

"알겠어요, 먼저 가요. 전 라이시랑 같이 돌아갈게요."

시로니의 말대로 이 통로에는 요새의 기다란 선체를 돌릴 공간이 부족했다. 그래서 급한 대로 시로니를 먼저 보내려 했는데, 우리 이야기를 듣고서 라이시가 소리쳤다.

—안 돼, 오지 마!

그의 목소리는 다급하고도 낮았다. 남몰래 말하는 듯 거의 속삭이는 소리였다.

"라이시?"

—치포라를 뺏겼어.

"뭐?"

갑작스러운 소식에 내가 경악하는 사이 시로니가 소리쳤다.

—망할, 선체 못 돌린다고! 알트 군, 못 빠져나와요?

—체파르데아가 막고 있습니다. 빠져나가긴 힘들 것 같습니다.

가슴이 철렁 내려앉았다. 그럼 지금 갇힌 거야? 나는 우두커니 서서 라이시가 체파르데아와 함께 사라진 통로를 바라보았다. 도무지 끊이지 않는 고비에 시로니가 성을 냈다.

—알트 군도 검은 힘을 없앨 수 있잖아요!

—치포라가 있어야 가능합니다.

라이시가 짓눌린 목소리로 나지막하게 대답했다. 나는 더 듣고 있을 수가 없었다.

"기다려, 내가 갈게."

—공주님!

시로니가 소리쳤다. 곧이어 라이시의 목소리도 들려왔다. 그 목소리는 시로니와 달리 침착했다.

—오지 마, 오기만 해봐.

하지만 그보다 몇 배는 절박했다. 그 절박함이 내 심정을 엉망으로 할퀴었지만 실랑이할 여유가 없었다. 나는 으름을 놓는 그에게 도리어 매섭게 소리쳤다.

"너 때문에 가는 거 아니야. 치포라가 없으면 나도 못 가!"

그러곤 라이시가 나를 부득부득 쫓아내기 전에 시로니를 재촉했다.

"시로니, 먼저 가요. 전 라이시랑 같이 갈게요."

—오지 마, 제발. 위험하다고!

라이시가 윽박질렀지만 나는 대답하지 않았다. 우리 사이에 낀 시로니는 신음 끝에 비명을 질렀다.

—아, 난 몰라! 시키는 대로 할 테니까 공주님이 알아서 해요. 대신 내가 나중에 후회하거나 자책하게 만들면 가만 안 둘 거니까! 이거나 받아요!

시로니가 요새에서 무언가를 던졌다. 가까스로 받아 보니 작은 꾸러미에 기계 장치가 들어 있었다. 하나는 아까 디브리가 사용한 반중력기였고 다른 하나는 낯설었다.

—괴수를 조종하는 컨트롤러예요. 귀에 꽂으면 뇌파로 작동되는데 써보면 알 거예요. 지하도에 있는 괴수들 일부와 연결되어 있으니까 그걸로 어떻게든 탈출해요. 만약 탈출 못 하겠으면 딱 다섯 시간만 버텨요. 길티 씨 데리고 전속력으로 구하러 올 테니까!

이어폰에서 들리던 시로니의 목소리에 치직거리는 잡음이 섞였다. 그때쯤 요새는 환풍구로 들어가고 있었다. 요새가 굴뚝으로 들어가자 통신은 완전히 끊겼다. 시로니의 목소리도 라이시의 목소리도 들리지 않았다. 나는 잡음만 내는 이어폰을 귀에서 빼냈다. 그리고 숨을 깊게 들이마셨다.

먼저 라이시를 찾아야 한다. 시로니에게 받은 컨트롤러의 구조를 살펴보는데 어디선가 저벅대는 소리가 들려왔다. 뭐지? 발소리? 나는 소리에 귀를 기울였다. 통로에 가득한 메아리 때문에 어디서 들려오는지 방향을 짐작할 수가 없었다. 누구지? 나삭? 아크제리유트? 나는 숨을 죽이고 사방을 살펴보았다. 소리는 점점 가까워지고 있었다. 이윽고 지척까지 가까워진 소리는 메아리를 벗고 실체를 드러냈다.

저벅, 발소리가 비로소 선명하게 들렸다. 나는 화들짝 놀라서 뒤를 돌아보았다. 그곳엔 내게로 다가오는 한 인영이 있었다. 가장 먼저 눈에 띈 것은 늘씬한 장신, 그리고 긴 머리카락. 여자였다. 이런 곳에 여자라니, 대체……? 나는 긴장을 늦추지 않고 다가오는 그림자를 주시했다. 그가 곧 통로의 불빛 아래로 모습을 드러냈다. 그 얼굴을 봤을 때 나는 숨이 콱 막히는 기분이 들었다.

미치광이 과학자와 죽은 채로 움직이는 두 영주, 그들의 도사림만으로도 이 지하도는 충분히 위험했다. 그래서 이 이상의 위기는 없을 거라고 생각했는데, 아니었다. 이 지하도에는 최악이 아직 남아 있었다. 차분히 모습을 드러낸 여자는 나도 익히 아는 사람이었다. 그는 중앙의 지배자, 황혼마저 막아 낸다는 두려운 영주, 이요브. 최악은 그의 등장으로 비로소 성립되었다.

나는 우두커니 서서 다가오는 이요브를 바라보았다. 애써 침착한 척했지만 내 입안은 이미 바싹 말라 버렸다. 어떡하지? 도망치는 건 눈이 마주치는 순간부터 불가능했다. 라이시만큼 빠르게 비행하는 이 사람에게 내 달음박질은 가소로운 짓이다. 그럼 어떡하지? 이요브는 체파르데아와 비견되는 강자라고 했다. 검은 힘을 제하더라도 무서운 힘을 가지고 있을 텐데, 난 지금 반지도 없다. 내가 가진 건 시로니가 준 컨트롤러와 중력 장치뿐.

나는 이요브에게 시선을 고정한 채 바지 주머니에 슬그머니 손을 댔다. 반중력기라도 써볼까? 아니, 소용없다. 상대에겐 날개가 있다. 어떻게 할지 고민하는 사이 이요브는 어느새 내 앞까지 당도했다. 그가 팔이 닿을 거리까지 들어오자 나는 뒤로 물러났다. 아니, 물러나려 했다. 하지만 내 뒷걸음질보다 이요브의 손이 더 빨랐다. 내 목덜미를 잡아챈 이요브는 나를 단숨에 자기 앞으로 끌어당겼다. 그리고 내 귓가에 대고 표독하게 말했다.

"멍청하게 굴지 말고 정신 차려, 그를 구할 생각이라면."

질겁하며 끌려갔던 나는 그 말을 듣고 또 한 번 놀랐다. 이 사람, 방금 뭐라고 한 거지? 내가 놀라는 사이 그가 날 잡은 손을 툭 놓았다. 나는 얼떨떨해하면서도 황급히 물러났다. 뭐지? 공격할 생각은 없는 건가? 그보다 그를 구할 생각이라니, 라이시 얘기야? 나는 경계를 늦추지 않고 작게 물었다.

"지금 도와주겠다는 소리예요?"

"당신을 돕겠다는 건 아니야."

대답은 불친절했고 나는 더 혼란스러워졌다.

"라이시를, 알타쉬헤트를 도울 거라면 왜 나한테 온 거죠?"

그렇게 묻기 위해선 용기가 필요했다. 이요브의 찌르는 시선과 낮은 목소리가 마치 맹수 같아서 자칫하면 물어뜯길 것만 같았기 때문이다. 그러나 정작 이요브의 대답은 단조로웠다.

"피네하스가 당신 앞에선 실체를 드러내지 못하니까."

이건 또 무슨 말이지? 짐작조차 할 수 없는 말에 내가 고민할 때였다. 먼 곳에서 와르릉 무너지는 소리가 들려왔다. 내가 메아리 울리는 터널을 돌아보자 이요브는 매섭게 말했다.

"날 의심할 틈이 있나? 죽일 마음이면 지금도 죽일 수 있어, 지금의 당신은."

그렇게 말하는 이요브는 나 못지않게 초조해 보였다. 나는 일전에 그가 라이시를 원했던 일을 떠올렸다. 아무래도 선택의 여지는 없는 것 같다. 나 혼자 체파르데아나 나삭에게 달려드는 건 고사하고, 지금 이요브에게 벗어나는 것도 여의치 않으니까.

"알겠어요. 알타쉬헤트를 구하는 일이라면……."

거기까지 말하고 나는 말을 멈췄다. 라이시를 구하는 일이라면, 함께해요? 도와주세요? 아니면 협조할게요? 어울리는 말을 찾을 수가 없었다. 무슨 말을 하든 다 이상하다. 내가 말을 흐렸지만 이요브는 신경 쓰지 않았다. 그는 지체하지 않고 나를 끌어당겼다. 아, 마치 남자한테 안기는 기분이었다.

이요브는 단번에 날아갈 생각으로 검은 날개를 펼쳤다. 그리고 도약했는데, 날개는 채 펼쳐지기도 전에 훅 꺼지며 사라지고 말았다.

땅을 박찼던 이요브는 급히 착지했고, 그의 옆구리에 끼어 있던 나는 날개가 사라진 게 나 때문인 걸 알고 황급히 변명했다.

"일부러 그런 게 아니에요!"

내가 없애고 싶어서 없앤 게 아니다, 저절로 없어진 거다! 하지만 이요브는 들은 척도 하지 않고 나를 흘겨봤다.

"자기 힘도 조절 못 해?"

아, 억울하다. 내가 왜 이런 걸로 비난받아야 하지? 불만이지만 실랑이할 겨를은 없었다. 그럴 대상도 아니고. 날아갈 수 없다면 이대로 달려가야 하나? 아니면 밧줄 같은 걸로 묶어서…….

"아, 잠깐만요."

나는 시로니가 던져 준 컨트롤러를 떠올리고 이요브의 팔에서 내려왔다. 기계를 꺼내 더듬더듬 착용하자 삐릭, 기계음과 함께 컨트롤러가 작동하기 시작했다. 그때부터 나는 낯설고 기묘한 경험을 하게 되었다. 외부의 정보가 오감을 통하지 않고 뇌에 직접 전해졌다. 게다가 내 팔다리와 같은 감각이 저 먼 곳에서 느껴졌다.

나는 반신반의하며 그것을 이쪽으로 불러보았다. 어떻게 불렀는지, 그 방법을 설명하기는 난해하다. 그저 내 팔을 움직이듯, 움직이고자 했을 뿐이다. 단지 그뿐인데 잠시 후 내 앞으로 거미형 괴수가 대령했다. 아, 이게 정말 될 줄이야. 나는 얼떨떨한 기색을 숨긴 채 이요브를 돌아보았다.

"이거 타고 가요."

그렇게 말하며 나는 또 한 번 헷갈렸다. 내가 이 여자와 사이좋게 괴수 위에 올라타게 될 줄이야. 이게 정말 현실일까? 꿈이어도 이상하다.

거미는 내 생각대로 빠르게 달렸다. 거미를 조종하는 일은 그렇게 어렵지 않았다. 처음엔 다리가 엉켜 자칫 뒤집어질 뻔도 했지만 조금 익숙해지고 나니 수족처럼 부리는 게 가능했다. 거미 조종이 수월해지자 나는 먼 곳에서 느껴지는 다른 감각에 집중했다. 머리를 잘만 쓰면 여러 마리를 조종하는 것도 가능할 것 같다. 오른손과 왼손으로 각자 다른 일을 할 수 있는 것처럼.

나는 컨트롤러의 이모저모를 바쁘게 탐색하면서도 내색은 하지 않았다. 내가 다른 괴수들을 끌어모으고 있다는 걸 이요브에게 굳이 알릴 필요는 없으니까. 이요브는 지금 내 뒤에 앉아 있고 덕분에 나는 등줄기가 쭈뼛쭈뼛하다. 내가 이 사람이랑 왜 나란히 거미를 타고 있는 걸까? 아, 뭐가 뭔지 하나도 모르겠다.

요새가 떠나고 이요브는 기다렸다는 듯 나타났다. 대체 언제부터 우릴 보고 있었던 거지? 돕는 이유는 정말 라이시를 위해서? 그게 제일 이상하다. 라이시를 좋아하는 건 둘째 치고, 이요브는 나삭이랑 한편 아니었어? 의심스러운 게 한두 가지가 아니다. 그래서 혹시 날 속이는 게 아닐까도 생각해 봤는데 그 생각은 이요브의 한마디에 꼭 접었다. 죽이려면 지금도 죽일 수 있다는 말, 그건 진심이었다.

아무리 생각한들 내가 알 수 있는 건 거의 없었다. 그가 강하다는 것, 그래서 일단 따를 수밖에 없다는 것 외엔 아무것도. 그가 라이시를 구하는 데 정말 도움이 될지 어떨지도 모르겠다. 과연 독이 될지

약이 될지.

나는 이요브가 돌변하지 않기만을 바라며 몰래몰래 괴수를 끌어 모았다. 여러 마리의 괴수를 동시에 움직이는 건 생각보다 복잡했다. 양손으로 각기 다른 글씨를 쓰는 기분이랄까, 하여튼 꽤나 헷갈리는 일이었고 나는 거기에 정신이 팔려서 정작 가장 중요한 일에 소홀하고 말았다.

"앞에."

어? 이요브의 말에 나는 퍼뜩 정신을 차렸다. 우리가 달리던 길 앞에 터널의 무너진 잔해가 잔뜩 쌓여 있었다. 내가 조종하는 거미는 그걸 뛰어넘거나 피할 생각을 하지 않고 무작정 달리는 중이었다.

으악! 나는 놀라서 거미를 세웠다. 아, 하지만 절지동물이 되어 본 적 없는 나는 거미의 특성을 전혀 모르고 있었다. 여러 개의 다리로 사뿐하게 달리는 거미는 아무 중간 단계 없이 뚝 멈췄고, 그 위에 앉아 있던 나와 이요브는 관성 때문에 앞으로 내몰렸다. 그대로 맨땅에 데굴데굴 구를 위기였다. 하지만 내가 앞으로 쏟아지기 전에 이요브가 내 어깨를 내리눌러 나를 거미에 도로 앉혔다. 날 누르느라 정작 이요브는 앞으로 튕겨 나갔다. 그는 거미의 목을 붙잡아 본인의 추락도 면했다. 비록 거미의 목에 매달리게 되었지만.

아, 대형 사고 칠 뻔했다. 나는 벌렁대는 가슴을 달래며 거미 목에 매달린 이요브에게 소리쳤다.

"이, 일부러 그런 거 아니에요!"

아까도 이거랑 똑같은 변명을 한 것 같은데. 고의라 의심해도 할 말이 없건만 이요브는 다시 거미 위로 올라타며 무심하게 대꾸했다.

"알아, 당신은 원래 둔했어."

아, 저 대답을 관대하다고 해야 할지 가차 없다고 해야 할지. 게다가 원래 둔했다니, 이제껏 날 본 척도 않던 사람이 그렇게 말하니까 어색하다. 나는 민망함을 감추며 거미에게 무너진 잔해를 기어오르도록 했다. 그러자 잔해 너머, 엉망진창이 된 지하도의 광경이 눈에 들어왔다. 대체 얼마나 격렬하게 싸운 걸까? 사방의 벽이며 바닥이며, 심지어 천장까지도 멀쩡한 곳이 없다. 그곳에 남은 건 격렬한 전투의 흔적뿐, 정작 당사자들은 어딜 갔는지 보이지 않았다.

내가 둘러보는 사이 이요브는 훌쩍 뛰어내려 바닥에 손을 짚었다. 그는 한동안 그렇게 있더니 무언가를 감지한 듯 한 방향을 가리켰다.

"저쪽이야."

이요브는 다시 내 뒤에 올라탔다. 이러니까 우리 너무 자연스럽게 일행 같다. 하지만 나는 그가 익숙해지기는커녕 점점 더 불편했다. 언제까지 함께 있어야 하지? 이대로 나삭과 마주치면 어떻게 되는 거지? 만약 라이시를 찾으면? 나는 속으로 염려하며 이요브가 가리킨 방향으로 거미를 살금살금 움직였다. 아니나 다를까 그쪽 통로도 엉망으로 부서져 있었다. 할퀸 상처가 가득한 지하도는 폐허가 된 채 고요했다. 대체 어디까지 간 걸까? 내가 조심조심 이동하고 있을 때였다. 뒤에서 이요브가 나직이 말했다.

"잠깐."

나는 놀라서 우뚝 멈추었다. 하지만 주변에는 아무것도 없었다. 내가 사방을 둘러보는데, 이요브가 거미에서 뛰어내리더니 폐허 한쪽에 대고 차갑게 명령했다.

"나와."

나는 이요브를 따라서 고개를 옆으로 돌렸다. 그러자 폐허 속에서 나삭이 몸을 일으키며 밖으로 나왔다. 우릴 보고도 여태 숨어 있었으면서, 그는 시침 뚝 떼고 능글맞게 인사했다.

"이게 누구신가, 여왕님께서 이 누추한 곳까지 어인 일로?"

그러더니 날 보고 덧붙였다.

"공주도 모양새가 별나군. 길들인 건가?"

그는 내가 이요브와 함께 있는 걸 보고 비아냥거렸다. 하지만 이요브는 들은 척도 하지 않고 물었다.

"그 남자는 어디 있지?"

"숨었소. 하지만 아직 근처에 있으니 공주의 손가락을 하나씩 끊으면 스스로 나올 테지."

나는 이를 사리물었다. 그 섬뜩한 말은 전혀 빈말 같지가 않았다. 이요브와 나삭이라니, 이 상황을 어쩌면 좋지? 지금이라도 괴수들을 나오게 할까? 내가 바삐 궁리하고 있을 때였다. 이요브가 다시 한 번 나삭을 무시하며 말했다.

"내놔라, 네가 가질 물건이 아냐."

이요브가 그렇게 말하며 가리킨 것은 나삭의 가슴 주머니에 꽂힌 치포라였다. 이요브의 말을 듣고서야 나는 거기에 치포라가 있는 걸 알았다. 라이시가 뺏겼다고 한 걸 나삭이 가지고 있었다. 이요브의 요구에 나삭은 싱글벙글 웃으며 팔짱을 꼈다.

"평소에도 제멋대로였지만 이건 좀 심하군. 남자에게 홀려 제정신도 아닌 듯하고."

나삭이 품평하듯 이요브를 위아래로 훑어봤고, 이요브의 표정은 대번에 살벌해졌다.

"너야말로 미쳤군. 어디서 건방을 떠는 거지?"

"힘이라는 게 좋긴 좋더이다. 지금은 여왕 폐하도 별로 두렵지 않구려."

나삭이 빈정거리자 이요브는 그 노인을 향해 날카롭게 말했다.

"두말 않겠다, 치포라를 내놔."

나삭이 능글맞게 어깨를 으쓱였다. 안 그래도 매섭던 이요브의 눈초리는 더욱 가늘어졌다.

"넌 다리가 없어도 구실은 하겠지."

그렇게 짓씹으며 이요브는 정말 나삭의 다리를 부러트릴 기세로 성큼성큼 걸어갔다. 그런데 이요브가 갑자기 걸음을 멈추고 뒤로 물러났고, 동시에 굉음이 울렸다. 콰앙! 소리가 난 곳은 이요브가 막 발을 내디뎠던 바닥이었다. 거기엔 위에서부터 내려온 무언가가 꽂혀 있었다. 바닥을 뚫어 버릴 기세로 쏘아진 그것은 길고 흉측한 괴물의 살점, 체파르데아의 혀였다.

나는 놀라서 천장을 올려다보았다. 대체 언제부터 저기 있었던 건지, 거대한 개구리가 천장에 거꾸로 달라붙어서 이쪽을 향해 입을 벌리고 있었다. 그 새빨간 입을 보며 놀랄 틈도 없었다. 쾅, 쾅, 쾅! 개구리의 혀가 마치 송곳처럼 바닥을 사정없이 내리찍었다. 그 혀는 연달아 이요브를 노렸다.

몰아치는 공격이 매서웠지만 이요브는 침착하게 대응했다. 그는 뒷걸음치며 공격을 피한 후 날개를 펼쳐 비상했다. 그러곤 칼을 뽑아 체파르데아의 혀뿌리를 꿰뚫어 바닥에다 꽂아 버렸다. 천장에 붙어 있던 체파르데아는 곤두박질쳤고 이후엔 혀에 칼이 박혀 옴짝달싹 못 하는 꼴이 되고 말았다. 체파르데아가 혀를 찢어서라도 몸을 일으키려 했지만 이요브는 가차 없이 그 혀를 발로 내리눌렀다.

"시체 따위로 기고만장하지 마라, 천박한 놈."

체파르데아를 제압하고서 이요브는 나삭을 향해 살벌하게 말했다. 나삭은 여전히 여유로웠다. 그가 안경을 올리며 미소 지었다.

"여왕님이야말로 시체를 우습게 보지 마시게."

나삭의 말이 떨어지는 순간 체파르데아의 몸이 크게 부풀었다. 동시에 울퉁불퉁하던 개구리의 피부에 날카로운 비늘이 돋아났다. 갑옷을 두른 것처럼 흉측해진 체파르데아는 혀에 꽂힌 칼마저 튕겨 냈다. 몸을 일으킨 체파르데아가 이요브를 덮치며 지하도 전체가 와르릉 울렸다. 그 둘은 호각을 이루며 한순간의 낭비도 없이 상대를 공격했다. 그 덕분에 내겐 절호의 기회가 왔다.

이요브와 체파르데아의 시체, 그리고 나삭의 정신이 뒤엉켜 싸우는 사이 나는 거미를 달리게 했다. 목표는 나삭, 그가 가진 치포라다! 싸움에 집중하던 나삭은 내가 달려드는 걸 보고 기분 나쁘게 히죽 웃었다.

"하하, 용기가 가상하시군."

나삭이 말하는 순간 이요브와 뒤엉켜 있던 체파르데아가 이쪽으로 입을 벌렸다. 그 입에서 쏘아지는 혀는 무섭도록 크고, 길고, 또한 빨랐다. 기둥이 쏟아지는 기분이었지만 나는 이를 악물고 그 혀를 팔로 힘껏 뿌리쳤다. 어차피 이제 와선 죽기 아니면 까무러치기니까! 콰앙! 폭발이 일어나며 체파르데아의 혀가 터져 나갔다. 검은 힘을 없애는 건 손쉬웠다. 하지만 거기서 비롯된 물리력은 만만치 않았다. 체파르데아의 혀와 충돌한 대가로 나와 내가 탄 거미는 그만 튕겨 나가고 말았다. 내가 주르륵 밀려날 때 나삭은 주머니에 손을 꽂고 있었다. 좋아, 그렇게 방심해라!

나는 이때다 하고 주변에 모아 둔 괴수들을 나삭에게 돌진시켰다. 폐허 구석구석에 숨어 있던 몇 마리의 거대한 거미가 사방에서 몰아닥쳤다. 그러자 나삭도 비로소 주춤댔다. 이요브를 상대하던 체파르데아가 돌아서서 달려들었지만 이미 늦었다. 괴수들이 나삭을 덮치며 그의 옷을 잡아 뜯었다. 그중 한 마리가 가운을 입에 물었고, 끝내는 그것을 찢어 치포라를 탈환해 냈다.

나는 치포라를 입에 문 거미부터 재빨리 내가 있는 쪽으로 이끌었다. 치포라를 되찾았다, 이제 어디로 가야 하지? 내가 도망칠 방향을 찾을 때였다. 옆에서 누군가가 날 불렀다.

"여기로!"

나는 황급히 고개를 돌렸다. 폐허 사이에서 라이시가 내게 달려오고 있었다.

"라이시!"

나는 라이시를 발견하고 곧장 그에게로 내달렸다. 다행이다, 무사했구나! 내가 거미를 타고 라이시에게 달려가는데, 라이시가 갑자기 소리를 질렀다. 조심해, 혹은 위험해 하고 소리친 것 같았다. 나는 놀라서 뒤를 돌아보았다. 내 뒤엔 어느새 당도한 이요브가 칼을 치켜들고 있었다. 너무 놀라서 비명을 지를 틈도 없었다. 이요브는 그대로 칼을 내리쳐 내가 타고 있던 거미를 땅에 박아 버렸다. 거미가 덜컥 멈추며 나는 아까와 똑같은 일을 경험했다.

거미는 멈췄지만 내달리던 관성 때문에 몸이 앞으로 쏠렸다. 등 뒤에 이요브가 있는 지금, 나는 차라리 이대로 튕겨 나가는 편이 나았다. 설령 맨바닥에 내동댕이쳐지더라도. 나는 차라리 뛰어내리자는 심정으로 몸을 내밀었다. 하지만 그 무모한 탈출은 이루어지지 않았다. 이번에도 이요브가 내 어깨를 내리눌러 붙잡았기 때문이다.

난 이요브에게 붙잡혔고, 우리 뒤로 체파르데아가 덮쳐들었다. 나는 급한 대로 라이시에게 먼저 소리쳤다.

"라이시, 치포라부터 받아!"

달려오던 거미가 머리를 휘두르며 입에 문 치포라를 라이시에게 뱉었다. 그러자 내 쪽으로 달리던 라이시가 잇소리를 내며 방향을 바꿨다. 그는 그대로 뛰어 치포라를 붙잡았다. 라이시가 날개를 다시 펼치는 사이 체파르데아가 나에게, 혹은 이요브에게 덤벼들었다. 그러자 이요브는 한 팔로 내 몸을 단단히 안더니 마치 어린아이에게 하듯 나를 한 바퀴 빙 돌렸다. 그 바람에 내 두 다리는 선풍기 날개처럼 허공을 붕 휘젓게 되었다. 낭창하게 내뻗어진 내 두 다리가 걷어 찬 것은 막 우리에게 달려들던 체파르데아였다.

우릴 덮치려던 체파르데아의 갈퀴 달린 손이 폭발하며 안개처럼 사라졌다. 이요브는 거기에 그치지 않고 날 다시 한 바퀴 휘둘러 체파르데아의 몸체 일부를 또 날려 버렸다. 잠깐, 뭐지 이거? 이 취급 대체 뭐지? 나 방금 파리채 같았어, 기분 탓 아니고 정말로!

이요브가 나를 휘둘러 체파르데아를 몰아내는 사이 라이시도 이요브에게 달려들었다. 라이시가 날아들자 이요브는 날 꽉 끌어안은 채 뒤로 훌쩍 물러났다. 그러곤 보란 듯이 내 목덜미에 검을 들이댔다.

목에 닿는 서늘한 느낌에 나는 그만 얼어붙었다. 날아오던 라이시도 이를 갈며 그 자리에 뚝 멈췄다. 방금 전까지의 격렬한 움직임이 다 거짓말인 것처럼 우리 사이엔 정적이 흘렀다. 나는 숨을 몰아쉬며 정신없이 상황을 살폈다. 날 사이에 끼고 라이시와 이요브가 대치 중인데, 그 옆으로 옷이 찢겨 너덜너덜해진 나삭이 끼어들었다.

"아무리 막간다지만 눈치는 보셔야지. 주인께서 준비한 일을 망칠 셈인가?"

나삭이 이요브를 힐난하면서 판도는 엉뚱하게도 삼파전으로 번졌다. 아, 뭐가 뭔지 더 모르겠다.

이 짧은 대치를 종결시킨 건 검은 힘을 다시 회복한 체파르데아였다. 거대한 개구리가 나삭의 뒤에서 몸을 일으켰고, 그는 거리낌 없이 사방을 휩쓸었다. 라이시가 몸을 피하며 나를 바라보았다. 나 때문에 검은 힘을 쓸 수 없는 이요브는 날개를 펴는 대신 내게서 컨트롤러를 빼앗았다. 내 제어에서 벗어난 괴수들이 이번엔 이요브의 의지대로 움직이기 시작했다. 거미 한 마리가 우리 앞으로 기어왔고 이요브는 그 위에 올라탔다. 그는 그대로 자리를 피했다. 체파르데아와 뒤엉킨 라이시를 뒤로한 채, 나를 데리고서.

이요브는 도무지 종잡을 수 없는 인물이었다. 그는 차분하면서 다혈질이었고 난폭하면서 침착했다. 게다가 제멋대로이기까지 했다. 조용한 지하도를 달리던 이요브가 거미를 멈추더니 컨트롤러를 떼서 바닥에 던졌다. 그러곤 발로 밟아 부숴 버렸다. 그걸 본 나는 더는 참지 못하고 따졌다.

"지금 뭐 하는 거예요, 아까는 도와준다고 했잖아요!"

"내 입으로 그렇게 말한 적은 없어."

돌아온 이요브의 말은 덤덤했다. 나는 할 말이 없었다. 말마따나 이요브가 자기 입으로 돕겠다고 한 적은 없으니까. 그럼 대체 뭐야, 적도 아니고 아군도 아니고.

"나는 왜 끌고 왔어요?"

"그가 구하러 올 테니까."

그래, 라이시. 다른 건 몰라도 이요브의 목적은 일관적이었다. 그가 원하는 건 항상 라이시였다. 그럼 이요브는 내 앞에 나타나기 전에 대체 어디 있었던 걸까. 아마 라이시를 보고 있지 않았을까? 그래서 그가 치포라를 빼앗긴 걸 알고 내게 왔다. 피네하스와 관련된 모종의 이유 때문에 혼자서는 라이시를 도울 수 없어서. 거기까진 좋다. 그런데 라이시가 치포라를 되찾으니 이번엔 도리어 나를 납치해 끌고 왔다. 그가 위험에 처하게 둘 순 없지만 무사히 돌려보내지도 않겠다는 걸까? 그건 너무 이상하다. 나는 입술을 잘근 씹다가 각오하고 물었다.

“라이시를 정말 좋아해요?”

이요브는 대답하지 않았다. 나도 대답이 필요하지 않았다. 영주 회담 때의 일을 똑똑히 기억하니까. 그럼 나는 이 연적에게 무슨 말을 해야 할까? 여러 가지 말을 머릿속에 떠올리고 지웠다. 고민 끝에 내가 선택한 말은 그중에서 가장 어수룩한 말이었다.

“그럼 이런 짓 그만둬요.”

내 말이 우스웠던 걸까? 냉랭하던 이요브의 눈이 살짝 가늘어졌다. 그렇게 나를 바라보는 눈엔 비웃음이 담겨 있었다.

“그만두면 그가 내 것이 되나?”

“적어도…….”

“적이 되진 않겠지. 그 편이 더 비참하다는 걸 당신은 이해 못 할 테고.”

내 말을 받으며 그가 내게 몸을 숙였다. 그리고 얼굴에 그림자를 드리운 채 마치 맹수처럼, 당장 내 목덜미를 물어뜯을 것처럼 섬뜩하게 속삭였다.

“망가지는 것 외엔 길이 없는 그 타들어 가는 기분을 당신은 몰라.”

그 목소리엔 탁한 갈증이 섞여 있었다. 일전에 그가 라이시에게 키스하던 게 떠올랐다. 그때도 그는 이렇게 목말라하고 있었다. 나는 정말 깨물리기 전에 뒤로 물러섰다. 그러자 그도 다시 몸을 곧게 폈다. 그는 태연해진 목소리로 말했다.

"놀이터는 잘도 부숴 놨더군."

그 말에 나는 움찔했다. 한 짓이 있으니까. 그런데 정작 이요브는 아무렇지도 않아 보였다.

"여기가 내 본진이라는 걸 알면서 무슨 배짱이지? 그가 오자고 한 건가? 아니면 당신이 끌고 왔나?"

놀이터의 주인은 자기 구역이 엉망진창이 된 것엔 별로 관심이 없었다. 파괴범이 눈앞에 있는데 책임은 묻지 않고 어떻게 왔는지를 먼저 묻는다. 나는 그 물음이 어색하다고 생각했다. 중요한 걸 덮어 두고 엉뚱하게 딴 얘길 하는 것 같았다. 하지만 그건 내 오해였다. 이요브는 정녕 일관적이었다. 처음부터 끝까지 쭉.

이요브는 침묵 속에서 답을 추론하고는 나를 매섭게 쏘아보았다. 그리고 차가운 목소리로 말했다.

"리브나 키브사, 그를 얼마나 망가트려야 직성이 풀리겠어?"

갑작스런 추궁에 나는 당황하고 말았다. 이요브가 나를 다시 한 번 몰아세웠다.

"당신은 늘 작은 것을 버리지 못해 큰 것을 망가트리지. 당신이야 스스로 자초한 거니 아무래도 좋아. 하지만 왜……."

이요브는 뒷말을 삼키고 입술을 물었다. 나를 노려보는 눈에는 여러 감정이 불길처럼 일렁이고 있었다. 그야말로 타들어 가는 것 같았다. 나는 놀란 채 그 눈을 마주 보았다. 감정을 여과 없이 드러낸 이요브는 이내 고개를 돌리며 눈을 감았다. 그리고 한결 가라앉은 목소리로, 아니 억지로 가라앉힌 목소리로 나지막하게 말했다.

"그만 돌아가. 더는 이 세계에 관여하지 말고. 당신들을 등진 인간 따윈 버려. 우린 스스로 이곳에 왔으니까, 그리고 당신이 없어도 알아서 살아가니까."

이요브의 그 말은 새로웠다. 새롭고도 기괴했다.

"당당하네요."

나는 놀이터에서 본 것을 떠올리며 말했다. 메트로폴리스 안이 어떤지는 못 봤지만, 그 세계를 지배하는 사람들의 작태를 보니 안 봐도 알 만하다. 그런데 이요브는 알아서 살아간다며 단정 지어 말한다. 이요브가 다시 나를 돌아보며 물었다.

"메트로폴리스를 봤나?"

"보진 못했지만 듣기는 했어요."

"당신 기준에서 판단하지 마. 이 괴물 같은 세상에서 인간이 이룬 최선이니까."

"하루 한 생명을 바치면서요?"

"하루?"

이요브의 되물음엔 비웃음이 서려 있었다. 그는 고개를 비스듬히 기울이더니 조소를 숨기지 않고 말했다.

"아니, 난 한 시간에 하나야."

그 말에 내가 놀랄 틈은 없었다. 그가 여상한 목소리로 말을 이었기 때문이다.

"하지만 불법은 없어. 폭력도, 억압도. 모두 자신의 선택이지."

이요브의 목소리는 차분했다. 마치 당연하고 자연스러운 사실을 고하는 것처럼. 여왕은 그렇게 자신의 도시를 자랑했다.

거대한 문명을 이룬 도시 메트로폴리스. 그 경이로운 도시는 인류를 향한 모든 위협을 이미 오래전에 극복했다. 혹한과 어둠, 질병, 맹수, 굶주림도 극복했다. 인류의 승리를 상징하는 그 도시는 정녕 안전하며 풍요로웠다.

이요브는 바로 그곳에서 한 생명을 뱀에게 바친다. 하루가 아니라 한 시간마다. 그는 그러기 위해 사람을 요리하거나 고문하지 않는다. 서로 싸우게 하지도 않고 산 제물로 바치지도 않는다. 그는 아무것도 하지 않는다. 그저, 그들이 알아서 죽도록 한다. 자살해 버리도록 한다. 그의 표현을 빌리자면 부당한 것은 없다. 불법도 없고 폭력이나 억압도 없다. 그들의 삶 전반에 대해선 잘 모르겠지만, 적어도 그들이 죽음을 선택하는 일에는 그러했다.

그 세상은 스스로 굴러간다. 가파른 비탈길을 달리듯 빠르게 돌아간다. 그래서 어제와 오늘이 다르고 아침과 저녁도 다르다. 바쁜 세상 속에서 인간은 치열하게 살아남고자 한다. 비좁은 틈을 파고들기 위해 자신을 갈고 닦으며 복잡한 회로 속 한 부품이 되기 위해 밤낮없이 자리를 지킨다. 그래서 밤은 찾아오지 않는다. 황혼은 막히고 새벽은 억지로 밝아진다. 밤이 없기에 항상 밝지만 동시에 항상 어둡기도 하다.

사람들은 시간을 쪼개고 쪼개며 그 사회에서 살아남기 위해 발버둥을 친다. 설령 실패하더라도 문제될 것은 없다. 얼어 죽거나 굶어 죽는 미개한 일은 그 세계에 없으니까. 그토록 안전하고 풍요로운 세계니까. 그럼에도 그들은 죽는다. 스스로 목숨을 끊고 죽는다. 숨 막히는 압박 속에 지치고 좌절하여 끝내는 자살한다.

그 일에 차별은 없다. 빈자가 자살하면 부자도 자살한다. 노인도 자살하지만 아이도 자살한다. 실패한 사람과 성공한 사람도 매한가지, 무명도 자신을 죽이지만 명성이 드높은 사람도 밤중에 스스로 목숨을 끊고 다음 날 소식을 알린다.

매 시간 죽음을 택하는 이들이 그렇게나 다양하니 이것은 참으로 공평하다. 그 원인이 허무인지 낙오인지 슬픔인지 분노인지 고독인지 공포인지는 모르지만, 결국 모두 목숨을 끊는 것으로 귀결되니 이것도 참으로 공정하다.

세상은 그들을 죽이지 않는다. 다만 이래도 죽지 않겠냐며 온갖 희롱을 해댄다. 결국 누군가가 자신을 먼 땅에 던지면 뱀이 도사리는 세상은 하하 웃는다. 이 패배자여, 낙오자여, 도망자여. 그렇게 노래를 부른다. 그럼에도 부당한 것은 없다. 선택은 스스로의 몫이니. 배부른 몸뚱이 속에서 굶주린 영혼을 모른 체하여 얻은 자신의 선택이니.

사람을 내몰고 내몰아 벼랑으로 떨어트리는 세상, 분명 기형이지만 가까스로 균형을 이룬 기묘한 도시. 그 세계의 여왕은 말한다. 부당한 것은 없다고. 이 세계에서 도태되는 것은 어디까지나 본인의 실책, 실패하고 절망했다면 스스로 일어나야 한다. 이미 모든 것이 충분한 세상, 베풀 타인이란 없으니 스스로 살아남기 위해 모든 것을 해라. 유능하다면 더욱 유능하게 자신을 연마해라. 높은 곳에 서서 기어 올라오는 다른 손을 짓밟아라. 무능하다면 더욱 무능해져서 타인을 이용해라. 사회에 책임을 묻고 감정에 호소하며 동정심이라도 훔쳐 내라. 이기적이지 못해 빼앗겼다면 피해자인 척하지 마라. 선량함으로 낭비한 인생을 도로 주워 담지 못해 곤경에 처했다면 그냥 빨리 죽어 버려라. 그런 심성으로는 어차피 살아갈 수 없는 세상이니. 그럼 뱀은 입을 크게 벌리고 떨어지는 생명을 기쁘게 삼킬 것이다.

그것이 바로 메트로폴리스, 뱀의 입안에 있는 세계. 플라스크에 담긴 세상의 실체. 공평하고도 공정한, 자유의 도시.

"그건…… 이상해요."

나는 이요브의 말을 더 듣지 못하고 고개를 흔들었다. 그건 정말 이상하다. 사람들을 숨 막히게 휘둘러서 뱀에게 날것의 먹이로 바친다. 하루 한 명도 아니고 한 시간에 한 명을, 어쩌면 그 이상을. 그럼에도 스스로의 선택이니 부당한 것은 없다고 한다. 그것이 알아서 살아가는 것이라고 한다.

"이상해요, 그런 식으로 살아가는 건. 그걸 당연하게 생각하는 것도."

내가 부정했지만 이요브는 조금도 노여워하지 않았다.

"그래, 당신은 용납할 수 없겠지."

노여워하기는커녕 냉랭한 조소를 머금고 말했다. 아주 쉽게.

"그럼 구해 봐."

갑작스런 요구에 나는 오히려 할 말을 잃었다. 그러자 이요브는 다시 한 번 물었다.

"어떻게 구할 거지? 누구를 무엇으로부터 구할 거지?"

나는 말문이 완전히 막혔다. 어떻게, 무엇으로부터라니. 굶주리지도 않고 쫓기지도 않으며 묶이지도 않은 사람들. 그럼에도 죽어 가는 그들. 그들을 구한다면 어떻게, 무엇으로부터? 내가 대답하지 못하자 이요브의 비웃음이 짙어졌다.

"당신은 구할 수 없어. 우리는 낙원에서도 타락하고 스스로 패역한 인간이니까. 그러니 이제 그만 알아듣고 돌아가. 진흙탕에 발을 더 적시지 말고, 돌아가서 당신의 고결함이나 보존해."

이요브가 낮게 속삭이며 나를 벽으로 몰아세웠다. 그 목소리는 맹수의 호흡 같았고, 나는 대답하기 위해 많은 용기를 짜내야 했다.

"그럴 순 없어요."

이요브의 눈이 가늘어졌다.

"고집부리지 마, 되돌리기엔 너무 늦었으니까. 그러니까 그만 포기하고 연인한테나 돌아가. 우릴 위한다며 그를 희생시키지 말고."

순간 나는 이요브가 앞서 한 말의 저의를 모두 깨달았다. 아, 그는 이토록 일관적이었다. 그가 하는 말은 처음부터 끝까지 라이시만을 위한 것이었다. 이 세계에 희망이 없다는 것도, 관여하지 말라는 것도, 이제 그만 돌아가라는 것도. 나는 그걸 깨닫고 이요브의 눈을 올려다보았다. 그 매서운 눈엔 갈망이 맺혀 있었다. 그는 그것을 숨기지 않고 낮게 으르렁댔다.

“그럴 수 없다면 그를 소유하지 마.”

그 순간 이요브의 눈에서 절제되어 있던 모든 감정이 범람했다. 깊은 갈증과 타는 욕망, 그리고 지독하리만치의 집착. 불길처럼 일렁이는 그것은 한 치의 흔들림도 없이 어느 한 점을 향하고 있었다.

이요브가 더 가까이 다가오더니 팔로 벽을 짚었다. 이미 몰려 있던 나는 완전히 그에게 사로잡혔다. 밀착한 거리에서 그는 내게 갈구했다. 원하는 건 오직 하나였다.

“당신 손에 또 망가지게 할 바엔 차라리 내가 갖겠어.”

그는 그토록 간절하게, 내 연인을 원하고 있었다. 나는 또 한 번 심장이 철렁 내려앉았다. 아까 그가 같은 말을 했을 때처럼, 내가 그를 망가트렸다는 말을 들었을 때처럼.

이요브의 숨결이 나를 옭아맸다. 그런 나를 해방시킨 건 나의 용기도 이요브의 양보도 아니었다. 내 숨통을 다시 트이게 한 건, 나와 이요브가 그토록 바라는 한 사람이었다.

“그런 건 당사자 허락부터 받으시지.”

갑자기 들려온 목소리에 이요브가 움찔 고개를 돌렸다. 그 소리는 지척에서 들렸지만 사방 어디에도 사람은 없었다. 그렇다면? 나와 이요브가 동시에 위로 고개를 들었다. 우리의 바로 머리 위, 어느새 다가온 라이시가 아래로 손을 펼치고 있었다. 라이시를 보고 이요브는 짧은 순간 당황했다. 그때를 놓치지 않고 라이시가 소리쳤다.

"체히하!"

쿠궁, 굉음과 함께 내 발밑이 움푹 무너졌다. 나와 밀착해 있던 이요브는 날개를 펼치기 위해 어쩔 수 없이 내게서 물러났다. 그사이 라이시가 나를 낚아챘다. 가까스로 재회했지만 우린 서로를 반가워할 겨를이 없었다. 내게서 거리를 벌린 이요브가 곧장 검은 힘을 펼치고 날아들었기 때문이다.

일렁이는 날개로 추락을 면한 그는 높이 비상했다가 우릴 향해 매섭게 활강했다. 라이시는 이요브가 다가오자 안고 있던 나를 붕 휘둘렀다. 배경이 꽃밭이라면 꽤 낭만적이었을 동작이다. 하지만 이 지하에서 날아오는 적을 향해 휘둘러진 나는, 설레기는커녕 대단히 어처구니가 없었다. 풀 스윙으로 휘둘러진 내 두 다리는 날아오는 이요브를 쳤고, 이요브의 검은 날개는 물 뿌린 연기처럼 훅 꺼져 버렸다.

"큭!"

날개를 잃은 이요브가 우릴 붙잡으려 손을 뻗었지만 라이시는 재빨리 날아 그 손을 피했다. 다시 비상할 수 없었던 이요브는 결국 라이시가 무너뜨린 지하로 추락했다.

아, 이 취급 벌써 두 번째다. 아깐 이요브에게 잡혀서 체파르데아에게, 이번엔 라이시에게 잡혀서 이요브에게. 두 번에 걸쳐 파리채 취급을 당한 나는 기가 막혀서 라이시를 바라보았다. 그러자 그가 대수롭지 않다는 듯 말했다.

"아까 배웠어."

넌 여자 친구 취급이 정말 저질이야.

"빨리 나가자."

라이시가 재촉하며 옷 안에 숨겨 둔 치포라를 꺼냈다. 나는 드디어 끝났다고 생각하며 손을 뻗었다. 그런데 내가 막 손을 대려는 찰나, 길고 날카로운 검이 나보다 먼저 치포라에 닿았다. 그 칼을 보고 나는 눈을 커다랗게 떴다. 칼끝이 치포라를 튕겨 내며 라이시의 가슴을 찢었기 때문이다.

내가 비명을 지를 때 라이시의 날개가 사라졌다. 우리가 비틀대며 추락하려는 찰나, 손 하나가 라이시의 팔을 낚아챘다. 라이시에게 매달려 있던 나도 덩달아 추락을 면했다. 놀라서 고개를 들어보니 새하얀 날개를 펼친 이요브가 우릴 내려다보고 있었다. 한 손엔 라이시의 팔을 잡고, 다른 한 손엔 치포라를 쥐고서. 나는 그의 흰 날개를 보고 신음했다.

"어떻게……."

"말 안 했나? 치포라는 원래 내 거라고."

이요브는 건조하게 말하며 라이시의 팔을 끌어당겼다. 그러자 몸을 늘어트리고 있던 라이시가 이요브를 마주 잡으며 소리쳤다.

"바자크!"

강한 전격이 이요브를 휘감았다. 이요브가 감전에 경련하자 라이시는 그를 끌어당기며 발을 휘둘렀다. 그 발길질이 이요브의 손을 힘껏 걷어찼고, 치포라는 다시 튕겨 나가며 무너진 바닥 아래 나락으로 추락했다. 그와 함께 이요브의 하얀 날개도 햇살이 가려지듯 사라져 버렸다.

치포라가 없으면 아무도 날 수 없다. 추락이 시작되는 순간 우린 모두 선택의 기로에 섰다. 이요브는 손을 떼고 검은 날개라도 펼칠지 계속 라이시를 붙잡고 있을지를 택해야 했고, 우린 치포라를 되찾을지 이요브에게서 도망칠지를 택해야 했다. 신중하게 생각해도 모자랄 판이지만 시간이 없었다. 라이시는 후자를 택했다. 추락이 시작된 순간부터 그는 이요브를 떼어 놓기 위해 가능한 모든 일을 했다.

날카로운 전류가 먼저 이요브의 손아귀를 뿌리쳤다. 동시에 천장이 무너지며 조명을 다 폭발시켰다. 어둠과 암석이 쏟아져 이요브를 파묻었다. 이요브를 떨쳐 내자 묵직한 돌풍이 불어와 우리의 등을 떠밀었고, 우리는 벽까지 날아갔다. 벽은 굉음과 함께 기울어지더니 가파른 경사를 이루었다.

우리는 그 경사에 몸을 기대고 주르륵 미끄러졌다. 그런데 경사가 너무 가팔라서 겨우 수직 낙하를 면하는 수준밖에 되지 않았다. 바닥은 아직 까마득한데, 이대로 착지하면 과연 무릎이 남아날까? 나는 아찔한 속도에 질겁했고 라이시는 충격을 감당하려는 듯 나를 끌어당겼다.

그때 천만다행으로 시로니가 던져 준 반중력기가 떠올랐다. 컨트롤러는 부서졌지만 반중력기는 아직 남아 있다. 나는 미끄러지면서 힘겹게 주머니 속 장치를 꺼내 바닥에다 던졌다. 몸이 떠오르는 감각과 함께 미끄러지는 속도가 점차 줄었고, 마지막엔 바닥과 평화롭게 조우할 수 있었다.

착지 후 우리는 긴긴 한숨을 내쉬었다. 하지만 완전히 안심할 수는 없었다. 이요브가 언제 쫓아올지 모르는 상황이라 치포라를 찾기는 커녕 숨 돌릴 틈도 없었다. 그래서 우린 착지하자마자 다시 벽과 바닥을 부수며 몸 숨길 곳을 찾았다.

한참 뒤, 소란이 있던 곳에서 멀찍이 떨어진 후에야 우리는 가까스로 달리기를 멈췄다. 도착한 곳은 지겨운 지하도의 한 구석이었다. 거기서 나는 풀썩 쓰러졌고 내내 나를 이끌고 달리던 라이시도 벽에 등을 기대며 앉았다. 아, 정말 숨넘어가기 직전까지 달렸다. 진작 한계였지만 라이시가 잡아끄는 바람에 기진맥진한 채로 한참이나 더 달려야 했다. 심장이 터질 지경이다. 폐에 모래라도 들어간 듯 숨 쉴 때마다 따끔따끔 아팠다. 나는 한참을 헉헉대다가 간신히 호흡을 고르고 라이시를 바라보았다. 깜깜한 어둠 속에서 그의 실루엣이 보였다. 그도 나처럼 숨을 몰아쉬고 있었다.

"라이시, 괜찮아? 아까 베인 거……."

목을 가다듬고 말했건만 내 입에서 흘러나온 소리는 휘파람처럼 가늘었다.

"괜찮아, 얕게 베였어."

대답하는 라이시의 목소리도 조금 쉬어 있었다. 그걸 끝으로 우리는 한동안 침묵했다. 숨을 고르느라 말할 여유가 없었다. 아, 이제 어떡하지? 이요브에게서 간신히 벗어나고 라이시와도 만났는데 치포라를 도로 잃어버렸다. 치포라를 어떻게 찾지? 폐허 속에서 찾기도 어려울 테고 설령 찾을 수 있다 해도 도중에 이요브나 나삭과 마주치면 말짱 꽝인데. 그럼 여기 숨어서 시로니가 오기만을 기다려야 할까? 나는 엉금엉금 기어서 라이시에게 다가갔다. 그 옆에 앉으며 나는 한숨처럼 말했다.

"시로니가 다섯 시간만 버티라고 했어. 구하러 온다고. 이 말 들었어?"

"어."

"지금 얼마나 지났지?"

"한 시간 정도."

라이시의 대답에 내 입에서 신음이 흘렀다. 이제 겨우 한 시간이라니, 못해도 두세 시간은 지난 줄 알았는데. 나는 녹초가 되어 라이시의 어깨에 머리를 기댔고 라이시도 내게 고개를 기울였다. 그렇게 서로에게 기대고 우리는 멍하니 입술을 움직였다. 라이시가 먼저 한탄하듯 말했다.

"그냥 가라니까 하여튼 말은 지지리 안 듣지."

"말이 많다, 공주님이 기껏 구하러 오셨는데."

"그 여자랑은 왜 같이 있었어?"

"중간에 붙잡혔어. 뭐라고 하지 마, 어쩔 수 없었어."

"별일 없었어?"

"음……."

나는 입을 다물고 잠시 생각했다. 별일, 별일이라. 이요브랑 같이 있으면서 한 건 라이시 얘기뿐이었다. 그를 더는 망가트리지 말라고 했지…….

"라이시."

"왜."

"나랑 있는 거 안 힘들어?"

"무슨 소리야?"

"계속 고생하잖아. 나 때문에 다치고 걱정하고, 지금 여기서 이러는 것도……."

내가 말끝을 흐리자 라이시의 어깨가 들썩였다. 동시에 웃음 섞인 목소리가 돌아왔다.

"이 공주님 간만에 귀엽네."

"뭐?"

야, 나 지금 진지하거든? 내가 씨이, 하고 심통을 내자 라이시는 웃음을 삼켰다.

"왜 갑자기 그런 소릴 합니까? 새삼스럽게."

그렇게 경어까지 써가며 진지한 척 되묻는데, 놀림당한 기분이 들어 나는 뚱하니 뺨을 부풀렸다. 기분 나쁜 건 둘째 치고 내가 널 망가트렸다는 이요브의 말 때문이라곤 답할 수가 없었다. 내가 입을 다물자 라이시는 웃으며 말했다.

"물론 편치는 않죠. 위험한 데만 골라서 다니고 툭하면 울고 툭하면 사고를 치니 지켜 주기로 한 입장에서 참 고역이긴 합니다."

그는 대단히 솔직했고 나는 마음이 쓰렸다. 이요브의 말대로 내가 없으면 너는 괜찮을까? 내가 정말 너를 망가트리고 있을까? 죄책감이 질펀하게 퍼지며 조금 울적해졌다. 아니, 조금이 아니라 꽤 많이. 그러자 태연자약하게 날 찔렀던 그가 다시 담담하게 덧붙였다.

"하지만 그게 네 잘못은 아니잖아."

나는 우울하게 숙이고 있던 고개를 슬쩍 들었다. 어둠 속이어서 그의 얼굴을 볼 순 없었다. 그건 라이시도 마찬가지일 텐데, 그는 마치 내 표정을 읽은 것처럼 말했다.

"물론 앞뒤 안 가릴 땐 열 받지만 적어도 네 선택이 틀렸다고 생각하진 않아. 무너진 세상을 고치는 건 잘못이 아니야. 잘못된 건 그걸 알고도 방치하는 쪽이지. 그러니까 그게 네 역할이라면 당당하게 해. 괜한 걱정하지 말고."

그 목소리는 정직했다. 과장도 꾸밈도 없는 말이 깊숙이 가라앉은 내 마음을 도로 건져 냈다. 위로받고 싶어서 꺼낸 말이 아닌데, 나는 예상치 못한 선물을 받았다. 그걸로 이미 충분한데, 그가 조금은 작아진 목소리로 덧붙였다.

"그리고 네 옆에선 고생해도 괜찮아."

나는 고개를 숙이며 다시 그의 어깨에 푹 기댔다. 간질간질한 기분을 어떻게 할 수가 없어서 한동안 입을 앙다물고 있다가, 결국은 항복하는 마음으로 말했다.

"넌 날 너무 들었다 놨다 해."

부끄러움을 감추려고 그렇게 말했지만 사실은 기뻤다. 아, 정말. 그렇게 말하면 나 어떻게 할 수가 없잖아. 기쁜데 낯간지럽고, 창피하면서도 고맙고. 나는 난처한 기분에 시달리다가 결국 자그맣게 실토했다.

"나도 너랑 같이 있으면 다 괜찮아."

옆에서 나직한 웃음이 터졌다. 웃지 말라고 꽁하게 한마디 하려던 차였다. 웃음 섞인 숨결이 다가왔다. 그 의도가 너무 빤해서 나는 손으로 그의 입을 꾹 눌러 막았다.

"안 돼."

"왜?"

"난 청소년이니까."

"정말 안 되면 일관적으로 안 됐어야지."

전적이 있어서 변명할 수는 없지만 나는 한사코 그의 입을 막았다. 그러자 라이시는 내 손을 손수 떼어 내며 다가오는 뻔뻔함과 집요함을 보여 주었다.

그대로 위기였는데, 옆에서 사사삭 하는 소리가 들려왔다. 실랑이를 멈추고 돌아보니 통로 먼 곳에 커다란 실루엣이 보였다. 거미나 지네, 기타 벌레 형태의 괴수들이었다. 휴, 괴수네. 아니, 괴수다! 놀라서 일어나는 순간 괴수들이 덮쳤다. 영주들처럼 벽을 무너트리는 파괴력은 없지만 맨몸인 우리에게는 충분히 위협적인 존재다. 천장을 누벼 우릴 앞지른 지네가 몸을 둥글게 말아 사방을 에워쌌다. 동시에 실을 타고 온 거미가 우리에게 거미줄을 뿌렸다. 우린 가까스로 몸을 굴려 그 끈끈하고 두꺼운 줄을 피했다. 뒤이어 메뚜기 모양의 괴수 몇 마리가 펄쩍 뛰어 달려들었다. 라이시가 몇 차례 뿌리치자 들개 크기의 그것들은 우릴 포위하고서 점점 거리를 좁혀 왔다.

나는 입술을 깨물고 상황을 살폈다. 어둠 속에서 꿈틀대는 크고 작은 괴수들은 집요하게 우릴 노리고 있었다. 종류도 다 다른 괴수들이 한 팀처럼 연계 플레이를 한다. 이거 어떻게 된 거지?

"움직임이 이상해."

내가 중얼대자 라이시도 끄덕였다.

"조종 중인 것 같아."

틀림없다. 나삭이나 다른 연구원이 괴수를 조종해 우릴 공격하는 게 분명하다. 그렇다는 건 나삭에게 우리 위치를 들켰다는 이야기. 상황을 깨달은 라이시는 더 잴 것 없이 괴수들을 폭파시켰다. 라이시의 외침에 따라 물을 움직이는 반지가 벌레를 팽창시켰고, 그것들은 이내 체액을 튀기며 터졌다. 거대한 벌레가 터져 나가는 소리는 끔찍했다.

주변을 정리하고 우리는 괴수가 나타난 반대 방향으로 내달렸다. 그러자 맞은편에서도 괴수들이 불쑥 튀어나와 우리 앞을 가로막았다. 박멸하고 숨으려 했건만, 사방에 깔린 괴수들의 숫자가 너무 많았다.

라이시는 달리던 날 붙잡아 세우더니 벽을 무너트렸다. 그런데 벽 너머는 까마득한 낭떠러지였다. 아, 또 뛰어내려야 해? 이 옆은 뭐하는 곳인지 천장도 바닥도 우리가 있던 통로보다 훨씬 높고 깊었다. 뛰어내리기 전에 좀 살펴볼 수 있으면 좋으련만, 우리에겐 그럴 겨를이 없었다. 통로 양쪽에서 괴수들이 몰아닥치고 있었으니까. 에라, 모르겠다! 나는 라이시를 꼭 붙잡고 그와 함께 몸을 던졌다. 동시에 라이시는 괴수들이 못 쫓아오도록 천장을 무너트려 구멍을 막았다.

나는 착지를 위해 반중력기를 꺼냈다. 그런데 이번엔 그걸 쓸 일이 없었다. 떨어지는 도중에 출렁하고 무언가에 몸이 걸렸기 때문이다. 이건 뭐지? 추락 방지 안전그물? 아, 아니다. 우리가 걸린 것은 그물이 아니라 거미줄이었다. 거미 괴수가 지은 아주 커다란 거미줄. 그래, 이런 곳에 안전그물 따위가 있을 리 없지.

나는 거미줄에 걸린 몸을 움직여 보려고 했다. 끈끈한 거미줄이 몸에 달라붙어서 여의치 않았다. 고개를 돌려 보니 라이시도 나처럼 거미줄에 걸려 있었다. 하, 하하하. 기가 막혀서 웃음이 다 나오네. 하하하. 근데 왜 눈물도 같이 나오는 거지? 나는 지치고 지쳐서 서글퍼진 기분으로 라이시를 바라보았다. 그도 나처럼 만감이 교차하는 표정으로 먼 곳을 바라보고 있었다.

"라이시."

"왜?"

"지금도 괜찮지? 내 옆에 있는 거."

대답이 없다.

"야, 대답 안 해?"

나는 침묵을 규탄하며 대답을 촉구했고, 라이시는 한참 후에야 나지막하게 대답했다.

"다시 생각해 보고 말해 줄게."

나는 거미줄을 떼어 내려고 몸을 비틀었지만 도리어 더 엉겨 붙고 말았다. 그래서 이번엔 팔다리를 들어 올렸다. 그러자 끈끈한 거미줄이 껌처럼 쭉 늘어나더니 아예 내 몸을 칭칭 휘감았다. 으앙, 이게 뭐야. 나는 부질없이 버둥댄 끝에 꽁꽁 묶인 꼴이 되었고, 라이시는 그런 나를 딱하게 바라보며 말했다.

"움직이지 마라. 더 엉킨다."

"그런 건 진작 말해야지!"

내가 발끈하자 라이시는 그 정도는 상식 아니냐며 나를 타박했다. 그는 내 실패를 교사 삼아 조심히 팔만 움직여 벨트에서 나이프를 뽑았다. 그리고 그걸로 자기 상의를 찢으며 상체를 일으켰다. 나는 그렇게 바지도 벗을 셈인가 하고 유심히 지켜보았다. 다행히 내 남자 친구는 그렇게까지 변태는 아니었다. 그는 앉아서 바지에 엉킨 거미줄을 베어 내고 일어섰다.

"나도 풀어 줘."

나는 그가 거미줄에서 벗어난 걸 보고 부탁했다. 그는 들은 척도 않고 못되게 대꾸했다.

"'풀어 주세요, 오빠'겠지."

"……치사하게 이럴래?"

"싫으면 벗고 나오든지."

나는 거미줄에 붙어 있는 라이시의 상의를 바라보았다. 안 돼, 아무리 위기라도 저런 짓은 할 수 없어. 고깝지만 어쩔 수 없다. 나는 이를 악물고 마지못해 말했다.

"풀어 줘요, 오빠."

"별로 안 귀여운데?"

두고 보자. 나는 이를 갈며 '오빠'에 이어 '자기야'와 '여보'까지 헌정했다. 하지만 라이시는 그렇게 나를 실컷 우롱하고서 엉뚱한 방법을 내놓았다.

"기다려. 내려가서 풀어 줄게."

장난하냐! 내가 화내는 사이 라이시는 출렁이는 줄을 딛고 조심히 일어났다. 거미줄의 성질을 살피듯 가볍게 몇 번 뛰어 보더니 곧 안심하고서 걸음을 옮겼다. 나는 거미줄에 꽁꽁 묶인 채 그가 하는 것을 쳐다보았다.

라이시는 거미줄을 조심조심 밟으며 거미집의 가장자리로 걸어갔다. 그러곤 벽에 달라붙은 줄을 하나씩 툭툭 끊기 시작했다. 그때마다 거미집은 출렁출렁 주저앉았고 그에 맞춰서 내 심장도 똑같이 철렁철렁 내려앉았다.

와, 내가 정말 별일 다 겪어 봤지만 이건 좀 심하잖아. 묶였는데 이러는 게 어디 있어. 지금 느낌을 설명하자면 엄청 아찔한 롤러코스터가 클라이맥스 부분에서 계속 덜컹거리는 느낌? 그래서 탑승자를 마구마구 희롱하는 느낌?

나는 라이시가 이 수상한 짓을 계속하지 않길 간절히 바랐다. 아니, 설령 하더라도 나를 먼저 구제하고 했으면 좋겠다. 하지만 내 남자 친구는 목적 앞에서 과격한 데다가 자기 여자 친구가 잡초처럼 굳세다고 믿는 그런 녀석이었다. 벽에 붙은 줄을 차례로 자르고 라이시는 유일하게 남은 줄마저 붙잡았다. 그리고 태연한 목소리로 고했다.

"떨어질 거니까 소리 지르지 마."

야, 잠깐만, 야! 내가 만류할 틈도 없이 라이시가 마지막 줄을 툭 끊었다. 그러자 거미집이 훅 꺼지며 낙하하기 시작했다. 비명은커녕 숨소리도 낼 수 없었다. 가슴이 붕 뜨는 기분이 너무 벅차서. 게다가 줄을 끊은 게 내 머리 쪽이라서 나는 떨어지며 거꾸로 뒤집히고 말았다. 정신이 하나도 없었던 나는 가련한 내 자신을 위해, 몸 대신 영혼으로 힘껏 소리쳤다. 으아아앙, 엄마야아악! 눈을 꾹 감아서 뭐가 어떻게 돌아가는지도 모르겠다. 그래서 나는 다 포기하고 몸으로 느꼈다. 내 한 몸이 허공을 자유롭게 누비는 감각을.

내 몸은 밑으로 한없이 떨어지더니 어느 순간 포물선을 그리며 뒤로 쭉 밀려갔다. 슬슬 멈춘다 싶어서 눈을 살짝 떴는데, 나는 여전히 허공에 있었다. 어떻게 된 걸까 의아해하는 사이 뒤로 밀리던 몸이 방향을 바꿔 다시 앞으로 날아가기 시작했다. 아, 그제야 깨달았다. 나는 거미집에 거꾸로 매달려 진자 운동을 하고 있었다. 그대로 진퇴를 반복하길 얼마, 또 내가 멀미와 공황에 시달리길 얼마, 머리 쪽에서 탁 소리가 들리며 거미집이 출렁거렸다. 그와 함께 흔들림이 멈췄다. 가까스로 눈을 떠보니 나는 거꾸로 매달린 채가 아니라 비스듬히 누운 채 천장을 보고 있었다. 아, 뭐가 어떻게 됐는지는 여전히 모르겠다. 가벼운 흔들림이 느껴지더니 내 머리 위로 라이시가 나타났다. 그가 내 얼굴을 내려다보며 물었다.

"괜찮지?"

나는 대답하지 않았다. 다만 아까 라이시가 했던 것처럼 진지하게 숙고했다. 나야말로 이 녀석 옆에서 괜찮을까? 조금 오랫동안 생각해 봐야 할 것 같다.

라이시는 거미줄에 칭칭 감긴 나를 들고 외줄타기 하듯 거미줄을 건넜다. 그가 거미집 밖으로 훌쩍 뛰어 착지한 곳은 이 공간 외벽에 설치된 철제 난간이었다. 여긴 또 뭐하는 곳일까? 이곳은 이제껏 우리가 누비던 지하도와 상당히 달랐다. 공간은 아주 거대했고 벽면엔 난간이 층층이 설치되어 있었다. 무언가의 정비소 같았다. 라이시는 외벽의 난간을 발견하고 거미줄을 늘어트려 내려온 거였다. 하여튼 재주도 좋아.

라이시는 내 몸을 묶은 거미줄을 하나하나 자르며 떼어 주었다. 나는 방금 겪은 자유 낙하에 대해 불평을 좀 하고 싶었지만 너무 지쳐서 입을 뗄 수가 없었다. 라이시도 힘든지 나를 풀어 주고서 아까처럼 벽에 기대앉았다. 나도 그 옆에 다시 나란히 앉았다. 아, 데자뷰가 느껴진다. 아까 지하도 구석에 숨었을 때랑 똑같네. 우리가 조금 더 꼬질꼬질해지고 기진맥진해지고 청승맞아졌다는 것 외엔 아주 똑같다. 나는 정말 지치고 지쳐서 힘겹게 푸념했다.

"시로니는 언제 올까?"

"아직 한참 남았어. 이제 두 시간 됐나?"

으앙, 거짓말. 이제 겨우 두 시간이라니. 아니야, 발상의 전환을 하자. 두 시간도 안 된 게 아니라 두 시간이나 된 거야. 그래, 두 시간이나 지났어! 고작 두 시간 동안 이요브에게 납치당하고 나삭이 조종하는 체파르데아한테 공격당하고 괴수들한테 쫓기고 거미집에 걸렸는데, 앞으로는 또 무슨 일이 일어날까? 와, 생각만으로도 정말 신나……. 틀렸어. 전환이 안 돼. 더 우울해지기만 해. 나는 결국 무릎 사이에 푹 엎드렸다. 끈적끈적한 거미줄의 잔해가 머리에 닿았지만 상관없었다. 이미 몸도 마음도 만신창이인걸.

"배고파."

콜로세움으로 끌려가느라 아침부터 굶었다. 콜로세움 첫 경기는 정오였고 그때부터 네 시간쯤 지났으니까 아, 아침도 거르고 점심도 거른 채 이제 곧 저녁 시간이다.

"놀이터로 가볼까?"

"가서 뭐하게."

"밥 먹게. 네가 가면 대통령 아저씨가 밥 정도는 주겠지."

"……밥 한 끼에 날 팔겠다는 건가."

까짓것, 지금 상의 탈의한 모습을 보여 주면 밥 한 끼 안 주겠나. 내가 고개를 파묻고 있는데 옆에서 라이시가 몸을 일으켰다. 기척에 고개를 드니 그는 이미 자리에서 일어나 있었다.

"어디 가?"

"먹을 거 찾아보게."

여기서? 아, 의외로 뭐가 있을지도 모르겠다. 여기 정비소나 작업장 같으니까 잘 뒤지면 누가 쟁여 둔 간식 같은 게 있을 수도.

"같이 갈래."

나는 라이시의 손을 잡고 일어나 함께 계단을 내려갔다. 밑으로 내려오니 컨테이너 몇 개가 보였다. 창문을 통해 기웃기웃 안을 들여다봤는데 책상 몇 개와 캐비닛이 있었다. 저기라면 뭔가 있을 수도 있겠다. 그런데 문이 잠겨 있다. 라이시는 망설임 없이 유리를 깨트리고는 안으로 손을 넣어 잠긴 문을 열었다. 아, 어째 우리 점점 폭도같이 굴고 있다. 변명의 여지도 없다. 놀이터와 연구소 입장에서 우리는 분명 극악한 테러리스트니까.

우리는 컨테이너로 들어가서 서랍과 캐비닛을 마구 뒤졌고, 곧 빛나는 전리품을 획득했다. 가장 먼저 찾은 건 서랍에 놓인 초코바. 라이시는 그걸 발견하자마자 내게 툭 던졌고 나는 다이아 반지를 받은 여자처럼 감격했다. 초코바를 시작으로 쿠키와 사탕 그리고 생수 몇 개를 더 발견한 우리는 그 자리에 앉아서 일용할 양식을 바삐 먹어치웠다.

라이시는 생각보다 금방 손을 놓았다. 내가 쿠키 하나를 더 내밀었지만 그는 고개를 저었다. 먹는 것보단 좀 자고 싶다면서. 그렇게 말할 때 그는 몹시 피로해 보였다. 그러고 보니 아까부터 반지를 무지막지하게 써댔다. 벽을 부수고 괴수를 터트리고, 지쳐서 기진맥진할 만도 하다. 먹을 것도 있는데 혹시 침대는 없을까? 철야용 간이침대 같은 거, 하다못해 소파라도. 나는 쿠키를 입에 마저 털어 넣고 남은 초코바와 사탕을 주머니에 챙겼다. 그리고 좀 쉴 만한 곳을 함께 찾기로 했다.

다른 컨테이너의 창문도 들여다봤는데 우리가 먼저 들어갔던 곳과 거의 비슷했다. 비좁고 물건이 꽉꽉 들어차 있고, 별로 쉴 만한 장소는 아니었다. 쭉 둘러보는데 벽에 커다란 문이 하나 있었다. 학교 강당처럼 두 짝으로 열리는 두꺼운 문이었다. 이건 뭘까 하고 문을 슬쩍 밀어 봤는데, 뜻밖에도 열려 있었다. 우리는 어리둥절해하며 안을 들여다보았다. 어두워서 뭐가 보이진 않았는데, 확 달라진 공기가 먼저 느껴졌다. 그 안에선 독한 소독약 냄새가 났고 스산한 찬 기운이 느껴졌다.

심상치 않은 느낌에 조심스레 문을 밀었다. 빛이 비치며 방 안이 희미하게 밝아졌다. 조도가 높아지면서 안에 있던 것들이 어렴풋이 모습을 드러냈다. 동시에 나는 흠칫 놀랐다. 그 안에 빼곡하게 서 있는 수많은 사람을 보고서. 잠깐, 사람 맞나? 마네킹? 아니, 아니다. 저건…….

그것의 정체는 방 안의 차갑고 독특한 공기와 일맥상통했다. 널따란 공간에 빼곡하게 열을 맞추고 서 있는 것, 그것은 사람도 마네킹도 아니었다. 하지만 사람이기도 하고 마네킹이기도 했다. 그것은 사람의 시체였다. 나도 모르게 가장 가까이 있는 시체의 얼굴을 쳐다보았다. 파리한 얼굴에 입술이 실로 묶여 있었다. 나는 그걸 보고 질겁하며 눈을 피했다.

"뭐야, 저거? 설마 다 시체야?"

나는 믿기지가 않아서 얼굴을 피한 채 신음했다. 정말 많은 시체가 있었다. 일일이 세기도 벅찰 만큼 많은 시체가 널따란 공간을 빼곡히 메우고 있었다. 라이시가 문을 활짝 열고 그 안으로 발을 내디뎠다. 나는 차마 뒤따라가지 못하고 그의 등을 바라보았다. 그러다 주변의 시체들이 눈에 들어와서 다시 황급히 고개를 돌렸다. 그렇게 우연히 고개를 돌린 곳에서 나는 특별히 마련된 자리를 발견했다.

자리는 두 개였고, 비어 있었다. 그곳은 특별히 높았다. 꼭 한 사람이 서 있을 만한 공간과 그 주변으로 복잡한 기계 장치와 전선이 늘어져 있었다. 그걸 보며 깨달았다. 저 자리에 원래 뭐가 있었는지, 이 문이 왜 열려 있는지. 저긴 아마도 체파르데아와 아크제리유트의 시체가 놓였던 자리일 것이다.

그 빈자리를 보는데 가슴에서 통증이 느껴졌다. 아까 체파르데아를 처음 봤을 때처럼. 사람을 잡아먹는 식인 영주, 하지만 마지막까지 날 부르며 죽어 간 가련한 남자애. 그 애가 죽어서도 조롱당하며 이용당하는 꼴은 보고 싶지 않았다. 아크제리유트도 마찬가지다. 아무리 적이었다지만, 아까 마주쳤던 파리한 얼굴이 뇌리에서 지워지지 않는다.

내가 입술을 깨물고 있는데 시체들을 살펴보던 라이시가 말했다.

"이 시체들, 종류가 다 달라."

라이시가 말했지만 나는 차마 그쪽을 바라볼 용기가 나지 않았다.

"체파르데아의 권속도 있고 중앙의 군인도 있고, 시체란 시체는 다 모아 놓은 것 같은데 대체 뭐지? 이걸로 전쟁이라도 할 셈인가?"

라이시가 대량의 시체를 보며 말했다. 확실히 수상하다. 나삭은 이렇게 많은 시체를 가지고 대체 뭘 하려는 걸까? 게다가 체파르데아와 아크제리유트라니. 생각해 보면 체파르데아가 죽었을 때 나삭이 우리에게 말을 걸었다. 자신의 시체 인형으로. 게다가 아크제리유트를 죽인 건 이요브였다. 아크제리유트가 열세에 몰리자 이요브는 그를 죽이고 시체와 함께 사라졌다. 중앙은 대체 무슨 일을 꾸미고 있는 거지? 나삭, 이요브, 그리고 피네하스까지.

꿈속에서 만난 뱀이 떠올라 오싹 소름이 돋았다. 귀부인의 모습으로 나를 지독히도 조롱했던 검은 뱀, 결코 만만치 않은 이 세상과 흑암의 주인. 피네하스, 그자는 지금 무슨 일을 꾸미고 있는 거지? 뭘 할 생각인지 모르겠지만 그걸 그냥 둘 수는 없다. 나는 용기를 내서 우뚝 선 시체들을 향해 고개를 돌렸다.

바로 그때, 앞줄에 있던 수십 구의 시체가 똑같은 동작으로 자기 입술을 꿴 실을 뜯기 시작했다. 시체가 갑자기 움직이자 라이시는 재빨리 뒤로 물러나며 날 데리고 시체들과 거리를 벌렸다. 우린 잔뜩 경계했지만 시체는 그 자리에서 꼼짝도 않고 실만 뜯어냈다. 곧 수십 개의 입이 똑같이 말했다.

"곤란한 친구들이군. 여긴 외부인 출입 금지라네."

수십 구의 시체가 나삭의 목소리로 합창했다.

"살짝 골려 줄 생각이었는데 어쩌다 여기까지 들어왔군."

느긋한 노인의 목소리가 수많은 성대를 통해 흘러나와 쩌렁쩌렁 공간을 울렸다. 겹겹이 울리는 목소리는 섬뜩했다. 음성에 섞인 웃음기 때문에 더욱 그랬다.

"기왕 이렇게 된 거 감춰 봐야 소용없겠지. 어떤가, 내 군대를 본 소감이. 훌륭하지 않나?"

"훌륭해……?"

나는 기가 막혀서 그 뒷말을 따라 했다. 나삭은 못 들었는지 장황하게 떠들어 대기 시작했다. 무표정인 시체의 목을 빌려서.

“인체는 훌륭하지. 세상에서 가장 정밀한 구조물이니까. 하지만 살아 있다는 단점이 있지. 기름만 넣으면 되는 것들과 달리 먹이고 재우고 사사건건 달래 줘야 하니 말일세. 가끔 양심이니 감정이니 같잖은 객기를 부리기도 하고. 그에 비해 이것들은 정말 훌륭하지. 그런 군더더기를 다 떼어 냈으니 말일세.”

말도 나오지 않는다. 어떻게 저럴 수가 있지? 대체 인간을 뭐라고 생각하기에 저 지경까지 전락한 거지? 나는 입술을 깨물고 시체 인형을 바라보았다. 이젠 무섭지도, 눈을 피하고 싶지도 않았다. 화가 날 따름이었다.

“재미있는 표정을 짓는군.”

그런 날 향해 나삭이 조롱을 던졌다.

“인간에게 과도한 의미를 부여하는 공주님이니 내 말이 역겹겠지. 제발 좀 깨닫게, 인간은 흙 한 줌의 다른 조합에 지나지 않다는 걸. 그깟 진흙 인형이 뭐가 그리 대단하다고 애지중지하나?”

“그러는 당신은 인간 아니에요?”

나는 더 참지 못하고 날카롭게 쏘아붙였다.

“사람을 고작 흙 한 덩어리라고 비하하는 본인도 결국 인간이잖아요.”

“맞지, 맞는 말이네만 인간이라고 다 같지는 않아. 탄소는 연필심도 되지만 다이아몬드도 되는 법일세. 그리고 연필심쯤이야 몇 개가 부러져도 아깝지 않지."

내가 다시 막 반박하려던 찰나였다. 나삭이 갑자기 대화를 끊었다.

"아, 더 떠들고 싶지만 시체가 버티질 못하는군. 그럼 군들, 또 한 번 발버둥질해 보시게."

나삭의 말이 끝나자, 동시에 말하던 인형들이 우릴 향해 달려들었다. 라이시와 내가 대응하려는데 달려들던 시체들이 갑자기 퍽 터지며 재가 되었다. 그 재는 안개처럼 퍼지며 우리에게 몰려들었다. 저 검은 재, 독이 들어있는 재다! 재를 보자마자 라이시가 입을 가리며 소리쳤다.

"뛰어!"

나는 두 손으로 입을 꽉 막은 채 입구를 향해 달렸다. 나보다 한발 뒤에서 쫓아오던 라이시는 입구 앞에서 시체들을 향해 소리쳤다.

"세비브!"

몰려오던 재에 불길이 달라붙었다. 가루에 불이 붙으면 어떻게 되지? 과학 시간에 이 비슷한 실험을 했던 게 어렴풋이 생각났다. 그걸 정확히 떠올려 볼 겨를은 없었다. 뒤따라오던 라이시가 몸을 날리며 날 덮쳤기 때문이다. 라이시에게 떠밀려서 문 옆으로 날아간 나는 그에게 깔린 채 바닥에 바싹 엎드렸다. 그 순간 생각났다. 아아, 맞다. 그건 분진 폭발이었다.

내가 그것을 떠올린 직후 시체들이 있는 방 안에서 거창한 폭발이 일어났다. 휘몰아치는 화염이 방 안을 가득 메우다 못해 입구로 터져 나왔다. 두 개의 거대한 문짝은 종잇장처럼 구겨지며 바깥으로 튕겨 나갔다. 와, 옆으로 안 비켰으면 위험할 뻔했다.

이내 폭발이 가라앉으며 문 밖으로 날름대던 불길도 가셨다. 대신 새카만 연기가 뭉게뭉게 피어오르기 시작했다. 읏, 잘못하면 질식해 죽을 판이다. 우리는 독한 연기를 피해 빠져나갈 곳을 찾았다. 그런데 뒤에서 지이익 무언가 끌리는 소리가 들렸다. 무슨 소리지? 우리는 설마 하며 뒤를 바라보았다. 지이익, 지익, 지이이익. 언뜻 스쳤던 소리가 점점 커지며 정확해졌다. 게다가 한둘이 아니었다. 저 소리는 대체?

"젠장!"

불길 속에서 무언가를 발견하고 라이시가 잇소리를 냈다. 그는 곧장 내 팔을 잡고 달리기 시작했다. 나는 엉겁결에 따라 달리며 뒤를 돌아보았다. 그 순간 불길 속에서 불덩어리 하나가 바깥으로 튀어나왔다. 불덩어리? 아니, 아니다. 그건 불붙은 시체였다! 그것들이 우릴 향해 달려왔다. 우리 뒤를 가장 바싹 뒤따라오던 시체 하나가 반쯤 녹아내린 입을 열고 고함을 질렀다.

"카하하하!"

무표정한 얼굴로 웃음소리를 토해 낸 시체는 그대로 폭발했다. 쏟아진 재는 불에 닿아 화염으로 솟구쳤다. 폭발과 함께 등 뒤로 불길이 사납게 끼쳤다. 아, 저들은 하나하나가 걸어 다니는 폭탄이었다. 대항할 수도 없고 피하는 것도 여의치가 않다. 어떡하지?

우리가 무작정 달리는 동안에도 시체들은 끊임없이 웃음을 터트렸다. 폭발도 계속해서 일어났다. 나삭은 시체 무리의 가운데 토막을 폭발시켜 선두에 있던 시체를 우리에게 날려 보냈다. 그럼 그 시체는 어김없이 웃음을 터트리며 우리에게 불길을 쏟아 냈다. 우리는 몸을 구르며 그것을 필사적으로 피했다.

사지가 덜렁대는 시체는 생전만큼 빠르지 않았다. 대신 생전처럼 지치지도 않았다. 불붙은 시체들이 웃음과 폭발을 반복하며 우릴 몰아붙였고 우리는 점점 궁지에 몰렸다. 어떡하지? 어떻게, 무슨 방법이……. 그때 바지 주머니에 넣어 둔 반중력기가 퍼뜩 생각났다.

"라이시, 라이시!"

나는 그를 바삐 부르고 헐떡이며 설명했다. 라이시는 고개를 끄덕이더니 달리던 방향을 바꿨다. 우리가 직각으로 방향을 꺾자 일렬로 쫓아오던 시체들도 방향을 틀었다. 우리는 선두를 유인하며 시체 행렬의 꼬리를 향해 내달렸다. 곧 길게 늘어서 있던 시체들이 우릴 향해 한 점으로 몰리기 시작했다. 불붙은 시체들이 한데 모였을 때 나는 반중력기를 내던졌다. 이거나 먹고, 떨어져라!

시체들의 발밑으로 미끄러져 들어간 반중력기가 작동했다. 우리는 시체들을 모으려고 버티고 있다가 중력이 서서히 사라지는 순간 재빨리 뒤로 물러났다. 시체들이 허공으로 둥실 떠올랐고, 곧 불붙은 나방처럼 허우적대기 시작했다. 그제서야 우리는 간신히 한숨을 내쉴 수 있었다. 숨을 돌리며 라이시가 내 머리를 토닥였다.

"잘했어, 간만에 똑똑했어."

"나는 항상 똑똑해."

"농담도 잘해."

나는 대꾸할 기운이 없어서 그의 옆구리를 팔꿈치로 콱 찍었다. 그리고 공중에서 활활 타오르는 시체들을 바라보았다. 간신히 띄워 놓긴 했는데 이걸로 안심할 수는 없다. 시간을 오래 끌진 못할 거다. 이제 어떡하지? 아까 너무 큰 소리가 났다. 이요브가 소릴 듣고 찾아오면 그것도 큰일이다.

이제 어떡하나 궁리하는데, 갑자기 고막을 찢는 총성이 울려 퍼졌다. 우리는 화들짝 놀라서 주변을 살폈다. 이 소린 또 뭐지? 문득, 허공을 오르내리는 시체 너머로 검은 옷을 입은 무리가 보였다. 아, 정녕 우리에겐 위기가 끊이지 않을 모양이다. 무장한 그들은 대통령과 그의 경호원들이었다.

대통령의 경호원들은 허공에 뜬 시체에 대고 무작정 총을 쐈다. 그들은 여기까지 오며 이미 괴수들과 맞섰는지 행색이 엉망이었다. 그때부터 우린 또 한바탕 난리를 겪었다. 총에 맞은 시체들은 반중력기의 영향 밖으로 날아가 바닥에 곤두박질쳤다.

머리 위로 총알과 시체들이 날아다니자 우린 다급히 몸을 피했다. 그러자 대통령이 우리 쪽을 향해 소리쳤다. 경호원들은 우리에게도 드르륵 총격을 가했고, 우린 바닥을 들어 간신히 막았다. 그리고 또 한 번 추락했다.

아, 우린 대체 언제까지 이 일을 반복해야 할까?

우리는 미로 같은 복도를 무작정 달렸고, 더는 한 걸음도 떼지 못

할 만큼 지쳐서야 멈췄다. 나는 숨을 몰아쉬며 라이시를 바라보았다. 그는 완전히 기진맥진한 상태로 바닥에 드러누워 있었다.

"라이시, 괜찮아?"

"전혀."

말하는 목소리에 장난기는 없었다. 그는 눈을 감은 채로 입술만 다시 달싹였다.

"기력을 너무 많이 썼어."

말마따나 너무 무리했다. 그럼에도 그는 쉴 생각을 하지 않았다. 적진 한가운데서 그는 신경 쓸 게 너무 많았다.

"너무 깊게 들어왔어. 나가려면 다시 위로 올라가야 해."

맞는 말이지만 그 전에 먼저 쉬어야 할 것 같다. 나는 맨바닥에 누운 그에게 다가가서 무릎을 빌려주었다.

"일단 좀 쉬어."

라이시는 사양하지 않고 내게 머리를 기댔다. 그는 이미 반쯤 잠든 목소리로 중얼거렸다.

"잠깐만 잘게. 무슨 일 있으면 깨워 줘."

그는 순식간에 잠들었다. 마치 기절하듯이. 나는 그의 손에서 반지를 빼 내 손에 꼈다. 그리고 그의 흐트러진 머리카락을 조심히 쓸어 넘겼다. 라이시는 완전히 잠든 듯 고른 숨을 내쉬었다. 그 얼굴을 내려다보며 나는 한숨을 내쉬었다. 아, 힘들다. 계속되는 도망이 이젠 정말 지겹다. 깊은 땅속에서 몇 시간째 헤매니 숨이 막힌다.

많은 사람을 구하기 위해 몸부림친 대가로 이 깜깜한 지하에 갇혔다. 잘난 척 다른 사람만 구해 놓고 내 자신은 구하지 못하면 비웃음을 사게 될까? 아니, 그런 건 별로 중요하지 않다. 그보다 더 중요한 건 라이시. 나는 이 사람에게 과연 좋은 연인일까? 이요브는 말했다. 내가 그를 망가트렸다고. 나는 꿈속에서 나눈 키브사와의 대화를 떠올렸다. 나는 슬피 울며 그에게 말했다.

'라이시가 죽었어.'

'그래, 그는 죽었지.'

'나 때문에 죽었어.'

'맞아, 내가 그를 죽였어.'

그 대화를 생각하며 나는 깊은 한숨을 내쉬었다. 그리고 곤히 잠든 그의 얼굴을 조심스럽게 어루만졌다. 모르겠다, 아무것도. 나는 이렇게나 널 좋아하는데, 정말 많이 좋아하고 있는데. 그런데 나는 과연 네게 좋은 연인일까? 답할 수 없었다.

무릎에 눕힌 라이시를 바라보다가 나도 깜빡 잠이 들었다. 꿈을 꾸었다. 그 꿈은 내가 비라에서 아본으로 내려가던 때의 꿈이었다. 그때 나는 대공과 마지막 인사를 나누고 있었다. 다시 만날 수 있을까 묻는 내게 그는 그러지 않는 편이 낫다고 했다. 다시 만나게 되면 둘 중 하나는 반드시 죽게 될 거라며. 그 말에 가슴이 꿰뚫리는 것 같았지만 나는 울지 않았다. 대신 애써 웃으며 그를 등졌다.

모든 것은 그때 이미 예정되어 있었다. 이요브가 날 그토록 원망하는 것은, 어쩌면 당연한지도 모른다.

"라이시, 라이시."

나는 라이시를 흔들어 깨웠다. 죽은 사람처럼 자던 라이시가 간신히 눈을 떴다. 나는 막 깨어난 그에게 다급히 물었다.

"방금 소리 들었어?"

깊이 자다가 깬 그는 상황을 깨닫지 못하고 날 쳐다만 보았다.

"발소리가 들려. 이쪽으로 오고 있어."

지이익, 탁. 지이익, 탁. 발 끄는 소리가 복도에 울리고 있었다. 그 소릴 듣고 라이시는 비로소 몸을 일으켰다.

저 소린 뭐지? 발소리 같은데. 시체인가? 우리는 숨소리를 죽이고 바짝 긴장했다. 쫓기는 거라면 이제 사양하고 싶다. 우리는 벽에 몸을 기대고 소리가 들리는 쪽으로 살금살금 다가갔다. 모퉁이에서 조심히 고개를 내밀자 복도 끝에서 땅딸막한 사람이 걸어오는 것이 보였다. 다리를 쩔뚝대며 헐레벌떡 걷는 그건 시체가 아니라 사람이었다. 라이시가 그를 알아보고 속삭였다.

"대통령이다."

대통령? 왜 혼자지? 우리는 다시 벽에 몸을 붙였다. 그리고 대통령이 오기까지 기다렸다. 잠시 후 그가 막 이쪽으로 꺾었을 때, 라이시는 그를 단숨에 낚아챘다.

"으, 읍!"

비명이 터져 나오려다 멎었다. 라이시가 대통령의 입을 틀어막고는 나직이 말했다.

"조용히 하십시오."

대통령은 눈만 크게 뜨고 급히 고개를 끄덕였다. 가까이에서 본 대통령은 행색이 이상했다. 전쟁터를 막 헤쳐 나온 사람처럼 옷차림이 엉망이다. 얼도 빠져 있었다. 라이시도 이상한 걸 느꼈는지 잡고 있던 대통령을 슬며시 놓았다. 그러자 대통령은 경계도 하지 않고 그 자리에 기진맥진 주저앉았다. 그러더니 우릴 향해 말했다. 창백해진 얼굴로 더듬거리며.

"조, 좀비였어. 그 좀비들이 내 경호원을……."

아아. 아무래도 나삭이 시체로 경호원들을 공격한 모양이다. 나는 복잡한 기분으로 대통령을 내려다보았다. 타인의 죽음을 식사에 곁들이던 사람이 시체에게 조금 쫓겼다고 사색이 되었다. 이걸 어떻게 여겨야 할까? 라이시도 기가 막힌지 냉랭하게 물었다.

"여긴 왜 내려온 겁니까?"

"무, 무슨 일인지 알아보려고……."

그게 과연 우리에게 무작정 총구를 겨눈 이유가 될까? 그 변명이 구차하다는 걸 스스로도 깨달은 모양이다. 그는 부들부들 떨며 얼굴을 가리고 엎드렸다. 그리고 오랫동안 말을 잇지 못했다.

잠시 후, 진정한 대통령은 우리에게 겪은 일을 설명했다.

콜로세움에서 노예들이 바닥을 부수고 사라지자 위에선 난리가 났다. 그들이 목격한 것이 너무 비현실적이라서. 혼란 속에서 대통령은 재빨리 경호원을 소집했다. 라이시가 말한 '더 큰 세계'에 매혹되었기 때문이다. 설마 지하에 괴수들이 득실댈 거란 생각은, 그리고 움직이는 시체가 있다는 생각은 꿈에도 못 했던 것이다.

지하를 헤매며 괴수들과 충돌했지만 그럼에도 대통령은 진군을 멈추지 않았다. 그러던 중 폭발음에 이끌렸고 불타는 시체와 마주하게 되었다. 허공에서 허우적대는 시체를 보고 맨 정신을 유지할 수 있는 사람이 과연 얼마나 될까? 그들은 앞뒤 가리지 않고 총을 쏘아 댔다. 그것이 참극을 앞당겼다. 총을 맞고 날아간 시체들은 중력기의 영향에서 벗어나 대통령과 경호원들을 향해 기어왔다. 그 즈음 허공의 시체들도 서로를 밀어서 땅으로 내려왔다.

우리가 몸을 피하는 사이 나삭의 시체들은 다시 바닥에 내려왔고, 계속해서 총을 갈겨 대는 자들에게 지글지글 타는 손을 내뻗었다. 경호원들이 매서운 연사로 대응했지만 시체들은 완전히 부서지거나 머리가 분리되기 전까지 움직였고, 꾸준히 다가와 경호원들의 목을 졸랐다. 경호원들은 고통보다는 공포에 비명을 질렀다. 그 아비규환은 대통령이 마지막 생존자가 될 때까지 계속되었다.

대통령이 살아남을 수 있었던 건 시체들의 자비 때문이었다. 기묘하게도 시체들은 대통령을 공격하지 않았다. 대신 그를 끌고 가려고 했다. 바짓가랑이를 잡힌 대통령은 정신없이 몸부림을 쳤고, 뒤도 돌아보지 않고 도망쳤다. 그 후 혼자서 헤매고 헤매다 우리와 마주쳤다.

대통령의 이야기를 다 듣고 나는 곰곰이 생각했다. 대통령을 끌고 가려 했다는 건 나삭에게 그가 중요 인물이라는 뜻일까? 시로니가 그랬다. 유령도 대통령은 섣불리 건드리지 않는다고. 메트로폴리스에서 워낙 중요한 인물이라 함부로 조작할 수 없다고.

대통령의 이야기를 듣고 라이시는 낮게 한숨을 내쉬었다. 더 큰 세상에 두려움을 가지라고 했더니 도리어 욕심을 내서 자기 경호원을 죄다 죽게 만들었다. 그 점에 할 말이 많은 듯했지만 라이시는 꾹 삼키고 다른 얘길 꺼냈다.

"지금 몇 시입니까?"

대통령은 두말 않고 자신의 시계를 풀어서 건넸다. 스마트 워치에 표기된 시간은 4시 20분. 시로니가 돌아올 때까지 이제 한 시간도 채 안 남았다. 아깐 시간이 안 가서 발을 동동 굴렀는데 이젠 시간이 없어서 발을 동동 구르게 생겼다.

시로니와 합류하려면 지상으로 올라가야 한다. 만약 지하에 갇힌 채 길이 엇갈리면 답이 없다. 설령 기달티가 함께 있어도 이요브나 체파르데아와 마주치면 위험하다. 그러니 우리가 다시 올라가야 하는데, 어떻게 올라가지? 도처에 깔린 괴수와 시체가 모두 나삭의 눈과 귀다. 그것들은 반지로 감당할 수 있다지만 그러다 체파르데아나 아크제리유트를, 혹은 이요브를 불러들이면 정말 걷잡을 수 없다.

"이왕 내려온 거 더 내려갈까?"

골똘히 생각하던 내게 라이시가 말했다.

"내려가자고?"

"응."

"내려가면 뭐가 있는데?"

"메트로폴리스가 있겠지."

라이시도 시로니에게 이야기를 들은 모양이다. 시로니는 메트로폴리스가 나삭의 연구실에 있다고 했다. 그리고 나삭의 연구실은 놀이터 바로 아래 지하에 있고. 밖으로 나갈 수 없다면 차라리 파고든다. 적이 지천에 깔렸다면 중추를 친다. 그게 라이시의 논리인데, 하지만 이 넓은 곳에서 나삭의 연구실은 또 어떻게 찾지?

우리가 고민할 때였다. 대통령이 머뭇대며 라이시의 손에 들린 스마트 워치를 조작했다. 그러자 워치 액정에 빨간 점이 깜빡이는 자그마한 지도가 나타났다. 어리둥절해하는 우리에게 대통령이 말했다. 놀이터의 구조와 우리 위치를 표시해 주는 지도라고. 물론 거기에 나삭의 연구실은 표시되어 있지 않다. 고로, 그 공백이 바로 나삭의 연구실이다. 우리에게 협조하며 대통령은 여느 때처럼 사람 좋은 표정을 지었다. 그는 다만 살려 주기만을 바라고 있었다.

지금까지 나삭은 시체와 괴수를 움직이며 우릴 몰아붙였다. 본인은 느긋하게 주머니에 손을 꽂은 채로. 그건 꼭 플라스틱 통 안의 실험용 쥐를 가지고 노는 태도였다. 꽤 즐거워 보이던데, 우리가 갑자기 나타나면 과연 어떤 표정을 지을까? 계속 그렇게 우릴 얕볼 수 있을까?

나는 그것을 내심 궁금해하며 깊고 어두운 계단 앞에 섰다. 천장의 감시 카메라가 우릴 향하고 있었지만 신경 쓰지 않았다. 이미 전격으로 태워서 먹통이니까. 스마트 워치가 가리키는 지도의 공백까지 한 걸음 남았다. 지금까지는 조심히 접근했지만 이젠 그럴 필요가 없다. 우린 지체하지 않고 벽을 부수며 뛰어들었다. 나삭, 그의 연구실로.

콰앙! 시멘트 덩어리가 우수수 부서지며 넓은 공간이 나타났다. 그대로 돌진해야 했는데, 나는 눈앞의 광경에 놀라 주춤대고 말았다.

그것은 연구실의 높은 천장 밑에 매달려 있었다. 그 둥근 것은 성인 남자의 팔로 세 아름 크기에 불과했는데 그 안에 하늘과 바다를 가지고 있었다. 비록 얼마 되지 않는 공기와 얼마 되지 않는 물이지만, 푸른 빛깔의 그건 분명 하늘과 바다였다. 하늘과 바다 사이엔 대륙이 있었다. 테이블 크기의 대륙엔 산과 초원이 있고 그 사이에 인간들의 도시가 있었다. 투명한 플라스크 안에는 듣던 대로 세계가 담겨 있었다. 나는 눈을 커다랗게 뜨고 플라스크를 바라보았다. 천장에 매달린 그것은 경이로운 메트로폴리스였다.

"웬 쥐새끼가 다니나 했는데 뜻밖의 손님이 왔군."

플라스크에 시선이 빼앗겼던 나는 퍼뜩 정신을 차렸다. 나삭은 연구실 구석에 앉아 있었다. 그는 의자에서 일어나지도 않고 우리를 느긋이 바라보았다. 그 곁에는 한 남자가 서 있었다. 아니, 한 시체다. 아까 환풍구로 떨어졌던 아크제리유트였다.

나는 나삭의 컨트롤러를 향해 바자크를 외쳤다. 하지만 스파크는 나삭의 주변에서 상쇄되었다. 라이시가 나삭에겐 반지가 안 통한다고 해서 컨트롤러를 노려 봤는데, 이것도 안 되나 보다.

"그런 조잡한 건 내게 닿지 않는다네."

내 시도가 실패하자 나삭이 낄낄 웃었다.

"제 발로 와주다니 고맙군. 찾는 수고를 덜었어."

아크제리유트가 천천히 몸을 움직였다. 옛 폭군의 시체가 다가오자 라이시는 옆에 선 대통령을 끌어당겼다.

"인질이 있다. 물러나."

그러자 아크제리유트가 멈추었다. 위협을 느껴서가 아니라 흥미로워서였다. 나삭이 웃음을 터트리며 중얼거렸다.

"이거 계산을 좀 해봐야겠군. 대통령을 버리고 공주를 잡는 게 이익일까, 아니면 공주를 보내고 대통령을 돌려받는 게 이익일까?"

"교수, 나 좀 살려 줘요."

갸웃대는 나삭에게 대통령이 애타게 말했다. 나삭은 들은 체도 않고 혼자서 궁리했다.

"대통령을 교체하는 건 역시 번거롭지. 사고 처리도 귀찮고."

"나삭 교수, 제발……."

대통령이 애걸하자 나삭은 너털웃음을 터트리며 그제야 아는 체를 했다.

"꼴이 참 기구하십니다, 대통령 각하. 얌전히 놀다 가셔야 할 분이 너무 많은 걸 보셨어."

"여기서 본 건 아무에게도 말 안 할 게요. 살려 줘요."

"그런 걱정은 하지 않소. 까짓것 뇌 세척을 하면 그만이니까. 음, 그보단 뭐가 이익일까?"

나삭은 양손 끝을 톡톡 마주치며 고민했다. 아이스크림을 고르듯 가벼운 태도였다. 그렇게 양자의 가치를 가늠하던 나삭은 이윽고 경쾌하게 결론을 내렸다.

"역시 인질은 무시하는 편이 낫겠군."

"교수!"

대통령이 나삭을 향해 비명을 질렀다. 하지만 나삭은 눈 하나 까딱 않고 빙글빙글 웃었다.

"명색이 구세주께옵서 인질을 죽이는 짓은 차마 못 하겠지."

역시나 호락호락하지 않다. 그렇지만 이쪽도 그렇게 생각 없이 찾아온 건 아니다.

"인질은 대통령이 아니야."

나는 그렇게 말하며 천장을 향해 손을 뻗었다. 거대한 플라스크, 메트로폴리스를 향해서. 그에 나삭이 실소를 터트렸다.

"메트로폴리스? 더 가관이군. 수천만을 죽일 셈인가?"

아니, 우리 목표는 그것도 아니다. 나삭은 모르겠지, 우리가 저 뱀의 존재를 안다는 사실을. 그건 그의 제자 중에서도 시로니만 아는 비밀이니까. 나는 메트로폴리스보다 더 위를 향해 손을 뻗었다. 그리고 어둠에 가려진 천장을 향해 소리쳤다.

"바자크!"

내 외침과 함께 뇌전이 일어났다. 그와 함께 천장 구석에서 똬리를 틀고 있던 뱀이 바닥으로 툭 떨어졌다. 뱀이 떨어진 걸 보고 나삭의 얼굴이 비로소 일그러졌다. 그래, 당황스럽겠지. 이게 없으면 메트로폴리스는 유지되지 않으니까.

나삭은 여전히 의자에서 꼼짝도 하지 않았다. 대신 그의 동요와 당황은 아크제리유트를 통해 표출되었다. 아크제리유트가 네발로 뛰듯이 달려오며 뱀을 낚아채려 했다. 하지만 이미 준비하고 있던 라이시가 더 빨랐다. 라이시가 뱀의 꼬리를 붙잡자 그의 목으로 검은 채찍이 날아왔다. 라이시는 몸을 굴려 간신히 공격을 피했고, 거리를 벌리며 뱀의 세 개의 머리 중 하나에 나이프를 댔다.

"뱀은 몇 마리든 죽일 수 있어."

라이시가 매몰차게 말하자 나삭의 얼굴이 크게 일그러졌다.

"이 건방진 쥐새끼……."

라이시는 대답하지 않고 뱀의 목에 칼을 꾹 댔다. 생물 축소제를 분비하는 머리가 셋 달린 뱀. 저것은 메트로폴리스를 유지하는 필수 재료다. 시로니는 나삭이 저 오리지널을 복제하려고 부단히 노력했지만 모두 실패했다고 했다. 세상에 둘도 없는 소중한 뱀. 우리가 이걸 손에 넣은 이상 이제까지처럼 태연자약하게 굴지 못할 거다.

아니나 다를까 나삭의 머리 가죽이 흉측하게 일그러졌다. 그는 붉게 달아오른 얼굴로 이를 부득 갈더니, 이내 깊은 한숨을 내쉬었다. 나삭은 간신히 가라앉힌 목소리로 태연한 척 말했다.

"뭐, 좋네. 장난이 심했다는 거 인정하지."

"장난?"

"그럼, 장난이었지. 시체를 시범적으로 조종해 보는 중이었는데 좀 지나쳤나 보군. 어차피 지금은 굳이 군들을 잡을 필요도 없네. 진짜 무대는 따로 있으니까."

실컷 사람을 몰아붙여 놓고 저런 소리라니. 불만이 많았지만 말하지 않았다. 협상은 라이시에게 맡겼으니까. 라이시는 나삭의 헛소리에 신경 쓰지 않고 냉철하게 말했다.

"길을 터주십시오. 위로 올라갈 수 있게."

"보내 주겠네. 내 뱀을 돌려주게."

"무사히 나가면 넘기겠습니다."

"그래, 알겠네."

"그리고 또 하나, 체파르데아를 불러 이요브를 막아 주십시오."

라이시의 요구에 나삭의 얼굴이 다시 흉하게 일그러졌다. 그가 이를 갈며 쉰 목소리로 말했다.

"그 뱀이 잘못되면 너를 세포 단위로 쪼갤 거다, 이 건방진 애새끼."

라이시는 끄떡도 하지 않았다. 나삭도 화를 도로 삼키며 애써 침착하게 말했다.

"그래, 원대로 해주지. 단 이것만은 명심하게. 지금 메트로폴리스가 사라지면 그 안에 사는 인간들이 맨몸으로 허허벌판에 나오게 된다는 걸. 그건 구세주도 원하는 상황이 아니겠지."

나삭이 슬쩍 물었지만 우리는 아무런 대답도 하지 않았다. 우리가 걸려들지 않자 나삭은 언짢은 기색을 숨기지 않고 짓씹듯 말했다.

"이 값은 조만간 톡톡히 치러 주지, 하늘의 따님과 그 정부께."

이걸 호위라고 해야 할까 감시라고 해야 할까? 우리는 지금 위로 이동하고 있다. 수많은 시체에 둘러싸여서. 라이시는 나삭이 혹여

딴생각을 못 하도록 뱀의 목을 그러쥐고 칼날을 바짝 댔다. 나는 그의 등을 지키며 뒤따랐다. 뱀은 볼모의 역할을 톡톡히 해냈다. 나삭은 이를 갈고 노여워하면서도 착실하게 우릴 위로 안내했다. 물론 그를 전적으로 신뢰할 순 없어서 스마트 워치로 현 위치를 끊임없이 확인했다.

그렇게 한 30분 걸었을까? 우리는 드디어 시로니와 헤어졌던 집결지로 돌아왔다. 이 폐허가 이토록 반갑게 느껴질 줄이야. 우리는 그대로 환풍구의 사다리를 타고 올라가 지상으로 나왔다. 밖으로 나오자 비로소 숨통이 트였다. 오후 다섯 시가 넘었는데 해가 길어진 여름이라 하늘은 아직 푸르렀다. 우리와 동행한 대통령은 어리둥절한 얼굴이었다. 그는 처음 눈을 뜬 사람처럼 혼란스러워하며 하늘을 바라보았다.

"하늘이 저렇게 맑았던가?"

대통령의 목소리엔 감탄과 두려움이 섞여 있었다. 아까 메트로폴리스의 실체를 본 후로 대통령은 말이 없었다. 충격 속에서 자신이 살아온 세계가 과연 무엇이었는지 되새기는 듯했다. 그러더니 처음으로 진짜 하늘을 마주하고 울 것 같은 표정을 지었다.

"이제 어떻게 하시겠습니까?"

라이시가 물었지만 대통령은 대답하지 않았다. 대신 한참 후에야 하늘을 바라보는 채로 되물었다.

"저 세계에 나가면 나는 무엇이 되지요?"

"한 사람이 됩니다."

"특별하지 않은 보통 사람이 되는군요."

"사람은 모두 특별합니다. 당신은 앞으로 당신만 특별한 게 아니라는 걸 배워야 할 겁니다."

라이시의 담담한 대답에 대통령은 괴로운 듯 얼굴을 찡그렸다.

"나는, 남들과 어깨를 나란히 하고 살 수 없어요."

대통령은 '못 하겠다'가 아니라 '할 수 없다'고 말했다. 상상할 수조차 없는 것 같았다. 자신이 내려다보던 수많은 사람과 평등해지는 삶을. 그는 너무 오랫동안 권력을 누렸다. 그걸 버리면 지금까지와 반대되는 삶을 살아야 한다. 설령 그것이 진짜라 해도, 그것이 옳다 해도 그에게 그것은 가혹한 요구였다.

"그럴 바엔 차라리 가짜 세계가 나아요."

"가짜는 아무리 비슷해도 결국 가짜입니다."

"진짜라 믿어야지요. 뇌를 열어서라도."

대통령은 눈이 시린 듯 질끈 눈을 감았다. 고여 있던 눈물이 뺨을 타고 흘러내렸다. 그 눈물의 의미는 알 수 없었다. 아마 대통령 본인도 모를 것이다. 감격인지 두려움인지, 기쁨인지 회한인지. 한 가지 확실한 건 앞으로 그는 이 하늘을 볼 수 없다는 거다.

대통령은 말을 그치며 하늘에 둔 시선도 거두었다. 그러고는 덜덜 떨며 사다리를 내려가기 시작했다. 그토록 무서워하는 시체가 득시글거리는데도, 그는 자신의 가짜 세상으로 걸음을 돌렸다.

우리는 대통령을 묵묵히 바라보았다. 그는 시체들의 비호를 받으며 우리가 간신히 빠져나온 구덩이로 다시 돌아가 영영 보이지 않게 되었다. 우리는 그를 보내고 다시금 하늘로 시선을 옮겼다. 시로니를 기다리는데 근처에서 서성이던 시체 하나가 실을 끊고 말했다.

"체파르데아로는 역부족이었네."

그렇게 전해지는 나삭의 목소리는 이제까지와 달리 무미건조했다. 익살도 조롱도 없이 그는 우리에게 이해를 바라듯 말했다.

"여왕이 곧 들이닥칠 걸세."

그 말에 우리는 당황했다. 곧 들이닥친다고? 나삭이 말한 곧은 정말 금방이었다. 우리가 준비할 겨를도 없이, 그 말이 떨어지기 무섭게 우리가 걸터앉은 환풍구에서 무언가가 솟구쳤다. 가슴이 서늘할 만큼 빠른 속도로 우리를 스친 그것은 하늘에서 우뚝 멈추었다. 우리는 숨 막히는 심정으로 하늘을 등진 그것을 바라보았다. 이제 겨우 끝이라 생각했는데, 술래잡기는 아직 끝이 아니었다. 가장 무서운 술래가 남아 있었다.

시린 하늘 아래 적막이 흘렀다. 적막을 어깨에 진 이요브는 강렬한 색채로 우릴 어지럽게 했다. 새까만 옷, 새빨간 머리카락, 그리고 새하얀 날개까지. 이요브는 하얀 날개를 펼치고 있었다. 치포라의 빛나는 날개였다. 나는 입술을 깨물고 그가 우리 앞에 내려서는 것을 바라보았다. 지척에 내려선 이요브는 깊고 날카로운 눈으로 나와 라이시를 번갈아 보았다. 그리고 라이시를 향해 잠잠한 목소리로 말했다.

"내게 온다면 공주는 보내 주겠어."

제안이 아니라 협박이었다. 그 고압적인 말에 라이시는 이를 갈았다.

"말도 안 되는 소릴."

라이시는 이를 꾹 물고 이요브를 노려보더니 이내 어렵사리 입을 뗐다.

"내가 정말 그라고 생각한다면 존중해 주십시오."

그 말에 나는 조금 놀랐다. 내가 라이시를 쳐다보는 사이 이요브가 대답했다.

"난 항상 당신을 존중했어. 당신을 짓밟은 건 공주야. 그러니 나도 더는 참지 않아."

그렇게 말하며 이요브가 걸음을 내디뎠다. 그 눈은 언젠가 그랬던 것처럼 갈증에 타고 있었다. 시선으로 탐하며 그가 말했다.

"또다시 눈앞에서 잃지 않겠어."

이요브가 느린 동작으로 검을 빼 들었다. 여제가 검을 들고 거리를 좁혀 오자 라이시는 주먹을 꽉 쥐었다. 반지로 대응할 요량이었다. 그때였다. 굉음과 포효, 그리고 송곳니가 하늘에서 뚝 떨어져 이요브를 덮쳤다. 그것은 위협적인 몸체로 이요브에게 달려들었고 이요브는 검을 들어 그 날카로운 이빨을 막았다. 그럼에도 그것은 사납게 으르렁대며 이요브에게 덤벼들었다. 우린 질겁해서 한발 물러났다. 저건 뭐지? 괴수? 아니, 아니다. 저 새카만 건 분명 늑대, 늑대는…….

"무아카?"

내가 무아카를 알아본 직후 우리 앞으로도 무언가가 떨어졌다. 땅을 내리찍으며 내려선 것은 장신의 남자였다. 그 넓은 등을 보는 순간 나는 너무 반가워서 소리를 지를 뻔했다. 기달티였다. 기달티가 내려오는 사이 이요브가 무아카를 뿌리쳤다. 무아카는 훌쩍 물러나며 기달티의 옆으로 돌아왔다. 우릴 뒤로 숨긴 채 기달티가 이요브에게 물었다.

"싸울 텐가?"

기달티의 물음에 이요브의 눈이 가늘어졌다. 이요브는 매서운 눈으로 기달티를 쏘아보더니 거칠게 검을 휘둘렀다. 콰가각! 검에서 뻗어 나온 검은 힘이 바닥을 날카롭게 긁었다. 그 공격은 우리 바로 옆을 스치고 지나갔다. 한차례 신경질을 낸 이요브는 이내 검을 도로 집어넣었다. 그러고는 등을 돌리며 나지막하게 말했다.

"꺼져라, 학살자."

기달티 앞에서 이요브가 물러나자 나는 조용히 한숨을 내쉬었다. 그런데 라이시는 멀어지는 이요브를 향해 다급히 소리쳤다.

"잠깐, 치포라를 돌려주십시오."

이요브가 우뚝 멈춰 돌아보았다. 그에 라이시는 다시 한 번 요구했다.

"당신은 내게 소유 증서를 썼습니다."

이요브는 라이시를 물끄러미 바라보더니 옷깃에서 치포라를 뜯었다. 그리고 우리 쪽으로 성큼성큼 걸어와 라이시에게 직접 그것을 내밀었다. 라이시가 치포라를 받으려는 찰나, 이요브는 라이시를 바짝 끌어당기더니 그의 귓가에 무언가 속삭였다. 순식간에 끌려갔던 라이시는 한발 늦게 그를 뿌리치고 물러났다. 그는 들고 있던 뱀을 이요브에게 던졌다. 이요브는 덤덤한 표정으로 뱀을 낚아채더니 다시 날개를 펼쳤다. 날개는 도로 검게 물들어 있었다.

이요브는 라이시를 마지막으로 바라본 후 하늘로 비상했다. 나는 얼떨떨한 기분으로 멀어지는 이요브를 바라보았다. 다 끝난 걸까? 기묘하게도 현실감이 느껴지지 않았다. 이요브가 사라지자 하늘 저편에서 한 여자의 목소리가 들려왔다.

"공주님, 알트 군! 무사해요?"

익숙한 목소리에 우린 하늘을 올려다보았다. 시로니가 요새 난간에서 몸을 내밀고 요란하게 손을 흔들고 있었다. 그 모습을 보고 나와 라이시는 그만 실소를 터트렸다. 이어 기달티가 등을 돌려 얼굴을 보여 주었고 무아카는 아이로 돌아와 내 품에 안겼다. 그제야 현실감이 느껴졌다. 악몽에서 깨어난 느낌이었다. 정말 길었다. 드디어 끝났다. 나와 라이시는 힘없이 웃으며 서로를 바라보았다. 그리고 함께 쓰러졌다.

8
이르이트

내 연인의 단잠을 깨운 건 살랑대는 나뭇잎 사이로 비친 햇살이었다. 부드럽게 불어오는 바람이 좋았는데, 그 바람이 나무 그늘을 와글와글 흩어 놓았다. 조각난 햇살이 얼굴 위로 흔들린 탓에 그는 어렴풋이 깨고 말았다. 처음엔 눈부심에 찡그렸지만 이내 그 햇살마저 달가워하며 도로 눈을 감았다. 그러다 옆구리에 무언가 닿자 그는 다시 눈을 떴다. 그가 나를 내려다볼 때 나는 아직 곤히 자고 있었다. 내 태평한 모습을 보며 그는 다시 팔을 베고 누웠다. 그러곤 내가 햇볕에 깰까 봐 손을 들어 얼굴을 가려 주었다. 그런데 그 배려는 오래가지 않았다. 그는 나를 오랫동안 바라보더니, 이내 들고 있던 손으로 내 얼굴을 푹 덮었다. 숨이 막힌 내가 발버둥을 칠 때 그는 웃음을 터트렸다.

나는 짜증을 내며 그의 손을 피해 몸을 굴렸다. 부질없는 도망이었다. 그는 똑같이 몸을 굴려 다시 내 옆에 나란히 누웠다. 그리고 우리는 사이좋게 또 잠이 들었다.

내 연인은 여러 이름을 가지고 있다. 그러나 지금은 알타쉬헤트, 그리고 라이시라는 두 개의 이름으로만 불린다. 그것은 그의 진짜 이름이 아니다. 그 이름은 혹한에 가려지고 어둠에 감춰져 아무도 모르게 숨었다. 그래서 사람들은 그 이름을 깨닫지 못했다. 그를 길러 준 이도, 함께 지내 온 이도, 심지어는 본인조차도.

하지만 비치는 빛에 눈은 녹아내리고 어둠은 사그라지는 법. 한때 모든 것을 잃었던 그는 조금씩 자신의 이름을 되찾아 가고 있다. 이 찬란한 여름과 함께.

바람은 부드럽고 땅은 포근했다. 잠결에 느껴지는 나른함이 좋았다. 돌아누울 때마다 바스락바스락 소리가 났다. 풀밭에 깔아 놓은 시트에서 퍼지는 풀 냄새가 좋았다. 한여름의 햇살은 조금 따가웠지만 하늘로 드리운 나뭇잎이 연둣빛 그림자를 만들어 그마저도 좋게 했다. 이보다 더 좋을 수 있을까 싶을 만큼 모든 것이 좋았다.

이미 더할 나위가 없는데 곁에 누운 연인은 이것에 충만함을 더했다. 그는 나를 사랑했고 나로 인해 이 세상마저 애틋하게 여겼다. 그래서 나도 그가 좋았다. 이 좋은 날 함께 있는 게 더없이 좋았다.

만족스럽게 잠든 그는 코끝을 간지러워하며 고개를 돌렸다. 내가 장난을 멈추지 않자 그가 결국 눈을 떴다. 그는 강아지풀로 자기 코끝을 간질이는 나를 보더니, 헛웃음을 터트리며 와락 끌어안았다. 내가 답답하다며 어깨를 투덕여도 놓아주지 않았다.

서로를 꼭 안고 우리는 같은 생각을 했다. 좋은 날에 함께 있는 것이 아니라, 함께 있기에 좋은 날이라고. 연인과 함께라면 바람이 그치고 풀이 마르더라도 괜찮을 것 같다. 해가 영원히 저물더라도 좋을 것이다. 그렇게 생각하며 그는 나를 포근하게 감싸 안았다. 그리고 또 한 번 잠이 들었다.

다시 잠든 그에겐, 자신이 알타쉬헤트이자 라이시일 뿐이라고 믿던 때가 있었다. 자신을 오해하던 시절의 그는 깊은 눈으로 혹한에 휩싸인 세상을 바라보았다. 모든 인간은 살아가고자 할 뿐 바른길을 찾지 못했고 그들의 방황이 그의 마음을 눈보다 차갑게 식혀 버렸다. 정직한 것이 어리석게 여겨지는 세상이, 호의가 이용당하고 선의가 조롱당하는 세상이 그의 얼굴에서 웃음마저 앗아갔다.

슬픔과 분노를 느끼며 그는 세상을 보았다. 뱀이 똬리를 튼 세상은 온갖 방법으로 죄를 탄생시켰고 인간은 그것에 입으로만 경악할 뿐 몸으로는 비굴하게 굴복했다. 살점이 베이는 고통을 안다면 무기를 내려놓아야 하건만 더 다부지게 총칼을 다잡았다. 굶주림을 안다면 고픈 이에게 먹을 것을 나눌 만도 하건만 더 거대하게 창고를 지었다. 고독이 주는 낙심을 안다면 손을 내밀어야 하건만 더 견고하게 마음의 담을 쌓았다. 절망 속에서 사람이 죽어 갈 수 있다는 걸 알면서도 그렇게 했다. 그들은 그토록 냉담했다.

그저 살아가고자 함으로 그들은 죄를 범했고 그것이 어쩔 수 없다며 합리화했다. 그래서 그 또한 그들의 냉담함에 냉담함으로 답했다. 세상의 혹한이 그렇게 휘몰아쳤지만, 그 사실을 아는 이는 없었다.

품 안에서 내가 팔다리를 쭉 뻗고 기지개를 켜니, 그도 나를 따라 기지개를 쭉 펴고 후련하게 한숨을 내쉬었다. 이제 일어날까 싶다가도 곁에 있는 온기가 좋아서, 나는 도로 눈을 감았다. 그러자 그도 내 어깨에 다시 얼굴을 파묻었다.

막 잠이 들려던 참이었다. 사박대는 발소리가 그를 깨웠다. 그가 돌아보니 두 아이가 언덕을 올라오고 있었다. 손에는 무언가를 주렁주렁 들고 있었다. 아이들은 언덕 꼭대기까지 종종종 올라오더니 들고 있던 것을 그 앞에 풀썩 내려놓았다.

"이게 뭐야?"

그는 바구니들을 들춰 보았다. 안에는 빵과 과일, 꿀과 우유가 가득 담겨 있었다.

"형이랑 공주님 점심, 아야라 선생님이 가져다주래."

두 아이 중 남자아이가 대답했다. 아이는 그의 어깨 너머를 보며 물었다.

"공주님은 주무셔?"

"어, 공주님 보러 왔어?"

"무아카가."

남자아이의 말에 옆에 있던 여자아이가 우물거렸다. 아이의 마음을 알고 그는 기꺼이 자리를 양보했다. 여자아이는 기뻐하며 나에게

다가왔고, 나는 잠결에도 다가온 아이를 꼭 끌어안았다. 그러자 아이는 좀처럼 내지 않던 웃음을 터트렸다.

그는 빵 하나를 꺼내 입에 물었다. 종일 잠만 잤는데도 배는 고팠다. 여전히 졸리기도 했다. 하지만 그 피로가 괴롭지는 않았다. 편히 쉴 수 있는 지금, 그것은 오히려 안식이었다.

지난날 그는 피곤해도 좀처럼 쉴 수 없었다. 쉬어도 기력이 회복되지 않아 나날이 지치기만 했다. 몸이 아니라 마음이 힘들었던 것 같다. 얼어붙은 마음이 몸마저 싸늘하게 만들었고 식어 버린 몸은 좀처럼 편해지지 않았다. 세상에 질려 가던 끝에 그는 자신을 길러 준 남자에게 물었었다. 이런 세상인데 왜 사느냐고.

남자는 두 가지 이유가 있다고 대답했다. 놀랍도록 지혜로운 대답이었지만, 남자는 자신이 한 말의 진짜 의미를 스스로도 몰랐다. 어쨌든 이유가 있다는 것에 그는 안심했다. 또 그때부터 기다리게 되었다. 이 세상을 살아갈 이유가 되는 것, 그 유일한 희망을.

"형."

그는 빵을 문 채 꾸벅 졸다가 고개를 들었다. 가물가물한 눈으로 자신을 부른 아이를 돌아보았다. 남자아이는 깊이 생각하는 얼굴로 그를 바라보고 있었다. 할 말이 있는 것 같았다.

"왜?"

"그거 찾았어."

"그거?"

"형이 부탁한 거, 공주님이 20년 전에 어떻게 되셨는지."

어리둥절해하던 그는 뒤늦게 아아, 하고 예전 일을 떠올렸다. 보름 전 중앙으로 떠나기 전에 책 조사를 부탁했다. 크게 기대한 건 아니었는데 이 영리한 녀석이 결국 찾아냈나 보다. 그는 결과를 묻듯 아이를 바라보았다. 하지만 아이는 입을 열지 않았다. 항상 달관한 표정으로 직언을 서슴지 않던 아이가 말을 아낀다. 그가 의아해하자 아이는 조금 머뭇대며 느직하게 대답했다.

"직접 봐봐. 책갈피 꽂아 놨어."

뭘 봤기에 저렇게 뜸을 들일까? 궁금했지만 그는 곧 호기심을 지웠다. 오늘은 쉬기로 했으니까, 복잡한 일은 내일로 미루자. 그는 느긋하게 끄덕이곤 아이와 다른 이야기를 나누었다. 그동안 별일 없었냐는 물음에 남자아이는 그간 있었던 사건 사고를 담담하게 나열했다. 블루베리를 다 함께 수확한 일, 남자애들이 들판에서 벌집을 건드린 일, 성주님이 성 근처에 나타난 괴수를 기절시켜서 멀리 내다 버린 일 등등. 아이가 전한 소소한 소식에 그는 결국 미소 지었다.

멀리서 종소리가 울렸다. 점심시간의 끝을 알리는 예비 종이었다. 소릴 듣고 아이들은 깜짝 놀라 부리나케 달려갔다. 그는 아이들의 뒷모습을 바라보다가 풀썩 드러누워 아까 자신이 양보했던 자리를 도로 차지했다. 그리고 다시 나와 포개어 누웠다.

지금은 한없이 기껍지만, 생각해 보면 그가 나를 오해하던 때도 있었다. 자신에 대해 잘 몰랐던 것처럼 나에 대해서도 잘 모르던 때였다. 세상을 구할 유일한 희망이라 믿었기에, 나를 데려오면 모든 것이 마법처럼 끝날 줄 알았다. 저절로 세상이 구해지고 평화가 이루어질 줄 알았다. 하지만 아니었다. 그것은 끝이 아니라 시작이었다. 세상의 어두움은 그토록 깊었고 나는 어둠을 밝히기 위해 가장 험한 곳을 스스로 다녀야 했다.

그러다 보니 그는 세상이 또다시 미워졌다. 흰 것은 붉은 것을 더 붉어 보이게 만드는 법. 아픔을 삼키는 내 행보가 새하얀 만큼 아픔을 내뱉는 세상의 습성은 지저분했다. 하지만 그는 끝내 이 세상을 미워할 수 없었다. 세상을 지켜 달라는 내 애원이 그의 마음을 녹였기 때문이다.

내가 비로소 깨어났을 때, 자며 깨며 기다리던 그는 드디어 눈을 뜬 나를 반가워했다. 하지만 나는 아직 잠에 취해 그를 제대로 보지 못했다. 비몽사몽 중에도 배가 고프다고 중얼댔더니 그는 빵을 뜯어서 내 입에 넣어 주었다. 나는 누워서 입을 오물댔고, 그는 그 모양을 우스워하며 또 한 번 빵을 뜯어 넣었다. 나는 이번에도 눈을 감은 채 냠냠 빵을 먹었다. 재미있어진 그는 계속해서 빵을 집어넣었다. 입안이 가득 찬 내가 결국 원성을 뱉을 때까지.

두 볼이 빵빵해진 채 나는 그의 어깨를 마구 때렸고 그는 웃음을 터트렸다. 때려도 소용없어서 매섭게 쏘아봤지만, 잔뜩 부푼 뺨 때문에 안 하니만 못 했다. 그는 더 웃으면서 마실 것을 꺼내 주었다. 나는 그를 노려보면서도 그의 손길을 따라 몸을 일으키고 물을 마셨다.

가까스로 빵을 다 넘기고, 나는 여전히 덜 깬 목소리로 말했다.

"나 꿈꿨어."

"무슨 꿈?"

"옛날 꿈."

"비라?"

"응."

"어땠어?"

"음……."

나는 잠시 뜸을 들이다 웃으며 말했다.

"행복했어."

내가 기쁜 듯 웅얼대자 그는 미소를 지었다. 그러곤 내 자그마한 목소리를 듣기 위해 귀를 기울였다. 나는 나른히 눈을 감고서 그의 귓가에 속삭였다.

"다들 행복했어. 모두가 친절하고 상냥해서, 슬퍼서 우는 사람은 아무도 없었어. 평화롭지만 매일매일 새로운 일이 있어나서 늘 가슴이 설레었어."

그는 나를 내려다보며 자상하게 물었다.

"그때로 돌아가고 싶어?"

"아니."

"왜?"

"꽃은 지내 온 시간까지 포함해서 꽃이니까."

내 말에 그는 깊게 미소 지었다. 그의 시선이 오랫동안 내게 머물렀다. 애정이 가득 담긴 눈이었다.

아, 대체 누가 이런 정의를 냉정하다고 하는가. 정의로움은 무자비함이 아니라 선을 향해 비상하는 양 날개의 한쪽이다. 그것은 강인하지만 잔혹하지 않으며 올바르지만 인색하지 않다. 그것은 자신의 온몸을 바쳐서 사랑과 하나 되길 원한다. 자신을 관철하기 위해 모든 것을 파괴하기보다는, 사랑과 조화를 이루어 세상을 돌보기를 간절히 바란다.

대체 누가 이런 정의를 냉정하다고 하는가. 세상의 타락으로 사랑과 정의가 필연적으로 반목하던 시절에도 그는 사랑에게 자신을 양보했다. 그 사실을 지금은 아무도 모르지만, 그는 분명히 그렇게 했다. 오직 사랑하기 때문에.

뺨을 어루만지는 손길에 나는 눈을 떴다. 그리고 나를 내려다보는 얼굴을 발견하곤 해사하게 웃었다. 그러자 나를 보던 그는 마주 웃는 대신 울 것 같은 표정을 지었다.

그의 깊어진 눈빛을 향해서 내가 물었다.

"왜?"

내가 나른하게 묻자 그는 심정을 숨기지 않고 솔직히 말했다.

"우리 결혼하자."

그 원대한 소망에, 나는 눈을 동그랗게 뜨다가 웃음을 터트렸다. 그러자 그는 웃지 않고 내 귓가에 나직이 속삭였다.

"웃지 마, 장난 아니야."

나는 아예 얼굴을 가리며 어깨를 들썩였고, 그도 뒤늦게야 웃음을 터트렸다. 그가 웃는 모습이 좋아서 나는 더 밝게 웃었다. 한참을 함께 웃다가, 나는 발갛게 물든 얼굴로 새치름하게 말했다.

"나 아직 미성년자야."

"여기선 아냐."

"그래도 엄마한테 허락받아야 돼."

"너 데려간다고 하면 빨리 데려가라고 하시겠지."

나는 볼을 부풀리며 나도 집에선 귀한 딸이야, 하고 반박했다. 그건 그를 도리어 웃게 할 뿐이었다. 그는 푸근한 눈으로 나를 바라보았고 나는 그 눈빛에 조금 쑥스러워졌다. 그래서 모르는 척 딴청을 피우다가 용기를 내서 넌지시 말했다.

"나 파혼한 적 있는데 괜찮아?"

"거봐, 튕길 입장 아니네."

그 가벼운 대꾸에 나는 놀라서 눈을 동그랗게 떴다. 좀체 꺼내지 않던 화제를 나름 용기 내서 말했는데, 그가 너무 쉽게 받아넘겨서 당황했다. 하지만 그는 이제 내가 그 일로 조심스러워하는 걸 원치 않았다. 그래서 그는 태연하게 다시 말했다.

"그러니까 받아 준다고 할 때 오시죠, 공주님."

"진심이야?"

"응."

나는 눈을 가늘게 뜨고 그를 노려보았다. 무언가 영 수상스럽다는 듯 탐색하자 그가 피식 웃으며 내 얼굴을 붙잡고 괴롭혔다. 나는 신음과 도리질로 그 손을 떼어 냈다. 그러곤 앞서 한 이야기를 짐짓 모른 체하고 다른 말을 꺼냈다.

"있지, 놀이터에서 했던 것처럼 불러 봐."

"놀이터에서?"

"응, 거기서 쓰던 이름으로 불러 봐."

"리브나?"

그는 의아해하면서도 내 원대로 해주었다. 그러자 나는 환하게 웃으며 다시 졸랐다.

"다시 제대로 불러 봐."

"리브나."

그 차분한 음성에 나는 얼굴을 가리고 발을 동동 굴렀다. 내가 부끄러워하자 그는 내 귓가에 그 이름을 연신 속삭였다. 그 속삭임이 달콤해서 나는 차마 고개를 들 수 없었다. 이윽고 그의 손길에 마지못해 고개를 들었을 때, 내 얼굴은 붉게 상기되어 있었다.

나는 그의 손끝에 턱을 기대고 작게 물었다.

"나 전부터 물어보고 싶은 게 있었어."

"뭔데?"

그가 기껍게 되물었지만 나는 음, 하고 퍽 오랫동안 망설였다. 그렇게 한참 뜸을 들이다 다시 조심스럽게 입을 뗐다.

"너는 왜……."

그러고도 또 한 번 망설이느라 말을 잇지 못했다. 내가 살금살금 눈치를 보며 고민할 때 그는 너그럽게 기다렸다. 그 눈빛을 통해 알 수 있었다. 그가 나를 얼마나 겨워하는지. 그는 내가 말하는 모든 것을 받아 줄 준비가 되어 있었다.

나는 그 사실에 용기를 얻어 속삭였다.

"너는 왜 이르이트 대공이랑 목소리가 똑같아?"

그렇게 말하는 내 목소리엔 기대와 두려움이 함께 섞여 있었다. 그는 대답하지 않았다. 다만 내가 어떤 심정으로 이 말을 했는지, 그리고 어떤 심정으로 이 말을 참아 왔는지를 조용히 헤아렸다. 그러더니 그는 가만히 미소 지었다. 내가 그것을 모호하게 여기며 불안해할 때, 그가 비로소 나직이 말했다.

"세 번째네."

"응?"

진리는 세 번 확인된다. 한 번은 물음표, 두 번은 느낌표, 세 번에야 비로소 마침표가 찍힌다. 그에게 진짜 이름을 속삭인 것은 내가 세 번째였다. 그는 마음이 벅차서 나를 끌어안았다. 그리고 여전히 영문을 모르는 내게 속삭였다.

"방금 네가 마침표를 찍었어."

리브나 키브사는 낙원의 끝에서도 담담했다. 고결한 공주는 차분한 눈에 웃음마저 머금고 말했다.

—잘 가라고 배웅 나오신 건가요?

하지만 명랑한 체하는 공주는 그의 심정을 더 엉망으로 헤집어 놓았다. 그는 이를 악물고 한때 자신의 약혼녀였던 이에게 말했다.

—나는 네 길을 용납할 수 없다.

리브나 키브사는 마음이 아팠지만 묵묵히 끄덕였다. 그에게 이것을 용납해 달라고 청할 마음은 없었다. 그렇게 애걸하여 그를 변질시키고자 하지 않았다. 왜냐하면 연인의 정직함을 무엇보다도 사랑했으니까. 그 때문에 이 피 같은 연인을 찔러 죽여야 할 때가 오겠지만, 그럼에도 리브나 키브사는 자신의 길에서 내려서지 않았다. 다만 이렇게 헤어지기가 아쉬워 미련스레 물었다.

—우리 다시 만날 수 있을까요?

그러나 묻지 않는 편이 나을 뻔했다.

—이대로라면 만나지 않는 편이 좋겠지.

돌아오는 대답은 정녕 냉정했으니까.

—둘 중 하나는 반드시 죽을 테니까.

그 앞에서 리브나 키브사는 애잔히 웃었다. 하지만 그는 도무지 웃을 수 없었다. 지금 저 리브나 키브사가 심장이 꿰뚫리는 아픔을 참고 있다는 걸 알기에. 연인의 아픔이 사무치게 전해져 그의 마음을 갈가리 찢어 놓았기 때문에.

그럼에도 그는 잡지 못했다. 그 또한 연인의 자애로움을 무엇보다도 사랑했으니까. 붙잡고 구속하여 그를 변질시킬 생각은 할 수조차 없었다. 설령 정해진 파국을 이미 안다 해도 그는 눈앞에서 연인을 놓쳐야 했다. 오직 사랑하기 때문에, 그렇게까지 사랑하기 때문에.

사랑에 눈이 먼 그는, 여러 이름을 가지고 있다. 한때는 알타쉬헤트와 라이시라는 두 개의 이름으로 불렸지만 그것은 그의 진짜 이름이 아니다. 그의 이름은 혹한에 가려지고 어둠에 감춰져 아무도 모르게 숨었다.

하지만 비치는 빛에 눈은 녹아내리고 어둠은 사그라지는 법. 한때 모든 것을 잊었던 그는 찬란한 여름과 함께 자신을 되찾았다.

그는 질서. 천체의 주관자이며 시간의 조율자. 또한 하늘의 대공. 그의 이름은 이르이트. 20년 전 이 땅에서 자신의 생명을 연인에게 내맡긴 정의이자 사랑이다.

9
희년

성문이 거칠게 열리며 수십 개의 발길이 안으로 들이닥쳤다. 성에 울리는 발소리는 다급하고 무례했으며 격정으로 가득 차 있었다. 그 중 선두인 사람이 무리를 향해 외쳤다.

"성주를 끌어내자!"

선동자의 외침에 무리는 함성을 내질렀다. 그들은 고삐 풀린 말처럼 성 꼭대기를 향해 내달리기 시작했다. 발소리가 온 성을 뒤흔들었고, 막 뒤따라온 나는 숨이 차서 그들의 질주를 지켜볼 수밖에 없었다. 그들은 타는 불처럼 순식간에 위로 솟구쳐 올라갔다. 선동되어 이성을 잃은 그들은 결국 성주의 방을 에워쌌다. 금단의 구역을 앞두고 그들은 더욱더 열기에 들떴다.

"성주는 나와라!"

선동자가 소리쳤다. 이어 순진한 신봉자들이 똑같이 복창했다.

"성주는 나와라!"

"나와라!"

나는 숨만 몰아쉬며 그 광경을 지켜보았다. 아아, 어쩌면 좋아. 아무리 축제라지만 너무 들떴잖니, 얘들아! 수십 명의 악동이 기달티의 방 앞에서 발을 쿵쿵 굴렀다. 쟤들 뒷감당은 어떻게 하려고 저러는 걸까?

"우리 말려야 하는 거 아니야?"

뒤따라온 라이시에게 말했지만 그는 심드렁한 얼굴로 팔짱만 꼈다.

"알아서 하겠지."

이 녀석, 아닌 척하면서 기대하고 있어. 기달티가 어떻게 반응할지 궁금해하고 있어. 라이시의 관망에 나는 다시금 성 꼭대기를 바라보았다. 아이들은 복도에서 와글대고 있었는데, 아니, 잠깐만. 다른 애들은 그렇다 쳐도 무아카 너는 왜 거기에? 기달티가 너한테 얼마나 잘해 줬는데?

유독 무아카만이랴, 모든 아이에게 기달티는 은인이자 스승이다. 그런데 이 하극상을 어찌하면 좋을꼬? 아, 하지만 이건 저들의 잘못이 아니다. 본디 양처럼 순하던 아이들을 폭도로 각성시킨 이는 따로 있으니, 바로 무적의 과학자 시로니 되시겠다. 시로니는 아이들을 선동했을 뿐 아니라 지금 성주님의 방문을 걷어차는 만행을 저지르고 있다. 이렇게 소리치면서.

"길티 씨, 나와! 당장 나와! 나오라고!"

시로니의 과격한 행동에 아이들은 더 흥분하며 날뛰었다. 아, 그에게 마음을 홀딱 빼앗긴 저들은 이미 과학자의 충실한 종이었다. 나는 복잡한 기분으로 아이들의 반란을 지켜보았다. 기달티가 어떻게 나올지 심히 궁금하다. 이런 쿠데타는 처음일 텐데.

대체 어쩌다가 이렇게 됐을까? 나는 이 일의 발단을 곰곰이 생각해 보았다. 한 달 전이었다. 이 모든 일은, 모처럼 평화로웠던 일상에서부터 시작되었다.

그날은 우리가 중앙에 다녀온 지 꼭 일주일째 되는 날이었다. 우리는 연구소와 놀이터에서 구출해 온 사람들 때문에 한창 바빴다. 늘 그래 왔지만 우리의 승리는 끝이 아니라 시작이었고, 그래서 수습할 것이 참 많았다.

"자, 다음!"

"얘가 마지막이에요, 선배."

시로니의 후배는 그렇게 말하며 아이의 팔을 솜으로 문질렀다. 그러고 채혈을 하는데 내 무릎에 앉은 아이는 팔에 바늘이 닿는데도 꿈쩍하지 않았다. 피가 뽑히는 동안에도 그저 물끄러미 바라볼 뿐이었다. 내가 안 아프냐고 묻자 아이는 대답하지 않고 눈만 끔뻑거렸다. 얘도 다른 아이들처럼 갑작스러운 환경 변화가 어색하고 얼떨떨한 모양이었다.

검진을 마친 시로니는 한숨을 내쉬며 의자에 등을 기댔다. 파김치처럼 늘어진 그는 자기 어깨를 툭툭 두드리며 말했다.

"아이고, 겨우 끝났네."

"그럼 이제 애들을 성으로 보내도 되는 거예요?"

"네. 하지만 전부는 아니고 혈액 검사 결과까지 나온 애들만요."

요 며칠 시로니와 그의 후배들은 실험실에서 구한 아이들을 검진하느라 밤낮없이 바빴다. 실험실에서 무슨 짓을 당했는지 알 수 없어서 바깥으로 내보내기 전에 검사가 꼭 필요했다. 만에 하나 감염되는 질병이 있을 수 있으니까.

"바깥 상황은 좀 어때요?"

시로니가 커피를 내리며 말했다. 내게도 마시겠느냐고 물어서 나는 설레설레 고개를 저었다. 아까까진 줄 때마다 마셨는데 이제는 더 못 마시겠다. 시로니의 저 커피는 오늘 벌써 네 잔째다.

"아직 다는 아닌데, 거의 해결된 것 같아요."

내 말에 시로니는 피식 조소를 흘렸다.

"아이러니, 아이러니. 왜 개구리는 올챙이 적 생각을 못 하는 걸까?"

시로니가 그렇게 비웃은 건 우리 성의 주민들이다. 사실 이번에 구해 온 사람의 수가 워낙 많아서 이런저런 마찰이 좀 있었다. 성의 주민들이 부양해야 할 아이가 갑자기 늘어난 것에 난색을 표하면서부터였다.

체파르데아의 성에서 사람들이 이주한 지 몇 달, 그들은 집과 농장을 얻어 우리 성에 잘 정착했다. 아야라는 그들이 자급자족할 수 있게 모든 것을 마련해 줬고 그 대가로 성의 일을 함께 해줄 것을 요구했다. 사람들은 당연히 동의했고, 그래서 지금 아이들의 식사와 의복은 주민들이 책임지고 있다. 여기까진 정말 아름다운 이야기이다.

그랬는데, 이번에 갑자기 아이들이 늘어나면서 주민들의 일거리도 함께 늘어나고 말았다. 주민들은 평소보다 더 많은 우유를 짜고 더 많은 빵을 구워야 했다. 옷까지 없이 맨몸으로 온 아이들을 위해 다급히 옷을 짓기도 했다. 결국 부담을 느낀 몇몇 사람들이 에둘러 불만을 표하기 시작했다. 성에서 요구하는 일을 다 하면 정작 자기 농장을 돌볼 시간이 없다고. 물론 그런 불만도 이해 못 할 것은 아니다. 난생처음 맞는 여름에 난생처음 꾸리는 농장이다. 장님이 길 찾듯 더듬더듬 헤매는 실정이니 신경 쓸 일이 한두 가지가 아닐 거다. 그 입장도 충분히 이해하지만, 아이들을 안고 있는 입장에서는 조금 씁쓸하다.

"입장이 바뀐 거죠."

시로니는 담담하게 평했다.

"처음 정착할 때는 본인들이 외부인이었으니까 뭐든 감지덕지했을 거예요. 하지만 이젠 정착했고 무려 내부인이시죠. 상황이 변했으니 입장도 변할 수밖에. 밖에 있는 날 위해 문을 열어 주세요! 자, 나는 들어왔으니 이제 그만 문을 닫아요! 하하, 어쩜 이렇게 간사한지."

피로 때문인지 시로니의 어투는 신랄했다. 그는 사약처럼 진한 커피를 들고서 자리로 돌아왔다. 그리고 여전히 시니컬한 어조로 내게 물었다.

"그래서 해결은 어떻게? 합의점을 찾았어요?"

"합의라기보다는, 아야라가 잘 설득했어요."

"설득?"

"네."

"울면서?"

"아니요."

"그럼 화내면서?"

"아뇨, 그냥 평범하게 이야기했어요. 농장 일도 물론 중요하지만 지금은 당장 오갈 곳 없는 아이들을 먼저 돌보자고. 아야라가 말을 워낙 잘하니까 다들 상황을 받아들인 것 같아요."

시로니는 놀란 듯 눈을 커다랗게 떴다. 동시에 얼굴엔 유쾌한 미소가 걸렸다.

"이야, 의왼데?"

"뭐가요?"

"난 아야 씨가 울거나 화낼 줄 알았거든요. 그들의 이기심을 규탄하면서. 유리 같은 이상주의자라서 우민의 습성을 경멸할 줄 알았는데. 와, 정말 의외."

의외인가? 내가 고개를 갸웃대자 시로니는 웃으며 말을 이었다.

"이상주의자는 사실 좋은 지도자상이 아니에요. 사람들의 대표가 되려면 이상보다 현실감과 통솔력이 더 필요해요. 그래서 저번에 아야 씨가 자이 씨한테 하는 얘기를 듣고 내심 걱정했는데, 의외로 처세에도 강하네요. 마냥 꿈속에서 사는 사람인 줄 알았어요."

나는 그냥 아야라가 아야라답게 잘 수습했다고 생각했는데, 시로니의 감상은 나와 달랐다. 시로니는 아야라가 이런 상황을 겪으면 충격에 빠질 거라 생각했던 모양이다. 시로니는 자신의 예상이 빗나간 걸 아쉬워하지 않고 기분 좋게 여겼다.

"정말 뜻밖이에요. 이런 건 경험이 없으면 어려울 텐데."

그 말을 듣고 나는 문득 예전에 들은 이야기를 떠올렸다.

"아, 옛날에도 비슷한 일이 한 번 있었대요."

"그래요?"

라이시가 해준 이야기다. 10년 전, 기달티와 아야라는 성을 개방하고 오갈 데 없는 사람들을 받아들였다. 그저 죽어 가는 이들을 살리고자 하는 마음에서였다. 하지만 그때 그들은 마음만 앞설 뿐 대책이 없었다. 한마디로 너무 순진했다. 물론 순진한 것이 잘못은 아니지만, 경우에 따라 화가 되기도 한다. 결과적으로 그들은 몇 년 후 대가를 톡톡히 치렀다.

그들이 성을 개방했다는 소문은 곧 세상에 퍼졌다. 사람들은 기달티의 악명에도 불구하고 몰려들었다. 사람들이 모인 곳엔 자연히 파벌이 생겼고, 곧 크고 작은 분란이 발생했다. 기달티와 아야라에겐 그것을 제어할 역량이 없었다. 그저 난처해할 뿐이었고 사람들은 마음껏 날뛰었다.

야망이 있는 자들은 기달티를 찾아와 이런저런 주장을 펼쳤다. 개중에는 그의 피를 원하는 자들도 있었다. 다른 영주들처럼 권속을 삼고 군대를 편성해 세상을 지배하자며 채근했다. 기달티가 호응하지 않자 이번엔 아리따운 여자들이 그를 유혹하려고 애썼다. 아야라에게도, 아직 소년이었던 라이시에게도 비슷한 일들이 벌어졌다. 그 밖에도 여러 일이 있었고, 세 사람은 온갖 시달림에 하루하루 진저리를 내게 되었다.

그 잡음이 종결된 것은 라이시가 열다섯 살 때였다. 갈등이 깊어진 끝에 결국 살인 사건이 일어났다. 우발적이 아니라 계획적이었고, 개인적이 아니라 집단적인 살인이었다. 하루하루 살인을 참는 영주 앞에서 사람을 죽였다. 그들의 방자함을 더 참고 봐줄 수 없었던 기달티와 아야라는 결단을 내렸다. 하루가 멀다 하고 분란을 일으키는 이들을 모두 쫓아내기로 한 것이다.

추방될 위기에 처한 이들은 애걸했다. 여기서 나가면 살아갈 길이 막막하다고. 그래서 기달티와 아야라는 네벨라의 성에 있던 보물을 꺼내 주었다. 다른 도시에서 족히 먹고 살 수 있도록. 그러자 또 한 번 재미있는 일이 벌어졌다. 성에서 살게 해달라던 사람들이 돌연 너도나도 나가겠다며 보물을 요구한 것이다. 아야라는 기가 찼지만 그들의 원대로 해주었다. 그렇게라도 다 떨궈 내고 싶은 심정이었다.

사람들은 모두 떠났다. 물론 개중엔 미안해하고 자신들의 염치없음을 부끄러워하는 자도 있었다. 하지만 그뿐, 성에 남은 이는 단 한 명도 없었다. 아직 계산에 밝지 못한 어린아이들을 제외하고는. 라이시는 그때 처음으로 아야라가 우는 모습을 보았다. 배신감 때문인지 회의감 때문인지, 아야라는 오랫동안 방에 틀어박혔고 다시 나왔을 땐 이전보다 많이 수척해져 있었다.

"아하, 이미 왕창 데어 봤구나?"

시로니가 알 만하다는 듯 고개를 끄덕였다.

"그 얘길 들으니까 더 신기한데? 그렇게 당하고 내린 결론이 사람들과 더불어 사는 거라니. 내가 아야 씨라면 그냥 성문 꾹 닫고 길티 씨랑 둘이 알콩달콩 살 텐데."

기달티와 아야라가 알콩달콩이라니, 상상도 못 하겠다. 우선 기달티를 대상으로 그런 부사가 성립될지조차 의문이다. 내가 '알콩달콩'에 심각해진 사이 시로니는 커피 향이 담긴 목소리로 말을 이었다.

"아야 씨가 그런 결론을 내린 건 역시 공주님 때문이려나? 하여튼 사람은 정말 신기해요. 만남을 통해서 매 순간 새로워지죠. 무엇을 겪었는지 누구를 만났는지에 따라 달라져요. 여기선 그걸 지나간 자리라고 한다죠? 때론 희극이고 때론 비극이고, 이것도 참 아이러니."

시로니가 쓴 얼굴로 말을 흐렸다. 나는 왜 그러는지 눈치채고 자그맣게 물었다.

"자이트한테 보낸 메일은 어떻게 됐어요?"

"아직 답장 못 받았어요. 읽지도 않은 것 같아요."

시로니는 자조적으로 대답했다. 아닌 척해도 자이트가 계속 마음에 걸리는 모양이다. 나도 마찬가지이다. 나는 그를 떠올리며 옅게 한숨을 내쉬었다.

이틀 전, 나는 라이시와 함께 북쪽에 다녀왔다. 이요브의 권속이 도시에서 공작을 벌이고 있다는 걸 알리기 위해서. 하지만 우리는 자이트를 만나기는커녕 도시의 장벽을 넘지도 못했다. 접근하는 순간 포격이 쏟아졌기 때문이다. 그들은 경고도 없이 우릴 공격했다. 이대로 뚫고 들어갈까도 생각해 봤지만 그랬다간 정말 전쟁이 날 것 같아서 차마 그럴 수 없었다. 우린 아무것도 못 한 채 되돌아오고 말았다.

처음엔 그들이 우릴 못 알아보고 공격한 줄 알았다. 그런데 시로니가 허탕을 치고 돌아온 우리에게 말했다. 장벽에 설치된 카메라는 날아가는 새의 깃털 수를 셀 만큼 정밀하다고. 우리를 못 알아본 게 아니라 우리라서 그렇게 공격한 거였다. 접근이 막히자 시로니가 그에게 전자 메일을 보냈다. 그런데 그마저도 회신이 없다.

마음이 무겁게 가라앉아 우리는 입을 다물었다. 한때 가까웠던 사람과 반목한다는 건 괴로운 일이다. 그때 불현듯 똑똑 문 두드리는 소리가 울리며 우리의 침묵을 깨트렸다. 돌아보니 문가에 라이시가 서 있었다. 작업복에 흙먼지를 잔뜩 묻힌 채였는데, 나는 그를 보자마자 활짝 웃었다. 그걸 보고 시로니가 옆에서 혀를 쯧쯧 찼다.

“이 공주님 반색하는 것 보게? 우리 방금 전까지 매우 진지한 내적 갈등 중이지 않았나?”

시로니의 지적에 나는 입을 삐죽 다물며 웃음을 숨겼다. 라이시는 우리 얘길 미처 못 듣고 문간에서 말했다.

“디브리 씨 계십니까?”

“비서님? 지금 자고 있을 텐데?”

“이 시간에 말입니까?”

“요새에 동력을 넣느라 밤을 샜거든요. 새벽에 잠깐 보니 빈사 상태던데, 그래서 오전엔 푹 쉬라고 했어요.”

시로니가 태연히 말하자 라이시의 얼굴에 연민이 차올랐다. 아, 디브리에 한해서 시로니는 아크제리유트만큼이나 악랄하다. 그나마 나은 건 목숨만은 부지시켜 준다는 거? 나는 라이시와 더불어 디브리를 진심으로 동정했다.

요 며칠 검진 때문에 시로니와 그 후배들은 바빴고, 디브리는 그 갑절로 바빴다. 밤낮없이 요새를 가동시켜야 했으니까. 시로니가 후배들을 꼬드겨 빼돌린 개조 요새는 지금 우리 성 뒤편에서 보건소 및 실험실 아이들의 임시 거주지 역할을 하고 있다. 검진을 하려면 당연히 의료 장비에 전원이 들어와야 했고, 동력 조달은 전부 디브리의 몫이었다. 아아, 불쌍한 비서 오빠. 그래서 요즘 디브리는 동력실에서 먹고 자며 기력을 착취당하고 있다.

한편 시로니는 자신의 비서를 그렇게 학대하고도 말짱한 목소리로 되물었다.

"왜요? 뭐 필요한 거 있어요?"

"잠깐 반지가 필요합니다."

"그럼 가져가요. 동력실에서 자고 있을 거예요."

허락이 떨어짐과 동시에 라이시는 진료실로 성큼 발을 들였다. 그러자 시로니가 기겁하며 만류했다.

"앗, 잠깐! 이리 들어오지는 말고! 여기서 흙 털면 안 돼!"

시로니는 라이시를 막더니 다른 길을 안내해 주려고 후다닥 일어났다. 여기서는 할 일이 더 없어서 나도 시로니를 따라 일어났다. 동력실로 향하며 시로니가 라이시에게 물었다.

"노예님들 분위기는 어때요? 유목 생활을 하던 사람들이라 여기

생활이 좀 어색할 것 같은데."

"의외로 잘 적응하고 있습니다. 다들 성인이라 크게 신경 쓸 것은 없습니다."

"다행이네요. 안 그러면 억울할 뻔했어. 목숨 걸고 구한 보람이 있어야지."

시로니가 슬그머니 날 쳐다봤다. 아무래도 시로니는 놀이터의 일을 두고두고 기억하려는 모양이다. 놀이터에서 구한 노예들도 실험실 아이들처럼 우리 성에 정착했다. 돌아갈 곳이 있다면 돌려보내려고 했는데, 안타깝게도 그들은 돌아갈 곳이 없었다. 유목 생활을 하던 그들은 맨몸으로 끌려오는 바람에 천막도 가축도 모두 잃었다. 일족도 뿔뿔이 흩어졌다. 그래서 일단 우리 성에 자리를 잡고 안정을 취하기로 했다. 라이시가 지금 흙투성이인 것도 그 때문이다. 그들의 임시 거처를 마련하느라고. 다행히 그 사람들은 천막생활에 불평하지 않았다. 본디 그런 방식으로 살던 사람들이니까.

"대신 다른 문제가 있습니다."

"문제? 어떤?"

"콜로세움에서 싸웠던 사람들이 배척당하고 있습니다."

"아, 살얼음판이 따로 없겠네."

시로니가 알 만하다는 듯 혀를 찼다. 라이시가 말한 문제는 콜로세움에서 벌어진 동족상잔의 후유증이었다. 놀이터에서 노예들은 서로를 죽이도록 강요받았다. 결국 남자 몇 명은 다른 남자 몇을 죽였다. 또 한 여자는 다른 여자를 죽이려 들었다. 그랬던 사람들이 지금은 거류민의 신분으로 한데 얽혀 있다. 그 수는 고작 150여 명, 피할 곳도 숨을 곳도 없다.

"그나마 남자들은 우발적인 사고였다는 걸 인정하는 분위기입니다."

"하긴, 먼저 공격한 건 상대팀이었죠. 골인 지점에 먼저 들어온 사람들은 모니터로 봤으니 알 거예요. 문제는 여자 쪽인데, 그 아가씨는 어떡하고 있어요?"

"아야라가 데려갔습니다."

"아야 씨가?"

시로니의 되물음에 라이시는 묵묵히 끄덕였다. 우리 성에 왔을 때 그 아가씨의 처지는 굉장히 비참했다. 혼자 살기 위해 남을 죽이려 했다는 비난을 한 몸에 받았고, 남녀 할 것 없이 모두에게 외면당했다. 낯선 곳에서 무리에게 배척되는 건 무서운 일이었다. 스스로 자처한 일이라지만 가혹했다. 그래서 아야라가 그 아가씨만 따로 데려와 성에서 지내게 배려해 주었다. 표면적으로는 옆에서 도와줄 사람이 필요하다면서.

그 얘길 듣고 시로니가 웃음을 터트렸다.

"알면 알수록 재미있네, 아야 씨는. 리더십에 모성을 겸비한 지도자라니, 멋져. 엄청 호감이야."

시로니는 흡족해하며 고개를 끄덕였다. 세상이 굴러가는 일에 관심이 많은 과학자는 최근 알게 된 아야라의 새로운 모습이 참 마음에 드는 모양이다. 시로니는 거기서 그치지 않고 아야라에 대한 소감을 연이어 늘어놓았다.

"난 여태 아야 씨가 길티 씨한테 업혀 있다고 생각했어요. 그런데 지금 보니까 딱히 그런 것 같지 않네요. 오히려 아야 씨가 길티 씨를 끌어 주고 있다고 봐야 하나? 어쨌든 그쪽도 참 잘 어울려요."

거기까지는 우리도 그냥저냥 듣고 있었다. 그런데 시로니가 우리 입장에선 꽤나 치명적인 말을 툭 던졌다.

"그런데 그 과년한 사람들 결혼할 생각은 없나?"

우리는 걸음을 뚝 멈추고 시로니를 바라보았다. 그러자 시로니는 왜 그러냐는 듯 우릴 돌아보았다.

"왜요?"

왜가 아니라, 기달티와 아야라가 결혼? 이 어색함은 대체 뭐지? 어어, 잠깐만. 이거 정말 이상하다. 기달티는 기달티고 아야라는 아야라다. 기달티의 아내인 아야라, 아야라의 남편인 기달티는 상상이 잘 안 된다. 라이시도 나랑 비슷한 기분인지 흔들리는 목소리로 말했다.

"그 두 사람은 딱히 그런 관계가……."

아니, 나랑 비슷한 정도가 아니라 훨씬 치명적인가 보다. 라이시는 끝까지 말을 잇지 못했다. 그러자 시로니가 오히려 눈을 깜빡이며 반박했다.

"이건 무슨 소리? 나만 그 사람들이 연인으로 보이나? 그보다 왜 그렇게 거북해해요?"

왜 거북해하냐고? 나도 몰라! 하지만 거북해! 우리는 뭐라 설명할 수가 없어서 소리 없이 아우성쳤다. 그러자 시로니가 갸웃거리며 되물었다.

"그럼 그 사람들이 무슨 관계로 보이는데요?"

"공생 관계?"

"주종 관계."

"사실 잘 모르겠어요."

"딱히 궁금하지도 않고."

"이 사람들 정말 너무하네."

시로니는 우리의 대답을 듣고 쯧쯧 혀를 찼다.

"본인들 연애하느라 주변에 너무 관심이 없는 것 같은데, 가까운 사람이라고 다 안다는 생각은 접어요. 조금 거리를 두고 보면 의외인 면이 가득 있을 걸요?"

시로니는 그렇게 말하곤 휘적휘적 앞서 걸었다. 우리는 그 자리에 얼어붙은 채 시로니의 발언을 곱씹었다. 뭐지, 저 의미심장한 말은? 정말 뭐가 있나? 나는 시로니의 뒷모습을 멍하니 바라보다가 라이시에게 속삭였다.

"라이시."

"응."

"시로니가 한 말이 진짜면 어떡하지?"

내 소심한 물음에 라이시는 단호히 대답했다.

"난 인정 못 해."

라이시의 목소리는 부모의 재혼을 앞둔 소년처럼 비장했다. 아, 나는 그 심정을 십분 이해한다. 그런데 이 경우 라이시는 계부를 얻게 되는 걸까, 계모를 얻게 되는 걸까? 모르겠다. 이 의문이 과연 쓸모가 있는지 없는지조차도.

어쨌든 시로니가 던지고 간 말의 파급력은 어마어마했다. 그날 이후 우리는 기달티와 아야라의 모든 것을 의심했다. 그게 한 달 후에 벌어질 반역의 서막이라는 걸 까맣게 모른 채로 말이다.

저 두 사람은 왜 꼭 옆자리에 앉을까? 좀 다정한 것도 같은데 기분 탓인가? 서로를 보는 눈빛도 심상치 않은데 이것도 기분 탓?

"공주님?"

"아, 네!"

기달티와 아야라를 관찰하던 나는 갑작스러운 호명에 놀라 화들짝 대답했다. 그러자 아야라는 나보다 더 놀란 눈으로 물었다.

"할 말 있으신가요?"

"아뇨, 아니요, 아니에요."

너무 당황해서 아니라고 세 번이나 부인했다, 으윽. 아야라는 더 의아해했고 라이시는 옆에서 한숨을 내쉬었다. 나는 창피해하며 조용히 입을 다물었다.

라이시가 끊어진 말을 다시 이었다.

"지하 나삭의 연구실에서 메트로폴리스의 실체를 확인했습니다. 그 도시는 나삭이 관리하고 있었습니다."

메트로폴리스의 정체를 전해 듣고 아야라는 탄식을 내뱉었다.

"큰 어항에 담겨 있다니, 그럴 수가……."

"나삭의 연구소에서도 극히 일부만 아는 사실이라고 합니다."

"그런 것 같아. 두미야도 그런 얘긴 한 적이 없었어."

"게다가 시로니 씨의 말로는 메트로폴리스와 이곳은 시간의 흐름조차 다르다고 합니다."

"시간이 달라?"

"네, 메트로폴리스의 역사는 수천 년에 이른다고 합니다. 그게 조작인지 실제인지는 확실치 않지만, 메트로폴리스의 인구를 생각해 보면 단순한 조작으로 치부하기는 어렵습니다."

아야라의 탄식이 다시 한 번 이어졌다. 우리는 지금 기달티와 아야라에게 중앙에서 살펴본 내용을 전하고 있다. 메트로폴리스의 실체를 들은 아야라는 복잡한 표정이었다. 당연한 반응이다. 베일에 싸여 있던 그 세계의 실체는 우리의 예상을 훨씬 뛰어넘었으니까. 곰곰이 생각하던 아야라가 다시 입을 열었다.

"어떻게 그런 일이 가능한 거지?"

"나삭의 능력인 것 같습니다."

"나삭의 능력?"

"네, 과학 기술인지 피네하스의 힘인지는 모르겠지만 그에게는 이상한 능력이 있었습니다. 그래서 반지를 비롯한 원거리 공격도 전혀 닿지 않았습니다. 시간과 연관해 본다면 중력을 조종하는 게 아닐까 싶습니다."

나는 어제까지만 해도 시간과 중력에 무슨 상관관계가 있는지 까맣게 몰랐다. 그래서 무지한 나를 위해 똑똑한 시로니 박사님이 특강을 해주셨다. 물론 거의 못 알아들었다. 다만 시간도 중력의 영향을 받고, 중력에 의해 느려지거나 빨라진다는 것만 겨우 이해했다. 라이시가 지금 하는 얘기가 그 얘기다. 고작 촛불 켜고 사는 사람들이 그런 물리 이론을 알다니, 이러면 내 21세기 문명이 부끄럽잖아.

"그 능력은 너무 막강하지 않니? 나삭은 시믈라처럼 비전투원이라고 들었는데."

"역시 추측이지만 정말 그런 힘을 가졌다면 사정거리가 매우 짧을 겁니다. 메트로폴리스를 담은 어항이 나삭의 연구실에 있다는 점과 그 능력을 방어에만 사용하는 걸 보면 말입니다."

맞는 말이다. 만약 나삭의 능력에 거리 제한이 없다면 우린 지하도에서 빠져나오지 못했을 거다. 라이시의 설명을 듣고 아야라는 고개를 끄덕였다.

"메트로폴리스에 있는 사람들은 바깥에 대해서는 전혀 모르니?"

"네, 알더라도 일종의 전설이나 옛날이야기 정도로 취급하고 있었습니다."

실제로 대통령은 이르이트라는 이름을 재미있게 여겼다. 본명인지 가명인지도 물어보았다. 게다가 시로니가 아크제리유트의 요새에 대해 말할 땐 농담인 줄 알고 껄껄 웃었다. 처음엔 왜 저러나 싶었는데, 메트로폴리스의 실체를 알고 나니 모든 게 이해되었다. 비좁은 플라스크에 쌓인 역사는 진실을 희석하기에 충분했던 것이다. 연이어 알게 된 거대한 사실에 아야라는 어지럽다는 듯 말했다.

"메트로폴리스는 우리 생각을 훨씬 뛰어넘는군요."

"생각보다 무서운 곳이기도 했어요."

나는 이요브에게 들은 이야기를 떠올리며 나직이 덧붙였다. 하루가 아닌 한 시간마다 뱀에게 생명을 바치는 도시, 메트로폴리스. 그러기 위해 이요브는 아무것도 하지 않는다. 그저 플라스크 안에 사람을 가둬 두고 황혼을 막을 뿐. 그렇게 밤낮을 구분할 수 없게 된 도시에서 낙오자를 걸러 낼 뿐. 그래서 그들이 죽음을 택하도록 할 뿐. 그럼에도 그들은 모른다. 자신들에게 그림자를 드리운 뱀의 존재를. 그들은 아무것도 모른 채, 막연한 두려움만을 가슴에 품고 살아간다.

"피네하스가 좋아할 만한 도시군요."

"네, 정말요."

"그 사람들에게 바깥소식을 전하면 어떻게 될까요?"

나도 궁금하다. 메트로폴리스의 사람들이 자신의 세계가 실체가 아닌 걸 알면, 그 바깥에 진짜 세상이 있다는 걸 알면 어떻게 될까? 무언가가 바뀔까? 잠시 기대했지만 무의미했다. 라이시가 고개를 저으며 잘라 말했다.

"달라지는 건 없을 겁니다. 그 도시의 대통령은 자신이 살고 있는 세계가 가짜인 걸 알고도 되돌아갔습니다. 기존의 삶을 버릴 수 없어 진실을 잊는 편을 택했습니다."

아, 그랬다. 야망을 가진 대통령은 분명 더 넓은 세상을 원했다. 하지만 그건 자신의 세상을 확장시키고자 했던 것이지 본인의 모든 것을 버리고 모험하고자 함이 아니었다. 그래서 그는 바깥세상이 자신이 생각한 것보다 훨씬 크다는 걸 알고는 뒷걸음쳐 돌아갔다.

"그 대통령은 어떤 사람이었니?"

아야라가 물었다. 물음에 대답하기 위해 라이시는 조금 오랫동안 고민했다. 한참이나 곱씹은 후에야 그는 짧게 답했다.

"이상한 사람이었습니다."

이상한 사람. 라이시가 이상하다고 한 대통령은 실력과 명성을 겸비한 사람만 좋아했다. 겉으로는 친절했지만 속은 계산적이었고 이미 많은 것을 가졌으면서도 더 갖길 원했다. 다른 사람의 위기는 태연히 구경했으면서 자신의 위기에는 죽을 것처럼 겁먹었다. 그리고 새로운 세상을 눈부셔하면서도 끝내는 어두운 지하로 되돌아갔다.

하지만 대통령을 이상하다고 한 라이시는 거기서 말을 맺지 않았다. 조금 더 생각하더니 이윽고 앞서 한 말을 고치듯 덧붙였다.

"그냥 평범한 사람이었습니다."

결론짓는 목소리가 씁쓸했다. 그의 시인에 나도 조금 슬퍼졌다. 정말 그런 걸까? 그게 평범한 걸까? 부정할 수 없었다. 그 존엄한 지도자는 한 소녀를 떠오르게 했다. 온실에서 만났던 내 또래의 매춘부, 사랑이 아니라 생존을 위해 아이를 만들고 또 같은 이유로 아이를 없앤 엄마. 대통령과 매춘부, 그 둘은 다르지만 같다. 입장도 위치도 많이 다르지만, 그들은 똑같이 나쁜 짓을 했다. 그리고 그것을 그만둘 길이 있었지만 선택하지 않았다. 두려움에 뒷걸음질 치며 자신이 속한 곳으로 되돌아갔다. 그들은 결국 같았다. 세상에 하나뿐이면 이상한 것, 여럿이라면 평범한 것. 그러니 그 대통령은 정말 평범한 사람인지도 모른다.

“그래, 사람들은 보통 그런 선택을 하지.”

“그런 걸까요?”

아야라의 속삭임에 내가 되물었다. 그게 보통이고, 평범하고, 당연하고, 그래서 다들 그렇게 살아가고. 정말 그런 걸까? 내 물음에 아야라는 잠잠히 대답했다.

“거의 모든 사람이 그렇죠. 특별히 나쁜 사람이어서가 아니라 어쩔 수 없이요. 사실 마음까지 나쁜 사람은 드물어요. 마음으로는 뭐가 옳고 그른지 다 알죠. 그렇지만 마음은 결국 몸에 물드는 법이어서, 알더라도 행동하지 않으면 곧 알던 것마저 잊고 말아요.”

아야라의 목소리는 차분한 듯 슬펐고 태연한 듯 무거웠다.

“많은 사람이 몸을 지키기 위해 양심을 무시해요. 무시당한 양심은 언젠가부터 침묵하죠. 그럼에도 그들은 알고 있을 거예요. 무엇이 옳은지, 또 무엇이 그른지. 다만 그것을 무시해도 마음이 아프지 않을 거예요. 가책은 무뎌질 만큼 무뎌졌으니까. 그렇게 편해진 채로 사람들은 살아가요. 아무 일도 없었던 것처럼.”

“그게 평범한 걸까요?”

“적어도 지금 세계에선요.”

“그런 세상을 어떻게 구해야 하죠?”

내 물음에 아야라는 아파하듯 미소 지었다.

“희망이 있다고 믿는 것 외엔 무엇을 해야 할지, 사실은 저도 잘 모르겠어요.”

결국 이런 대답이다. 내 주변에는 지혜로운 사람이 많지만, 그래서 많은 것을 가르쳐 주지만 그럼에도 세상을 구하는 방법에 대해서만은 말하지 못한다. 그건 오롯이 내 몫이라서 아무도 거들지 못한다. 그래서 이 순간 나는 늘 혼자다. 이지러진 세상에 한탄할 뿐 오늘도 길을 찾지 못해 헤맨다.

막다른 골목에서 우리는 한동안 침묵했다. 하지만 그마저도 길지 않았다. 아직 해야 할 이야기가 남아 있기 때문이다.

"또 한 가지 중요한 사안이 있습니다."

우리는 다시 라이시를 바라보았다. 시선이 모이자 그는 침착한 어조로 고했다.

"이요브가 침공을 예고했습니다."

나는 긴 한숨을 내쉬었다. 이요브가 치포라를 건네는 척 라이시를 잡아끌고 한 이야기다.

"90일 후, 나삭이 체파르데아와 아크제리유트의 시체를 앞세워 우리를 공격할 거라고 합니다. 중앙의 수상한 움직임은 이것 때문이었습니다."

"신뢰할 수 있는 거니?"

"네."

아야라의 물음에 라이시는 망설임 없이 대답했다. 나도 그것의 진위를 의심하지 않는다. 이요브는 라이시를 구하고 싶어 하니까. 그가 위험하지 않기를 간절히 바라니까.

또다시 찾아온 전운에 집무실의 공기는 한층 더 무거워졌다. 중앙은 발달된 무기와 군대를 가졌고, 체파르데아와 아크제리유트를 필두로 한 시체 군단도 있다. 그들이 쳐들어온다면 지금까지와 비교할 수 없이 큰 싸움이 벌어질 것이다.

"우리 쪽에서 선공하면 어떨까?"

아야라가 조심스레 물었지만 라이시는 고개를 가로저었다.

"별로 좋은 선택은 아닙니다. 상대 진영의 영주들을 모두 상대하려면 기달티가 나가야 합니다. 그럼 공주님이 필요하고 저도 함께 가야겠죠. 그사이 성이 공격당하면 대책이 없습니다. 무아카 혼자 군대를 상대하진 못할 겁니다."

"결국 도망치거나 맞서거나, 둘 중 하나구나."

"네."

"그렇다면 주민들에게도 알려야겠지."

"동요가 클 겁니다."

아야라는 묵묵히 고개를 끄덕였다. 어차피 피할 수 없는 일이다. 피네하스가 세상을 쥐고 있는 한, 우리가 그에게서 이 세상을 구하려고 하는 한 반드시 일어날 전쟁이다. 그리고 이 전쟁으로 모든 것이 판가름 날 것이다. 우리가 세상을 구할 수 있는지, 혹은 없는지.

"그럼 주민들에게 이 사실을 알리고 전쟁에 대비하도록 하죠. 부디 이 싸움이 마지막이길 빌면서."

아야라의 말에 우리는 침묵으로 동의했다. 그리고 결연히 바랐다. 부디 이 싸움이 우리가 치러야 할 마지막 싸움이길, 싸움이 끝나면 세상이 정말 구해지길.

논의를 마치고 우리는 집무실에서 나왔다. 나는 축 늘어져서 터덜터덜 걷다가, 이 심각한 와중에도 잊지 않고 속삭였다.

"아까 보니까 확실히 좀 수상했어."

그러자 라이시는 달갑지 않은 얼굴로 고개를 가로저었다.

"수상하게 봤으니 수상해 보일 수밖에."

"나 어젯밤에 다짐했어. 만일 진짜라면 두 사람을 축복해 줄 거야."

"안 돼, 하지 마."

라이시가 한층 더 굳은 표정으로 말했다. 어허, 좋은 마음으로 보내 주진 못할망정. 라이시는 기달티와 아야라의 열애설이 아직도 영 거북한 모양이다. 이해한다. 일평생 같이 살아온 사람들이 몰래 사귀고 있다면 혼란스러울 만하지. 이해하는 건 둘째 치고, 이거 놀려 먹기 좋으니까 조금만 더 하자.

"어른에겐 어른의 사정이 있을 거라고 생각해."

"하지 말라니깐."

나는 라이시가 괴로워하도록 독백했고, 라이시는 도망치듯 걸음을 옮겼다. 우리는 투덕거리며 성 뒤편에 정류 중인 요새로 향했다. 오늘 검사가 끝난 아이들이 성에 들어올 예정이라 거들 일이 많았다. 실험실에서 구조해 온 아이들은 각양각색이다. 우즈나 무아카처럼 얌전한 아이도 있고 레나나처럼 야무진 아이도 있는데, 후자의 아이들은 시로니의 강적 역할을 착실히 하고 있다. 아니나 다를까 우리가 막 진료실 앞에 서자 와장창 깨지는 소리가 들렸다.

"저리 가라고!"

한 아이의 새된 외침도 함께 울려 퍼졌다. 우리는 놀라서 진료실로 달려갔다. 안에서는 소동이 한창이었다. 시로니는 바닥에 넘어져 디브리의 부축을 받고 있었다. 진료실 구석엔 주사기를 손에 든 아이가 잔뜩 흥분한 상태로 씩씩대고 있었다.

"꺼져, 나한테 손대지 마!"

아이가 주사기를 움켜쥔 채 소리쳤다. 스스로를 지키려는 듯 뾰족한 주삿바늘을 흉기처럼 쥐었지만, 그 가느다란 바늘과 작은 손은 한없이 연약했다. 궁지에 몰린 아이에게 시로니의 두 후배가 소리쳤다.

"야, 그거 내려놔!"

"이상한 게 아니야, 보통 예방 접종이라고!"

하지만 소리칠수록 아이의 기세는 사나워졌다. 대치 중인 그들을 보며 우리는 어떻게 해야 하나 덩달아 당황했다. 라이시가 나서려고 하자 디브리의 부축을 받던 시로니가 손을 들어 막았다. 끼어들지 말라는 뜻이었다. 그는 가운을 벗더니 책상에 놓인 주사기를 들었다.

"진정해. 너한테 나쁜 짓을 하려는 게 아니야. 못 믿겠으면 봐."

시로니는 자기 옷소매를 걷으며 아이에게 다가갔다. 그리고 아이 앞에서 자기 팔에 주사를 놓았다. 주사기의 약물이 밀려 들어가는 것을 보며 아이는 놀란 듯 주춤댔다. 시로니는 몸을 숙여 아이와 눈높이를 맞췄다. 그러곤 차분히 말했다.

"네가 우릴 싫어하는 거 이해해. 널 수술하던 녀석들과 한패였으니까. 괴롭혀서 정말 미안해. 물론 이런 말 해봤자 네가 당한 일이 없어지진 않겠지만, 한 번만 기회를 줘."

시로니의 조곤조곤한 목소리에 아이는 얼어붙은 듯 난동을 멈췄다. 그런 아이를 향해 시로니는 분명한 목소리로 청했다.

"널 도울 수 있게 해줘."

멍하니 시로니를 바라보던 아이는 쥐고 있던 주사기를 팽개치고는 사람들을 밀치며 진료실 밖으로 뛰쳐나갔다. 후배들이 아이를 붙잡으려 했지만 시로니가 말렸다. 아이가 나가자 그 장소엔 난장판과 한숨만 남았다.

"선배, 괜찮아요?"

"아니, 안 괜찮아. 주사 아파."

시로니는 그렇게 말하며 가운을 다시 걸쳤다. 우리가 어리둥절해하자 디브리가 와서 살짝 귀띔했다. 주사를 놓으려는데 아이가 경기를 일으키며 시로니를 걷어찼다고. 이런 일은 이번만이 아니었다. 아까는 다른 아이에게 손등을 물렸고, 얼굴을 할퀴려는 애가 있어서 안경도 날아갔다. 지금 저 과학자는 너덜너덜 만신창이다.

진료 도구를 정리하며 후배 한 명이 투덜댔다.

"앞으로는 실험대에 묶어 놓고 검진해요."

"절대 안 돼. 그럼 안 구한 것만 못해."

시로니는 아픈 기색을 감추며 고개를 가로저었다. 나는 그 모습을 보며 생각했다. 모든 곳에서 환영받던 저 과학자는 우리를 돕느라 북쪽에 등을 돌리고 중앙과 맞섰다. 그래서 이제는 어디도 갈 수 없는 몸이 되었다. 그는 보상을 요구해도 될 만큼 많은 것을 희생했지만, 그러기는커녕 불평도 하지 않았다. 도리어 자진해서 사람들을 살피고 아이들을 돌본다. 연구소에서 저지른 모든 만행을 돌이키려는 듯이, 자신의 잘못뿐 아니라 다른 사람의 잘못까지 책임지려는 듯이.

그런 시로니는 참으로 평범하지 않다. 아야라와 라이시가 나눈 말대로라면 아주 이상하다. 세상에 몇 명 있을까 말까 할 정도로 보기 드문 사람이다. 아야라는 말했다. 세상을 구하기 위해 희망이 있다고 믿는 것 외에 무엇을 해야 할지 모르겠다고. 그 희망은 어디서 올까? 바로 저런 사람들에게서 오는 게 아닐까? 그렇다면 희망은 믿어야 하는 게 아니라 만들어 내야 하는 건지도 모른다. 거창한 힘과 능력이 아니라 그저 정직한 마음을 통해서.

밖으로는 침략을 경계하고 안으로는 내실을 다지느라 하루하루가 바빴다. 그럼에도 의혹은 여전하기에, 나는 평소보다 더 잦은 빈도로 기달티를 찾아갔다. 네, 바쁘기는 무척 바쁩니다. 그럼에도 당신들을 향한 호기심은 건재합니다. 괜히 집무실을 기웃거리며 요리 보고 조리 보기를 몇 차례, 결국 기달티가 먼저 물었다.

"하고 싶은 얘기가 있나?"

너무 단도직입적으로 물어서 좀 당황스럽지만, 나는 사양하지 않고 대답했다.

"물어보고 싶은 게 있어요."

"무엇을?"

"대답해 줄 거예요?"

"그대가 원한다면."

기달티는 내게 정말 관대하다. 그 호의에 기대서 사적인 질문을 해도 괜찮을까? 고민은 했지만 망설이지는 않았다. 나는 용기를 내어 그에게 물었다.

"아야라랑 사귀고 있어요?"

"아니."

"더 각별한 사이가 되고 싶은 마음은?"

"없다."

"혹시 독신주의예요?"

기달티는 묵묵히 고개를 가로저었다. 연이은 부정에 나는 당황했다. 무표정한 얼굴로 모조리 아니라고 하는데, 뭐지? 시로니가 헛다리 짚은 건가? 우리의 과학자가 헛다리라니! 추측이 빗나간 줄 알고 나는 할 말을 잃었다. 그러자 마음씨 착한 기달티 아저씨는 나를 내버려 두지 않고 너그럽게 말했다.

"그대는 전제를 잘못 잡았어."

"네?"

전제? 예상 밖의 말에 나는 눈만 동그랗게 뜨고 기달티를 바라보았다. 어리둥절해하는 나를 향해 그는 담백하게 덧붙였다.

"아야라는 이미 내 아내야."

어떻게 반응해야 할지 모르겠다. 나는 웃으려다 실패하고, 끄덕이려다 실패하고, 태연한 척하려다 실패했다. 연이어 좌절을 맛본 나는 결국 멍하니 되물었다.

"그거 아야라도 동의한 거 맞아요?"

"무슨 뜻이지?"

"그 왜, 혼자만의 상상이거나, 희망이거나, 아니면 포부이거나……."

내 동요와 무례에도 불구하고 기달티는 담담했다. 그러니 인정할 수밖에 없었다. 그것을 인정한 직후, 나는 입안에 맴돌던 헛소리를 꼴깍 삼키고 다급히 외쳤다.

"대체 언제부터?"

"그대와 북쪽에 다녀왔을 때부터."

심지어 내가 한창 여기 있을 때다! 기달티의 숨김없는 대답에 나는 또 동요했다. 으악, 배신감! 경악! 또 배신감!

"근데 왜 말 안 했어요?"

"당시 그대에게?"

기달티의 되물음에 나는 말문이 막혔다. 당시 나? 아, 고백했다 차였던 나, 그 옛날의 나……. 당시 상황이 주마등처럼 스쳐 지나서 나는 숙연히 입을 다물었다.

아, 갑자기 알게 된 사실이 너무 충격적이라 머리가 쾅쾅 울린다. 나는 기껏해야, 정말 기껏해야 둘이 좋아하거나 몰래 사귀는 정도인 줄 알았는데. 아내라고요, 결혼하셨다고요, 언제부터냐니까 벌써 몇 개월 전이라고요. 그럼 제가 라이시한테 차였을 때 두 분은 신혼이셨네요? 그 후로 쭉 알콩달콩 행복하신 거예요? 불과 며칠 전 나는 당신에게 알콩달콩이란 표현이 안 어울린다고 단언했는데!

"그럼 나중에라도 말해 줄 수 있었잖아요. 아니, 나는 둘째 치고 라이시는요?"

내가 힐난하자 기달티는 여느 때처럼 덤덤히 대답했다.

"아무에게도 말하지 않을 생각이었다."

"왜요?"

"아야라가 죄인의 아내라고 불릴 테니까."

나는 말문이 막혔다. 내 놀란 얼굴을 향해 기달티는 어떤 표정도 짓지 않았다. 씁쓸한 표정도, 서글픈 표정도, 조용히 아픔을 견디는 표정조차도. 자신의 죄를 아는 그는 사람들 앞에 모습을 드러내지 않는다. 반면 아야라는 성의 대표로서 사람들과 만나야 한다. 사람들 앞에서 부끄럼도 흠도 없이 깨끗해야 했다. 기달티는 아야라에게 죄인의 아내라는 오명을 뒤집어씌울 수 없어서 그것을 숨기는 편을 택했다. 자신을 이 탑 꼭대기에 가두듯이.

"언제까지 그래야 돼요?"

내 물음에 그는 침묵했고 나는 그 안에서 평생, 혹은 영원이라는 대답을 얻었다.

"자유로워질 수는 없어요?"

여전한 침묵이 내게 또 대답했다. 그럴 수 없다고, 결코 그럴 수 없다고. 그 앞에서 나는 입술을 깨물어 차오르는 눈물을 참았다.

"그런 표정 짓지 않아도 괜찮아."

그는 오히려 내게 위로를 건넸다. 나는 울지도 웃지도 못할 신세가 되고 말았다. 표정 없이 자상한 그 남자는 평생 씻을 수 없는 죄를 끌어안은 채, 그럼에도 속죄를 포기하지 않은 채 말했다.

"그대가 나 때문에 우는 걸 원치 않는다. 내게 삶을 허락한 것만으로 이미 충분해."

그렇게 말할 때 그는 조금 웃는 것 같았다. 그게 슬퍼 보이는 건 내 마음 때문일까, 아니면 그의 마음 때문일까.

이야기를 전해 듣고 라이시는 오랫동안 침묵했다. 나는 기다리던 끝에 조심히 물었다.

"무슨 생각 해?"

"그냥, 여러 가지."

"이제 어떡할 거야?"

"모르는 척할 거야."

그는 대답을 아꼈다. 어떤 마음인지 잘 모르겠다. 혼란스러운지, 서운한지, 아니면 안타까운지. 잘 모르겠다. 다 아닐 수도 있고, 어쩌면 다일 수도 있고.

"가자."

라이시가 내 손을 잡았다. 나는 석연치 않은 기분으로 잔디를 털고 언덕에서 내려왔다. 내려오는 길에 마주친 사람들이 우리에게 인사했다. 이곳의 주민들은 모두 우리를 좋아하고 반가워한다. 하지만 그 '우리'에 기달티는 포함되어 있지 않다. 사람들은 기달티에 대해 거의 알지 못한다.

기달티는 일부러 사람들과의 접촉을 피한다. 그 이유는 전에 말한 것처럼, 혹시 마주칠까 봐. 자신이 죽인 사람의 가족을, 혹은 친구를. 그가 자유롭길 바라는 건 잘못일까? 그렇게 숨고 숨어, 누군가와 사랑한다는 사실마저 숨겨야 하다니. 아름다운 자기 사람을 자랑하기는커녕 비밀로 하고 두려워하며 혼자만 간직해야 하다니. 그건 너무 가혹하다.

마을을 지나는데 뒤에서 누군가가 날 불렀다.

"공주님!"

시로니였다. 시로니는 어쩐 일인지 혼자서 마을을 돌아다니고 있었다.

"혹시 우리 비서님 못 봤어요?"

"못 봤는데요?"

"아, 요새 동력이 바닥이에요. 전기가 나가게 생겼어. 아침에 충전하라고 했는데 이 자식이……."

주로 비서님, 어떨 땐 비서 놈, 가끔은 이 자식. 시로니와 디브리도 사이가 참 좋다. 시로니가 발을 동동 구르는데 라이시가 길 한쪽을 가리켰다.

"저기 있네요."

"네?"

"디브리 씨 저기 있습니다."

우리는 라이시가 가리킨 방향으로 고개를 돌렸다. 남녀 두 쌍이 화기애애하게 걸어오고 있었다. 두 여자는 중앙에서 온 묘령의 아가씨들이고 두 남자는 타누와 디브리였다. 아, 저 신선한 조합은 또 뭘까? 모양새를 보니 아가씨들이 농장에서 우유를 받아 오는 걸 디브리와 타누가 거드는 것 같다. 물론 다른 사람을 돕는 건 문제가 아니다. 관심 가는 예쁜 아가씨를 돕는 것도 마찬가지. 다만 문제는…….

"억, 교수님!"

우유 통을 들고 있던 디브리는 시로니를 보더니 기겁하며 소리쳤다. 그렇지, 이게 문제지. 제 할 일을 안 하고 돌아다니는 거. 시로니는 팔짱을 낀 채 디브리를 노려봤고, 디브리는 우물쭈물하다가 우유 통을 내려놓고 후다닥 달려왔다. 기색을 보니 자기 죄를 아는 것 같다.

"요새 자주 나간다 싶더니 한눈팔 데가 있었군?"

시로니의 힐난에 디브리는 송구스러워하며 쩔쩔매기 시작했다. 살인 기술을 익힌 군인은 허약한 과학자 앞에서 한없이 작아진다. 이게 바로 상하 관계? 이게 바로 사회생활?

"사생활에 대고 뭐라 할 건 아닌데, 할 일은 해놓고 가셨어야죠. 어려운 것도 아니잖아?"

하지만 이어진 훈계에는 디브리도 억울해하기 시작했다.

"교수님, 차라리 막일을 시키시면 하겠습니다. 그럼 개운하기라도 합니다. 그런데 동력을 채우면 진이 다 빠져서 하루 종일 아무것도 못 하겠단 말입니다!"

디브리의 목소리는 처절했다. 하긴, 우리 성에 온 이후 그의 처지는 가혹했다. 아침에 일어나면 동력을 채우고 잠들고 또 일어나면 동력을 채우고 다시 잠들고. 건전지도 저렇게 막 굴리진 않을 텐데. 비서의 하소연에 시로니는 좀 당황했다. 자신의 무자비함을 뒤늦게야 깨달은 탓이다. 과학자는 주춤하며 약한 모습을 보이더니, 더는 비서를 추궁하지 못하고 다른 것을 물었다.

"저 아가씨는 언제 만났어요?"

"오늘이 처음입니다."

"그런데 그렇게 헬렐레야? 아이고, 헤퍼라."

"헤프다뇨? 누님네 부모님도 처음엔 이렇게 시작하셨을 텐데."

대답한 건 디브리가 아니라 타누였다. 어느새 다가온 타누는 의기양양한 얼굴로 디브리의 어깨에 팔을 걸쳤다. 그러자 시로니는 얼굴을 구기며 디브리에게 말했다.

"엄마가 나쁜 친구 사귀지 말라고 안 가르쳐 줬나?"

"에이, 누님. 진짜 나쁜 놈은 미성년자랑 연애하는 저놈이죠."

이번에도 타누가 말을 받았다. 심지어 라이시한테 시비를 걸면서. 와, 타누 많이 컸다. 라이시가 기막혀하는 사이 시로니가 대꾸했다.

"온실 사람이 할 말은 아니지 않나?"

"과거가 뭐 그리 중요한가요, 중요한 건 현재죠."

"현재도 딱히 청결하진 않잖아?"

"불가항력이에요. 바로 그 질척질척함 속에서 사랑이 싹트고 생명이 태어나니까요. 애당초 남자와 여자가 만나는데 질척질척하지 않으면 여러 부분이 아프잖아요? 마음이라든가, 몸이라든가, 역시 몸이……."

타누가 한참을 떠들었지만 나는 그 말을 다 들을 수 없었다. 라이시가 내 귀를 막았기 때문이다.

"듣지 마, 더러워."

내가 멀뚱대는 사이 시로니가 성가셔하며 짜증을 냈다.

"대체 이 첩자는 왜 안 묶어 놔요?"

"어허, 누님!"

한껏 들떴던 타누는 첩자라는 말에 질겁하며 팔을 휘저었다. 누가 들을까 걱정하는 모양인데, 들어도 무슨 상관이랴, 이미 하늘이 알고 땅이 아는데. 타누가 애걸했지만 시로니는 고개를 저으며 냉정히 말했다.

"아니, 난 진심이야. 설령 이 친구가 무고하다 해도 그 언니 꿍꿍이는 모르잖아? 만약 뱃속에 폭탄이라도 있으면 어쩌려고? 안 되지. 그래서 내 판결은 사형. 빨리 죽여 버려."

"살려 주세요, 누님!"

타누는 정말 강하게 나오는 사람한테 약하구나. 아야라도 그렇고 시로니도 그렇고. 그보다 타누는 정말 혼나야 한다. 젊은 아가씨들이 오니 물 만난 고기처럼 누비고 다니는데, '여자들한테 집적거리는 어느 뺀질이 놈' 때문에 중앙에서 온 사람들의 심기가 몹시 불편하다고. 놀이터에서 간신히 탈출해서 숨 돌리고 있는데 거기서 좋다고 히히거리고 있으니, 그러다 혼쭐이 나도 타누는 할 말이 없다.

그런 상황에서 디브리까지 타누와 어울리고 있으니, 시로니는 속이 터지는 모양이다. 시로니는 한껏 훈계하려고 단단히 팔짱을 꼈다.

그러다 저 멀리, 함께 있던 아가씨들이 아직 가지 않고 기다리는 걸 발견했다. 아가씨들의 조마조마한 시선에 시로니는 좀 난감해졌다. 기다리는 모습이 나름 애틋하기까지 했다. 오늘 처음 만났다면서 저 애절함은 대체 뭔지. 게다가 디브리는 시로니와 저 아가씨들의 눈치를 함께 보느라 안절부절못하고 있다. 웃어야 할지 말아야 할지, 시로니는 어처구니없어하다가 결국 항복했다.

"가요, 비서님. 휴가 줄 테니까 오늘은 데이트나 실컷 하셔. 대신 퇴짜 맞고 들어오면 혼날 줄 알아요."

다행히 시로니는 융통성 없이 악랄한 상사가 아니었고 아가씨들 앞에서 부하의 체면을 살려 주는 아량쯤은 넉넉히 가지고 있었다. 그 배려로 디브리의 얼굴에는 화색이 돌았다. 그는 시로니에게 꾸벅 인사하고 다시 아가씨들에게 달려갔다. 잠깐 갈라놓았던 게 미안할 정도로 다급하게.

"내 배터리가 떠나가고 있어요."

시로니는 디브리의 뒷모습을 보며 애석하게 말했다.

"과열되면 폭발하니까 가끔 식혀야겠죠. 난 참 좋은 상관이야."

아니요, 부하 직원을 배터리 취급하는 부분부터 좀 아니에요. 하지만 뭐, 말만 그렇지 시로니는 정말 좋은 상사처럼, 아니 그보단 남동생을 바라보는 누나처럼 다정하게 웃었다.

"그래도 풋풋하니 예쁘네요. 사랑하는 건 참 예뻐요."

헷갈리는 말이다. 사랑하는 모습이 예쁘다는 건지, 사랑스러운 상대라 예쁘다는 건지. 둘 다일 수도 있고. 어느 쪽이든 따뜻하다.

디브리를 지켜보던 시로니가 문득 우리에게 물었다.

"참, 길티 씨랑 아야 씨 일은 확인해 봤어요?"

이 사람 우리한테 도청기 달아 놓은 거 아냐? 너무 정곡이라서 우린 아무런 말도 할 수가 없었다. 그러자 시로니는 '거봐, 내 말 맞지?' 하듯 씨익 웃었다. 아, 맞는 정도가 아니었어요. 그분들은 우리의 상상을 훌쩍 뛰어넘고 계셨어요. 그럼에도 모든 걸 숨겨야 했던 두 사람이 떠올라 나는 몰래 한숨을 쉬었다.

사랑하는 건 참 예쁘다. 그들도 그렇다. 설령 그늘 속에서라도.

복잡한 문제가 있어도 어쨌든 시간은 흐른다. 그리고 대부분의 문제는 시간이 흐르면 어떻게든 해결된다.

우리가 중앙에서 돌아온 지 보름째, 급한 일들은 어느 정도 수습되었다. 일단 실험실 아이들은 모두 성에서 돌보기로 했다. 주민들에게 입양 보내자는 의견도 있었는데 곧 기각됐다. 아이들을 일감 던져주듯 이 집 저 집으로 보낼 수는 없기 때문이다. 대신 아이들을 돌보기 위해 놀이터에서 구한 사람들을 모두 성에 고용했다. 이제 그 사람들은 성의 일을 도우며 아이들을 보살피게 될 것이다.

한편 실험실의 반항아들도 결국 마음을 열었다. 이건 전부 야빈의 공이다. 동병상련이라고, 아이들은 실험의 흔적이 있는 야빈을 경계하지 않았다. 영리한 야빈은 중간 다리 역할을 잘해 주었고, 그래서 몸에 손도 못 대게 하던 애들이 지금은 흥흥대며 잘도 돌아다닌다.

그로써 한때 분주하고 혼잡했던 성의 분위기도 많이 안정되었다.

역시 시간이 흐르면 어떻게든 해결이 되나 보다. 물론 그렇다고 모든 게 끝난 건 아니다. 아직 가장 큰 일, 나삭의 침공에 대비하는 일이 남았으니까.

"내일요?"

샌드위치를 물고 있던 시로니가 우물대며 되물었다. 그에 라이시는 고개를 끄덕였다.

"네, 내일 아야라가 마을 대표들에게 전달할 예정입니다."

"아이고, 이제 겨우 정착했는데 또 전쟁 소식이라니. 가혹하네."

시로니는 한숨을 쉬며 창밖을 내다보았다. 햇살에 빛나는 아담한 마을이 보였다. 그 마을은 전운이 드리우는 것을 까맣게 모른 채 오늘을 살아가고 있었다. 그 광경을 바라보던 시로니는 샌드위치 조각을 입에 넣고 손을 탁탁 털었다. 그리고 경쾌한 목소리로 말했다.

"뭐, 크게 걱정할 필요는 없죠?"

"그러도록 대비할 겁니다."

라이시의 결연한 대답에 시로니는 흡족히 끄덕였다.

"그래야죠, 어렵게 꾸린 낙원이잖아요. 적어도 이곳만은 부서지지 않았으면 좋겠어요."

우리는 마음씨 착한 과학자의 말에 기꺼이 동의했다. 그렇다, 정말 어렵게 이룬 평화다. 이것만은 반드시 지켜 내고 싶다.

"그래서 말인데 몇 가지 알고 싶은 게 있습니다."

"네, 뭐든지. 여러분의 과학자는 언제나 질문을 환영해요."

"먼저 시체 인형에 대해서 알고 싶습니다."

“아, 그거. 하긴 아크 씨랑 개구리 군이 인형으로 나왔을 땐 나도 깜짝 놀랐지.”

“그 시체 인형은 한 번에 몇 기나 조종할 수 있는 겁니까?”

“몇 기나? 아, 지하에서 시체 군단을 봤다고 했죠? 음, 보통은 100기 정도 조종하면 잘하는 거고, 나삭 교수 경우엔 300 정도? 시체에 대해서는 너무 걱정하지 말아요. 컨트롤이 까다로워서 그다지 효율적으로는 못 써요. 겪어 봤으니 알잖아요, 시체들이 제대로 움직이던가요? 수가 늘어나면 가능한 명령은 ‘돌격 앞으로’뿐이에요. 그럼 여기 와봤자 싹 쓸려 버리고 말겠죠.”

“그럼 시체 인형은 체파르데아와 아크제리유트만 신경 쓰면 된다는 뜻입니까?”

“네, 적어도 내가 보기엔 그래요. 그보다 걱정해야 하는 건 이요브의 군대 쪽이죠.”

이요브의 군대라면 우리가 중앙에서 본 군인들이다. 전차를 가지고 있는, 총으로 무장한 사람들.

“이 침략이 피네하스가 주도하는 거라면 군대도 움직일 거예요. 군대에 이요브, 체파르데아와 아크제리유트의 시체 인형이라. 정말 만만치 않죠.”

시로니가 무거운 목소리로 말했다. 하지만 절망적이라 할 정도는 아니었다. 왜냐하면 그들과 비교해서 우리가 결코 밀리는 입장은 아니니까. 검은 힘을 없애는 나와 라이시, 그리고 막강한 기달티까지. 무엇보다도 양날의 검인 기달티는 전시에 엄청난 위력을 발휘할 것이다. 그러니 진짜 문제는 영주들인데…….

"나삭도 올까요?"

"물론 그렇겠죠. 왜요, 중앙에 숨어서 시체만 꾸역꾸역 보낼까 봐? 그 걱정은 안 해도 돼요. 대머리는 분명 나올 거예요."

"중앙에 숨어 있는 편이 유리하지 않아요?"

"글쎄, 딱히? 입장 바꿔 생각해 봐요. 나삭이 중앙에 남아 있으면 우린 가장 먼저 뭘 할까요? 통신부터 끊겠죠. 통신이 끊기면 군대는 오합지졸 무력화, 남는 건 시체 인형뿐인데 아크 씨와 체파 군의 시체만으로는 길티 씨를 감당 못 해요. 그러니 이렇든 저렇든 직접 올 수밖에요. 이 일이 피네하스가 꾸민 일이라면, 나삭은 반드시 나올 거예요."

이걸 다행이라고 해야 할지 뭐라 해야 할지. 피네하스라는 이름은 아직도 우리에게 막연하고 막강하다. 이번 침략을 막아 내고 나삭에게서 승리를 거머쥔다 한들 피네하스는 어떻게 해야 할까?

사람 일은 시간이 흐르면 어떻게든 해결된다. 하지만 가끔, 그것은 해결이 아니라 종결이라는 방향으로 끝맺음되기도 한다. 망망대해를 항해하는 배는 거친 파도를 이겨 내기도 하지만 때로는 부서져 낱낱이 흩어지기도 한다. 먼 나중 우리의 결말은 과연 어떤 형태일까? 이 모든 것을 견디고서 여전히 눈부시게 살아 있을 수 있을까?

"걱정이 많은가 봐요, 공주님?"

시로니의 물음에 나는 그저 웃었다. 사실은 끝이 보일 듯하면서도 보이지 않는 지금 상황이 갑갑했다. 날 보며 시로니는 심술궂게 말했다.

"어깨가 무거운 건 이해해요. 몇천 명, 아니 전 세계가 달려 있으니 당연히 무거워야죠. 하지만 여기까지 와서 약한 모습 보이는 건 내숭이죠."

"내숭이라니……."

"나한테 뭐라고 했어요? 모든 불가능을 넘었다고 자랑했잖아요?"

과학자는 어깨를 으쓱이며 내 말문을 막았다.

"그런 말을 해놓고 약한 모습 보이지 말아요. 난 이제 의심하지 않아요. 공주님과 공주님의 그 착한 아버지가 기적을 일으킬 거라는 걸요. 그러니 힘내요, 난 아직 잔뜩 더 보고 싶으니까."

"뭘요?"

"즐거운 일이요. 그걸 만들어 내는 게 공주님의 역할이잖아요, 안 그래요?"

시로니의 너스레에 나는 결국 웃어 버렸다.

그렇다. 복잡한 문제가 있어도 어쨌든 시간은 흐른다. 시간은 사람이 가진 대부분의 문제를 어떻게든 해결해 준다. 하지만 시간이 던져주는 해결은 때로 무자비해서, 우리의 바람과 정반대일 수도 있다. 그럼에도 우리가 아직 살아 있다는 것은 분명 기적이다.

그래서 나는 오늘도 기적을 바란다. 이제 더는 눈물도 상처도 없도록, 세상이 이제 그만 구해지도록.

불어오는 바람에 머리카락이 시원하게 나부꼈다. 온몸을 스치는 속도감이 무척이나 상쾌했다. 용 라이시와 함께하는 오랜만의 비행, 나는 지금 땅에 닿을 듯 낮게 날며 무아카와 보조를 맞추고 있다. 늑대로 변한 무아카는 내 옆에서 달리며 대지를 박찼다. 마당 있는 집에 살면서 큰 개를 키우는 게 꿈이었는데, 개가 아니라 늑대지만 어느 정도 꿈을 이룬 기분이야!

우리는 지금 멀리까지 나와서 드넓은 초원을 누비고 있다. 이틀 전, 아야라가 이요브의 선전 포고를 주민들에게 알렸다. 약간의 술렁임은 있었지만 동요는 크지 않았다. 그들은 자신이 뭘 해야 하는지 물었다. 아야라의 대답은 명료했다. 지금처럼 살아갈 것, 앞으로도 그럴 수 있도록 힘을 모을 것. 그 후 우리 마을은 전시에 대비하고 있다. 무아카와 이렇게 멀리까지 나온 것도 그 때문이다.

전쟁이 벌어질 수도 있다는 말에 무아카는 물었다. 또 싸워야 하냐고. 심부름거리가 있는지 묻듯 전쟁에 나가 싸울까요, 하고 묻는 그 아이에게 우리는 약속했다. 절대 널 전쟁터로 내보내지 않을 거라고.

푸른 초원을 한참 내달리자 저 멀리 꿈틀대는 괴수의 꼬리가 보였다. 그걸 보고 나는 무아카에게 소리쳤다.

"무아카, 물어 와!"

무아카는 쏜살같이 내달렸다. 힘껏 도약하는 뒷다리는 용맹했고 좌우로 흔들리는 꼬리는 발랄했다. 그래, 멍멍아. 널 싸우게 하진 않을 거야. 대신 저것 좀 물어 오렴. 무아카가 수풀 속에 숨어 있던 괴수를 덮쳤다. 괴수는 몸부림치며 습격에 저항했고, 나는 재빨리 날아가 괴수의 머리에 바코드 스캐너를 가져다 댔다. 이윽고 생체 칩을 해킹당한 괴수는 반항을 멈추고 덩실덩실 춤을 추기 시작했다. 지금 저 괴수를 조종하는 건 시로니가 아니라 시로니의 후배다. 누가 선후배 사이 아니랄까 봐, 정말 꼭 닮았다.

나는 지금 무아카와 함께 괴수들을 포획하는 중이다. 이 일대에는 체파르데아가 풀어놓은 괴수가 아직도 득시글거리고 있는데, 그것들은 모두 나삭의 실험실에서 제작된 것으로 머리에 생체 칩이 이식되어 있다. 그래서 그 칩만 해킹하면 우리 편으로 끌어들일 수 있다는 이야기. 실컷 춤을 춘 괴수는 무아카의 머리를 쓰다듬더니 '파이팅!' 하고는 성으로 기어갔다. 이걸로 몇 마리째지? 아까 무더기로 있던 지네를 포함해서 서른 마리는 잡아들인 것 같다.

"무아카, 안 힘드니?"

내 물음에 무아카는 늑대 얼굴로 끄덕끄덕 대답했다. 신빙성은 별로 없는 대답이다. 왜냐하면 무아카는 힘들다는 말을 결코 하지 않는 애니까. 음, 어떻게 할까? 생각해 보니 이제 곧 저녁 시간이다. 오늘은 이쯤 하고 그만 돌아가야겠다. 나는 사냥을 마치고 무아카와 함께 성으로 돌아갔다. 성에 가보니 괴수와 사람들이 차곡차곡 성벽을 쌓는 게 보였다. 우리는 그 사이에서 라이시와 시로니를 발견했다. 두 사람은 현장에서 도면을 펼쳐 놓고 이야기를 하고 있었다.

"고생 많았어요, 공주님. 옆에 꼬마 씨도."

우리가 다가가자 시로니가 휘적휘적 손을 흔들었다. 눈은 도면에 고정한 채 건성으로.

"잘돼 가요?"

"네, 그럭저럭. 토담으로 만족해야 한다는 게 좀 걸리지만 요새를 망루로 삼으면 적당히 커버가 될 거예요. 문제는 요새를 어디에 두느냐인데……."

시로니는 성벽 문제를 놓고 라이시와 다시 이야기를 나누었다. 얘기가 길어질 것 같아서 나는 먼저 들어가려고 했다. 저녁 먹기 전에 무아카를 씻겨야 하니까. 그런데 무아카가 발을 떼지 못하고 머뭇거렸다. 시로니를 바라보면서. 무슨 할 말이 있는 것 같은데 어른들이 얘기 중이라 차마 끼어들지 못하는 모양이었다. 다행히 시로니가 먼저 무아카를 발견했다.

"왜요, 꼬마 영주님? 이 몸에게 무슨 할 말이라도?"

시로니의 물음에 무아카는 볼을 우물대다가 어렵사리 입을 뗐다.

"그 언니는…… 아직 앞을 못 봐요?"

"그 언니? 아, 제미라 양을 말하는 거예요?"

시로니의 되물음에 무아카는 끄덕여 대답했다.

"유감스럽게도 그래요. 분명 시신경은 정상인데 말이죠."

시로니의 말대로 제미라는 여전히 앞을 못 본다. 이전처럼 말도 하고 웃기도 하지만 여전히 시력은 돌아오지 않았다. 정작 제미라는 별로 대수롭게 생각하지 않았다. 조급해하지도, 불편해하지도 않았다. 달관한 듯 초연한 제미라의 태도에 나는 이따금씩 가슴이 철렁한다.

"그건 몸이 아파서가 아니라 제미라 양의 기분이 나아지지 않아서 그런 거예요. 그래서 이 과학자 언니도 어떻게 해줄 수가 없어요."

시로니의 친절한 설명에 무아카는 고개만 끄덕였다. 이 아이가 무슨 생각을 하는지 알 것도 같지만, 내가 해줄 수 있는 건 작은 손을 꼭 잡아 주는 것뿐이었다. 사람의 일은 시간이 흐르면 어떻게든 해결된다. 하지만 가끔, 아무리 오랜 시간이 흘러도 제자리에 남는 문제도 있다. 그런 문제는 어떻게 해야 할까? 아직은 잘 모르겠다. 다만 그들이 구해지길, 오늘도 바라고 또 바랄 뿐이다.

성벽을 쌓는 동안 이 세계는 어느덧 여름의 정점에 도달했다. 그와 함께 새파랗던 청보리가 금빛으로 무르익었다. 드디어 수확할 때가 되어 우리는 며칠간 보리를 거두었다. 보리에선 이제 잘 익은 햇살 냄새가 났다.

주민들이 수확과 타작을 하는 사이 시로니와 그의 후배들은 성벽을 완성했다. 성과 마을을 빙 두른 성벽엔 괴수들을 한 마리씩 앉혀 놓았다. 사람보다 멀리 보는 괴수들이 이제부터 파수꾼의 역할을 해 줄 것이다.

침략까지 앞으로 두 달, 우리는 최소한의 준비를 마쳤다. 성벽을 쌓았고 식량을 비축했다. 근 한 달간 참 바쁘게 달려왔다. 그래서 우리는 수확을 기념하는 축제를 열었다. 이번엔 축포를 터트리거나 꽃가루를 뿌리지 않았지만, 그래도 모든 사람이 양껏 누릴 수 있는 풍요로운 축제였다.

역시나 나는 축제의 개회사를 요청받았다. 하지만 이번엔 죽어도 못 한다며 극구 거부했다. 지난번의 그 무릎 떨리던 경험은 정말 또 하고 싶지 않았다. 나는 자꾸 그런 거 시키면 가출하겠다고 엄포를 놓았고, 이 일은 결국 아야라에게 미뤄졌다.

아야라가 개회사를 맡는 것에 반대하는 사람은 없었다. 사실 이 일은 나보다 아야라에게 더 적합했다. 지금껏 이 성의 대표로 일한 사람은 아야라니까. 시로니도 같은 생각인지 옆에서 부지런히 거들어 줬다. 전쟁을 앞두고 지도자의 위엄을 보일 필요가 있다면서. 그래서 아야라는 별수 없이 개회사를 맡았다.

축제 당일, 아야라는 어느 때보다 눈부신 모습으로 우리 앞에 나왔다. 평소에도 참 예쁜 사람이었지만 새로이 꾸민 모습은 이전과 또 달랐다. 단아하고도 기품 있는 모습이 은은히 빛나는 것 같았다. 내가 보고 감탄하자 아야라는 부끄러운 듯 웃었다.

"이렇게 꾸미는 건 어릴 때 이후 처음이에요."

"어릴 때요?"

"네, 시믈라가 네벨라에게 바칠 거라며 치장을 시켰었죠. 곧장 괴롭힘을 당해 지저분해지긴 했지만……."

앗, 그러지 마요! 이런 때에 암흑기를 떠올리지 마! 그걸 추억처럼 속삭이지도 마! 아니, 그런데 이거 좀 슬프잖아. 그동안 마음껏 꾸미지도 못했다니. 아, 하지만 그뿐이랴. 아야라는 이미 한 남자의 아내가 되었지만 신부로서 축복받지 못했다. 그런 생각에 서글퍼졌지만 곱게 꾸민 아야라가 여전히 예뻐서 내색하지 않았다. 잠시 후 올라온 라이시도 아야라를 보더니 놀란 표정을 지었다. 그는 낯선 사람을 보듯 아야라를 보더니 이내 점잖게 말했다.

"예쁘네요."

내 남자 친구가 다른 아가씨에게 예쁘다 말했지만, 지금은 그마저도 좋았다. 라이시의 담담한 말에 아야라는 더 수줍게 웃었다. 그리고 함께 내려가자는 우리에게 아야라는 살짝 고개를 저으며 말했다.

"먼저 가세요. 저는 성주님부터 뵙고 내려갈게요."

우리는 기꺼이 아야라를 보내 주었다. 저 모습을 보고 기달티가 뭐라고 할지 궁금하기도 했지만, 그건 그들만의 비밀이니까 넘보지 않기로 했다.

사람의 일은 시간이 흐르면 어떻게든 해결된다. 하지만 설령 해결되지 않는 게 있어도 사람들은 어떻게든 살아간다. 그럼에도 더 나은 길을 꿈꾸는 이유는, 우리가 그들을 사랑하기 때문에. 더 축복받길, 더 행복하길, 더 자유롭길 바라기 때문이다.

축제가 시작된 건 더위가 한결 가신 초저녁이었다. 저녁이지만 해가 길어서 하늘은 여전히 밝고 푸르렀다. 그 환한 하늘을 등지고 만인에게 사랑받는 여인, 아야라가 사람들 앞에 섰다. 상냥한 선생님이자 사려 깊은 지도자, 그리고 누군가의 소중한 아내인 그를 모두가 환영했다.

환호가 잦아들자 아야라는 공손히 인사했다. 첫 수확에 감사하는 것으로 아야라는 개회사를 시작했다. 그것은 연설이라기보단 지난날을 회고하고 그 노력을 치하하는 것에 가까웠다. 아야라가 여기까지 이루어 주어 고맙다고 하자, 어느 호탕한 아저씨가 너무 깐깐하게 굴어 준 덕이라며 농을 던졌다. 조금 짓궂었지만 아야라는 여전한 미소로 화답했다.

“그럼에도 불구하고 따라 주셔서 감사합니다. 더불어 살기 위해 많은 규칙을 정했고, 말씀하신 것처럼 여러분을 조금 괴롭히기는 했습니다.”

조금이 아니었다는 원성에 다시 웃음이 터져 나왔다. 그에 곱게 미소만 짓던 아야라도 결국 함께 웃었다. 아야라는 온유한 얼굴로 말을 이었다.

“여러분을 구속하려던 것이 아니었습니다. 그보다는 여러분께 자유를 드리고 싶었습니다.”

자유, 그 상쾌한 말은 청명한 하늘에 더없이 어울렸다. 아야라는 이곳을 감싼 하늘과 하나 되어 청아하게 읊었다.

“사람의 진정한 자유는 더불어 사는 법을 알 때 찾아옵니다. 그러기 위해 사람은 먼저 자신에게 성실하고 이웃에게 정중해야 합니다. 자신의 인생을 마땅히 감당하면서 이웃과 거리낌이 없을 때, 삶에 억압되지 않고 고독에 몸부림치지 않을 때, 사람의 자유가 시작됩니다.”

언뜻 단순하게 들리는 그 말은 곱씹을수록 새로웠다. 게다가 아야라의 삶을 돌아보면 그 의미는 더욱 짙게 와 닿는다. 아야라는 죄 많은 남자를 사랑했고 그의 속죄를 위해 사람들에게 손을 내밀었다. 하지만 돌아온 것은 매몰찬 배신뿐이었다. 그들을 떠올리며 나는 진정한 자유가 무엇인지 생각했다. 자기 손으로 일하기보다는 눈가림 같은 요행을 바라던 사람들, 그것이 부끄러운지도 모르고 목소리 높여 싸우던 사람들. 그렇게 살아간 이들은 과연 자유로웠을까? 아니,

결코 그렇지 않았다.

양심 대신 욕심을 따라 살아가는 것은 언뜻 자유로워 보인다. 거리낌 없이 온갖 이익을 독점하는 그 모습은 편하게도 보인다. 하지만 그것은 결코 자유가 아니다. 나는 그 길에서 떠나고 싶지만 두려움에 멈추는 사람들을 보았다. 매춘부가 그러했고 대통령이 그러했다. 그들을 통해 깨달았다. 진짜 자유는 양심을 버리는 것이 아니라 욕심을 이기는 것임을.

몸을 살리기 위해 끌려가는 것이 아니라 마음을 살리기 위해 무릎 쓰는 용기. 그래서 누군가를 짓밟는 것이 아니라 모두와 더불어 살아갈 수 있는 삶. 그것이 바로 인간에게 허락된 진정한 자유다. 그렇다면 아야라는 더불어 살기 위해 무엇을 감수했을까. 시로니의 말처럼 아야라는 기달티와 함께 둘만의 왕국을 만들 수도 있었다. 죄책감을 모른 체하고 세상의 비극도 모른 체하면 그것은 얼마든 가능했다. 하지만 그는 그러지 않았다. 대신 사람들의 불평을 떠안고 복잡한 문제들을 도맡으며 지난날의 배신감까지 삼켰다. 아야라는 그렇게 더불어 살아가는 것을 선택했다.

그 모든 것을 딛고 저곳에 선 아야라는 정녕 자유로운 사람이다. 자신의 마음에 떳떳하며 수많은 사람을 품어 낸 그는 아름답다.

"그 자유는 자신의 욕심에 묶이지 않고, 타인의 시선에 매이지 않으며, 세상의 협박에 무릎 꿇지 않을 때에 비로소 완전해집니다. 그러니 여러분, 우리에게 허락된 자유를 찾으시기 바랍니다. 매일의 하루를 기쁘게 시작할 수 있게, 또한 주어진 삶을 티 없이 누릴 수 있게."

아야라는 자유를 노래하며 그저 상냥한 마음으로 사람들에게 권했다.

"제가 청하고 싶은 것은 그것입니다. 자유하십시오. 우리에게 비참한 노예의 삶은 어울리지 않습니다. 그러니 부디 스스로를 자유롭게 하십시오. 여러분이 그것을 약속할 때에 저 또한 여러분께 자유를 약속하겠습니다. 그 무엇도 우리의 자유를 빼앗지 못하도록, 여러분과 이곳을 지키겠습니다."

여인의 부드러운 약속은 강한 다짐보다 든든했고 굳은 맹세보다 믿을 만했다. 신뢰를 한 몸에 받는 지도자는 단정하게 말을 맺었다. 그것을 끝으로 광장은 침묵했다. 결코 무겁지 않은, 부드러운 침묵이었다. 정적을 깨트린 건 한 사람의 박수 소리였다. 시로니가 천천히 손바닥을 마주치기 시작했다. 마중물 같은 시로니의 박수에 사람들은 곧 환호했다. 기뻐하는 소리가 많은 물처럼 퍼부었고 그 가운데서 아야라는 여느 때처럼 곱게 미소를 지었다.

기달티는 지금 보고 있을까? 나는 고개를 들어 성을 바라보았다. 너무 멀어 잘 보이지 않았지만, 그래도 확신할 수 있었다. 한결같은 모습으로 묵묵히 바라보고 있을 그 사람을. 결코 웃지 않는 그를 대신하려는 듯 하늘이 화창했다.

"멋졌어요, 아야 씨."

아야라가 단상에서 내려오자 시로니가 가장 먼저 그를 반겼다. 살며시 웃는 아야라에게 시로니는 팔짱을 끼며 살갑게 물었다.

"궁금한 게 하나 있는데 질문해도 되나요?"

"얼마든지요."

"사람들에겐 자유를 주고 싶다면서 왜 부군의 일은 외면하시는지?"

시로니는 그렇게 말하며 아야라를 짓궂게 찔렀다. 그에 아야라는 짐짓 놀란 표정을 짓더니 이내 난처하게 웃었다.

"외면하지 않았어요. 무엇보다도 바라고 있는걸요."

아야라는 잠잠히, 단 한 번도 드러낸 적 없는 소망을 속삭였다. 그에 시로니의 미소가 더 짙어졌다. 대체 무슨 일을 꾸미는지, 그 과학자는 평소보다 더 의미심장한 얼굴로 고개를 끄덕였다.

"간절히 바라는 것은 이루어지는 법이죠. 연설 잘 들었어요. 조만간 보답할게요."

축제는 깊은 밤까지 이어졌다. 사람들은 모두 배부르게 먹고 마시며 양껏 누렸다. 밤이 되어 지쳤을 때 나는 예전에 그랬던 것처럼 단상 위로 올라갔다. 이번엔 라이시와 함께였다. 단상에서 라이시는 내 무릎에 머리를 대고 누웠다. 말도 없이 마음대로. 나는 기가 막혀서 물었다.

"누가 누우래?"

"우리 결혼할 사이잖아."

아이고, 뻔뻔해라. 그 얼굴을 내려다보는데 어쩐지 저번 축제가 떠올라서, 한참 맘고생 하던 게 생각나서 나는 그의 볼을 꽉 꼬집었다. 아프다 해도 봐주지 않고서 실컷, 잔뜩.

생각해 보면 저번 축제와 달라진 것이 너무 많다. 그래서 새삼 신기하다. 푸릇푸릇하던 보리 모종을 심은 게 엊그제 같은데 어느새 우리는 그것을 수확했다. 한때 철천지원수였던 라이시와는 꼭 붙어 다니는 사이가 됐고, 내게 함께 가자고 권했던 자이트는 이제 얼굴도 볼 수 없는 사람이 되었다. 흐른 시간을 되짚어 보니 참 많은 것이 달라져서 기분이 묘했다.

하지만 그 와중에 여전한 것도 있었다. 성에 자신을 숨긴 기달티는, 오늘도 여전했다.

"라이시."

내가 부르자 그가 나를 올려다보았다. 나는 그의 앞머리를 쓸어 넘기며 조용히 물었다.

"기달티와 아야라를 좋아해?"

"응."

라이시가 낮은 목소리로 대답했다. 내색하지 않을 뿐 그도 나와 같은 마음이었다. 정직한 그는 말을 많이 아낀다. 그러던 중 이따금씩 꺼내는 진심은 항상 뜨거울 만큼 선명하다. 이번에도 그는 참고 참은 속마음을 고백하듯 털어놓았다.

"두 사람이 행복하면 좋겠어."

그의 차분한 고백에 내가 막 대답하려던 차였다. 나를 재치고 다른 곳에서 먼저 목소리가 들려왔다.

"그럼 행복하게 해주면 되잖아?"

갑자기 튀어나온 목소리에 라이시는 기겁하며 몸을 일으켰다. 돌아보니 시로니가 단상 위로 얼굴만 내민 채 우리를 쳐다보고 있었다.

"전에도 말했죠, 누나가 보고 있으니까 조심하라고."

시로니의 음흉한 시선에 라이시는 할 말을 잃었다. 아이고, 창피해라. 시로니는 라이시가 민망해하든 말든 신경 쓰지 않고 느긋하게 말을 이었다.

"나도 좋아해요, 길티 씨랑 아야 씨. 그러니 더는 못 봐주겠어요."

우리는 시로니가 무슨 말을 하나 싶어 멀뚱히 바라보았다. 그러자 그는 어깨를 까딱이며 말했다.

"같이 갈래요?"

"어디를요?"

"성주를 끌어내러."

엥?

"안 따라와도 상관없어요. 군사들은 이미 충분히 모였으니까."

군사들? 우리는 얼떨떨한 상태로 고개를 내밀어 단상 밖을 보았다. 그런데, 아, 이 사람은 대체 정체가 뭐지? 단상 아래에는 수십 명의 아이가 모여서 전의를 불태우고 있었다. 애들을 어떻게 구워삶았길래 저 지경이지? 눈빛이 장난 아니잖아? 우리가 얼이 빠져 말을 잃자 시로니는 기다리지 않고 돌아서서 자신의 추종자들에게 소리쳤다.

"자, 어린이들! 갑시다!"

그에 아이들은 함성을 지르며 달려갔다. 성을 향해서, 자신들을 구하고 키워 준 성주를 습격하기 위해서. 아아, 이것은 배신, 반란, 폭동, 그리고 인생.

그 후 시로니는 폭도와 함께 성주의 방을 습격, 최후의 보루를 허물고 숨어 있던 성주와 그의 아내를 끌어내는 데 성공했다. 나는 아래층에서 그 광경을 하릴없이 바라보았다. 아아, 저렇게 무너지는구나. 난공불락의 기달티. 아이들에게 떠밀려 마지못해 나온 기달티가 난처한 듯 말했다.

"이러지 마."

"싫은데요?"

시로니는 그의 부탁을 유쾌하게 씹어 버렸다. 이후 기달티는 별수 없이 휩쓸려 계단을 내려왔다. 아이들이 와글와글 달라붙는 통에 도무지 버틸 수가 없었다.

"앗, 의외로 순순히 끌려 나오는데?"

"아니야, 아직 몰라. 저러다 아야라가 열 받으면 다 끝장이야."

라이시가 진지한 목소리로 말했고 나는 정말 궁금해졌다. 풍문으로만 들었던 그 정체가. 내가 아는 성주 부인께선 늘 다소곳하고 참하거늘, 어째선지 라이시와 기달티는 그분을 이따금 최종 병기쯤으로 취급한다. 나는 혹시 아야라의 세기말적 면모를 볼 수 있을지 기대했다. 하지만 다행인지 불행인지 그 기대는 채워지지 않았다. 아야라는 당황한 채 끌려가는 남편을 바라만 보았고, 기달티는 아내를 뒤에 두고 서글피 연행되었다. 성문 앞에서 우리는 기달티와 눈이 마주쳤다. 우릴 보고 기달티가 눈으로 말했다.

'구해 줘.'

우린 못 본 척했다. 미안합니다, 무적의 과학자를 적으로 삼을 용기는 없어요. 기달티는 그대로 광장까지 끌려갔고 우리는 아야라와 함께 뒤를 따랐다. 기달티가 등장하자 사람들이 기다렸다는 듯 환호했다. 아무래도 시로니가 어른들에게도 뭐라 귀띔해 놓은 모양이다.

"자자, 여러분. 마음은 알지만 다들 조용히 해주세요."

시로니는 시치미를 뚝 떼며 기달티를 준비된 자리에 앉혔다. 그리고 의연하게 선언했다.

"그럼 재판을 시작하죠."

재판이라는 말에 아야라의 얼굴이 창백해졌다. 나도 적잖이 놀랐다. 그러나 시로니는 웃는 얼굴로 우리에게 눈짓한 후 파격적인 행보를 이어 갔다.

"피고 기달티. 죄목은 살인. 몇 명인지 셀 수도 없는 사람을 죽인 죄, 인정합니까?"

시로니의 물음에 기달티의 얼굴도 서늘하게 굳었다. 그의 경직이 멀리서도 느껴졌지만 시로니는 여전히 발랄했다.

"괜찮아요, 대답해요."

대체 어쩌려는 걸까? 우리는 불안한 눈으로 시로니를 바라보았다. 질문을 받은 기달티는, 시로니에게 협조하기 위해서가 아니라 짊어진 죄 때문에 하는 수 없이 고개를 끄덕였다. 그러자 시로니는 다시 외쳤다.

"자, 피고가 죄를 시인했습니다. 살인의 판결은 사형! 하지만 피고는 살인자인 동시에 수많은 사람을 구한 영웅이기도 합니다. 그러니 그 공로를 인정해 형량을 적절히 감하고자 합니다."

나는 그제야 시로니의 의도를 깨닫고 짧게 감탄했다. 주민들의 미소 띤 얼굴도 비로소 이해가 갔다. 시로니는 기달티의 옆에 서서 세상 다 들으라는 듯 외쳤다.

"피고는 20년 전 알타쉬헤트라는 아기를 구했고, 10년 전 네벨라의 일당을 소탕하여 북쪽을 해방시켰습니다. 체파르데아의 영지 주민들에게는 자유를 선사했고, 아크제리유트로부터 북쪽을 또 한 차례 구했습니다. 이처럼 수만 명을 구원한 공로를 참작하여, 그의 형을 감하기를 청합니다."

그의 공로가 나열될 때마다 사람들은 함성을 질렀다. 그의 이름을 연호하는 사람들도 있었다. 시로니는 열기를 가라앉히며 차분히 말했다.

"그럼 판결을 내립니다. 피고 기달티는 그럼에도 유죄, 실형을 선고합니다. 다만 그간의 공로를 인정하여 사형에서 종신형으로 감형합니다. 그리고 여기에 몇 가지 특수한 조건을 붙입니다."

굳은 채 자신을 바라보는 기달티에게 시로니는 악동 같은 얼굴로 웃으며 말했다.

"첫째는 공로를 세우게 도운 아내에게 평생 잘할 것."

모든 사람의 시선이 아야라에게 모아졌다. 그걸 보고 나는 그만 실소를 터트렸다. 우리만 몰랐을 뿐, 애들과 주민들은 두 사람의 관계를 은연중에 눈치채고 있었다. 아, 저 종잡을 수 없는 과학자. 시로니는 아무래도 사랑을 숨겨야 하는 연인이 못마땅했나 보다. 그래서 그들에게, 아야라가 말한 자유를 주고 싶었나 보다. 과학자의 요청은 이걸로 끝이 아니었다. 시로니는 기달티를 바라보며 또박또박 판결을 이어 갔다.

"둘째는 자녀가 태어난다면 반드시 좋은 아버지가 될 것. 마지막 셋째는 지금처럼 온 힘을 다해 성의 주민들을 지킬 것. 추가로 애들이 작문 숙제를 조금만 줄여 달라고 하는데, 이건 강제가 아니라 권고 사항이에요."

이어지는 판결에 아야라는 아랫입술을 물어 눈물을 삼켰다. 하지만 그 입술에서 참다못한 흐느낌이 터져 나와도 나는 기쁠 것 같다.

"혹시 이 판결에 반대하시는 분은 거수하세요."

대중은 침묵했다. 어렵사리 입을 뗀 것은 기달티였다.

"나는……."

하지만 시로니는 듣지도 않고 묵살했다.

"피고에겐 발언권이 없어요. 판결은 우리가 해요. 자, 그렇다면 이 판결에 찬성하시는 분들 손을 들어 주세요!"

아이 어른 할 것 없이 다들 손을 들었다. 몇 달간 함께 지낸 주민들도, 중앙에서 새로 온 사람들도 기꺼이 함께했다. 회중을 쭉 둘러본 시로니는 이 잘 짜인 각본에 만족하며 말을 맺었다.

"만장일치로 표결 마칩니다. 이제 판결이 났으니 당당하게 죗값을 치러요. 신랑, 신부에게 키스해도 좋아요."

아, 저 과학자는 지금 재판을 하고 싶은 걸까, 주례를 서고 싶은 걸까? 마지막 발언에 사람들의 시선은 다시 아야라를 찾았다. 그러나 결혼식에나 있을 법한 아름다운 장면은 연출되지 않았다. 아야라가 눈물을 감추기 위해 자리를 피했기 때문이다. 기달티는 눈으로만 아야라를 쫓았다. 주민들이 다가오는 바람에 그는 자리에서 일어날 수가 없었다. 많은 사람이 그를 둘러싸고 말했다. 구해 줘서 고맙다고, 받아 줘서 감사하다고. 그래서 기달티는 그들의 인사를 다 받은 후에야 아야라를 찾아갈 수 있었다.

이번 축제가 저번과 다른 것, 거기엔 이제 기달티에 대한 것도 포함해야겠다.

"기쁘다."

나는 저들의 소동을 지켜보며 담담히 말했다.

"그러게."

라이시도 옆에서 끄덕이며 동의했다. 시로니가 일으킨 반란은 즐거웠다. 내가 오랫동안 바라던 것이 오늘에야 이루어진 것 같아서, 우리 성주님이 조금이라도 자유를 되찾은 것 같아서 정말 기뻤다.

사람의 일은 시간이 흐르면 어떻게든 해결된다. 하지만 어떤 땐 엉킨 실 같은 일도 있어서 붙잡고 낑낑대야 간신히 풀리기도 한다. 그런 문제를 해결하려면 몸부림 같은 노력이 필요하다. 그것은 아프고 힘들어서 차라리 포기하는 편이 낫겠다 싶을 만큼 괴롭기도 하다. 그럼에도 우리는 도전해야 한다. 우리에게 비참한 삶은 어울리지 않으니까. 매일을 기쁘게 시작하고 주어진 삶을 티 없이 누리는 것, 그것이 우리에게 어울리는 삶이니까. 그렇기에 우리는 자유를 향한 갈망을 멈춰서는 안 된다. 시간은 흐르고 사람은 어떻게든 살아가지만, 우리는 얼마든지 더 나은 삶을 선택할 수 있다.

축제는 밤늦게까지 이어졌다. 이곳은 세상의 냉혹함을 이기고 축제를 시작한 성. 말없이 다정한 성주와 그의 사려 깊은 아내가 다스리는 영토. 선량한 사람들이 살아가는 따뜻한 마을. 또한 낙원. 나는 연인과 함께 이것을 오래도록 즐겼다. 이날의 모든 기억은 아름답게 남아 눈앞의 잔상처럼 지워지지 않는 추억이 되었다.

그리고 예정된 전쟁은 추억의 뒤를 덮쳤다.

10

양 떼

지난 꿈에서 나는 흐느끼며 울었다.

—아파서 죽을 것 같아.

모든 것을 잃은 줄 알고 서러워서 그렇게 울었다.

—응, 이 길은 아파. 네가 생각하는 것보다 훨씬 더.

그런 내게 내 안의 키브사는 조용히 말했다.

—하지만 웃어.

—못 하겠어.

—할 수 있어, 이 길의 끝에 무엇이 있는지 알면.

상냥하게 다그치며, 다정하게 채찍질하며 키브사는 나를 일으켜 세웠다.

—그 끝에서 너는 모든 것을 얻게 될 거야. 하지만 그 전에 모든 것

을 잃어야 할 거야.

그렇게 고한 것은 바로 아나하라트였다. 이 여정의 매듭, 모험의 끝, 그리고 세상을 구하는 해답. 긴 시간이 흐른 후에야 나는 비로소 그 앞에 섰다. 이야기는 모두 모였다. 이제는 결말을 준비할 때다.

가을바람이 선선하다. 그러나 정오의 태양은 아직 뜨거워서 나는 빵 봉투로 내리쬐는 볕을 가렸다. 그러고 빵을 먹는데, 잠깐 멍하게 있다가 빵을 툭 떨어트리고 말았다. 으앙, 내 빵. 내가 놓친 빵은 까마득한 성벽 아래로 굴러갔다.

"또 흘렸나?"

기달티의 물음에 나는 울상으로 끄덕였다. 아까는 사과를 놓쳤는데 이번엔 빵까지 잃고 말았다. 아, 오늘 왜 이렇게 멍하지? 꿈자리가 뒤숭숭해서 그런가? 지난밤 나는 꿈을 꿨다. 여운만 남을 뿐 아무것도 기억나지 않는 꿈이었다. 중요한 꿈인 것 같아 떠올리고 싶은데 떠오르지 않아서 계속 그 생각만 하고 있다.

기달티는 점심거리를 모조리 투척한 내게 자신의 몫을 나눠 주었다. 기달티와 성벽에 나란히 앉아 점심을 먹는데, 옆에 둔 스피커에서 시로니의 목소리가 들려왔다.

—전방, 놈들이 또 덤빌 준비를 하네요.

그에 우리는 까마득히 먼 곳에 장난감처럼 오밀조밀하게 보이는 군대를 바라보았다. 와, 빼곡하다 빼곡해. 전차도 많고 사람도 많고. 그중에서 전차 수십 대는 우리 성을 향해 포신을 두고 있다. 또 시작인가? 나는 빵을 입에 물고 귀를 꽉 막았다. 이윽고 '펑!' 폭발음이 울리며 파란 하늘에서 포탄이 날아들었다.

기달티는 식사를 잠시 중단하고 일어나 길게 뽑은 창으로 허공을 양단했다. 날아오던 포탄의 절반 정도가 하늘에서 그대로 터져 버렸다. 그는 게으른 지휘자처럼 몇 번 더 팔을 휘저었고, 나머지 것들도 허공에서 가루가 되었다. 적들은 멀리서 퉁탕퉁탕 포를 발사하고 기달티는 성벽에 서서 그것을 분해한다. 이게 오늘 아침부터 우리가 하고 있는 짓이다.

엊그제 정찰용 괴수가 우릴 향해 진군하는 군대를 발견했다. 군대는 오늘 새벽 우리 성에서 10여 킬로미터 떨어진 곳에 진을 치더니 계속 저렇게 시비를 걸고 있다. 공격은 곧 끝났다. 그러자 스피커에서 시로니의 휘파람 소리가 들려왔다.

—날아오는 포탄을 격추시킬 수 있다니. 정말 멋져, 성주님.

그쵸, 우리 새신랑 성주님은 정말 멋지죠.

—그나저나 저놈들은 아까부터 이게 무슨 장난일까? 꿍꿍이를 좀 알았으면 좋겠네.

이 말도 백번 공감이다. 이요브인지 나삭인지는 모르겠지만, 대체 무슨 속셈인 걸까? 지난 석 달간 준비해 온 전쟁이 드디어 시작되었다. 여기서 이요브와 나삭을 꺾으면 남는 건 피네하스뿐. 단언컨대 그 뱀은 우리의 적수가 못 된다.

피네하스가 내 앞에 모습을 드러낸 건 딱 두 번. 한 번은 아크제리유트의 요새에서, 그리고 다른 한 번은 내 꿈속에서다. 요새에서 그는 자기 할 말만 하고 사라졌고 꿈속에선 장황한 협박을 하더니 키브사를 보고 도망쳤다. 지하도에서 이요브는 말했다. 내가 있으면 피네하스가 나타나지 않을 거라고. 게다가 그 뱀은 20년 전 자신의 영주들에게 명령했다. 키브사 공주를 찾아내 죽여 버리라고. 그는 유례없이 모든 영주를 동원하면서 정작 본인은 나서지 않았다. 나서지 못했다.

이걸 종합해서 내린 결론은 피네하스가 나를 피한다는 것, 그리고 두려워한다는 것이다. 검은 힘은 피네하스의 힘, 그것을 흔적도 없이 삭혀 버리는 나. 바로 내가 그의 천적이라는 걸 이제야 확신했다. 그러니 이제 두려울 건 없다. 이 마지막 전쟁에서 승리한다면 우린 분명 세상을 구할 수 있다. 분명, 그럴 수 있을 터였다.

첫날엔 두어 시간 꼴로 도발이 반복되었다. 그래서 나는 하루 종일 기달티와 함께 성벽을 지켰다. 그럼에도 성안은 평화로웠다. 학교가 휴교한 것 외엔 여느 때와 다름없는 날이었다. 그렇게 하루를 보내고, 해가 다 저물어 하늘이 짙푸르게 변한 저녁이었다.

— 저기서 뭔가를 띄웠어요.

시로니의 말에 기달티는 다시 자리에서 일어났다. 그가 창을 빼 드는데, 시로니가 황급히 만류했다.

— 어어, 지금 오는 것은 부수지 말아 봐요. 포탄이 아니라 드론이에요.

드론? 곧 하늘에서 장난감 헬리콥터 같은 게 팔랑대며 날아왔다.

두 기였는데 밑에 하얀 천을 매달고 있었다. 설마 항복 표시인가? 잠깐이지만 참 허무맹랑한 생각을 했다. 두 기의 드론은 거리를 벌리며 그 천을 활짝 펼쳤다. 그러자 천은 스크린처럼 넓은 면을 그렸고 그 위로 빔이 쏘아져 나삭의 얼굴을 비추었다.

—염병할 대머리.

시로니가 그걸 보자마자 욕하는 바람에 나는 그만 웃음을 터트렸다. 앗, 나도 모르게. 내가 웃음을 감추는 사이 드론에서 나삭의 목소리가 전해졌다.

—반갑네, 제군. 오랜만이지? 그간 잘들 지내셨나?

여느 때처럼 거만하고 꿍꿍이 가득한 목소리였다. 나와 기달티는 아무런 대답도 하지 않았다. 우린 능글대는 적과 태연히 말을 나눌 만큼 의뭉하지 못하니까. 대신 그의 제자가 나섰다.

—오랜만에 뵙네요, 교수님. 그간 매우 잘 지냈죠. 앞으로도 그럴 예정이고요. 물론 방해되는 대머리를 먼저 치운 후에.

스피커에서 흘러나온 시로니의 목소리에 나삭은 낄낄대며 웃었다.

—그 시건방진 소리도 오랜만에 들으니 반갑군. 그런데 제자여, 왜 거기서 시간을 허비하고 있는가? 아직 밝혀야 할 비밀이 수도 없이 많거늘.

—닥치고 본론이나 밝히시죠. 병신 같은 교수님이 사실 병신이 아니라는 건 잘 아니까 장난 그만 치시고요.

시로니의 거친 입담에도 나삭은 관대하게 웃었다. 그는 인자한 노인인 척하며 느긋이 말했다.

—본론이랄 게 뭐 있나. 선전 포고를 하러 왔다네.

—이미 쏘아 놓고 퍽이나.

—빡빡하게 굴지 말게. 이 정도야 장난이 아닌가.

또 저런다. 지하도에서도 우릴 실컷 몰아붙여 놓고 장난이라며 발뺌하더니. 내가 인상을 쓰자 나삭은 낄낄 웃었다. 그러더니 갑자기 커진 목소리로, 우리 성에 다 울릴 만큼 큰소리로 말했다.

—그럼 고하겠네. 세상의 주인께서 바라는 건 단 하나일세. 바로 공주의 목. 그것만 내놓으면 군대는 지금이라도 물리겠네. 제군들의 평화를 지켜 주겠네. 하지만 공주를 보내지 않으면 그 성의 살아 있는 것을 모조리 죽일 걸세.

쩌렁쩌렁 울리는 소리가 괴로워서 나는 귀를 막았다. 그럼에도 한껏 확대된 소리는 계속해서 고막을 파고들었다.

—나흘의 말미를 주겠네. 이 전쟁은 그 안에 반드시 끝날 걸세. 제군들이 할 수 있는 선택은 둘 중 하나라네. 전멸하든지, 공주를 내놓든지.

온 성을 뒤덮는 선포 사이로 시로니가 고함쳤다.

—들을 가치도 없어, 부숴 버려요!

기달티가 창을 그어 드론을 쪼갰다. 폭발과 함께 나삭의 목소리가 그쳤고 어둑한 저녁은 다시 고요해졌다. 강제로 끌어온 정적 속에서 나는 기분이 이상했다. 맞붙어 싸우기로 한 이상 웬만한 건 다 각오했는데, 선전 포고 중 목표물로 정확히 지목당하니 느낌이 좀 묘했다. 불쾌하기도 하고 불편하기도 하고. 괜히 꿈자리가 뒤숭숭

한 게 아니었나 보다.

나삭의 선전 포고는 짧고 강렬하게 우리 성을 뒤덮었다. 그 일이 일어난 건 긴 밤이 시작되려던 저녁이었다.

나는 기달티와 함께 성벽에 설치된 요새에서 밤을 보냈다. 밤새 포격이 쏟아지는 바람에 자며 깨며 참 바빴다. 얄밉게도 저들은 30분마다 두어 발씩 우리에게 포탄을 날렸고, 기달티는 그때마다 밖으로 나가 날아오는 공격을 처리해야 했다. 저런 공격으로 기달티가 폭주할 가능성은 거의 없어서 나는 그냥 안에 있었다. 그렇다고 제대로 잠을 잔 건 아니다. 시끄럽고 어수선해서 도무지 잠을 이룰 수가 없었다. 그런 탓에 이른 아침 일어났을 땐 기분이 영 좋지 않았다. 게다가 무슨 꿈을 꾼 것 같은데, 이번에도 기억이 나질 않았다.

밤새 모기한테 시달린 기분이다. 아고, 피곤해. 나는 짐을 가지러 잠시 성에 들어왔다. 앞으로는 한동안 요새에서 생활해야 할 것 같으니까. 그래서 옷가지 등을 챙겨서 나가는데 라이시와 마주쳤다. 그의 손에도 내 것과 비슷한 짐이 들려 있었다.

"그거 뭐야?"

"기달티 짐. 아야라가 전해 주래서."

짐까지 챙겨 주는 사이렷다? 아니 뭐, 부부니까 당연한가? 두 사람의 관계가 밝혀진 지 석 달이 다 되어 가지만 그럼에도 우린 아직 의심한다. 저 사람들 정말 부부 맞나? 예전이랑 뭐 저렇게 한결같지? 겉으론 내색 한번 안 하고 둘만 꽁냥거리는 못된 사람들 같으니. 더 신기한 건 그럼에도 나와 라이시를 제외한 모든 사람은 그 둘을 부부로 알아본다는 것. 이게 바로 등잔 밑이 어둡다는 건가…….

다시 성벽으로 돌아가는데 라이시가 물었다.

"보초 서는 거 괜찮아?"

"응, 좀 심심한 것 빼곤."

"잠은 잤어? 밤새 소리가 나던데."

라이시의 물음에 나는 찡그리며 고개를 저었다.

"어제 시끄러웠지. 혹시 그 소리도 들었어?"

"어떤?"

"나삭이 한 선전 포고."

그에 라이시는 아, 하고 고개를 끄덕였다. 하긴 그렇게 쩌렁쩌렁 소리를 높였으니 성에도 다 들렸겠지. 그런 식으로 나오다니, 정말 기분 나쁜 사람이야. 나는 라이시에게 어제 분위기가 어땠는지 물었다. 처음 포격 소리엔 아이들도 주민들도 다들 좀 놀랐는데 계속 반복되니 곧 적응했다고 한다. 하지만 저녁에 들린 나삭의 목소리엔 술렁댔다고. 그래도 요 몇 날 각오하고 준비한 탓에 동요는 크지 않았다.

성이 한산하다. 습관처럼 일찍 깬 아이 몇 명이 잠옷 바람으로 돌아다니고 있을 뿐이다. 학교를 쉬어서 다들 늦잠을 자는 모양이다. 반면 성 밖의 어른들은 여느 때처럼 일찍 일어나 일과를 준비하고 있었다. 수확 철이라 한창 일거리가 많았으니까. 그 부지런한 사람들은 나를 보더니 웃으며 인사했다. 그리고 힘내 달라고 응원해 주었다.

라이시와 훌쩍 날아 요새로 들어갔는데 시로니가 후배들과 이야기하는 소리가 들렸다. 아무래도 시로니의 후배들은 어제 나삭의 얼굴을 보고 겁이 난 모양이었다.

"선배, 우리 정말 이래도 돼요? 교수님하고……."

"교수님은 무슨 얼어 죽을 교수님이야, 그 인간 하는 짓 알고도 그런 소리가 나와?"

시로니는 그들의 약한 소리를 단호하게 틀어막았다.

"솔직히 너희가 가운 입은 것 말고 실험체랑 다른 게 뭐야? 연구소에 갇혀서 집에도 못 돌아가고 맨날 쪼이고. 그 인간이 우리도 파리 목숨 취급하는 거 보고도 몰라?"

"그건 그렇지만……."

"걱정 말고 따라 와. 나삭만 치우면 연구소는 우리 거야. 제대로 연구하게 해줄게. 가족도 다시 만나고 업적도 세우고, 좋잖아?"

시로니는 흔들리는 후배들을 향해 단언했다. 아끼는 후배들에게 그는 다시 용기를 북돋았다.

"무려 세상을 구하는 일이다. 역사에 이름이 남을 거야. 전설이 되자, 후배님들아."

전설이라니, 참 대단한 포부다. 시로니를 위해서라도 정말 부지런히 싸워서 세상을 구해야겠다.

그렇게 다짐한 지 한 시간 만에 적들의 공격이 재개되었다. 밤새 했던 것처럼 찔끔찔끔 공격하는 수준이라 우리는 아예 성벽 위에다 소파와 테이블을 가져다 놓았다. 이제 여기서 먹고 쉬고 엎드려 잠자고, 적어도 어제처럼 빵을 떨어트려 서러울 일은 없겠다. 나는 소파에 몸을 폭 파묻고 옆에서 사각사각 문서를 쓰는 기달티를 바라보았다. 학교 운영 서류였는데 아야라가 싼 짐에 들어 있었다.

"무섭네요, 이 와중에 일하라고 일감을 던져 주다니."

"할 일 없이 시간을 보내는 것보다야 낫지."

어이구, 편드는 것 봐. 오늘도 신비한 기달티와 아야라의 세계. 기달티는 집무실에서처럼 반듯한 모습으로 일을 했다. 그 옆에서 나는 슬슬 눈이 감겼다. 밤새 잠을 못 자서 오늘도 어째 멍했다. 내가 꾸벅꾸벅 졸고 있을 때였다. 시로니가 스피커로 우리를 불렀다.

—공주님과 공처가님, 잠시 모입시다. 작전 회의!

시로니의 부름에 우리는 요새로 들어갔다. 가보니 시로니뿐만 아니라 라이시와 디브리도 자리에 앉아 있었다. 시로니는 본론부터 빠르게 말했다.

"나삭의 본진을 찾았어요. 전차 부대에서 몇 킬로 떨어진 곳에 엄폐하고 있네요."

"거기 체파르데아와 아크제리유트의 시체도 함께 있습니까?"

"아직 모르겠어요. 시체는 열 반응이 없어서 괴수로 탐지가 안 되거든요."

라이시의 물음에 시로니는 고개를 저으며 불편하게 말했다. 그들의 시체는 지금 우리에게 가장 큰 걱정거리다. 시로니의 말대로 시체는 감지가 안 되니까, 게다가 두 영주의 시체는 무엇보다 강력하니까. 그러니 그 시체는 이 전쟁의 가장 큰 변수라고 해도 좋았다. 그 변수는 분명 어딘가에서 기회를 노리고 있을 것이다. 아직 소재가 파악되지 않은 시체 얘기에 시로니는 신경질을 냈다.

"분명 시체를 써먹긴 할 거예요. 저 군대는 그 전에 괜히 깔짝대는 거고. 어제부터 저렇게 도발하면서 주의만 끌고 있으니, 이건 뒤통수 칠 거라고 대놓고 광고하는 셈이죠."

확실히 저들의 공격은 무의미하면서 끈질기다. 심심해서 저러는 건 아닐 테고, 그 속셈이 여러모로 신경 쓰인다.

"저 사람들한테 권고하는 건 어떻게 됐어요?"

"밤새 했는데 소용없었어요. 그 유령이랑 똑같죠, 뭐. 임무밖에 모르는 거."

시로니는 어제 나삭이 그런 것처럼 저쪽 진영에 대고 선전을 했다. 하지만 아무런 효과도 없는 모양이다. 저 너머의 군대는 오늘도 어제와 다름없이 건재하다.

"어쨌든 어제 그렇게 호언장담을 했으니 무슨 술수를 쓸 거예요. 대머리에게 시간을 주면 위험해요. 우리 쪽에서 속전속결로 쳐야 해요."

"반대로 우리를 끌어내려는 수작이면 어떡합니까?"

디브리가 이견을 냈다. 하지만 시로니는 이번에도 고개를 가로저었다.

"그럴 가능성은 희박해요. 정말 끌어낼 생각이면 어설프게 도발할 게 아니라 내년 봄에 왔겠죠. 지금 비축한 식량이면 우리는 몇 달도 버텨요. 이대로 문 걸어 잠그고 성을 지켜도 문제없죠. 그에 반해 저쪽은 군량이 곧 바닥날 거예요. 그럼에도 전쟁을 강행한 건 분명 다른 수가 있다는 뜻이에요."

생각하면 생각할수록 의심스러운 상황이다. 혹시 우리가 이렇게 혼란스러워하는 것도 나삭이 의도한 일일까? 시로니는 나삭의 음충함을 불쾌해하며 단언했다.

"아무튼 나삭도 지금 시간을 낭비하고 있진 않을 거예요. 그러니 미처 수를 쓰기 전에 잡아야 돼요. 최대한 빨리."

시로니의 주장에 우리는 침묵했다. 맞는 말이라고는 생각하지만 쉽사리 동의할 수가 없었다. 나와 기달티는 성에서 포격을 막아야 한다. 그러니 지금 나갈 수 있는 사람은 라이시뿐이다. 그건 결국 라이시에게 혼자 나가서 적장을 치라는 말이라서, 아무도 선불리 입을 열지 못했다. 여기까지 주장을 이끈 시로니조차도. 잠깐 정적이 흘렀다. 그것을 깨트린 건 라이시의 결단이었다.

"야전을 다녀오겠습니다."

그를 알기에 예상할 수 있는 말이었다. 동시에 듣고 싶지 않은 말이기도 했다. 본의 아니게, 혹은 피치 못하게 라이시를 위험으로 몰아넣은 시로니는 불편한 얼굴로 되물었다.

"괜찮겠어요?"

괜찮을 리가 없다. 하지만 라이시는 내색하지 않고 담담히 답했다.

"엄호해 주십시오. 오늘 새벽에 나가겠습니다."

숨을 쉬기가 힘들었다. 전쟁놀이가 아니라 진짜 전쟁이 시작되려 한다. 나는 아찔한 현기증을 느꼈다. 그와 동시에 간밤에 무슨 꿈을 꿨는지 어렴풋이 떠올랐지만, 그것은 의식의 표면에서 다시 안개처럼 흩어지고 말았다.

짙은 구름이 달빛을 먹어 온 세상이 어둠에 묻힌 밤이었다. 사방이 물에 잠긴 듯 시커메서 한 치 앞도 제대로 볼 수 없었다. 나는 그 먹빛을 촛불로 더듬으며 라이시의 방으로 찾아갔다. 깊고 고요한 밤 그는 잠들지 않고 깨어서 외출을 준비하고 있었다.

"좀 잤어?"

"응."

그가 신발 끈을 단단히 동여매며 대답했다. 나는 말없이 그를 바라만 보았다. 혹여 정신 사나워질까 봐 조심하라는 말 한마디 할 수가 없었다. 내가 지켜보는 동안 그는 나갈 준비를 끝마쳤다. 조용히 그를 보내 주려는데, 라이시가 몸을 일으키더니 날 보며 말했다.

"이번 싸움 끝나면 너희 집에 다녀오자."

"우리 집?"

나는 그 말이 생소해서 멀뚱대다가 깜짝 놀라 되물었다.

"우리 세계?"

"응."

"왜?"

내가 당황해서 눈을 깜빡이자 라이시는 내 귓가로 입을 바짝 가져다 댔다. 그리고 속삭여서 대답했다.

"결혼 허락받으러."

그 바람에 나는 심각하던 것을 잊고 푸하하 웃고 말았다. 날 웃게 한 후 라이시도 옅게 웃더니 두 팔로 나를 끌어안았다. 어쩐지 작별 인사를 하는 것 같아서 싫었지만 나는 내색하지 않고 가만히 그에게 기댔다.

"다녀올게."

그가 내 머리에 턱을 기대며 말했다. 그 침착한 목소리에 어쩐지 울고 싶어지는 건 그냥 기분 탓이다. 분명 아무 일 없이 무사히 돌아올 텐데, 그냥 밤이 너무 깜깜해서 그런 거다. 그러니까 인사하자. 작별 인사 말고, 마중을 준비하는 인사로.

"응, 기다릴게."

—조심히 다녀와요.

—잠시 후 뵙겠습니다.

이어폰을 통해 시로니와 라이시의 목소리가 들려왔다. 시로니의 배려로 나도 그들과 통신을 연결했다. 라이시를 막연히 기다리는 것도, 상황을 시로니에게 계속 묻는 것도 싫어서 그의 사정을 직접 듣기로 했다.

라이시가 고공으로 날아간 지 10여 분, 전방의 군대가 다시 포격을 시작했다. 어둠을 틈타 기회를 노려 볼 생각인지 이번에는 탄의 수가 좀 많았다. 시로니가 괴수들로 열을 감지해 탄도를 알렸고, 기달티는 보이지 않는 와중에도 그것들을 차례로 날려 버렸다. 깜깜한 밤 허공에서 일어나는 폭발은 나름 장관이었다. 번개가 치듯 까만 밤이 순식간에 밝아지고, 그 빛이 다 타면 잔상만 남아 칠흑은 더 깊어졌다.

허공에서 터져 버리는 불꽃이 덧없다 생각하고 있을 때였다. 이어폰에서 시로니의 외침이 들렸다.

—알트 군, 돌아와요!

라이시의 위기인 줄 알고 나는 심장이 덜컥 내려앉았다.

—뭡니까?

정작 돌아오는 라이시의 목소리는 멀쩡했다. 시로니가 감지한 것은 라이시의 위기가 아니었다.

—체파르데아와 아크제리유트가 성벽을 넘고 있어요!

그것은 우리의 위기였다.

포탄은 계속해서 쏟아졌다. 그 무성의한 공격은 쭉 그랬던 것처럼 기달티의 발을 묶었다. 라이시가 잇소리를 내며 되물었다.

—어딥니까!

—체파르데아는 성 정문에서 다섯 시 방향, 아크제리유트 아홉 시! 알트 군은 다섯 시로, 공주님은 무아카를 깨워요! 그리고 디브리랑 같이 아크제리유트에게 가요!

급박한 와중에 시로니의 주문이 너무 까다로웠다. 나는 무아카부터 깨우러 가야 하나? 아니면 디브리를 먼저 태워? 내가 주춤댈 때 고맙게도 디브리가 요새에서 뛰어나왔다. 나는 디브리를 용에 태우고 성으로 날아갔다. 그리고 무아카를 깨워 데리고 나왔다.

그때부터 지옥 같은 시간이 시작되었다. 매 순간이 끔찍하고 다급하며 영원할 것만 같은 시간이었다. 그 와중에 떠오르는 건 가장 최악의 상상뿐이었다. 시로니가 말한 방향으로 날았지만 깜깜해서 아무것도 보이지 않았다. 포탄 소리가 너무 시끄러워 소리로도 상황을 헤아릴 수 없었다. 게다가 비릿한 체액의 냄새가 진동했다. 성벽 위에 세워 둔 괴수들의 몸이 터져서 나는 냄새였다.

우리가 어둠을 헤매고 있을 때 요새가 떠오르며 조명을 뿌렸다. 그제야 우리는 성벽 위에서 날뛰는 검은 말을 발견할 수 있었다. 동시에 무아카가 이를 드러내며 성벽으로 뛰어내렸다. 그것은 위기감보다 증오심이었다. 무아카가 아크제리유트를 덮치며 성벽 밖으로 넘어갔다. 나와 디브리가 그 뒤를 따라가려는데, 시로니가 다급히 외쳤다.

—알트 군, 서둘러요! 괴수로는 감당이 안 돼, 젠장! 성벽을 넘었어! 공주님, 체파르데아에게 가요!

“무아카가 싸우고 있어요!”

—잠깐만 맡겨요, 지금 저게 날뛰면 사람들 다 죽어!

나는 하는 수 없이 무아카를 두고 용을 끌어올렸다. 반대편 성벽으로 가보니 집채만 한 체파르데아의 거구가 꿈틀대는 것이 보였다. 나는 용을 이끌어 그에게 직하했다. 그리고 손을 내뻗어 그의 몸체를 지워 버렸다. 체파르데아가 소년의 몸으로 돌아와 추락하는 순간 디브리는 올가미를 던졌다. 체파르데아의 목에 줄이 걸렸고 우린 그대로 높이 날았다. 성벽 위로 오르자마자 디브리는 올가미째로 체파르데아의 몸체를 밖으로 던져 버렸다. 그를 가까스로 몰아냈지만, 그래봐야 방편에 불과한 짓이었다. 요새가 성벽 바깥을 비출 때 체파르데아는 또다시 괴물의 형상으로 성벽을 기어오르고 있었다.

기습은 통했지만 우리가 과연 저 체파르데아를 저지할 수 있을까? 검은 힘을 빼낸다 해도 체파르데아는 너무 막강하다. 전면에선 기달티가 수십 대의 전차를 상대하고 다섯 시 방향에선 우리가 체파르데아를, 아홉 시 방향에선 무아카가 아크제리유트와 대치하고 있었다. 한창 긴박하던 그때, 우리에게 보호받던 마을에서 있어서는 안 될 소리가 들려왔다.

포탄의 지독한 폭발음을 뚫고 들려온 그것. 그것은 주민들의 비명소리였다.

—젠장, 또 무슨 일이야!

시로니가 마을을 비출 때, 우리의 평화롭던 마을에는 이제껏 본 적 없는 흉측한 나무가 자라 있었다. 다시 보니 그것은 나무가 아니라 괴수였다. 지네형 괴수는 마을 곳곳에서 땅을 헤치며 밖으로 나왔고, 그 뒤로 개미 떼처럼 새카만 무언가가 따라 나왔다. 그것은 사람이었다. 여러 구덩이에서 떼 지어 나오는 그것은 분명 사람이었다. 순간 머릿속이 멍해지며 저 사람들이 어떻게 땅속을 파헤치고 나왔을까 하는 의문이 들었다. 저 인원이, 저 좁은 통로로, 저렇게 한 동작으로, 심지어 하나같이 삐거덕거리며.

그것이 시체라는 걸 깨닫기까지 나는 영원 같은 시간을 보냈다. 실제로는 찰나에 지나지 않은 틈이었다. 하지만 나는 사실을 깨닫고도 결정할 수 없었다. 성벽을 기어오르는 체파르데아를 막아야 할지, 구덩이에서 밀려 나오는 시체들을 막아야 할지. 나는 여전히 결정하지 못했지만 고민은 곧 끝났다. 땅을 들썩이며 나온 시체들이 소리 높여 외쳤기 때문이다.

"위대한 공주님께 영광을!"

나를 한껏 조롱한 후 시체들은 크게 웃었다. 노인의 목소리로 땅이 떠나가도록 웃었다. 사람들은 공포에 떨며 비명을 질렀다. 아비규환 속에서 웃던 시체들은 폭삭 무너져 내렸다. 매운 재가 되어서.

그때쯤 포격이 끝났다. 목적을 달성했다는 듯 성가신 공격을 멈췄다. 동시에 체파르데아와 아크제리유트도 홀연히 모습을 감추었다. 우리에게 남은 것은 구름처럼 가득 퍼진 매운 향의 재뿐이었다. 그 재는 안개처럼 흩어지며 도로 모으지도 못하게 멀리멀리 퍼져나갔다. 우리의 마을 위로, 농장의 소산 위로, 그리고 사람들의 숨결 위로.

그 순간 나는 기억해 냈다. 내가 지난밤 무슨 꿈을 꿨는지. 그 꿈은 죽음에 관한 것이었다.

꿈속에서 나는 길을 걷고 있었다. 가시가 무성한 길이었다. 길은 가면 갈수록 좁아지고 가시는 가면 갈수록 날카로워졌다. 아픔을 참으며 가다가 더 나아갈 수 없는 지경에 이르렀다. 이대로 저 길을 걸으면 온몸이 갈기갈기 찢길 것이 뻔했다. 그래서 그만 돌아서려는데, 한 목소리가 들려왔다. 그 목소리는 내게 말했다.

—네 길을 보아라. 그리고 걸어라.

그러나 나는 차마 걸음을 옮길 수 없었다. 너무 아프고 서러워서 도저히 그럴 수 없었다. 그래서 기어이 날 죽여야 직성이 풀리시겠냐며 우는 것으로, 나는 그 꿈에서 깼다.

얄궂게도 그날 밤엔 포격이 그쳤다. 아침까지 긴 시간 고요했다. 간밤의 충격을 차분히 곱씹으라는, 나삭의 조롱 섞인 배려 같았다. 라이시는 모든 일이 끝난 후에 우리 곁으로 돌아왔다. 그리고 그는 다시 있을 습격에 대비해 밤새 보초를 섰다.

긴 밤이 지나고 이슬방울 맺힌 새벽이 돌아왔다. 날이 밝은 후 본 마을의 광경은 처참했다. 땅 곳곳엔 흉측한 구덩이가 파여 있었고 농장과 과수원, 식량 창고, 심지어는 각 집의 부엌에까지 재가 쌓여 있었다. 밝아지자마자 시로니와 후배들은 사람들과 농장, 그리고 물의 상태를 살폈다. 다행히 식량은 겉에 있던 것을 걷어 내면 안은 깨끗했다. 하지만 물은 재가 녹아 손도 댈 수 없는 독극물이 되어 있었다.

지옥 같은 밤을 겪은 주민들은 모두 뜬눈으로 밤을 지새웠다. 불안해하는 가운데 물을 마실 수 없다는 소식이 전해지자 주민들은 더 큰 혼란에 빠졌다. 그래서 물보다 더 큰 문제가 있다는 걸, 우리는 아직 말할 수 없었다.

"있을 수 없는 일이었어요."

우리가 기달티의 집무실에 모였을 때 가장 먼저 듣게 된 말은 혼란에 빠진 시로니의 혼잣말이었다. 나삭이 시체 군단으로 공격해 올 가능성은 없다고 장담했기에 시로니는 지난밤 벌어진 일에 충격과 동요를 감추지 못했다.

"그 동작, 그 조작! 전부 다 불가능해요! 영주 두 명을 싸우게 하면서 네 자릿수의 시체를 움직이다니. 얕보는 게 아니라 법칙상 불가능한 일이에요, 그건!"

이건 시로니가 일전에 비웃었던 일이다. 텔레파시가 통하는 일란성 쌍둥이가 조작하는 게 아닌 한, 인간의 시체를 군대처럼 일사분란하게 움직이는 일은 절대 불가능하다고. 나삭이라면 몇백 정도를 함께 움직일 수 있지만 그래 봐야 앞으로 무턱대고 돌진시키는 게 전부일 거라 단언했었다.

그런데 어젯밤 나삭은 시로니가 정한 한계를 우습게 뛰어넘었다. 체파르데아와 아크제리유트로 우릴 교란시키면서 수십 개의 땅굴을 파 수많은 시체를 우리에게 토해 냈다. 그러곤 웃었다. 그것이 모두 나삭에게 조작된 시체임은 부정할 도리가 없다. 떼 지어 합창할 때에 들려온 것은 분명 끔찍한 노인의 목소리였으니까. 시로니는 자신의 실수를 설명할 수 없었고, 그래서 좀처럼 진정하지 못했다. 그런 시로니를 제지한 것은 라이시였다.

"지난 일은 어쩔 수 없습니다. 지금은 수습이 우선입니다."

시로니는 입술이 하얗게 질리도록 사리물었다. 시로니가 자괴감을 삭히는 사이 기달티가 담담히 물었다.

"부상자는?"

"없습니다. 무아카가 약간 다치긴 했지만 걱정할 정도는 아닙니다."

무아카는 혼자서 아크제리유트를 잘 막아 냈고, 그 과정에서 계단에서 구른 정도의 부상을 입었다. 그런 부상으로 성벽을 지킨 것은 대단한 선전이다. 하지만 무아카는 이제 겨우 열 살인 여자애다. 전쟁은 아이의 몫이 아니라고 했는데, 급하다는 이유로 그 애를 또 싸움에 내보내고 말았다. 게다가 강한 적과 맞붙게 하고선 내버려 두었다. 그럼에도 그 일에 반성이나 후회는 할 수 없었다. 왜냐하면 같은 상황에서 우리는, 또 같은 결정을 반복할 테니까. 나는 불편을 삼키며 비통하게 말했다.

"저 군대는 기달티를 묶어 두려고 온 거였어요."

"이렇게 계속 묶여 있으면 안 됩니다. 저 군대 때문에 물리적으로도 심리적으로도 소모가 너무 큽니다. 아크제리유트와 체파르데아가 아직 근처에 있는 상황에서 저쪽에 신경을 빼앗겨서는 안 됩니다."

"그렇다면 저 군대부터 해결해야겠구나."

아야라의 말에 라이시는 굳은 얼굴로 묵묵히 끄덕였다.

마음이 납덩이처럼 무거웠다. 아마 다 그럴 것이다. 그래서 어디서부터 잘못 판단했을까, 되짚어 변명이라도 하고 싶었다. 하지만 그것은 사치였다. 라이시가 말한 것처럼 지난 일은 어쩔 수가 없어서, 우린 그것을 모두 끌어안은 채 앞일을 먼저 주시해야 했다.

이어 라이시가 시로니에게 물었다.

"마을에 퍼진 재는 어떻게 됐습니까?"

"식량은 안전하지만 물이……."

"사람들 말입니다."

그 단도직입적 물음에 시로니는 입술을 더 꽉 깨물었다. 그는 인정하고 싶지 않은 사실을 힘겹게 털어놓았다.

"성과 성벽에 있던 사람들 말고는 전부 중독됐다고 봐야 해요. 지금은 멀쩡하지만 저 시체 독은 잠복기가 있어요. 3일 이내에 모조리 각혈하며 쓰러질 거예요."

나도 일전에 경험했다. 시체의 재는 몇 날을 간호받고 간신히 회복할 정도로 지독했다.

"치료할 수 있습니까?"

"요새에서 해독약을 만들 순 있어요."

듣던 중 다행인 소식이다. 하지만 이어지는 말은 그 다행마저도 불행에 처박아 버렸다.

"하지만 3일 만에 2천 명 분을 만드는 건 불가능해요. 재료도 시간도 부족해서, 3일 후 주민의 절반은 죽을 수밖에 없어요."

커다란 비극 앞에 우리는 모두 할 말을 잃었다. 절반이라니, 간밤의 실수로 우린 가장 냉혹한 선택을 요구받게 되었다. 대체 누굴 살리고 누굴 죽여야 하는가 고뇌하는 사이, 라이시가 다른 돌파구를 제시했다.

"만약 중앙 연구소를 쓸 수 있다면?"

"그럼 새로 만들 필요도 없어요. 거기엔 다 있으니까."

시로니의 대답은 여전히 어두웠지만 우리는 거기서 실낱같은 희망을 발견했다. 위태로운 희망에 사활을 걸고 라이시가 말했다.

"아무래도 저 군대를 최대한 빨리 돌파해야 할 것 같습니다."

이제 주민들의 목숨을 담보로 촌각을 다투게 되었다. 우리는 마음이 급해졌다. 돌이켜 보면 그 조급함이 시체의 재보다 더 치명적인 독이었지만, 그럼에도 우리는 미처 신중할 수 없었다. 해가 밝기 무섭게 나삭이 우리를 또 휘둘렀기 때문이다.

—기달티 성의 친애하는 백성이여, 간밤에 안녕하셨나?

밖에서 나삭의 목소리가 들려왔다. 황급히 창가로 달려가 보니 드론 한 기가 허공을 떠도는 것이 보였다. 거기서 나삭의 목소리가 크게 울려 퍼졌다.

—지난밤엔 꽤 놀랐겠지. 하지만 누굴 탓하겠나? 몸을 의탁할 곳을 잘못 정한 본인들의 탓인걸. 그러게, 썩은 동아줄은 애초에 붙잡지 말았어야지.

나삭이 운을 띄우는 것을 듣고 시로니가 비명처럼 소리를 질렀다.

"말 못 하게 막아요!"

그에 기달티가 창문 밖으로 창을 휘둘러 드론을 터트렸다. 그럼에도 계속해서 나삭의 목소리가 울렸다. 한군데에서가 아니라 사방 곳곳에서 울려 퍼지고 있었다.

"괴수들로 드론 찾아내! 방송 못 하게 막아!"

시로니가 요새에 있는 후배들에게 소리쳤다. 성벽 위의 괴수들이 우왕좌왕하며 감지를 시작했다. 그러는 사이에 나삭의 목소리는 여유롭게, 웅장하게, 그리고 지독하게 울려 퍼졌다.

—시체의 재에서는 무슨 냄새가 나던가? 그 냄새를 맡았다면 이제 곧 피를 토하고 쓰러질 걸세. 그리고 죽게 되지.

가슴이 철렁하는 기분으로 나는 마을을 내려다보았다. 입을 가린 채 재를 쓸어 내고 구덩이를 메우던 주민들은 하던 일을 멈추고 얼어붙었다. 사람들의 얼굴이 빤히 보이는지, 나삭이 웃으며 능청을 떨었다.

—저런, 다들 몰랐다는 얼굴이군. 제군들의 공주님이 안 알려 주던가? 이미 한 번 겪어 봐서 잘 알 텐데, 설마 숨긴 건 아닐 테고 깜빡 잊은 모양이구먼.

가슴이 내려앉다 못해 조여들기 시작했다. 무언가가 심히 어긋난 기분이었다. 그리고 우리의 어긋남을 기뻐하는 미친 과학자는, 정녕 즐기는 목소리로 제안했다.

—다시 한 번 고하지. 주인께서 원하시는 건 공주뿐이라네. 그러니 공주만 넘긴다면 해독약을 주겠네.

그때쯤 시로니의 후배들이 숨어 있는 드론 몇 기를 발견했다. 파괴했지만, 너무 늦었다.

—그러니 공주를 내놓게나.

나삭의 마지막 말은 이미 사람들에게 널리 전해진 후였다. 침묵 속에서, 마을에 선 사람들의 시선이 성을 향했다. 나를 향했다.

"동요할 것 없습니다. 적을 해치우고 중앙에서 해독약을 가져오면 됩니다."

라이시가 단언하며 아야라를 안심시켰다. 아까 마을 주민들이 성으로 뛰어올라와 항의하는 바람에 분위기가 어수선했다. 사람들은 나삭의 말이 정말이냐고, 저 재를 마신 사람은 모두 죽는 거냐고 우리에게 진상을 물었다. 어쩔 수 없이 사실을 밝히자 사람들은 동요와 원망을 숨기지 않고 따져 물었다. 이렇게 중요한 일을 왜 진작 말해

주지 않았냐고, 목숨을 담보로 잡힌 이들은 우리를 비난했다.

아야라가 그들을 어렵사리 달랬다. 부디 믿고 기다려 달라고 부탁했다. 가까스로 돌려보내긴 했지만, 방편에 불과했다. 그들의 마음에는 불안과 불신이 고스란히 남았다. 결국 우린 정면의 군대를 신속히 격파하기로 했다. 그럼 주민들의 불안과 동요는 해소될 것이다. 그 후 요새를 이용해 중앙 연구소에 다녀온다면 모든 일은 해결될 것이다.

큰 싸움을 앞두고 나는 깊이 숨을 들이마셨다. 사활이 걸린 일이다. 실패는 결코 용납되지 않는다. 어깨가 무거웠지만 나는 의연하려 애썼다. 정신 차려, 이런 위기가 처음인 것도 아니잖아. 지금껏 모든 일이 그래 왔다. 그럼에도 나는 어떻게 했지? 승리했다. 살아남고 구해 냈다. 그러니 두려워할 것 없다. 이번에도 분명 해낼 수 있을 거다. 왜냐하면 나는, 저들의 구세주니까.

우리는 출발하기에 앞서 잠시 작전을 논했다. 작전이라고 해봐야 돌진과 섬멸이라는 단순하기 그지없는 계획이 전부였다. 우리 성의 전력은 기달티와 라이시, 그리고 내가 끝. 고작 셋으로 거창한 전략은 불가능했다.

"우선 적진에 도착하면 전차 위주로 파괴해야 합니다. 성에 위협을 가할 수 있는 가능성을 제거한 후 나머지를 섬멸하십시오. 폭주가 시작된다면 제가 공주님을 모시고 내려가겠습니다."

출발에 앞서 라이시가 말했다. 기달티는 용의 고삐를 쥔 채 대답이 없었다. 무언가를 고민하는 얼굴이었다. 나와 라이시는 그 얼굴의 망설임을 알아보았다. 그래서 그에게 시간을 주고 싶었지만, 안타깝게도 지금은 그럴 여유조차 없었다. 라이시가 그의 어깨를 잡아당기며 말했다.

"기달티, 들으십시오. 이건 범죄가 아닙니다. 악인들에게서 무고한 사람들을 지키는 일입니다."

아, 그랬다. 지난날을 처절하게 후회하는 저 살인자는, 또 한 번 손에 피를 묻혀야 한다는 사실에 고뇌하고 있었다. 전쟁은 모든 사람에게 비극이지만 그에게는 특히 더 그랬다. 이제야 겨우 죄의 그늘에서 벗어날 가능성을 보았는데, 이제야 간신히 사람들 앞에 자신을 드러낼 수 있게 되었는데. 그런데 또다시 사람을 죽이고 어렵사리 씻은 손을 더럽혀야 하다니…….

기달티의 의중을 꿰뚫은 라이시는 긴 숨을 내쉬었다. 그리고 자신을 길러 준 소중한 가족이자 용서가 과분한 천고의 죄인을 향해 말했다.

"걱정하지 마십시오. 혼자가 아닙니다. 저도 함께 피를 묻힐 겁니다."

그러자 쭉 침묵하던 기달티가 비로소 입을 뗐다.

"그러지 마라."

그 묵직한 말에는 짙은 번민이 담겨 있었다.

"그 일은 내가 하겠다."

마음이 아찔하게 아팠지만 나는 그것을 삼켰다. 아마 라이시도 같은 심정이었을 거다. 기달티는 괴로운 일을 혼자 떠안고 앞장섰다. 우리는 그 뒤를 따라 함께 용을 몰았다.

—여러분, 들리나요?

이어폰에서 시로니의 음성이 흘러나왔다. 마음을 가까스로 다스린 듯 그 목소리는 이제 차분했다.

—조심해요, 세 사람 다. 그리고 혹시 모르니까 이야기할게요. 지금 적진에 있는 전력, 열 반응으로 식별된 숫자는 3천여 명이에요. 감지할 때 겹치거나 전차에 탄 인원까지 포함하면 4천 명은 족히 될 거예요.

그 얘길 듣는 순간 시로니가 어떤 의도로 이런 말을 하는지 궁금해졌다. 단순히 조심하라는 걸까, 아니면 다른 속뜻이 있는 걸까? 아마도 후자인 듯하다. 혹 기달티의 폭주를 제어하지 못하면 저들로 채무를 갚아 내고 돌파하라는 뜻이었다. 정말이지, 너무 딱 떨어지는 숫자여서 기분이 복잡하다. 나삭의 의도가, 그리고 그 뒤에 있는 뱀의 의도가 너무 잔악해서 불쾌했다.

하지만 그건 어디까지나 최악의 상황이다. 나는 고개를 저으며 머릿속의 잡생각을 떨쳐 냈다. 그래, 최악의 상황일 뿐이다. 그렇게 되지 않도록 막는 게 내 일이다. 그러니까 집중하자. 그에게 또다시 절망을 안기지 않으려면.

우리가 날아오르는 것을 발견했는지 저쪽에서 포격을 가하기 시작했다. 기달티는 여느 때처럼 그것을 격파하며 거침없이 앞으로 나아갔다. 출격의 첫 순간은 순조로웠다. 찬 가을바람이 뺨을 휩쓸며 긴장감을 고조시켰고, 그 와중에 쏟아지는 적들의 공격은 덧없이 스러져 우리가 가는 길을 예비했다. 그때까진 분명 순조로웠다.

그런데 갑자기, 우리가 적진까지 절반도 도달하지 못했을 때에 괴이한 현상이 벌어졌다. 전면에 보이는 군대 뒤로 거대한 무언가가 떠오른 것이다. 처음엔 땅이 솟구치는 줄 알았다. 하지만 땅이라기엔 너무 검었다. 차가운 무쇠빛을 띠며 서늘하게 번뜩이는 광택을 가지고 있었다. 나는 눈으로 보고도 그것을 정체를 깨닫지 못했다. 저것이 무엇인지 도통 알아챌 수가 없었다. 그런데 그 광대한 것이 땅에서 점점 치솟더니 이윽고 허공에 떠올랐다. 어처구니없는 광경이었다. 저렇게 거대한 것이 아무런 저항감 없이 하늘에 떠 있다니. 그것은 마치 이 세상의 법칙을 조롱하는 것 같았다.

"저건……."

나는 여전히 반신반의하며 그것을 바라보았다. 그런 나를 깨운 것은, 내 멍한 머릿속에 아찔한 현실감을 때려 넣은 것은 바로 시로니였다.

—자이트, 이 미친 자식!

시로니의 외침에 나는 확 깨쳤다. 동시에 눈앞의 저것이 비로소 선명하게 보였다. 저것은 요새였다. 네벨라가 만든 오리지널이자 지금 북쪽에 있어야 할, 크고 두려운 요새. 저게 왜 여기 있는 거지? 내가 멍하게 중얼대는 사이 이어폰에서 라이시의 목소리가 들려왔다.

—북쪽의 요새가 확실합니까?

—네, 확실해요. 직접 개조했는데 못 알아볼 리 없어요.

저게 북쪽의 요새라는 건 알겠는데, 저게 여기에 있는 의미는 여전히 모르겠다. 북쪽은 어떻게 된 거지? 자이트는 무슨 생각인 거지? 어지러운 의문 사이로 사람들의 음성이 들려왔다.

—후퇴해야 돼요.

—안 됩니다, 지체할 시간이 없습니다.

—위력이 어떤지 직접 겪어 봤으니 알잖아요!

—알더라도 돌파하는 것 외엔 방법이 없습니다.

—공주님은 어쩔 건데요! 같이 피할 수 있을 것 같아?

—하지만 여기서 물러나면……!

실랑이가 어지럽게 오고 갔다. 그들의 양보 없는 언쟁을 멈춘 것은 갑자기 끼어든 한 목소리였다.

—돌아가라, 혼자 가겠다.

한 남자의 낮고 잠잠한 목소리에 대화가 뚝 그쳤다.

—기달티…….

라이시가 망설이며 남자의 이름을 불렀다. 하지만 그 남자는 침묵으로 자신의 뜻을 확고하게 전했다.

우리는 쉽사리 물러날 수 없었다. 돌아가라니, 혼자 가겠다니. 그 말은 살육의 광기 속에 자신을 몰아넣겠다는 말과 같았다. 아, 그러고 싶지 않았다. 무아카를 싸우게 하고 싶지 않았던 것처럼, 기달티가 사람을 죽이게 하고 싶지 않았다. 그가 광란에 휩싸여 수많은 생명을 도륙하는 것을 이렇게 관망하고 싶지 않았다. 차마 또 그렇게 내버려 두고 싶지 않았다.

하지만 달리 방법이 없다. 현실은 잔혹하게도 나의 희망을 짓밟고 신념에 어긋나는 결정을 종용했다. 그리고 그걸 거스를 도리가, 지금 내게는 없었다.

—공주님, 물러납니다. 방향을 돌리십시오.

라이시의 굳은 목소리에 나는 참담한 마음으로 고삐를 당겨 선회했다. 돌아서는 우리를 뒤로하고 기달티는 혼자서 적진으로 진격했다. 우리가 성으로 돌아가는 사이 등 뒤에서 폭음이 수도 없이 터졌다. 과연 저기서 혼자 괜찮을까 염려스러웠지만 나는 곧 그 걱정을 지웠다. 날아오는 포탄도 힘들이지 않고 쪼개는 사람이다. 그렇게 강한 사람이니까 분명 괜찮을 거야, 괜찮을 거야.

성벽으로 되돌아온 우리는 내려서자마자 뒤를 돌아보았다. 기달티도 이제 거의 적진에 도착했을 거다. 그래서 뒤를 돌아보는데, 뜻밖의 광경이 눈에 띄었다.

적진에 작은 태양이 떠 있었다. 태양이라니, 물론 그럴 리는 없다. 하지만 너무 환하게 빛나서 그것은 정말 해처럼 보였다. 하늘에서 해의 조각이 떨어진 것도 아니고, 저건 또 뭐지? 나는 실눈을 뜨고 그것을 유심히 살펴보았다. 눈을 찡그리고 관찰한 후에야 나는 깨달았다. 저것은 북쪽의 요새였다. 요새가 전구처럼 새하얗게 백열되어 빛나는 거였다. 그걸 깨닫는 순간 시로니의 비명이 들린 것 같다. 피해요, 라고 소리를 친 것 같다. 하지만 그게 정말인지, 아니면 내 환청인지는 확실치 않다. 직후 세상의 모든 소리가 굉음에 뒤덮였기 때문이다.

눈이 멀 듯 아찔한 빛이 쏟아지며 굉음이 세상을 휩쓸었다. 동시에

땅이 흔들릴 만큼 거대한 충격이 몰아닥쳤다. 발밑이 무너질 듯 흔들리는 바람에 나는 중심을 잃고 넘어졌다. 라이시가 내게로 달려와 함께 몸을 낮췄다. 그가 뭐라 소리쳤지만 아무것도 들리지 않았다. 그저 고막이 찢어질 듯 아팠다. 그것은 세상에서 가장 거친 낙뢰 같았다. 가장 거센 파도 같았고, 또 가장 거대한 지진 같았다. 우리는 나약하게 흔들리며 그것이 지나가기만을 바라고 견딜 수밖에 없었다.

이윽고 빛과 소리가 잦아들며 고요가 찾아왔다. 직전의 모든 충격이 거짓이었던 것처럼 조용했다. 하지만 귓전에서 울리는 이명과 눈앞을 가리는 흙먼지 때문에 여전히 어지러웠다. 나는 비틀대며 일어나 성벽 너머를 바라보았다. 자욱한 먼지가 가라앉으며 저 너머의 광경이 찬찬히 드러났다.

적진을 보며 아니, 적진이었던 곳을 보며 나는 그만 헛숨을 삼켰다. 지형이 바뀌어 있었다. 적들이 주둔한 평야의 사방이, 주변의 산과 계곡이 깡그리 날아가 아무것도 남아 있지 않았다. 그곳엔 그저 오목한 분지만이 남아 있었다.

"안 돼……."

나는 손으로 입을 가리며 신음했다. 군대가 어디 갔는지, 수천의 사람이 어딜 갔는지 흔적조차 보이지 않았다. 기달티의 자취 또한 마찬가지였다. 저 머나먼 곳엔 그저 흙먼지만 나뒹굴 뿐이었다. 불안감에 심장이 터질 듯 요동쳤다. 두 다리가 예상되는 절망을 이기지 못하고 천천히 무너지려 했다. 그때 라이시가 내 어깨를 일으키며 말했다.

"저길 봐."

나는 그가 가리키는 곳으로 시선을 옮겼다. 처음엔 아무것도 없었다. 있더라도 너무 멀어 보이지 않았다. 그런데 거기서 무언가가 일렁이며 피어나기 시작했다. 점점 자라는 그것은 검었다. 그것은 어둠이었고 또한 가시나무였다. 저건 대체……?

이윽고 가시나무는 무섭게 증식하며 숲을 이루었다. 이어서 그 새카만 숲 위로 거대한 장막이 펼쳐졌다. 뾰족뾰족하고 너덜너덜한 형편없는 장막이었다. 그럼에도 그것은 하늘을 짊어질 만큼 커서 땅에 광활한 그림자를 드리웠다. 여러 개의 장막이 위에서 아래로 힘차게 내리쳐졌다. 동시에 군집을 이룬 가시나무 숲이 허공으로 떠올랐다. 아, 나는 저것을 더는 가시나무라 칭할 수 없었다. 또한 장막을 장막이라 여길 수도 없었다. 저것은 괴물이었다. 날개를 달고 이곳으로 맹렬히 날아오는 저것은 괴물이자…….

"기달티……!"

라이시의 탄식에 나는 눈앞이 깜깜해지는 것을 느꼈다. 괴물로 변한 그는 적진을 향해 날던 것과 다름없는 기세로, 우릴 향해 날아오고 있었다.

그가 왜 성으로 돌진해 오는지 알 수 없었다. 그럼에도 우리는 그를 저지하기 위해 무작정 달려들어야 했다. 너무 거대한 그의 등은 마치 가시나무 숲 같았다. 거기서 손에 닿는 대로 검은 힘을 파헤쳤지만 소용없었다. 맨손으로 바다를 퍼내는 것과 같았다.

—날개를 끊어요, 추락시켜!

시로니의 외침에 우리는 하늘을 내치는 수많은 날개로 눈을 돌렸다. 보이는 대로 꺾고 없애며 다시 숨 가쁘게 내달렸다. 곧 높이 날던 몸체가 내려앉기 시작했는데, 그사이 성은 어느새 코앞이었다.

기달티의 날카로운 배면이 땅에 닿아 사방이 흔들릴 때 우리는 날아올랐다. 하늘에서 보니 그는 날개가 꺾인 채 땅 위를 미끄러지고 있었다. 무자비한 관성이 그의 거대한 몸체를 끌어다가 성벽에 처박았고, 굉음과 함께 성벽이 와르르 무너졌다. 자욱한 흙먼지 속에서 그의 몸이 멈춘 것이 보였다. 우리가 날아갔을 때 성은 이미 난장판이었다. 성벽을 뚫고 들어온 기달티의 머리가 마을 한편을 완전히 뭉개 버렸고 주민들은 비명을 지르며 도망쳤다. 비명 소리에 반응한 걸까? 잠잠하던 기달티가 갑자기 아가리를 벌리고 요동쳤다. 소름끼치는 괴성을 내지르면서.

나는 기겁하며 그에게로 달려갔다. 그런데 그 전에 힘이 쇠한 듯, 그 거대한 몸체가 안개처럼 으스러졌다. 그리고 안에서 사람의 본체가 드러났다. 그는 온몸이 찢긴 채 가쁜 숨을 몰아쉬고 있었다. 가까스로 서 있던 그는 목울대를 울컥대더니, 이윽고 새빨간 피를 토하며 쓰러지고 말았다.

“선배, 다리 쪽 지혈이 안 돼요! 다시 압박해야 돼요!”

“집중해, 흉부가 먼저야!”

“이러단 출혈 과다로 죽어요!”

"이쪽이 더 급해! 폐에 난 구멍이나 막아!"

숨 가쁜 외침이 한 남자의 초주검 위로 쏟아졌다. 소독약과 피 냄새가 코끝을 지독하게 찔렀다. 그의 몸에서 철 조각이 낱낱이 뽑혀 나올 때, 나는 옆에서 그의 몸을 꽉 붙들고 발작을 막았다. 수술 도중 이따금씩 떠지는 그의 눈은 형형한 노란색이었다. 그 아찔한 순간은 잘리고 찢긴 상처를 모두 꿰맬 때까지 지속되었다. 한참 후 기달티를 새 침대에 눕혔을 때, 나는 맥이 풀려서 풀썩 주저앉고 말았다. 손에 피가 말라붙었지만 씻어 낼 여력이 없었다. 너무 지쳐서, 너무 힘들어서 구석에 웅크려 숨는 것이 우선이었다.

기달티는 온몸이 갈가리 찢기고 뼈가 부서졌다. 성한 데를 찾을 수 없을 만큼 상태가 심각했고, 지금은 혼수상태에 빠져 있다. 군대는 미끼였다. 기달티를 무너트리기 위한. 적들은 우리를 짓밟기 위해서라면 그 무엇도 불사할 기세다.

그가 너무 심하게 다쳤다. 너무 심하게 다쳐서, 그래서…….

"울지 마, 당신이 울면 어떡해!"

수술대를 정리하던 시로니가 날 보고 소리쳤다.

"정신 차려, 지금이 울 때야?"

나는 그에게 멱살이 잡힌 채 구석에서 끌려 나왔다. 그리고 그 손길에 속절없이 흔들렸다. 시로니의 다그침에 나는 애써 울음을 삼켰지만, 그런들 떨어지는 눈물까지 주워 담을 수는 없었다. 시로니는 나를 노려보더니 신경질을 내며 손을 뿌리쳤다. 그러곤 진료실 문을 열었는데, 거기엔 뜻밖의 손님들이 우릴 기다리고 있었다.

마을 주민들은 초조한 기색으로 뭉쳐 있다가 우릴 보자마자 다급히 몰려들었다.

"어떻게 되었소? 우리가 이긴 거요?"

그들의 어수선한 물음에 시로니는 지친 목소리로 대답했다.

"일단 전방에 있던 적들은 전멸했어요."

아직 시체 인형이 남았지만, 시로니는 굳이 말하지 않았다. 그러자 주민들이 안심하며 재촉했다.

"그럼 어서 약을 가져다주시오. 다들 기다리고 있소."

순간 시로니의 얼굴에 환멸이 차올랐다.

"당신들, 성주님 걱정부터 좀 하지?"

시로니의 날 선 말에 들떠 있던 주민들은 황급히 입을 다물었다. 하지만 이미 심사가 뒤틀린 시로니는 멈추지 않고 더 매몰차게 비꼬았다.

"당신들을 지키려고 저 꼴이 됐는데 안부 정도는 묻는 게 예의 아닌가?"

"실수였소. 경황이 없어서……."

"경황? 하, 핑계 한번 좋네. 경황이 없는 게 아니라 안중에도 없는 거겠지. 거기까진 이해하겠는데 염치가 없으면 눈치라도 있어야 하는 거 아닌가? 지금 여기가 어디라고 올라와?"

사람들이 변명했지만 시로니는 듣지도 않고 몰아붙였다. 그래서 결국 주민들의 얼굴도 딱딱하게 굳고야 말았다.

"말조심하시오, 우리도 목숨이 걸린 사람들이오."

그들의 으름장에 시로니가 다시 발끈했다. 하지만 언성이 높아지기 전에 한 목소리가 끼어들었다.

"그만하세요."

찬물을 끼얹는 목소리에 모두 말을 멈추었다. 시로니도, 마을 주민들도. 그렇게 끼어든 것은 라이시와 함께 나타난 아야라였다.

"다들 불안한 것은 이해합니다. 하지만 지금 성주님이 위독하시니 잠시만 기다려 주세요. 이후의 일들은 곧 설명드리겠습니다."

아야라의 차분한 말에 주민들은 머뭇대더니 결국 한풀 꺾여 입을 다물었다. 그들은 마지못해 돌아갔다. 주민들을 돌려보내고 텅 빈 곳에서 아야라는 시로니를 돌아보았다. 시로니가 움찔했지만 이어지는 아야라의 목소리는 여전히 온유했다.

"성주님은 어디 계시죠?"

시로니는 머뭇대다가 손짓으로 대답했고, 아야라는 조용히 진료실 안으로 들어갔다. 그곳에서 아야라는 울지 않았다. 그저 가까스로 숨이 붙은 남편을 내려다볼 뿐이었다.

다시 둘러앉은 테이블 위로 침묵이 무겁게 내렸다. 기달티와 아야라를 제외하고 다시 모인 우리는 한동안 말이 없었다. 심정이 복잡하고 처참해서 다들 입을 떼지 못했다. 한참이 지나서야 라이시가 먼저 침묵을 깼다.

"아까 그 폭발이 뭔지 아십니까?"

"요새의 최종기요. 포화 상태의 동력을 한 번에 방출시켜 대폭발을 일으키는 거죠."

시로니가 머리를 짚은 채 대답했다. 어제부터 이어지는 사건들 때문에 그는 지쳐 있었다. 그럼에도 과학자는 의무를 다하려는 듯 애써 입을 움직였다.

"자이트가 나삭과 손을 잡은 것 같아요. 우릴 공공의 적으로 상정한 모양이에요. 이제 우리 개조 요새로는 중앙에 못 가요. 가는 중에 격추당할 거예요."

"그럼 저와 공주님이 가야겠군요."

"네, 눈에 안 띄고 제시간에 약을 가져오려면 그 수밖에. 하지만 성주님이 저 지경인데 두 사람까지 자리를 비우면 성은 어떡하죠?"

시로니의 물음에 우린 또다시 할 말을 잃었다. 우리가 약을 가지러 가면 성은 무방비해진다. 설령 무아카를 싸우게 한다 해도 체파르데아와 아크제리유트의 시체를 혼자 감당할 수는 없다. 불리하다. 생각하면 할수록. 군대가 요새로 변경되었을 뿐 나삭의 전력은 건재하다. 아니, 도리어 더 강력해졌다. 하지만 우리는 가장 큰 전력인 기달티를 잃었다. 그의 빈자리가 너무 커서 우리는 무력감을 뼈저리게 실감했다. 그리고 기달티의 부재를 고스란히 떠안게 된 라이시는, 균형을 잡기 위해 고군분투한다.

"시체도 괴수와 같은 원리로 움직인다고 들었습니다. 그렇다면 일전에 괴수를 포획한 것처럼 시체도 빼앗을 수 있습니까?"

"네, 해킹이라면 가능해요. 사용하는 생체 칩 구조가 같으니까."

시로니의 긍정에 라이시는 오래 고민하지 않고 결정했다.

"오늘 밤 습격이 온다면 체파르데아와 아크제리유트의 시체를 빼앗도록 하죠. 그럼 전력에 균형이 잡힐 겁니다."

"만약 안 온다면?"

"그럼 내일 새벽에 성 주변을 탐색해 보겠습니다. 아마 인간의 모습으로 근처에 숨어 있을 겁니다."

라이시와 시로니는 두 시체로 전력을 채우고 그 후 약을 가져오기로 결론을 내렸다. 그대로만 된다면 이 위기를 돌파할 수 있을 것이다. 하지만 옆에서 이야기를 들으며 나는 어째선지 불안했다. 떨쳐 내려 했지만 떨쳐지지 않는 진득한 두려움이었다. 그럼에도 그것을 말할 수가 없었다. 괜히 시작도 하지 않았는데 일을 그르칠까 봐. 그래서 괜한 생각이려니 하고 그 마음을 구겨서 감추었다.

그때 그들을 말렸다면 우리의 내일은 조금 덜 처참했을까? 아니, 그래도 결과는 같았을 것이다. 때로는 선택과 관계없이 현실 그 자체가 비극일 수 있으니까. 내가 그 비정한 사실을 깨닫게 된 건, 그날 밤의 일이다.

꿈에서 뱀이 속삭였다.

—그래요, 공주님. 하지만 생각해 봐요. 당신의 그 작은 손으로 구해 봐야 얼마나 구할 수 있을까요? 당신이 하나를 구할 때 나는 열을 죽일 거예요. 당신이 둘을 구하면 나는 이미 백을 죽이겠죠. 무의미해요, 공주님. 고집 그만 부리고 당신의 하늘로 돌아가요.

내가 그럴 수 없다고 고개를 젓자 그는 내가 사랑하는 사람들을 손바닥에 올렸다.

—그럼 이건 어때요? 이들을 죽일 거예요. 가장 수치스럽게 죽여 버릴 거예요. 태어난 것을 저주하도록. 이렇게.

그들을 처참이 뭉그러트리고 뱀은 웃었다.

—저울을 빌려 드리겠어요. 어느 쪽을 택하실 텐가요?

정말이지, 태어나서 지금까지 꾼 꿈 중 최악이다. 한층 선명해진 꿈을 뒤로하고 나는 침대에서 일어났다. 하늘이 깜깜하다. 자정에 가까워진 시간, 우리가 지켜야 할 긴 밤이 다시 시작되었다. 요새에서 나와 성벽으로 가보니 우리가 전날 내놓은 소파에 라이시가 앉아 있었다. 기달티의 자리를 대신하려는 듯, 그의 자리를 지키고 있었다. 내가 나온 걸 보고 그가 물었다.

"좀 잤어?"

"응."

나는 어깨를 움츠리며 옆자리에 앉았다. 쌀쌀하다. 또 겨울이 오려나 보다.

"걱정하지 마."

"어?"

"곧 일어날 거야. 튼튼한 사람이니까."

갑작스런 말에 갸웃대다가, 그가 무슨 말을 하는지 깨닫고 힘없이 웃었다. 걱정해 줬구나. 나보다 네가 더 아플 텐데. 나는 웃음 끝에 한숨을 몰아쉬고 그에게 물었다.

"아야라는 뭐래?"

"어색하대."

"어색해?"

"기달티가 다친 건 처음이니까."

맞는 말이긴 한데, 아무리 그래도 그걸 그렇게 표현하다니. 하여튼 참 강한 사람들이다. 아야라도, 라이시도.

"넌 괜찮아?"

"괜찮아, 견딜 만해."

허세가 아니라 그는 정말 마음을 다잡아 견디고 있었다. 어떻게 이럴 수 있나 생각하다가 새삼 깨달았다. 이 사람들이 얼마나 험난하게 세상을 헤치며 살아왔는지를. 어쩌면 익숙한 거겠지. 어쩌면 단련된 거고. 아직 손끝밖에 아파본 적 없는 나와는 다르게 말이다. 하지만 나는 역시, 내 사람이 다치는 게 무섭다.

"넌 다치지 마."

실수다. 장난인 척 가볍게 말하려 했는데 목소리가 너무 진지하게 나오고 말았다. 그가 날 돌아보았다. 뒤늦게라도 웃어 볼까 생각했지만 웃음도 나오지 않았다. 그래서 나는 결국 정색한 채로 말을 이었다.

"난 아야라처럼 못 하니까 넌 절대 다치지 마."

어둠 속에서 그가 웃는 모습이 희미하게 보였다. 내 손을 끌어다가 입 맞추는 것으로 그는 대답을 대신했다. 상냥한 대답이었지만 그럼에도 내 마음은 놓이지 않았다. 차라리 이때라도 잡을걸. 너무 불안하다고 말릴걸.

아, 하지만 이제 와 후회한들 그때의 우리에게 다른 선택지가 있었을까? 등불로 날아드는 나방은 불탈 것을 알고도 자신을 태운다. 우리도 그렇다.

고요한 밤을 보내던 중 시로니의 다급한 목소리가 들려왔다. 다행인지 불행인지 깊은 밤을 틈타 체파르데아와 아크제리유트의 시체가 다시 성벽을 기어올랐다.

동트기 직전의 가장 검은 밤, 그 밤에 우린 각자 맡은 상대에게 달려들었다. 라이시는 체파르데아에게, 나와 무아카는 아크제리유트에게. 패배는 물론 놓치는 것도 허락되지 않는다. 우리에겐 시간이 없으니까. 각기 다른 방향으로 날아가는 우리에게 시로니가 말했다.

—다시 한 번 설명할게요. 시체 인형의 생체 칩은 전두엽에 이식되어 있어요. 그러니 스캐너로 이마를 찍으면 돼요. 해킹 즉시 이쪽에서 조종할 테니 신속하게 부탁해요.

시로니의 설명이 끝날 즈음 우리는 아크제리유트를 발견했다. 검게 일렁이는 거대한 말이 달빛에 희미하게 비쳤다.

"무아카, 다시 부탁할게."

무아카는 뛰어내리며 늑대로 변해 아크제리유트를 덮쳤다. 두 영주가 싸우기 시작했다. 과학자의 꼭두각시놀음은 늑대의 날쌘 동작을 따라가지 못했고, 그 틈을 노려 나는 옛 폭군의 검은 힘을 흩었다. 이윽고 드러난 사람의 형상에 나는 바코드 스캐너를 댔다. 삑 소리가 나더니 저항하던 아크제리유트가 행동을 뚝 멈췄다. 성공, 한 건가?

"시로니, 스캔했어요."

나는 시체의 가동이 멈춘 걸 확인하고 말했다. 라이시 쪽에서도 목소리가 들려왔다.

—이쪽도 성공했습니다.

—네, 양쪽 다 링크 확인했어요. 조종해 볼게요.

말이 떨어지자마자 아크제리유트의 몸이 기괴하게 뒤틀렸다. 그렇게 링크를 조율하고 있을 때였다.

—으아아악!

이어폰을 통해 비명 소리가 들렸다. 동시에 시로니가 소리쳤다.

—뭐야, 갑자기 왜 이래? 정신 차려!

라이시가 소리 지른 건 아니었다. 시로니도 아니다. 그럼 누구지? 뭐지? 나는 영문을 몰라 소리에 집중했다. 그런데 그때, 성벽의 외곽 저편에서 커다란 폭발음과 함께 불이 번쩍였다. 나는 놀라서 폭발이 일어난 쪽으로 고개를 돌렸다. 하지만 거기에 주의를 기울일 틈은 없었다. 곧 아크제리유트의 몸에서도 딸깍하는 소리가 들려왔기 때문이다.

순간 어떤 예감에 소름이 돋았다. 정황을 파악하기도 전에 나는 이미 소리치고 있었다.

"무아카, 피해!"

그렇게 외치며 나는 엎드렸고, 그 직후 아크제리유트의 시체가 폭발하며 화염이 치솟았다. 등 위로 끼치는 열기보다 사방에 튀는 파편이 더 끔찍했다. 아, 이 수법. 고인에 대해 아무런 거리낌도 없는 나삭의 수법이다. 역겨움을 뒤로하고 나는 몸을 일으켰다. 다친 곳은 없지만 타들어 가는 시체의 파편 때문에 정신이 하나도 없었다. 나는 다급히 무아카부터 찾았다. 무아카는 다행히 무사했다. 가슴을 쓸며 라이시와 시로니에게 소리쳤다.

"아크제리유트가 폭발했어요!"

—여긴 시체를 조종하던 녀석이 쓰러졌어요. 알트 군은 어때요?

대답이 없다.

—알트 군, 괜찮아요? 상황 보고해요.

라이시는 여전히 대답이 없었고 나는 가슴이 철렁 내려앉았다. 숨이 멎을 듯 심장이 조여들 무렵, 이어폰에서 라이시의 목소리가 들려왔다.

—체파르데아가 폭발했습니다.

그 목소리는 작고 숨 가쁘며 신음이 섞여 있었다.

—목소리가 왜 그래요, 괜찮아요?

—부상을 입었습니다.

—어딜 다쳤는데요, 심해요?

—눈이…….

나는 지체 없이 아까 폭발이 일어난 쪽으로 날아갔다. 숨도 쉬지 않고.

어둠 속에서 불꽃이 일렁이는 게 보였다. 시체를 태우는 불길 가운데에 라이시가 있었다. 그는 얼굴이 피범벅이 되어 쓰러져 있었다. 그걸 보는 순간 정신이 멍해지며 꿈을 꾸는 기분이 들었다. 몸은 내가 시키지도 않았는데 제멋대로 움직였다. 나는 무작정 아수라장을 헤치고 들어갔고, 내가 다시 정신을 차린 건 라이시가 수술실로 들어간 후였다.

내가 라이시를 어떻게 데려왔는지 조금도 기억이 나지 않았다. 다만 내 온몸은 그에게서 흐른 피로 흥건했다. 수술은 동틀 무렵에 끝났다. 왼쪽 눈에 붕대를 감은 라이시는 기달티의 옆에 눕게 되었다. 폭발로 튄 체파르데아의 뼛조각이 눈에 박혀, 적출할 수밖에 없었다고 했다. 그리고 같은 시간, 주민 몇 명이 예정보다 이르게 피를 토하며 쓰러졌다.

밤새 사람들이 피를 토하는 바람에 이른 새벽부터 주민들의 원성이 빗발쳤다. 하지만 내겐 밖에서 들려오는 그 소리가 잘 들리지 않았다. 머릿속이 새하얘서 아무것도 들리지 않았다.

어제 체파르데아와 아크제리유트의 시체가 파괴되었다. 그 바람에 라이시는 한쪽 눈을 잃었고 시로니의 후배 한 명은 원인 불명의 혼수상태에 빠졌다. 온 힘을 다했다. 많은 걸 잃었다. 그런데 사람들은 우리를 비난한다. 어서 살길을 찾으라며 화를 낸다. 야속하지도 원망스럽지도 않다. 그저 바위에 부딪히는 파도 소리처럼 뜻 없이 느껴질 뿐이다.

나는 멍한 기분으로 정신을 잃은 라이시를 바라보았다. 얼굴 왼편을 붕대로 단단히 감은 채, 그는 아직 다 닦아 내지 못한 핏자국에 잠식되어 있었다. 그 모습을 보자니 아야라의 심정을 이해할 수 있었다. 어색하다. 그래서 눈물도 나지 않는다. 그냥 이 모든 상황이 거짓말 같고, 그나마 살아 준 것에 고맙다가도 너무 많이 다친 모습이 무섭다. 안도와 절망이 뒤섞여 현실감마저 박탈당한 지금, 실낱같은 희망을 얻고자 그의 뺨을 매만져 보았다. 그러나 생각보다 차가운 살결에 결국 눈을 질끈 감고 말았다.

내게 이런 일이 벌어질 거라고는 생각해 본 적이 없다. 설령 이런 세계라고 한들, 내게는. 그렇게 생각하니 여전히 멍한 채로 눈시울이 뜨거워졌다. 나도 모르게 떨어지는 눈물을 바라보다 나는 고개를 들었다. 그리고 희게 밝아 온 새벽을 바라보았다. 그 하늘을 향해 나는 속삭였다.

"도와줘요."

늘 함께 있겠다는 약속에 매달리며 애원했다.

"도와주세요."

눈을 시리게 하는 백색 공간, 그 신비한 시공에서 나는 만났다. 그를, 나를, 리브나 키브사를. 그는 여느 때처럼 단아한 표정으로 나를 바라보고 있었다. 당연하다는 듯, 익숙하다는 듯 우리의 비극을 관망하고 있었다. 나는 공주를 향해 야속함을 느끼며 말했다.

—네가 나라면, 그리고 정말 구세주라면 도와줘. 우릴 구해 줘.

마땅하다 생각하며 나는 말했다. 그러자 키브사는 나를 한참이나 바라보다 차분히 되물었다.

—어떻게 구해 주길 원해?

—우리를…….

—위협하는 적들을 없애고 다친 사람을 낫게 하고, 또 한 번 너희에게 눈부신 승리를 안겨 주고?

당연한 것을 진지하게 묻고서 그는 희미하게 웃었다.

—그러면 과연 무엇이 달라질까?

—무엇이 달라지다니…….

—이 작은 성을 지키면 세상이 구해질까?

—무슨 뜻이야?

—네가 지금 정말 세상을 구하고 있냐는 뜻이야.

나는 가슴이 내려앉았다. 지금껏 상상도 해보지 못한 질문이었다. 이 세계에서 나는 오직 세상을 구하고자 온 힘을 다했는데, 나 스스로도 그렇게 생각했고 모든 사람이 그렇게 인정했는데. 그런데 그 근본을 이렇게 의심받을 줄은 몰랐다.

말문이 막힌 내게 공주는 내 지나온 길을 보여 주었다. 그것은 내가 이룬 승리와 영광이 아니라, 그 뒤편의 그늘이었다. 메트로폴리스로 돌아간 대통령, 자이트, 지하로 숨어든 혁명군들, 온실의 소녀 매춘부. 어두운 곳에서 싸늘히 식어 가는 그들을 보고 나는 당황해서 변명했다.

—본인들이 원치 않았어.

—원할 수 없었지.

그렇게 말하는 공주의 목소리는 다정하면서도 단호했다. 그는 구세주로서 나를 비판하고 있었다.

—비단 저들만일까?

새로운 모습이 떠올랐다. 그것은 내 앞에서 죽어 간 사람들이었다. 가장 먼저 보인 것은 기달티를 유인하기 위해 미끼로 사용된 수천의 군인, 또한 시체 군단을 만들기 위해 산 채로 방부 처리된 수많은 사람, 그리고 인형을 조종하기 위해 뇌를 뽑혀 매개체가 되어 버린 중앙의 과학자들. 이 성을 무너트리기 위해 나삭은 그토록 많은 사람을 소비하고 있었다.

그뿐이랴. 중앙에서 자폭한 노바, 온실에서 적출된 태아들, 북쪽의 탑에서 불타 죽은 군인들, 두미야와 마을 사람들, 체파르데아와 권속들, 그리고 내가 이 세계에서 처음 만난 어린 양, 지카…….

공주는 내가 놓친 사람들을 하나하나 보여 주며 말했다.

—너는 분명 몇몇 사람에게 구원자였어. 하지만 구세주는 아니었지. 세상은 여전히 이다지도 어두운걸. 난 너와 달라, 네 손에 쥔 것뿐 아니라 손 틈으로 빠져나간 이들까지 구하기를 원해.

그 말이 어쩐지 철렁해서 나는 다급히 말했다.

—이 싸움에서 이기면 달라질 거야. 그럼 우리가, 이 세상을…….

—바꿀 테니까? 그래서 피네하스가 악을 강요한 것처럼 선을 강요할 셈이야?

—그건…….

—강압은 어둠의 일이지 빛의 일이 아니야. 북쪽의 도시가 그랬지. 옳은 것을 추구하던 그 가련한 남자는 결국 독단에 빠져 독재자가

되었어. 하지만 나와 내 아버지는 선물로 준 자유를 결코 다시 빼앗지 않아.

반복되는 공주의 반대에 나는 입술을 깨물었다. 그가 나를 도와주지 않을 거라는 생각이 들어 부아가 치밀었다.

—그래서 지금 무슨 얘길 하고 싶은 거야? 우릴 죽게 내버려 두겠다는 소리야?

이 성을, 사람들을, 기달티와 라이시를? 생각하는 것만으로도 눈물이 왈칵 쏟아졌다. 이 성은 낙원처럼 행복했다. 풍요 속에 축제가 벌어지고 아이들이 뛰놀며 죄지은 사람을 용서하는, 그런 곳이었다. 그런데 주민들은 독을 마셔 오늘내일에 죽을 위기에 처했다. 자상한 성주님은 온몸이 갈기갈기 찢겨 숨만 겨우 붙어 있다. 그리고 누구보다 정의로운 내 연인은 한쪽 눈이 뽑혔다.

우릴 이런 비참함에 내버려 놓고 공주는 도무지 알 수 없는 소리만 계속해서 지껄인다. 냉랭하게 관망한다. 본인이, 아버지가 착하고 전능하다면서 우릴 구해 주지 않는다. 그런 그가 너무나 미워서 나는 울며 소리쳤다.

—저 착한 사람들을 다 죽일 셈이야?

—저들은 착하지 않아.

하지만 돌아온 대답은 여전히 담담하며 냉정했다.

—아무리 사랑스럽게 바라본다 해도 저들은 결코 착하지 않아. 많은 사람이 뱀을 따르는 것처럼 그저 살기 위해 너를 따를 뿐. 가면이나 다름없는 모습은 곧 벗겨질 거야.

공주의 냉혹한 평가에 나는 비명처럼 소리쳤다.

—어쩔 수 없는 거잖아! 애당초 이런 세상에 사람들을 던져 둔 너희가 나빠, 이 지경이 되도록 방치했으면서!

—그래, 인간은 그렇게 말하지. 낙원을 등지고 스스로 추락한 그들은 오히려 우릴 비난하지. 왜 손이 닿는 곳에 금단의 과실을 두었냐며, 마치 교묘한 함정에 빠진 것처럼 말해. 하지만 그것이 거기에 있고 없고가 무슨 상관일까. 그 밖의 모든 것을 허락했는데. 그럼에도 금기를 어기고 죄를 지은 자들은 변명하지. 부호의 지갑이 보이기에 도둑질했다고, 아리따운 여인이 무방비하게 있기에 범하였다고. 기어이 사람을 죽이고선 당신이 내게 목을 조를 손을 주었습니다, 또 아버지를 탓하지.

공주는 그렇게 말하곤 슬피 웃었다.

—저들은 변하지 않았어. 네가 건져 낸 대부분의 사람은, 이곳에 먹을 것이 사라지면 또다시 먹이를 찾아 피네하스에게 굴복할 거야. 그런데도 네가 과연 그들을 구한 걸까?

나는 다시 소리치고 싶었지만 할 수 없었다. 반박할 말이 떠오르지 않았기 때문이다. 전쟁이 시작되고 딱 사흘이 지났다. 그런데 그 사흘 만에 사람들은 우리에게 원망을 토해 내기 시작했다. 절박한 상황에, 도사리는 위협에 참지 않고 불만을 터트렸다. 그들의 날 선 모습을 떠올리고 나는 다시 흐느꼈다. 그들은 분명 좋은 사람들이었다. 힘을 모아 일하고 약자를 돕고 죄인을 용서했다. 그런데 이대로라면, 곧 우리를 배신할지도 모른다.

—이 성을 구하고자 한다면 구할 수 있어.

숨죽여 우는 내게 키브사가 잔잔하게 말했다. 그렇다고 없어진 희망이 다시 생기지는 않았다. 그 온화함 속에서 꺾이지 않는 신념을 느꼈기 때문이다.

—그 또한 네가 선택할 수 있는 한 길이야. 하늘의 딸인 너는 시간과 공간을 깨트려 기적을 일으키고 인과의 글자를 바꿔 모든 위기를 없었던 걸로 할 수 있어.

—…… 그런데?

—하지만 그건 아나하라트가 아니야.

—어째서?

—그렇게 하면 이 이야기는 몽상으로 끝나고 말 테니까.

그래, 이것이 바로 키브사의 신념. 우리의 희망을 깨부수는 잔인한 경종이다.

—그것은 현실에 닿지 않는 그저 달콤한 꿈, 이야기를 위한 이야기, 도달하지 못할 이상. 그것으로는 세상을 구할 수 없어.

키브사의 단호한 말에 내 눈에는 다시 눈물이 차올랐다.

—나보고 대체 어쩌라는 거야.

—네 길을 걸어가.

그 길을 가라니, 어떤 길인 줄 알면서도 그 길을 가라니. 나는 서러움을 참지 못하고 흐느끼며 물었다.

—꼭 그래야 돼?

키브사는 하염없이 우는 나를 가엽게 여기면서도 묵묵히 끄덕였다.

—지금까진 높게 비추어 그림자를 그렸으니 이제는 낮게 비추어 그림자를 지워야 해.

—그럼 지금까지 내가 한 일은 다 무의미한 거야?

—그렇지 않아. 너는 이야기를 충분히 모았어. 우리의 결말에 사람들이 변명할 수 없도록. 이제 남은 건 결말뿐이야.

그렇게 말하며 공주는 이전에 그랬던 것처럼 내 이마에 자신의 이마를 가져다 댔다. 그가 속삭였다.

—내가 했던 말 기억해?

나는 그저 젖은 눈으로 그를 바라보았다. 기억나지 않아서가 아니라 너무나 선명해서. 그런 나를 마주 보며 그가 미소 지었다.

—그 끝에 너는 모든 것을 얻게 될 거야. 하지만 그 전에 모든 것을 잃어야 할 거야.

그 말이 가슴을 깊숙이 찌르며 나를 고통스럽게 했다. 나이기에 나를 가장 아끼지 않는 그 공주는, 내 떨어지는 눈물 위로 다시 속삭였다.

—죽음을 두려워하지 마.

나는 꿈에서 깼다. 긴 시간이 흐른 듯 하늘의 색깔이 변해 있었다. 나의 연인은 아직 깨어나지 못해 누워 있었고, 나는 그의 가슴에 기댄 채 오래도록 울었다. 그사이 종말은 또 한 걸음 우리에게 다가왔다. 그날 정오에, 성에서는 목숨을 건 제비뽑기가 시작되었다.

라이시의 부상으로 나갈 길이 막혔기에 시로니가 해독약을 제조하기로 했다. 하지만 요새에서 만들 수 있는 약은 필요량의 절반, 그마저도 시간이 너무 지체되어 아슬아슬한 상황이다. 이렇듯 약이 턱없이 부족했기에 아야라는 주민들에게 제비뽑기를 제안했다. 목숨을 건 제비라니, 사람들의 원성이 파도처럼 거셌다. 하지만 응하지 않으면 이대로 녹듯이 죽을 뿐, 사람들은 결국 제비를 뽑았다.

제비뽑기는 정오부터 시작되었다. 그로부터 한 시간 후, 사람들의 운명이 결정되었다. 그들은 자신의 제비를 다른 사람에게 보여 주지 않았다. 하지만 어떤 패를 뽑았는지는 안색에서 드러났다. 두 시간 후, 뽑은 제비를 도둑맞았다며 사람들이 찾아오기 시작했다. 정말 도둑맞은 사람도 있었고 아닌 사람도 있었다. 세 시간 후, 약을 얻지 못하게 된 사람들이 무리를 지어 무언가를 작당하기 시작했다. 대개 가정이 있는 장정들이었다.

그리고 다섯 시간 후, 폭력이 시작되었다. 제비의 당락에 상관없이 힘 있는 자들이 약한 사람들의 제비를 빼앗았다. 목숨이 걸린 일이었기에 사람들은 처절하게 저항했다. 하지만 강자의 폭력 아래에 그것은 한낱 부질없는 몸부림에 지나지 않았다. 제비를 뽑아 얻게 된 정당한 권리는 지켜지지 않았다. 아야라가 중재하려 했지만 소용없었다. 기달티도 라이시도 없는 지금, 여주인의 말은 힘이 없었다.

여섯 시간 후, 마을은 또 다른 전쟁터가 되었다. 남자들은 농기구를 들고 마을 구석구석을 돌아다녔다. 아이와 여자들은 제비가 있고 없고를 떠나 목숨을 부지하기 위해 숨었다. 그러자 사람들은 쥐를 잡듯 집집마다 불을 놓았다. 패를 뽑고 반나절 만에 사람들은 자신의 방식으로 상황을 평정했다. 강한 남자들이 당첨 제비를 수집했고, 그것을 자신의 가족과 나누었다. 이로써 강자는 살아남게 되었고 약자는 분통해하며 죽게 되었다. 세계의 모든 역사가 그랬던 것처럼.

우리는 저들의 만행을 지켜볼 수밖에 없었다. 시로니가 가장 분노했지만 그렇다고 약의 제조를 멈출 순 없었다. 그랬다간 폭도로 변한 저들에게 살해당하고 말 테니까. 그렇게 절반이라도 살아남으면, 우린 그 절반에게만은 구원자가 될 수 있을까? 알 수 없는 노릇이다.

살아남기 위한 우리의 발버둥을 비웃듯, 나삭이 군대로 우리를 다시 포위했다. 우리가 그 사실을 깨닫게 된 건 성 위로 날아든 드론을 통해서였다. 네 기의 드론이 하늘에 스크린을 펼쳤다. 스크린에 포로로 잡힌 사람들이 오열하는 모습이 보였다.

—교수님, 살려 주세요! 제발 살려 주세요!

그렇게 소리치는 사람은 시로니의 또 다른 후배였다. 옆에는 우리 마을 주민 몇몇도 함께 있었다. 소리 없이 성을 빠져나간 그들은 무릎을 꿇은 채, 군인들의 총구 앞에서 애원하고 있었다.

—교수님, 제발, 제발……!

총성이 울리며 애걸하던 과학자의 머리가 날아갔다. 옆에서 비명을 지르던 주민에게도 똑같은 일이 벌어졌다. 십수 명이 처형되는 광경에 사람들은 싸우던 것을 잊고 얼어붙었다. 그 위로 다시 나삭의 얼굴이 떠올라 그들을 양껏 조롱했다.

—아까 투항한 친구들인데, 미안하지만 나는 양민에게 관심이 없

네. 달리 말하면 제군들이 죽든 살든 상관없다는 걸세. 그러니 살고 싶다면 어서 공주의 목을 가져오게.

나삭이 나를 다시 지목했지만, 이미 곤두박질쳐 땅에 떨어진 심장은 더 깊이 내려앉을 곳이 없었다. 다만 생각했다. 저자가 지금 우리를 벌레 보듯이 하고 있다고.

—정말 궁금하군. 공주는 스스로 나오게 될까, 아니면 끌려나오게 될까?

아, 저 과학자는 정말 벌레의 다리를 하나씩 떼어 내듯 우리를 찌르며 실험하고 있었다.

나삭의 선언에 싸우던 사람들은 제비를 모두 내버렸다. 약을 얻어도 결국 군대에 죽게 될 것을 깨달았기 때문이다. 제비를 뽑은 지 일곱 시간 후, 서로 싸우던 사람들이 한데 뭉쳐 나를 찾아왔다. 하늘이 초저녁에 물들던 때였다. 그 하늘은 마침 분홍빛이었다. 한없이 따스하고 상냥한 빛깔의……. 우리의 첫 축제가 열리던 때에 나는 바로 저 하늘 아래서 사람들에게 이야기했다. 부디, 서로 사랑하라고.

"살려 주세요, 공주님!"

"제발 살려 주십시오! 이대로는 다 죽습니다!"

"저희를 구해 주세요!"

그들은 참으로 물방울 같았다. 흔들면 흔들리고, 쪼개지고 합해지기를 쉽게 하며 꿀에도 독에도 곧장 섞이는. 정녕 물방울 같은 사람들이 요새로 몰려와 소리쳤다. 나에게 살려 달라고 하는 것이 어떤 의미인지 알면서 그렇게 외쳤다.

"당신들 정말 미쳤어?"

참다못한 시로니가 소리쳤다. 하지만 사람들은 들은 척도 하지 않고 도리어 요새로 밀고 들어왔다.

"돌아가십시오!"

디브리가 막아섰지만 그 또한 소용없었다. 수십 명을 혼자서 감당할 수는 없었다. 결국 사람들은 나와 아야라가 있는 곳까지 들이닥쳤다. 건장한 남자들이 나를 에워쌌고 나는 흐린 눈으로 그들을 바라보았다. 아, 마을 주민들이 모두 이 사람들 같지는 않을 것이다. 모두 이들처럼 뻔뻔하고 무례하지는 않을 것이다. 하지만 나를 위해 아무도 나서 주지 않은 것도 사실이다.

"공주님, 제발 저희를 구해 주십시오."

나가라고 직접 말하지 않는 건 이들의 마지막 양심일까?

"그만하세요, 이 이상은 공주님께 무례입니다."

아야라가 내 앞을 가로막았다. 하지만 사람들은 이제 아야라의 말을 듣지 않았다.

"내 목숨이 아까워서 이러는 것이 아닙니다. 적어도 어린 것들은 살려야 하지 않습니까."

그래서 아까 어린아이의 손에서 억지로 제비를 빼앗았나요?

"이대론 전부 죽습니다. 살 사람이라도 살게 도와주십시오."

본인이 죽을 사람일 땐 살 사람이 되려고 그렇게 발버둥 치더니.

"다들 제발 진정하세요!"

듣다못해 아야라가 소리쳤다. 하지만 그러지 않는 편이 나았다.

"진정이고 나발이고, 바깥 상황을 보고나 말하시오!"

사람들이 결국 분통을 터트렸다. 잔뜩 날이 선 그들은 오히려 이런 기회를 기다렸던 것 같다. 그들은 마침 기회를 잡았고, 옳다 하며 마음에 찬 악의를 아야라에게 퍼부었다.

"당신네들은 우릴 지켜 줄 수 없소! 여태 개처럼 부려 놓고 꼼짝없이 죽게 만들다니, 이럴 바엔 차라리 체파르데아가 나았소. 그자는 적어도 시체 독을 먹이거나 군대에 포위당하게 하진 않았어!"

"지금 그걸 말이라고……."

아야라가 기막혀하며 할 말을 잃었다. 그래서 시로니가 대신 악을 썼다.

"억지 부리지 마, 체파르데아도 저런 병력은 못 견뎌! 이 사람들이 무능해서 이렇게 된 줄 알아?"

"그러게 애당초 왜 피네하스에게 덤빈 거요! 저 뿌리 없는 인간들만 안 데려왔으면 중앙에서 쳐들어올 리가 있소?"

"뭐?"

"내 말이 틀렸소? 간신히 살 만해졌는데 왜 분수에 넘는 짓을 해서 이 사달을 내느냔 말이오! 무슨 말이나 좀 해보시오!"

화살이 드디어 나를 향했다.

그렇다. 당신들의 구원자는 참으로 주제넘는 짓을 했다. 내가 지금까지 뭘 했는지 나도 잘 모르겠다. 나는 과연 당신들을 구했나?

"이건 전부 당신이 자초한 일이요. 원망하지 말라는 소린 하지 않겠소. 우리도 어쩔 수 없다는 것만 알아주시오."

속을 토해 낸 사람들은 한층 차가워진 얼굴로 아야라와 시로니를 밀치고 내게로 성큼 다가왔다. 아, 아무래도 나는 이렇게 끌려가는 모양이다. 이대로 붙들려 내버려지는 모양이다. 이게 정말 내 길일까? 이토록 비참한 게, 정말?

내가 멍하니 다가오는 손길을 바라보고 있을 때였다. 한 목소리가 우리를 얼어붙게 만들었다.

"다들 멈춰."

낮은 목소리는 소란 속에서 서늘하게 들려왔다. 사람들이 행동을 멈추고 고개를 들었다. 목소리가 들려온 곳엔 차가운 얼굴을 한 장신의 남자가 서 있었다. 온몸에 붕대를 두른 환자였지만, 그럼에도 그는 연약해 보이지 않았다. 상처 입은 그는 도리어 위험해 보였다. 모든 사람에게, 그리고 세상에게.

사람들을 노려보며 기달티가 말했다.

"나가시오."

날 선 명령에 사람들이 질겁했다. 그들이 머뭇대자 기달티는 다시금 일갈했다.

"나가."

그에 사람들은 앞다투어 달려 나갔다. 수십 명이 몰려와 여자 셋을 위협하더니 한 남자의 서슬 퍼런 목소리에 모두 도망쳐 버렸다. 우리는 그 광경을 황망히 바라보다가 기달티를 돌아보았다. 놀랍게도 그는 멀쩡한 모습으로 서 있었다. 우리는 다급히 그에게 달려갔다.

"성주님……."

"아니요, 저예요."

아야라가 부르자 기달티는 한 걸음 물러났다. 그러면서 본 모습으로 되돌아왔다. 그는 어느새 타누가 되어 있었다. 진료실 안쪽을 들여다보니 진짜 기달티는 아직 침대에 누워 있었다. 타누 덕분에 위기를 모면했지만, 그가 기달티가 아니라는 사실에 우리는 허탈해지고 말았다. 그러자 타누는 어색하게 웃으며 다시 말했다.

"미안하지만 저예요."

"성주님이나 알타쉬헤트 공이 아니라서 실망했어요?"

그렇게 말하는 타누는 여기서 아직 웃을 수 있는 유일한 사람이었다. 나는 그의 장난스러운 얼굴을 바라보다가 묵묵히 고개를 저었다. 그러자 그는 여느 때처럼 내 어깨에 팔을 두르고서 낄낄댔다.

"괜찮아요, 실망해도. 나도 나보다 저 사람들이 멀쩡했으면 좋겠거든요. 물론 애꾸는 싫지만. 아, 혹시 기분 나빴어요? 뭘요, 흔한 건데. 온실에 오는 군인들은 열 명 중 한 명이 애꾸였어요. 아니, 다섯 명 중 한 명이었나? 하여튼 별로 특이하지 않아요. 두 쪽 다 없어야 아, 저 양반 밥 차려 먹기 힘들겠구나 싶죠. 알타쉬헤트 공은 겨우 한쪽이잖아요?"

타누가 일부러 과장되게 말했지만 나는 거기 반응할 수 없었다. 너무 지쳐서, 그리고 힘들어서. 내가 계속 침울해하자 타누는 결국 내 어깨에서 팔을 내렸다. 그리고 새 이야기를 꺼냈다.

"온실에서 연락이 왔어요. 시믈라 님이 죽으려고 손목을 그었대요.”

뜻밖의 소식에 나는 흠칫 놀랐다. 하지만 타누는 대수롭지 않게 웃었다.

“다행히 목숨은 건졌다는데, 하하 참내. 죽음은 정말 사람한테 그림자처럼 붙어 있는 모양이에요. 여기도 그렇고 거기도 그렇고.”

“그래서 지금 어떻게 됐어요?”

“시녀들한테 감시를 받고 있어요. 알잖아요, 주인이 죽으면 권속들이 곤란해지는 거. 그래서 죽지 못하게 감금했대요.”

“감금이라니…….”

“하극상이죠, 하극상. 정말 여기도 그렇고 거기도 그렇고. 주인으로 섬기다가 수틀리니까 묶어 놓고 억지로 먹이고 억지로 재운대요. 계속 수면제를 먹여서 제정신으로 놔두질 않는다네요.”

시믈라의 이야기를 듣고 나는 한층 더 멍해졌다. 예전처럼 ‘어떻게 그럴 수가’ 하고 가식적인 충격은 받지 않았다. 그저 둔하게 이해할 뿐이다.

“시믈라가 살아야 사람들도 사니까요.”

그것에 대한 이해는, 내가 같은 처지에 있기에 가능했다.

“나는 죽어야 사람들이 살고요.”

아이러니하게도 그렇다. 우린 정반대이면서 결국 같다. 그는 몸이 묶여 죽을 수 없게 되었고 나는 담보가 되어 살 수 없게 되었다. 이건 결코 특별한 일이 아니다. 수많은 사람이 당하는 흔한 일이다. 이전과 조금 다른 점이 있다면 내가 그 흔한 일에 걸렸다는 거, 그뿐이다. 그래서 내게 주어진 건 두 갈래의 길. 여기서 내가 선택해야 하는 건…….

"공주님."

번민하던 나를 타누가 불러 깨웠다. 내가 바라보자 그는 찡그리며 웃었다.

"그렇게 다 떠안지 말아요. 이런 말 주제넘지만, 공주님이 희생할 필요는 없어요. 그건 그다지 의미 있는 일이 아니에요."

늘 가볍기만 하던 그는 내 의중을 놀랍게 꿰뚫어 보고 있었다.

"사람은 어차피 죽어요. 그래서 살아 있는 동안 의미 있는 선택을 하라는데, 저 사람들을 구하는 게 과연 그런지 나는 잘 모르겠네요. 물론 식후 운동 정도로 가능하다면 말리진 않겠지만 목숨을 걸 정도는 아니라고 봐요."

타누가 한 말은 마치 내 마음 한구석을 언어로 풀어낸 것 같았다. 마음을 후벼 파인 나는 아픈지 후련한지도 모르고 난처하게 그를 바라보았다. 왠지 모르게 가슴이 북받쳐서 하마터면 울 뻔했다. 중간에 날 선 목소리가 끼어들지 않았다면, 아마 울었을 거다.

"적당히 하시죠."

그렇게 말하며 나타난 건 시로니였다. 제조하던 약을 모조리 폐기하고 돌아온 시로니는 매서운 표정으로 내게 다가왔다.

"난 이런 꼴을 보려고 당신을 따라온 게 아니야."

그는 지금까지 한 번도 보인 적 없는 표정으로 말했다. 그것이 경멸이라는 걸 나는 어렵지 않게 깨달았다.

"내가 말했죠. 개죽음은 싫다고, 이 길이 진짜라는 걸 승리로 증명하라고. 난 당신만 믿고 여기까지 왔어. 그런데 그 대가로 후배를 잃고 이 핀치야. 어떻게 생각해요? 이건 약속이 다르잖아. 그러니 이제라도 분명히 말해요. 당신이 정말 구세주야? 아니면 날 농락한 가짜였나?"

"누님, 공주님 입장도……."

"입 닥쳐, 나 지금 기분 정말 별로니까."

타누가 끼어들자 시로니가 매섭게 짓씹었다. 타누를 내치고서 그는 다시 내게 쏘아붙였다.

"내 머리로는 이해가 안 돼. 뭐든 다 해줄 것 같이 말해 놓고 이렇게 발뺌하는 게. 당신 정체가 뭐야? 유례없는 사기꾼인가? 아니면 망상 환자? 그것도 아니면, 우릴 시험대에 올려 둔 못된 신인가?"

나는 아무런 말도 할 수가 없어 그를 바라만 보았다. 그러자 시로니는 진저리를 내며 소리쳤다.

"젠장, 그런 표정으로 불쌍한 척하지 마! 그럴 자격이나 있어? 날 여기까지 끌어냈으면 책임을 지란 말이야! 약속했잖아, 나는 그것만 믿고 있었는데, 그런데 어떻게 나한테 이럴 수 있어! 나한테 어떻게……!"

시로니가 소리치는데, 와장창 하는 소리가 났다. 진료실에서 들려온 그 소리에 시로니는 악쓰던 것을 멈췄고 나는 그의 손에 흔들리는 것을 멈췄다. 진료실로 달려가 보니 라이시가 몸을 일으킨 채 신음하고 있었다. 한 손으로 눈을 움켜쥐고 다른 손으로는 허우적대면서.

그 고통에 찬 몸부림을 보고 시로니가 다급히 달려갔다.

"가만있어, 진통제 놔줄 테니까."

시로니가 그를 눕히자 라이시는 쉰 목소리로 말했다.

"눈이 뜨겁습니다. 눈만이 아니라 머릿속까지……."

"뼛조각이 너무 깊이 박혀서 어쩔 수 없었어요."

시로니는 씁쓸하게 말하며 주사기를 꺼냈다. 그리고 진통제를 투여하며 덧없이 속삭였다.

"의안을 구해다 줄 수 있어요. ……여기서 살아남는다면."

라이시는 대답하지 않았다. 거의 한나절 만에 깨어난 그는 우리에게 어떤 일이 벌어졌는지 아직 모르고 있었다. 호흡을 고르며 통증을 다스리던 그는 잠시 후 한결 편해진 기색으로 몸을 일으켰다. 식은땀을 흘리고 휘청대는 건 여전했지만, 적어도 통증은 가라앉은 모양이었다. 그는 어색하게 자기 눈을 더듬었다. 나는 그 모습을 차마 볼 수가 없어 고개를 돌렸다. 자신을 살펴본 그는 절망하거나 비통해하지 않고 우리에게 먼저 물었다.

"상황은 어떻게 됐습니까?"

그 강인함에 마음이 찢기듯 아팠다. 그에게 아무런 말도 해줄 수가 없었다. 우리의 침묵을 수상하게 여기던 그는 탄 냄새를 맡고 침대에서 일어났다. 그리고 창가로 다가가 반쯤 불타 버린 마을을 보았다.

"마을이 왜 저렇게……. 나삭이 왔습니까?"

"아니요, 마을 주민들이 그런 거예요."

라이시는 대답을 듣고 더 크게 놀랐다. 그에 시로니는 깊게 한숨을 내쉬며 설명했다.

"중앙에 갈 수 없어서 결국 약을 만들었어요. 수량이 턱없이 부족해 제비뽑기를 시켰더니 제비뽑기 결과는 무시하고 자기들끼리 살 사람을 정하더군요. 하지만 이젠 그마저도 소용없게 됐어요. 나삭이 또 한 번 선포했거든요. 살려 줄 테니 공주를 내놓으라고."

"공주님은……."

라이시가 문간에 선 나를 보고 겨우 안심했다. 하지만 시로니는 그 안도를 태연히 짓밟았다.

"이미 한 번 사람들이 왔었어요. 구해 달라는 말로 에둘러 나가 죽어 달라더군요. 성주님이 깨어난 줄 알고 돌아갔지만, 이제 모르죠. 오늘 밤이 고비인데 궁지에 몰리면 무슨 짓을 할지."

라이시의 눈길이 다시 날 향했다. 나는 어쩐지 숨고 싶었다. 우리의 시선이 교차하는 순간에도 시로니는 냉랭하게 말을 이었다.

"부상자에게 이런 말 미안하지만 결정해야 할 거예요. 이 성을 어떻게 할지. 그리고 난 이제 여길 떠날 거예요. 당신들과 동반 자살할 생각 추호도 없으니까. 오늘 자정까지 성주님 데리고 요새에서 나가 줘요. 약이랑 붕대는 챙겨 줄게요."

말을 마치고 시로니는 돌아섰다. 문으로 나가며 내 옆을 스쳤지만 나에겐 눈길조차 주지 않았다. 타누도 비켜 주었고 진료실엔 아직 깨어나지 못한 기달티와 나와 라이시만 남았다. 창가에 서 있던 라이시가 내게로 비틀대며 걸어왔다. 그가 가까이 올 때 내 입에선 많은 말이 맴돌았다. 그런데 정작 처음 꺼낸 말은 어째선지 원망이었다.

"내가 다치지 말라고 했잖아."

그때 비로소 그의 다친 모습이 똑똑히 보였다. 온몸에 난 잔 상처들과 지쳐서 창백한 얼굴, 그리고 붕대로 휘감아 감춰진 왼쪽 눈. 그게 너무 슬프다는 걸 하루를 다 보내고서야 깨달았다.

"다치지 말라고, 다치지……."

그가 연거푸 탓하는 내 머리를 끌어당겨 자신의 가슴에 대었다. 나를 안고 그가 나직이 말했다.

"미안해."

"왜 네가 사과하는 건데……."

그에 돌아온 대답은 또다시 미안하다는 것이었다. 그 다정함에 마음이 무너졌다. 여태 참았던 눈물이 봇물처럼 터지며, 나는 막 깨어난 그에게 하염없이 매달리고 말았다.

"나 어떡해."

난 아무것도 하지 않았어.

"세상을 어떻게 구해야 할지 모르겠어."

그런데 사람들이 다들 날 원망해. 죽이고 싶을 만큼 미워해.

"이젠 정말 모르겠어."

이런 세상을 어떻게 구해야 할지, 더는…….

"울지 마."

내가 흐느끼는 동안 라이시는 나를 안고 나보다 더 아파하며 말했다.

"내가 지켜 줄게, 제발 울지 마."

그의 목소리가 절절했지만, 그럼에도 우릴 향해 다가오는 종말은 걸음을 늦추지 않았다. 남은 것은 이제 한 걸음. 곧 종말이 시작된다.

자정 무렵 우린 기달티를 성으로 옮겼다. 우리가 떠나자 요새는 약속대로 떠올랐다. 밤늦게 떠나는 건 시로니의 마지막 배려였다.

나는 낯선 기분으로 내 방에 들어갔다. 세어 보면 겨우 3일 만인데 정말 오랜만에 돌아온 느낌이다. 전날 잠을 거의 못 자서 나는 씻지도 않고 잠깐 곁잠에 들었다. 그래서 사람들이 내 방으로 숨어들어 올 때의 은밀한 소리에도 곧장 깨고 말았다.

어둠 속에서 몇 사람의 인영이 문을 열고 들어오는 게 보였다. 나는 바로 소리를 질렀지만 그 소리가 퍼져 나가기 전에 억센 손이 내 입을 먼저 틀어막았다. 이어서 많은 손이 내 사지를 옭아맸다. 내 몸은 너무 쉽게 떠올랐고, 날 덮친 것이 몇 명인지도 모른 채 방 밖으로 끌려 나갔다. 몸부림친 끝에 입을 막은 손을 간신히 떨쳐 내고 살기 위해 비명부터 내질렀다. 사람들은 다급히 내 입을 막더니 이미 늦었다고 생각했는지 내 목을 조르기 시작했다. 큰 손이 목을 휘감는 감각에, 그리고 숨통이 조여 오는 감각에 나는 얼어붙고 말았다. 고통보다는 경악이었다.

그 와중에 머릿속은 엉뚱하게 냉정했다. 아, 그래. 그렇지. 나를 시체로 만들면 아야라나 라이시가 포기할 가능성이 생기지. 들키더라도 말이야. 어떤 사람이든 시체가 되면 값어치가 많이 떨어지니까.

조금 우스운데, 숨을 쉴 수 있다면 웃었을까? 모르겠다, 정신이 점점 아득해져서. 물에 빠진 것처럼 소리가 울리기 시작했다. 의식이 멀어져 가고 있는데, 갑자기 물 밖으로 건져지기라도 한 것처럼 조여드는 감각이 사라졌다. 내가 숨을 토하는 순간 이명과 함께 남자의 고함 소리와 늑대 우는 소리가 들려왔다.

"꺼져."

라이시였다. 그리고 무아카였다. 그들이 어둠 속에서 두런대는 사람들에게 소리쳤다.

"죽기 싫으면 당장 꺼져!"

라이시의 노성에 사람들이 달아날 때, 나는 숨을 몰아쉬며 사방을 돌아보았다. 수백 명이 사는 성인데 꼭대기에 있던 라이시와 무아카가 올 때까지 아무도 나서지 않았다. 그나마 아이들이 겁먹고 기웃댈 뿐 밖으로 나오는 어른은 없었다. 있더라도 문틈으로 살그머니 훔쳐보고 말았다.

왜? 왜 내가 소리 지를 때 아무도 나와 주지 않았어? 왜 구해 주지 않았어? 내가 이대로 끌려 나가 당신들이 살아남기를 바란 거야? 아니면 나설 용기가 없었어? 그래서 그렇게 관망했어? 내가 당신들을 어떻게 구했는데. 나는 그 피비린내 나는 경기장에서 목숨까지 걸었는데, 가장 위험한 일을 떠안고 당신들을 구했는데……!

숨을 제대로 쉴 수 있게 되었을 때, 나는 소리 내서 크게 울었다. 모든 사람이 다 들으라는 듯 주저앉아 엉엉 울었다. 당신들의 구원자가 이따위로 내버려졌다는 걸 알려 주려고. 다들 알라고. 나는 그렇게 기절할 때까지 울었다.

또 꿈을 꿨다. 여느 때처럼 새하얀 꿈이었다. 이번엔 나 혼자였다. 왜냐하면 아무도 만나고 싶지 않아서, 내가 나오지 못하게 했다.

나는 그곳에 홀로 웅크려 앉았다. 혼자서 바라보니 이 꿈은 차가운 설원 같았다. 고독했다. 나는 정말 외로웠다.

"그래, 그거면 돼."

"하지만 아야라……."

"난 괜찮아."

속삭이는 목소리에 나는 잠에서 깼다. 하늘은 아직 희뿌연 새벽이었고, 나는 기달티의 집무실 소파에 누워 있었다. 눈을 떠보니 아야라가 라이시를 안아 주는 모습이 보였다. 아야라는 아이들에게 하는 것처럼 그를 다독이고 있었다.

아야라가 막 깨어난 나를 발견하곤 상냥히 웃었다. 아야라는 평소처럼, 전쟁이 시작되기 전처럼 부드럽게 말했다.

"공주님, 옷 갈아입으세요."

"네?"

"가야 할 곳이 있어요."

"어디를……."

내가 불안해하며 물었지만 아야라는 대답하지 않았다. 다만 내게 새 옷을 건넬 뿐이었다. 나는 머뭇대다가 라이시를 돌아보았다. 그러자 그는 조용히 끄덕였다. 나는 결국 영문도 모른 채 옷을 갈아입었다. 옷을 입고 나오니 라이시는 이미 채비를 마치고 창가에서 기다리고 있었다. 그 옆에 있던 아야라는 날 보더니 조금 슬픈 얼굴로 내 옷매무새를 정돈해 주었다. 목에 난 멍 자국이 보이지 않게 옷깃을 잘 여며 주었다. 아야라의 얼굴은 복잡했다. 겉으로는 태연한 척하지만 잘 들여다보면 홀가분한 듯도 싶고 서운한 듯도 싶고, 무언가 많이 감춘 눈빛이었다.

아야라는 나를 한 번 만지고서 라이시에게 보냈다. 그러자 그는 대체 어딜 가는지도 말해 주지 않고 나를 가까이 안았다.

"발각되지 않게 날아야 합니다. 힘을 빌려주세요."

모든 게 이상하고 어색했지만 나는 묵묵히 따랐다. 이윽고 라이시는 이제껏 본 적 없이 빠른 속도로 날기 시작했다. 우리는 아무도 모르게 뿌려지는 빛처럼 하늘을 건넜다. 대체 어디까지 가는 걸까 의문이 들 무렵, 기이한 빛이 우리를 휘감았다. 이전에 한 번 본 적 있는 빛이었다. 그 빛이 너무 강해서 나는 눈을 질끈 감았다. 동시에 소리가 사라지고 중력이 사라지며 세상이 뒤집히는 기묘한 체험을 했다.

그 신비한 감각은 곧 잦아들었고, 이윽고 다시 눈을 떴을 때 나는…….

11

제자리

세상에 소음이 가득했다. 그 소리는 낯설면서도 익숙해서 나는 혼란스러웠다. 눈앞의 광경도 마찬가지였다. 하늘엔 옅은 회색이 섞여 있었고 그 아래 도시는 완연한 회색빛이었다. 그 광경에 나는 놀라서 헛숨을 삼켰다. 아, 여긴 우리 세계다. 우리 동네다. 동시에 나는 아까부터 귓가에 울리던 소음이 무엇인지도 깨달았다. 그것은 자동차가 지나는 도로에서 나는 소리였다. 나는 고층 건물 꼭대기에 있었다. 주변 풍경이 눈에 빤한 이곳은, 바로 내가 사는 아파트 옥상이었다. 놀라서 사방을 돌아보는데 옆에서 라이시가 말했다.

"나온 때로 들어가려고 했는데 좀 늦었어. 몇 시간 차이는 안 날 거야."

나는 더 얼떨떨해졌다.

"여기 왜 온 거야?"

그래서 못 올 데에 온 듯 그렇게 묻고 말았다. 그러자 라이시는 태연하게 대답했다.

"위험하니까 여기 좀 있자."

"하지만……."

그럼 우리 성은? 우리가 여기 있으면 기달티와 아야라는, 그리고 아이들과 사람들은? 그렇게 말하려 했지만 그 말은 목구멍을 넘지 못했다. 그곳에 있어 봐야, 있어 본들……. 내가 말을 잇지 못하자 라이시가 물었다.

"집에 가보고 싶지 않아?"

그 말에 나는 흠칫 어깨를 떨었다. 집이라니, 당장에라도 뛰어 내려가고 싶다. 하지만 선뜻 그럴 수 없는 이유는 이대로 파랗게 사라질 것 같은 라이시 때문이다. 나는 불안해서 머뭇대다가 자그맣게 말했다.

"같이 가."

"안 돼."

"우리 부모님 만날 거라고 했잖아."

라이시의 단호한 거절에 나는 찡그리며 항변했다. 그러자 그가 곤란한 얼굴로 고개를 저었다.

"눈 때문에 안 돼."

그렇게 말하며 미안해하는 그에게 나는 더 조를 수 없었다. 그래서 대신 입술을 깨물고 손을 내밀었다.

"그럼 치포라 줘."

그렇게라도 해야 안심하고 내려갈 수 있을 것 같다. 그에 라이시는 또 한 번 난처한 표정을 짓더니 마지못해 치포라를 빼 건네주었다. 그의 날개를 기어이 빼앗았지만 나는 여전히 발길을 돌릴 수가 없었다. 라이시를 혼자 남겨 두는 게 불안해서. 그러자 그는 걱정 말고 다녀오라며 나를 떠밀었다.

"여기 잠깐만 있어, 엄마만 보고 올게."

그렇게 말하고 나는 곧장 계단을 내려갔다. 엘리베이터를 기다리는 시간도 아까워 단숨에 뛰어내렸다. 그렇게 도착한 우리 집, 그 현관 앞에서 나는 숨을 가다듬었다. 어쩐지 긴장이 돼서 문을 열 수가 없었다. 그렇게 머뭇대고 망설이다가, 나는 용기를 내서 문을 열었다. 그러자 거짓말 같은 광경이 펼쳐졌다. 언니가 소파에 누워 TV를 보고 있었다. TV 소리가 요란했고 그 틈새로 부엌에서 달그락대는 소리가 들려왔다. 현관에서 한눈에 보이는 시계는 오전 열 시. 토요일 오전의, 아무 걱정 없이 한가한 우리 집 풍경이었다.

"너 어디 갔다 와?"

아직 씻지도 않고 있던 언니가 날 보며 눈을 휘둥그렇게 떴다. 언니는 내가 아직 방에서 자고 있을 거라 생각한 모양이었다. 언니는 거기서 그치지 않고 내 이모저모를 살펴보며 물었다.

"머리 잘랐어? 그 옷은 또 뭐야?"

언니가 갸우뚱대는 사이 설거지를 하던 엄마가 부엌에서 나왔다. 엄마도 나를 보더니 언니처럼 물었다.

"아침에 나갔다 온 거야?"

나는 보고도 믿기지가 않아 한참이나 멍하니 섰다가, 엄마가 그렇게 물어볼 때 뒤늦게 달려들었다.

"엄마!"

"애가 왜 이래?"

내가 와락 안겨 들자 엄마가 얼떨떨해하며 날 바라보았다. 젖은 손을 어색하게 든 채로, 갑자기 안 하던 짓을 하는 나를. 나는 아랑곳 않고 엄마에게 매달렸다. 하고 싶은 말이 너무 많은데 할 수 있는 말이 없었다. 그런데 말없이 있자니 어쩐지 울음을 터트릴 것 같아, 나는 복받치는 것을 감추며 엄마에게 속삭였다.

"엄마, 나 좋아하는 사람 생겼어."

"뭐?"

"걔랑 결혼할 거야."

그러자 엄마가 드디어 내 등을 때렸다.

"못하는 소리가 없어. 걔 몇 살인데, 뭐하는 앤데?"

잔소리를 들었지만 나는 오히려 기뻤다. 나를 철부지처럼 대하는 엄마가 너무 반가워서 나는 엄마를 더 꼭 끌어안았다. 그러자 엄마는 눈을 가늘게 뜨고 날 노려보기 시작했다.

"너 수상해? 걔 어디 사는 애야?"

다른 세계에 산다고 하면 안 믿을 거면서. 내가 계속 웃기만 하자 엄마도 결국 못 이기는 척 웃음을 터트렸다. 그러고서 평소 가장 많이 하는 말을 오늘도 한다.

"밥 안 먹어?"

엄마가 이렇게 물어보면 열에 아홉은 '안 먹어'였는데. 그런데 지금은 정말 먹고 싶다. 밥, 엄마가 해준 밥. 하지만 기다리고 있을 라이시가 생각나서 나는 식탁에 앉을 수 없었다. 대신 머뭇대다가 말했다.

"엄마, 나 도시락 싸줘."

"도시락?"

"응, 나가서 먹게."

"걔랑?"

나는 밝게 웃으며 고개를 끄덕였다. 엄마가 라이시를 동네 남자애처럼 부르는 게 너무 좋아서 웃을 수밖에 없었다. 하지만 엄마는 내 갑작스런 부탁에 마뜩잖은 얼굴을 한다.

"집에 뭐 없는데."

"그냥 있는 것만 싸줘."

"차라리 집으로 오라고 하지."

그 말에 나는 멈칫했다가 곧 아무렇지도 않게 웃었다.

"나중에."

엄마가 도시락을 궁리하며 주방으로 들어가자 옆에 있던 언니가 넌지시 말했다.

"초장부터 너무 좋아하지 마라. 나중에 눈물 바가지로 쏟는다."

초장 아니거든요, 우리 벌써 몇 달이나 됐거든요! 나는 의기양양한 얼굴로 웃어 줬다. 언니가 코웃음을 치도록.

엄마가 도시락을 챙기는 동안 나는 방으로 들어갔다. 뭔가 어색했다. 마치 어린 시절의 사진을 보는 기분이다. 기묘한 향수를 느끼며 침대에 누워 봤다. 라이시와의 첫 만남이 눈에 선했다. 바로 저 창문에서, 바로 저 의자에서, 그리고 이 침대에서. 우린 그렇게 처음 만났다.

그날을 더듬어 보다가 나는 주머니에서 치포라를 꺼냈다. 날개를 만들어 주는 신비한 도구. 예전엔 매끈했는데 지금은 어째선지 미세한 금이 가 있다. 라이시는 이게 무아카와 싸우면서 생긴 균열이라고 했다. 나는 치포라를 살짝 꺾어 보았다. 이대로 힘을 주면 부러질 것도 같다. 정말 부러트려 볼까? 생각만 하다가 결국 그만뒀다. 그럴 만한 용기가 없었다.

나는 한숨을 내쉬며 침대에서 일어났다. 이럴 때가 아니다, 라이시가 기다릴 텐데 빨리 나가야지. 잠시 후 나는 엄마가 싸준 도시락과 가방을 챙겨서 다시 옥상으로 올라갔다. 라이시는 우리 세상을 바라보며 날 기다리고 있었다. 나는 그의 옆으로 다가가 넌지시 물었다.

"뭐 봐?"

내 물음에 그는 웃으며 고개를 가로저었다.

"그냥."

그렇게 얼버무리다가 그가 물었다.

"이 세상은 평화롭지?"

그 물음이 마냥 가볍지가 않아 나는 고개만 끄덕였다. 한동안 침묵이 흘렀다. 가라앉은 분위기를 바꾸려고 나는 서둘러 말을 꺼냈다.

"저기, 배 안 고파?"

뭐라도 먹으면 좀 나아지겠지. 그래서 나는 도시락을 펼치려고 했다. 그런데 장소가 영 마땅치 않았다.

"라이시, 우리 다른 데로 갈까?"

"다른 데?"

모처럼 우리 세계에 왔는데 좋은 곳에 데려가고 싶었다. 하지만 라이시는 여러 가지를 망설였다. 자신이 이 세계 사람들 눈에 띄면 곤란하다면서. 다만 사람이 없는 곳이라면 장소를 옮겨도 괜찮다고 했다. 사람이 없는 좋은 곳, 어디가 좋을까 고민하다가 나는 그에게 산이나 바다를 보여 주기로 했다.

그래서 방향을 잡고 라이시와 함께 날았다. 사람들 눈에 띄지 않도록, 아주 빠르게. 그런데 너무 빨리 날았나? 구름 위를 신나게 날다가 정신을 차려 보니 우린 망망대해 위에 있었다.

"여기 어디야?"

내 당황스런 물음에 라이시가 한숨을 내쉬었다.

"그걸 나한테 물으면 쓰나."

나는 덜컥 겁을 집어먹었다. 설마 지구 단위 미아가 되는 건가 싶어서. 내가 울상 짓자 라이시는 기다리라면서 다시 날았다. 그렇게 조금 더 날아, 우리는 곧 섬 하나를 발견했다.

"라이시, 저기로 가자."

안도하며 그 섬으로 다가가는데, 가까워질수록 나는 뭔가 이상하다는 걸 깨달았다. 왜 섬에 야자수가 있는 거지? 설마 우리 국경을 넘어 대양까지 건너온 건가? 이윽고 섬에 내려서며, 색유리 같은 바다와 우거진 열대 숲을 보며 나는 확신했다. 큰일이다, 여기 절대로 한국이 아니야.

"어떡해, 우리 너무 멀리 왔나 봐."

심지어 하늘도 많이 다르다. 한국은 지금 한낮인데 여긴 새벽 같다. 내가 초조해하자 라이시가 심드렁히 말했다.

"무슨 걱정이야, 돌아가면 되지."

"돌아가는 길 알아? 여기가 어딘지도 모르잖아."

"저쪽에서 날아왔으니까 다시 저쪽으로 날아가면 되겠지."

그렇게 쉽게 말할 수 있는 거야? 내가 뚱하니 바라보자 그는 여유롭게 대꾸했다.

"걱정 마, 제자리로 돌아가는 건 쉬워."

과연 그럴까? 난 영 떨떠름했지만 곧 마음을 놓았다. 에이, 그래. 기왕 여기까지 온 거 나중 일은 나중에 생각하자. 모처럼 예쁜 섬이잖아. 그렇게 생각하고 다시 둘러보니 섬은 정말 아름다웠다. 하얀 모래사장에 투명한 바다, 아름드리나무가 우거진 숲. 사람의 손길이 아직 닿지 않은 듯 깨끗한 섬이었다. 우연히 이런 곳을 발견하다니 우리는 운이 참 좋다. 내가 섬을 둘러볼 때 라이시는 바다만 하염없이 바라보고 있었다.

"신기해?"

내가 묻자 라이시는 고개를 끄덕였다.

"물이 하늘만큼 많아."

재미있는 표현이다. 내가 옆에 나란히 서자 라이시가 물었다.

"저 물은 마셔도 돼?"

"안 돼, 엄청 짜."

물이 짜다는 소리에 라이시는 의아해하며 굳이 물가로 다가갔다. 그러곤 몸을 숙이고 물을 들여다보는데, 나는 괜히 장난을 치고 싶어서 뒤에서 그를 툭 밀었다. 라이시는 곧 중심을 잃고 바다에 빠지고 말았다. 복수할까 봐 부리나케 달아나는데 이상하게 뒤가 조용했다. 돌아보니 라이시가 눈을 감싼 채 신음하고 있었다. 나는 가슴이 철렁해서 다급히 달려갔다. 그러자 그는 기다렸다는 듯 나를 안아서 바다에 던져 버렸다.

"야!"

내가 푸덕거리며 소리치자 라이시는 크게 웃었다. 물에 빠진 것보다 걱정한 게 더 약 올라서 나는 결국 화를 냈다. 라이시는 미안하다며 옷을 말려 주었다. 그러자 도리어 소금기에 몸이 따가워졌다. 내가 투덜대자 라이시는 잠깐 궁리하더니 하늘로 올라갔다. 한참 후에 돌아온 내 유능한 애인은 섬 안에서 소금기 없는 폭포를 찾았고, 거기로 날 데려갔다.

우거진 숲 위에 쟁반처럼 담긴 폭포였다. 그곳은 발을 담그기 미안할 정도로 아름다웠다. 라이시가 그곳으로 나를 이끌었고 나는 그 장엄함에 압도되어 어쩐지 수줍어졌다. 그곳에서 우린 함께 몸을 씻었다. 어린아이처럼 장난하지 않고 조심스럽게. 그러고선 몸을 말리고 적당한 곳에 누웠다. 이런 곳에서 그와 단둘이 있을 수 있다니, 꿈을 꾸는 것 같았다. 한편으로는 곧 이 꿈이 찢기고 사납던 지난날이 몰아칠 것 같아 두렵기도 했다. 나는 그걸 애써 잊었다. 지금은 모든 걸 다 잊고 조금 쉬고 싶었다.

라이시도 같은 마음인지 팔베개를 해주며 느긋하게 옛날이야기를 했다. 그의 어릴 적 이야기, 두미야의 마을에서 있었던 일들, 기달티와 아야라의 소싯적 이야기들. 나는 이따금 웃고 끄덕이며 그의 이야기를 즐겁게 들었다. 도란대다가 잠깐 이야기가 끊기면 나는 그의 품으로 파고들며 슬픔이 끼어들지 못하도록 했다. 하지만 우리가 아무리 애써 외면해도 그것은 여기에 함께 있었다. 간혹 이어지는 그의 침묵과 깊어지는 눈이 그것을 증명했다.

"평화롭다, 이 세계."

눈이 시리도록 밝은 하늘을 올려다보며 라이시가 말했다.

"뱀도 없고 전쟁도 없고."

그 얘기 안 하면 좋았을 텐데. 나는 그렇게 생각하다가 도리어 장난스럽게 물었다.

"그럼 우리 여기서 같이 살까?"

내가 올려다보자 그는 웃기만 했다. 그래서 재촉했더니 그는 내 이마에 입을 맞추는 것으로 대답을 피했다. 나는 어쩐지 서러워져 그를 밀치고 토라졌다.

"왜 그래."

"저리 가."

내가 뿌리치자 그가 신음했다.

"윽, 눈이."

이 자식이? 내가 멈칫하고 돌아보자 라이시는 능청스럽게 웃었다. 아, 정말 사람 걱정하는데! 그의 연이은 장난에 나는 토라지다 못해 입술을 깨물었다. 내가 눈썹을 곤두세우니 라이시는 불쌍한 척하며 내 허리를 부둥켜안았다.

"화내지 마, 무서워."

뭐야, 이 가당치도 않은 애교는. 나는 기가 막혀서 그를 내려다보았다. 그러다 눈이 마주치는 순간 나도 모르게 웃음을 터트리고 말았다. 아, 당해 낼 수가 없다. 요령 좋게 어물쩍 넘기고서 그가 나에 대해 물었다.

"아직 학교 다닌다고 했지?"

말 돌리는 게 빤하지만 이번만 특별히 속아 주자. 내가 그래, 하고 시큰둥하게 대답하자 그는 싱글벙글 웃으며 다시 물었다.

"정말 열여덟 살이 미성년이야?"

"우리는 스무 살부터 성인이야."

"아직 진짜 애였네."

대놓고 애 취급하는 그 말에 나는 뾰루퉁해져 볼을 부풀렸다. 그러자 그는 내 뺨을 꼬집으며 더 웃었다. 그러고는 열여덟 살, 하고 탄식조로 나직이 말했다.

"그래, 어린 나이지."

세상을 구하기엔? 소리 내서 묻고 싶었지만 참았다. 말하면 안 그래도 위태로운 이 평화가 산산이 부서질 것 같아서. 하지만 의문은 남았다. 그럼 세상을 구하려면 몇 살쯤 되어야 할까? 어른이 되면 가능할까? 잘 모르겠다. 더 생각하고 싶지도 않았다.

나는 생긋 웃으며 마음에 떠오른 근심을 지웠다. 우린 아늑한 시간을 보냈다. 배가 고파질 때쯤 도시락을 꺼내 먹고 다시 쉬며 이런 저런 이야기를 나눴다. 그러다가 섬을 둘러보고 해변에서 모래성을 쌓았다. 하지만 모래 쌓기는 오래 하지 않았다. 손에서 모래알이 부스러지는 게 어쩐지 불안해서, 계속 안 좋은 것을 떠올리게 해서 금방 손을 털었다.

모래성이 아니어도 할 것이 많았다. 숲에는 구경거리가 많았고 바다는 예뻤으니까. 이대로 시간이 멈췄으면 좋겠다고 생각했다. 하지만 어느 순간부터 나를 말없이 바라보기만 하던 라이시는, 이윽고 내게 손을 내밀었다.

"이제 돌아가자."

그 말이 못내 아쉬웠다. 그래서 조금만 더 있자고 졸라 볼까 하다가, 그가 또 난처하게 웃을까 봐 얌전히 손을 맞잡았다. 그는 앞서 말한 것처럼 우리가 날아온 방향을 다시 거슬러 날았다. 길을 잃었으면 좋겠다고 아주 잠깐 생각했다. 하지만 그의 말대로 제자리로 돌아가는 건 쉬워서, 우리는 너무 간단히 집으로 돌아오고 말았다.

그 섬은 밝았는데 집에 와보니 어둑한 저녁이었다. 그 어두운 거리에서 라이시가 뭐라 말하려 하기에 나는 다짜고짜 그의 팔짱을 꼈다. 그리고 집 근처 공원에 가보자며 그를 잡아당겼다. 그는 말없이 나를 따라왔다. 함께 걷는 동안에도 죽 말이 없었다. 그래서 나는 혼자 재잘대다가 나도 모르는 사이 눈물이 차올랐다. 그걸 삼키려고 몇 번이나 눈에 힘을 주고, 몇 번이나 마른 침을 삼켰다.

하염없이 걷고 걷다가 집에 들어가야 할 시간을 훌쩍 넘기고 말았다. 엄마한테 전화가 몇 번 왔지만 모르는 척했다. 다리도 아팠지만 그것도 모르는 척했다. 나는 어떻게든 이 순간을 연장시키고 싶은데 라이시는 더 할 수 없었나 보다. 내게 말없이 끌려오던 그가 갑자기 우뚝 멈춰 섰다.

"늦었다."

그렇게 담담히 말하면서.

"이제 집에 들어가."

그렇게 차분한 얼굴로.

나는 이제 더는 이 순간을 미룰 수 없음을 깨달았다. 야속한 마음으로 그를 올려다보다가 나직이 되물었다.

"너는?"

"나도 집에 갈 거야."

가슴이 철렁했지만 나는 혹시나 하는 마음에 차분히 말했다.

"정확히 말해 줘."

그는 오늘 계속 그런 것처럼 슬픈 눈으로 나를 바라보며, 그렇게 나를 담으며 나직이 말했다.

"우리 이제 헤어지자."

가슴이 내려앉다 못해 찢기듯 아팠다. 울까 화를 낼까 고민하다가 나는 입술을 독하게 깨물었다.

"싫어."

"고집부리지 말고."

내가 고개를 가로젓자 라이시는 난처한 듯 날 다그쳤다.

"이제 네 자리로 돌아가."

"싫어, 세상을 구해 달라고 했잖아!"

"그 세상은 네게 구해질 자격이 없어."

그렇게 말하고 라이시는 깊은 숨을 내쉬었다. 그는 우리의 참담한 운명을 괴로워했고, 그래서 슬퍼진 얼굴로 차분히 말했다.

"그 세상은 너와 어울리지 않아."

그 굳은 얼굴에 나는 절박해졌다. 그래서 다급히 해명했다.

"거기만 그런 거 아니야. 여기도 똑같아, 여기서도 늘 서로 싸워. 절대 평화롭지 않아."

결국 마찬가지야, 내가 아닐 뿐이야. 설득하려 했지만 그는 흔들리지 않았다. 고개를 저으며 더 완고하게 주장했다. 나를 데려가지 않을 거라고, 세상 구하기는 끝났다고. 이 일방적인 통보에 나는 숨만 몰아쉬다가 억눌린 목소리로 말했다.

"그럼 너도 가지 마, 너도 여기 있어."

하지만 라이시는 그마저도 들어주지 않았다.

"안 돼."

"왜!"

그는 답하지 않았다. 내가 매달려 다시 물을 때, 그때서야 그는 슬프게 실토했다.

"나도 네 옆에 있을 자격이 없어."

그렇게 말하며 그는 아픈 표정을 지었다. 쭉 차분하던, 아니, 그러려고 애쓰던 라이시는 치미는 고통을 더 억누르지 못하고 얼굴을 일그러트렸다.

"나도 널 다치게 했어."

나는 결국 울음을 터트리고 말았다. 두 눈 가득 고인 눈물이 툭 떨어지자 라이시가 내 뺨을 닦았다. 하지만 번지게만 할 뿐 그것을 지워 주진 못했다. 나는 흐느껴 울며 그에게 애원했다.

"상관없어, 하나도 상관없어. 가지 마, 내 옆에 있어 줘."

라이시가 우는 나를 끌어안았다. 하지만 함께 있어 주겠다는 말은 한사코 하지 않았다. 그게 너무 야속해서 서럽게 울자 그는 내 등을 다독이며 부드럽게 속삭였다.

"내가 널 처음 찾으러 갔을 때, 일주일 후의 널 만났다고 한 얘기 기억해?"

"다른 얘기 하지 마."

"그때 너는 나를 라이시라고 불렀어."

"그만해……."

나는 울먹이며 그를 뿌리쳤다. 하지만 그는 나를 꼭 안은 채 놓아주지 않았다. 그대로 날 안고서 그가 말했다.

"머리는 지금처럼 짧고 나한테 반말을 썼어."

듣고 싶지 않았다. 작별을 준비하는 말 같은 거, 이런 마지막 말 같은 거 듣고 싶지 않았다. 그걸 다 들으면 정말 헤어질 것 같아서. 그러나 그는 여상히 속삭이며 우리의 이별에 박차를 가했다.

"그래서 다시 널 만났을 땐 신기했어. 처음부터 나를 라이시라고 부르는 게 다 정해진 일 같아서. 그래서 궁금해졌어. 언제쯤 네가 나한테 반말을 쓸까, 언제쯤 네 머리카락이 짧아질까, 또 언제쯤 네가 날 좋아할까. 넌 그때 나한테 좋아한다고도 했어."

"좋아해, 정말 좋아해. 그러니까 가지 마. 제발 가지 마."

이렇게 매달리면 이제라도 마음을 바꿔 줄까? 아니었다. 내 연인은 한번 정한 마음을 쉽게 꺾는 사람이 아니었다.

"다 이루어졌어. 이젠 널 보낼 때야."

"가지 마, 제발 나만 놓고 가지 마."

그 선언에 나는 절박하게 매달렸다. 그는 슬픈 표정으로 고개를 저을 뿐, 자신의 결정을 번복하지 않았다. 못 이기는 척 져주지도 않았다.

"제자리로 돌아가는 것뿐이야. 괜찮을 거야. 그때 넌 웃었어."

그가 내 뺨을 감싸며 얼굴을 들어 올렸다.

"많이 괜찮은 것 같았어."

그리고 슬피 웃었다.

"일주일이면 분명 괜찮아질 거야. 일주일만 견디면 돼."

날 안심시키려는 듯, 그렇게 달래 주었다.

"제자리로 돌아가는 것뿐이야."

그가 나를 꽉 안았다. 나는 떨면서 그 어깨를 마주 안았다. 그가 떠나지 못하도록, 내 곁을 떠나지 못하도록. 하지만 내가 아무리 막고 막아도 그가 준비한 이별은 어김없이 다가와 우리를 갈라놓았다. 눈물을 닦아 주는 손길, 이마와 눈가에 닿는 입맞춤, 그리고 어르는 속삭임. 그것이 마지막을 가져온다는 것을 알지만 나는 거절할 수 없었다. 간절해서, 너무 간절해서.

내가 너무 울어 지쳤을 때, 그래서 더는 잡지도 못할 때 그는 나를 자신에게서 떼어 놓았다. 그러고는, 기억에 담으려는 듯 조용히 나를 바라보았다. 그 모습이 신기루처럼 위태로워 날 더 슬프게 만들었다. 마지막으로 눈을 맞추고 그가 속삭였다.

"잘 지내."

그것이 그의 마지막 말이었다. 그것을 마지막으로 그는 떠났다. 아, 이렇게 떠날 거라면 상냥하게 안아 주지도 말지. 내 사랑을 더 깊어지게 하고서 그는 떠났다. 울면 돌아와 줄까 헛된 희망을 품었지만 까만 하늘은 두 번 다시 내가 사랑하는 사람을 돌려주지 않았다.

내 사랑을 내동댕이치고 그는 떠났다. 이로서 모든 것이 끝났다. 나는 세상을 구하지 못하고 제자리로 돌아왔다. 모든 것이 다 꿈이었다는 듯 제자리로. 제자리로…….

12
일주일

나는 잠에서 깨 눈을 떴다. 처음 보이는 건 낯선 듯 익숙한 천장. 그대로 눈을 굴려 방의 구조를 확인하고 나는 비로소 깨닫는다. 정말 돌아왔구나. 집으로, 원래 세계로. 깊은 숨을 내쉬며 부스스 일어났다. 하늘은 아직 어둑하다. 잠을 깨기엔 아직 이른 시간, 오늘도 오래 잠들지 못하고 새벽에 깼다.

그 맑은 새벽, 고요함을 비집고 지난 기억이 나를 덮쳐 왔다. 나를 사랑했던 사람들, 나를 미워했던 사람들, 내가 머물던 혹한의 세계. 많은 기억이 파도처럼 넘실대며 손에 잡힐 듯 떠올랐다. 하지만 정작 손을 뻗으면 흩어지고 마는 그것은 신기루. 그 허상을 헤치고 되돌아온 이 세계는 너무나 태연하게 평화롭다. 내가 겪은 모든 일이 거짓인 것처럼, 꿈인 것처럼.

나는 평범한 일상으로 돌아왔다. 마음이 조금 아프다는 것 외엔 모든 것이 예전 그대로였다. 그의 말대로 나는 점점 제자리를 찾고 있었다. 집으로 돌아온 지 꼭 일주일째인 새벽이다.

나는 태연하게 밥을 먹고, 태연하게 양치를 하고, 또 태연하게 교복을 입었다. 거울을 보니 목에 난 손자국이 일주일 새에 많이 옅어져 있었다. 이젠 거의 보이지 않아서 숨길 필요도 없겠다.

그렇게 생각하다 나는 또 한숨을 쉬었다. 이 멍 자국이 흐려지는 것처럼 그 세계에서의 일들도 점점 옅어지다 곧 사라질까? 아마도 그렇겠지, 나날이 일상에 적응해 가는 날 보면. 라이시의 말이 정말이었나 보다. 처음엔 죽을 것 같았는데 일주일이 지나니 그렇게까지 괴롭지는 않다.

아직 밥을 먹다 눈물을 뚝뚝 흘리기는 한다. 친구들과 곧잘 이야기하다가도 혼자 있으면 멍해진다. 목 졸리는 꿈에 퍼뜩 잠에서 깨고, 깨고 나면 내가 어디에 있는지 확인하기 바쁘다. 그래서 여기가 집이라는 것을 깨달으면, 안심하면서 슬퍼한다. 그것만 빼면 나는 의외로 잘 지내고 있다.

가족들은 그날 밤 울면서 들어온 나 때문에 많이 당황했다. 굳이 캐묻지는 않았다. 아마 내가 좋아한다고 했던 남자애와 헤어져서 그런다고, 아프게 차인 모양이라고 생각하는 것 같다. 그렇게 평범하고 귀여운 이유라면 얼마나 좋을까 생각하다가, 나는 내 상황이 그것과 별반 다르지 않다는 걸 깨달았다. 나는 헤어졌다. 내가 사랑하던 사람들과, 내가 구하려고 한 세계와. 그래서 지금 이별의 과정에 아파하고 있다. 평범한 일이다. 그렇게 평범하게, 나는 오늘도 하루를 살아간다.

수업 시간이지만 나는 여전히 딴 세상에 있다. 몸은 더위가 차오른 교실에, 하지만 마음은 나도 모를 어딘가에. 멍하니 칠판을 보던 나는 고개를 돌려 깨질 듯이 창백한 하늘을 바라보았다. 이제 저 하늘을 자유롭게 날아다닐 일은 없겠지. 함께 날던 피터 팬은 떠났다. 나는 다시 현실로 돌아왔고 이제는 어른이 되어야 한다. 적당한 사랑으로는 아무것도 해결할 수 없다는 것을 아는, 그래서 헛된 희망을 버리고 현실을 직시하는 어른이 되어야 한다. 그게 바로 다른 세계가 나에게 준 교훈이었다.

생각해 보면 나는 처음부터 그걸 알고 집에 돌아가려 했다. 그 세계로 끌려간 지 딱 사흘 만에. 성에서 우연히 마주친 상처투성이 꼬마, 그 아이의 상처가 너무 가혹했다. 그래서 도망쳤다. 못 견디겠다며 집에 보내 달라고 울었다. 그런데 달아나던 중 결국 되돌아오고 말았다. 설원에서 만난 또 다른 아이 때문에.

내 앞에서 죽은 아이가 마음에 깊게 박혀 나는 결국 그 세계에 남았다. 지금 생각해 보면 어리석은 짓이었다. 정말 대책 없었다. 고작 한 아이도 구하지 못했으면서 대체 뭘 믿고 세상을 구하겠다며 남은 걸까? 모르겠다. 그저 그 아이가 불쌍하고 귀엽고, 그냥 마음에 참겨웠다. 하지만 그런 마음은 아쉬운 여운만 남기고 빨리 잊는 게 나았다. 잠시 가슴 아파하는 척하다 외면하는 게 현명했다. 그럼 이 지경까지 오지도 않았을 텐데. 나뿐만 아니라 그 세계도, 그 성도, 라이시와 기달티도, 다른 수많은 사람도.

내가 없었더라면 라이시는 한쪽 눈을 잃지 않았을 거다. 기달티도 그렇게 심하게 다치지 않았을 거다. 마을 주민들은 체파르데아의 지배에 고통받을지언정 독을 마시고 죽게 되진 않았을 거다. 그뿐일까. 자이트도 시로니도 적당히 현실에 타협해서 그렇게까지 상처 입진 않았을 거다. 어쭙잖은 희망은 오히려 독이었다.

예전에 아야라가 했던 말, 진실을 모른 채 세상을 구할 수 없다는 말을 이제야 통감한다. 나는 정말 진실을 몰랐다. 세상은 내 생각보다 훨씬 가혹했고 내 적당한 사랑으로는 구할 수 없었다. 그게 현실이다. 장밋빛 낙관은 철저히 곤두박질치고 마는 현실.

정말 좋은 걸 배웠다. 이제 같은 실수는 하지 않을 것 같다. 더는 세상을 구하겠다며 나서지 않을 것 같다. 나는 세계를 구할 수 없다. 그러니 그곳에 돌아갈 이유도 없다. 돌아갈 방법이 없는 것처럼, 그리워할 이유도 이제는 없다. 그러니 그만 어른이 되자. 잊을 건 잊고 포기할 건 포기하고, 타협할 건 타협하면서.

하지만…… 그걸로 정말 괜찮아?

차갑게 식어 가던 마음에 첫 빗방울 같은 의문이 떨어졌다. 갑자기 내리는 비에 흠칫 놀라듯 나는 어깨를 떨며 고개를 들었다.

그걸로 정말 괜찮은 거야?

작은 속삭임이 다시금 울려 내가 켜켜이 쌓은 회색빛 회의를 뒤흔들었다. 나는 연약하게 고개를 저었다. 어쩔 수 없어, 어쩔 수 없어. 그렇게 되뇌며 마음에서 의문을 지우려 했다. 다시 피어오르는 간절함을 없애려 했다. 하지만 그것이 내 마음을 붙잡았다. 제발 이러지 말라고 애원했지만 더 강하게 날 옭아맸다.

내가 방심한 사이 기습처럼 내게 퍼진 그것, 지우려 했지만 지워지지 않고 야속하게 떠오르는 그것. 나를 다시 일깨운 것은 내 마음에 담긴 사랑이었다. 가슴에 짙게 차오른 사랑이 결국 내가 어렵사리 쌓아 둔 벽을 도로 허물었다. 잊으려고 했는데, 포기하고 타협하려고 했는데. 지난 일주일간 스스로를 몇 번이고 다잡았는데. 그런데 나는 차마 그럴 수 없었다. 그것이 편한 길이어도, 다들 그렇게 살아가더라도. 왜냐하면, 왜냐하면…….

—내가 나이기에, 이유는 그것뿐이에요.

귓가에 키브사의 목소리가 선명히 들려올 때, 나는 이미 울고 있었다.

그래, 그뿐이다. 그들을 외면해야 할 이유가 수백 가지여도 나는 그럴 수 없다. 그들이 내게 한 짓을 아무리 떠올려도, 날 거절하고 원망하고, 따르는 척하다 배신하고, 심지어 내 목을 졸랐어도. 그래도 나는 여전히 그들을 원하고 있다. 그들이 그럼에도 사랑스럽다는 걸 기억하기에 도무지 외면할 수 없다.

나는 자리에서 벌떡 일어났다. 그리고 내게 몰려드는 시선을 뒤로 한 채 교실에서 뛰쳐나왔다. 나는 달렸다. 어디로 가야 할지도 몰랐지만 그저 달렸다. 이해할 수 없는 기이한 이끌림에 무작정 내달렸다. 그렇게 달려 도착한 곳은 어느 한적한 공원이었다.

그곳에서 인자한 그가 나를 기다리고 있었다. 그를 보는 순간 가슴이 벅차서 무슨 말을 해야 할지 알 수 없게 되었다. 다만 그와 눈이 마주치는 순간 내 입술은 저절로 열려, 내 가장 간절한 마음을 흘려보냈다.

"보고 싶어요."

첫마디와 함께 눈물이 다시 툭 떨어졌다. 북받쳐서 나는 입술을 깨물었다. 그럼에도 삼킬 수 없는 마음을 다시금 속삭였다.

"보고 싶고, 함께 있고 싶어요."

그렇게 말하고서야 나는 내 마음을 깨달았다. 지난 일주일간 괜찮아진 줄 알았는데 아니었다. 나는 그 세계를 잊고 싶지 않아 매일같이 되뇌고 있었다. 분명 아름다운 이유로 지어진 세계, 그 세계에서 살아가는 수많은 사람. 그들이 시들어 가는 것이 안타까워 생명을 주고 싶었다. 내가 그곳에 있었던 이유는 그게 다였다.

나는 그들을 그렇게 아끼고 있었다, 그 세계를 그토록 사랑하고 있었다. 필사적으로 숨기려 했던 사실을 다시 깨달아, 나는 아픈 마음으로 흐느꼈다.

"그리워요."

사랑해서, 사랑해서. 그럼에도 불구하고 사랑해서. 도무지 외면할 수 없는 그 마음을 감싸 쥐고 나는 목 놓아 울었다. 나를 따스하게 감싸는 그의 품에서.

한참 후 코를 훌쩍일 때 나는 조금 겸연쩍었다. 자상하게 나를 바라보는 하늘의 왕 때문이다. 아, 너무 대성통곡하며 운 것 같다. 눈물 콧물 다 흘리면서.

"다 울었니?"

왕의 물음에 나는 한층 더 민망해져서 그의 옆에 풀썩 앉았다. 그리고 한숨과 함께 흐느낌의 마지막 여운을 뱉어 냈다. 실컷 울었더니 후련하긴 하다. 이제야 겨우 하늘이 푸르게 보인다. 나는 뻥 뚫린 기분으로 하늘을 바라보다가 어색함에 괜스레 중얼댔다.

"너무해요."

그러자 엘은 너그럽게 되물었다.

"뭐가?"

글쎄, 뭘까? 분명 너무하긴 너무한데, 대체 뭐가 너무한 걸까? 나는 곰곰이 생각하다가 마침 한 가지를 떠올리고 말했다.

"사람을 조금 더 착하게 만들었으면 좋았을 거예요."

그러자 엘은 웃음을 터트렸다.

"착하게라면 얼마나?"

"적어도 다른 사람에게 상처 주지 않을 만큼만."

싸우지 않고 빼앗지도 않고, 지배하며 조롱하지 않을 만큼만. 내 말에 엘은 부드럽게 대답했다.

"그들도 충분히 그럴 수 있어."

"하지만 못하잖아요."

"욕심 때문이지."

욕심. 그렇지, 과도한 욕심에 사람까지 잡아먹는 세상이었지. 나는 그걸 깨닫고 찡그리며 되물었다.

"그럼 욕심을 없애면 안 돼요?"

"그렇게 하면 좋을 것 같니?"

"지금보다는 나을 것 같아요."

"그럼 사람을 만들지 말고 돌과 나무만 세워 둘 걸 그랬다. 그치?"

그 말에 나는 볼을 부풀렸다. 물론 돌과 나무만 있다면 싸울 일도 없을 거다. 하지만 그건 좀…… 별로다. 돌과 나무만 있는 숲도 좋지만 사람들이 함께 있어야 더 즐거울 것 같다. 내가 그렇게 생각할 때 엘이 덧붙였다.

"욕심의 뿌리는 나쁜 게 아니야. 그건 다 너희에게 준 선물이었어."

과연 그런 걸까 나는 다시 생각해 보았다. 욕심의 뿌리, 그건 뭘까? 우리는 매일의 식사에서 식탐을 발견했다. 남녀의 관계에선 사랑을 버린 채 색욕만을 추구했고, 성실히 살아가는 것에 만족하지 못하고 어느덧 재물을 긁어모아 탐욕을 부렸다. 그렇게 욕심을 부려 많이 가진 자는 우러러보는 시선에 교만해졌고, 갖지 못한 자는 분노하며 조금이라도 더 가진 자를 질투했다. 그리고 절망의 골에 빠져 영원히 나태해지는 자들이 태어났다.

그의 말이 맞았다. 욕심의 시작은 사실 우리의 삶과 연결된 좋은 것이었다. 좋은 것이었기에 사람들이 혹하고 욕심을 부리게 되었다. 그러다 결국 제자리를 잃고 무분별해지며 모든 것이 어그러지고 말았다.

돌고 돌아 이런 결론이다. 결국 우리의 비극은 우리 자신에게서 비롯된다. 아주 긴 시간 동안 꾸준히, 우리는 오직 욕심을 채우기 위해 스스로를 비참하게 만들었다. 나는 그 사실을 되뇌다가 말했다.

"아빠는 정말 착해요?"

내 갑작스러운 물음에 엘은 선선히 고개를 끄덕였다.

"그리고 강해요?"

이번에도 그는 긍정했다. 시로니는 그가 정말 선하고 전능하다면 세상이 이 모양일 리 없다고 했다. 설령 우리가 이렇게 나빠도, 그가 내버려 둘 리 없을 테니까. 그래서 나는 곰곰이 생각하다가 불안한 마음으로 되물었다.

"그럼 혹시 우릴 싫어해요?"

그래서 우릴 이렇게 내버려 두는 걸까? 우리가 너무 나빠서? 내 조심스러운 물음에 엘은 너털웃음을 터트렸다.

"아니, 무척 좋아해."

그 대답에 안심하며 나는 다시금 물었다.

"그럼 왜 우릴 구해 주지 않아요?"

"또 같은 걸 묻는구나."

생각해 보니 이렇게 묻는 게 벌써 세 번째다. 답도 이미 알지만 그래도 나는 그의 말을 기다렸다. 엘은 내 기다림에 기꺼이 답해 주었다.

"내 구원은 바로 너야. 네가 바로 내가 준비한 기적이야."

과연 그럴까? 나는 선뜻 끄덕이지 못하고 침울하게 항변했다.

"하지만 적당한 사랑으로는 아무것도 해결할 수 없어요."

"적당한 게 문제였지, 사랑이 문제는 아니었어."

대답은 간결했다. 나는 할 말을 잃고 아빠에게 머리를 기댔다. 이제야 겨우 알 것 같았다. 무엇을 해야 할지. 어떤 길을 가야 할지. 결국 답은 처음부터 정해져 있었다. 하지만 나는 여전히 그 길이 두려워 작게 속삭였다.

"추워요."

"겨울이니까."

햇빛 쨍한 이 여름을 두고 겨울이란다.

"날씨 얘기한 거 아닌데."

"나도 아닌데."

"봄이 올까요?"

"찾아와야지."

담담한 대답에 안심하며 나는 아빠의 품으로 파고들었다. 세상의 봄을 찾으려면 여기서 먼저 온기를 얻어야 했다.

그래, 그게 바로 내 역할이다. 그의 뜻을 따라 이 추위와 어둠을 몰아내는 것. 그것이 그의 기적이자 구원, 또 지나간 자리. 그렇기에 나는 다시 그 길을 스스로 선택한다.

"이제 어디로 가야 해요?"

"하늘이 가까운 곳이라면 어디든."

그 의미를 깨닫고 나는 고개를 끄덕였다. 그리고 조금 시무룩하게 되물었다.

"여기 있는 아빠랑 엄마는 어떡하죠?"

"걱정하지 않아도 괜찮아."

그 말에 나는 묵묵히 끄덕였다. 다른 것보다 가족들이 너무 슬퍼하거나 힘들어하지 않았으면 좋겠다. 마음이 편치 않지만 나는 걱정하지 말라는 엘의 말에 어렵사리 근심을 덜었다. 그리고 정말 오랜만에 웃었다. 온 힘을 다해서.

"그럼 다녀올게요."

나는 일어서며 두 번 다시 날 수 없으리라 생각한 하늘을 바라보았다. 일주일 만에 간신히 푸르게 보이는 하늘이다. 마침 일주일, 그가 말하던, 나의 사랑하는 연인이 말하던 때가 되었다.

지난 일주일 동안 오늘을 기다리며 나는 생각했다. 무엇이 옳은지 부단히 생각했다. 선량함으로 사람들을 구하려 했지만 그저 착한 마음으로는 아무것도 해결할 수 없었다. 그래서 몰아치는 더 큰 악에 덧없이 스러지고 말았다.

그렇다면 어떻게 해야 할까. 헛된 희망을 버리고 그만 냉정해져야 할까? 타인을 외면하고 홀로 살아남기 위해 발버둥 쳐야 할까? 그것만이 우리가 살 수 있는 유일한 방법일까? 세상은 그렇다고 말한다. 그것이 현실이라고, 수백 가지 증거를 들고 우리에게 소리친다.

그래, 적당한 사랑으로는 아무것도 해결할 수 없다. 적당한 사랑, 그저 장밋빛인 낙관. 그것은 모두 절망의 재료에 불과하니까. 현실은 사랑을 상처로 바꾸고 낙관을 비관하게 만드는 데 능하니까.

그러니 이제 더는 적당히 사랑하지 않을 것이다. 이제는 적당하지 않고 완전하게, 세상을 사랑할 것이다. 설령 그 길 끝에서 모든 것을 잃더라도, 내가 사랑하는 널 구하기 위해서. 그리운 너를 다시 만나기 위해서.

가파른 언덕과 계단을 올라 사방이 하늘로 탁 트인 곳에 도착했을 때 나는 긴 숨을 내쉬었다. 엘의 말을 따라 나는 하늘이 가까운 곳을 찾았다. 이제 이곳에서, 너를 다시 만날 수 있을까? 설레는 마음으로 그를 기다렸다. 다시 만나면 무슨 말을 해야 할까 생각하면서. 하지만 그 수많은 생각은 아무 소용이 없었다. 왜냐하면 내가 할 말과 행동은 이미 다 정해져 있었으니까.

먼 하늘을 하염없이 바라보던 나는 소리를 듣고 고개를 돌렸다. 그곳엔 내 사랑하는 사람이 있었다. 아플 만큼 사랑하던 나의 연인이. 그와 눈이 마주쳤을 때 나는 그리움을 참지 못하고 그에게 달려갔다.

"라이시!"

그대로 그의 품에 안겼다. 두 번 다시 만날 수 없으리라고 생각한 그가 너무 간절해서, 그렇게 꼭 끌어안았다. 하지만 그는 나를 마주 안지 않았다. 그저 경직되어 당황스러워만 했다. 그래, 그렇겠지. 나는 고개를 들었다. 그리고 낯설어하는 그에게 속삭였다.

"너는…… 아직 날 만난 적이 없는 라이시구나."

그랬다. 그는 나를 아직 알지 못하는 그 옛날의 라이시였다. 그래서 놀란 눈으로 나를 바라본다. 나를 보는 그의 두 눈이 기쁘고도 슬퍼서, 나는 다시금 그를 꼭 끌어안았다.

"그래도 보고 싶었어."

넌 아직 이 마음을 모르겠지만, 그래도, 그래도……. 이대로 안겨 있고 싶었지만 애써 물러났다. 왜냐하면 그는 내 연인이 아니니까. 아직은 아니니까. 그런 마음으로 웃으며 나는 상냥하게 말했다.

"일주일 전으로 가면 내가 있을 거야. 네가 데려가야 할 사람은 그 쪽이야."

나를 잘 부탁해. 너무 괴롭히진 말고, 끝이 정해졌다고 밀어내지도 말고. 함께 있는 동안 온 힘을 다해 사랑해 줘. 행복해 줘. 내가 그렇게 말하고 웃자 쭉 얼어 있던 라이시가 머뭇대며 물었다.

"당신은……."

"나는 아주 나중에, 다시 만날 수 있어."

분명 만날 거야. 내가 너를 찾아갈 테니까. 이 말을 아직은 네게 할 수 없지만 너는 언젠가 그 의미를 깨닫겠지. 내가 그토록 간절하게 원하는 너라면.

나는 저미는 마음을 삼키며 라이시의 어깨를 밀었다.

"이제 가."

라이시가 망설이며 몸을 돌렸다. 나는 친구를 배웅하듯 상냥하게 지켜봐 주었다. 하지만 그가 막 몸을 돌리고 날개를 펼쳤을 때, 나는 가슴에서 터져 나오는 감정을 억누르지 못하고 소리쳤다.

"라이시!"

나는 그렇게 다시 그의 품으로 뛰어들었다.

"정말로 널 좋아해."

몇 번을 말해도 변하지 않아. 널 좋아해. 사랑해. 정말 사랑해. 마지막까지 날 지켜 주던 너를. 그러니까…….

"이번엔 내가 널 지켜 줄게."

나는 그렇게 속삭이며 울고 싶은 마음으로 그를 꼭 끌어안았다. 하지만 너는 내 마음을 모르겠지. 이제 너와 만날 내가 부러운 나를, 앞으로 상처투성이가 될 네가 아픈 나를, 너는 아직 모르겠지.

나는 가슴이 찢기는 고통을 감추며 다시 그를 놓아주려 했다. 그가 더 당황하지 않도록 그만 보내 주려 했다. 그런데 그때 그가 나를 마주 안았다. 망설이면서도 절박하게, 자신이 무엇을 하는지도 모르고 나를 감쌌다. 간절한 손길을 느끼고 나는 입술을 사리물었다. 차오른 눈물을 숨죽여 흘려보냈다.

어긋난 시간 속에서 우리는 그렇게 만났다. 그리고 오랫동안 서로를 품에 안았다.

그 만남은 너무 짧아 여운만 짙었다. 나는 다시 홀로 남아 라이시가 날아간 하늘을 올려다보았다. 그는 떠났다. 나를 혼자 남겨 두는 것을 불안해하다가 어렵사리 떠났다. 그를 보내고 나는 긴 숨을 내쉬었다. 그리고 그가 모르게 꼭 쥐고 있던 손을 펼쳤다.

치포라의 조각이 하얗게 빛을 발했다. 그 조각을 바라보며 나는 굳게 마음을 다잡았다. 지금 그 세계로 가면 다시는 돌아오지 못할 수도 있다. 이제껏 겪은 것보다 더 두려운 일을 겪을 수도 있다. 하지만 그 길을 가는 것에 두려움은 없다. 그가 준 온기가 내게 용기를 주었으니까.

그러니 가시와 고통만 남은 길이더라도 나는 기꺼이 그곳으로 돌아간다. 사랑하는 널 구하기 위해, 그리운 너를 만나기 위해. 오직 너를 되찾기 위해서 나는 창공으로 새하얀 날개를 펼쳤다.

아나하라트_공주와 구세주 4

번외편

야빈

더위가 차오른 주인 없는 방, 그 방엔 청년 한 명과 아이 한 명이 함께 있었다. 그 둘은 나이 차이가 많이 났고 한 명이 다른 한 명을 돌보는 관계였다. 게다가 돌봐 주는 쪽은 돌보는 쪽을 아주 능숙하게 다룰 줄 알았다. 예를 들면 이렇게.

"도련님, 책 그만 보고 나가면 안 되나? 이 좋은 날씨에 골방에서 뭐하는 짓이람."

이 방의 주인, 라이시의 침대에 멋대로 널브러진 타누가 야빈의 옆구리를 발가락으로 쿡쿡 찔렀다. 야빈은 무시한 채 책상에 앉아 묵묵히 책장을 넘겼다. 그래서 타누는 더 집요하게 도발했고 결국엔 보복당했다.

"끄악!"

야빈이 뾰족한 펜으로 발등을 푹 찌르자 타누는 비명을 질렀다. 그러더니 발가락을 부여잡고 아이에게 성을 냈다.

"이 양 머리 자식이 오냐오냐해 줬더니! 내가 만만하냐?"

청년이 눈을 부라렸지만 아이는 몰라서 물어보냐는 듯 멀뚱히 그를 쳐다보았다. 타누의 기세가 조금 꺾였다.

"너, 너 인마. 뭘 믿고 그렇게 당당해?"

"아야라 선생님하고 무아카."

"뭐?"

"내가 믿는 거, 선생님이랑 무아카."

야빈의 덤덤한 대답에 타누는 떨떠름하게 고개를 끄덕였다.

"응, 과연 믿을 만하네. 역시 도련님."

타누를 능숙히 다룰 줄 아는 야빈은 이렇게 그를 돌보고 있다. 한편 아이에게 돌보아지고 있는 어른, 타누는 군말 않고 침대에 풀썩 엎드렸다. 나이가 두 배 이상 차이가 나지만 이 둘은 기묘하게 균형을 이루었다. 이유는 단순하다. 야빈이 나이보다 몇 살은 성숙했기 때문에, 그리고 타누가 나이보다 몇 살은 유치했기 때문에. 위아래 중간에서 만난 그들은 퍽 잘 어울렸다.

타누가 침묵하자 야빈은 다시 책장을 넘겼다. 아이에게 다뤄지기에 그 책은 너무 컸지만 야빈은 여유롭게 문단을 읽어 나갔다. 주인도 없는 방을 점거하고 그 아이가 몰두해 있는 일은 체파르데아의 기록을 조사하는 것이었다.

중앙으로 떠나기 전, 라이시는 야빈이 공주를 가르친 것을 알고 아이에게 기록물 조사를 부탁했다. 마침 야빈은 학교의 정규 교육을 모두 월반해서 한가했던 차라 그 부탁을 기꺼이 들어주었다. 그래서 라이시가 부재중인 지금 그를 대신해서 기록물을 살펴보는 중인데, 이 와중에 타누는 옆에서 징징대기에 여념이 없다.

남자는 남자끼리만 있으면 죽는다는 둥, 누군 지금 여자 친구랑 놀러 갔는데 그 빈 방을 왜 지켜야 하냐는 둥, 별별 소리가 다 나오자 야빈은 결국 한숨을 내쉬었다.

"밖에 나가 봐야 소용없잖아, 공주님도 안 계시고."

"여자애들이 있잖아."

야빈의 눈에 경멸이 어리자 타누는 황급히 변명했다.

"이상한 게 아니야! 여자는 나이에 관계없이 그냥 좋은 거라고!"

"됐어, 그냥 말하지 마."

궁지에 몰린 타누가 나름의 논리를 펼쳤지만 야빈은 듣지도 않고 한사코 외면했다. 그래서 타누는 점점 지쳐 갔다. 그가 아무리 처세와 아부에 도가 트였대도, 자기보다 열 살이나 어린 아이에게 산책시켜 달라고 조르는 건 아무래도 불편했다.

타누가 야빈에게 매달리는 이유는 아야라의 경고 때문이다. 아야라는 타누에게 '혼자 돌아다니다 걸리면 조져 버리겠다'고 엄숙히 선포했다. 물론 상냥한 아야라는 그보다 훨씬 얌전한 어휘로 곱게 말했지만 타누가 받아들이기로는 저것과 별반 다르지 않았다. 따라서 그는 야빈이 없으면 자기 방 외엔 어디에도 갈 수 없는 상태. 그래서 부려지는 수모도 감수하며 졸래졸래 쫓아다니는 중인데, 자기 방에서 나와서 또다시 라이시의 방에 갇혀 있어야 하다니 이건 너무 가혹했다. 타누는 결국 참지 못하고 버럭 소리쳤다.

"그냥 나 좀 내버려 두면 안 되냐! 내가 왜 감시받으면서 냄새나는 남자 새끼 방에서 썩어야 하는 건데, 대체 이유가 뭔데!"

타누가 꺼이꺼이 흐느꼈지만 장단 맞춰 줄 마음이 없는 야빈은 심드렁히 대답했다.

"첩자니까."

그러자 야빈의 예상대로 타누의 가짜 울음이 뚝 멎었다. 타누의 당황이 여실히 느껴졌지만 야빈은 아랑곳 않고 말을 이었다.

"시믈라라는 사람이 보낸 첩자니까 잘 감시하라고 하셨어."

"뭐? 누, 누가?"

"아야라 선생님이."

타누는 소름이 쭉 끼쳤지만 시치미 떼며 소리를 질렀다.

"우, 와하하! 그거 재밌네! 몰랐는데 그 누님 의심이 심하네, 거의 망상 수준인데?"

"찔리면 그냥 가만히 있어. 말 더듬지 말고."

"음, 그래야겠다."

아뿔싸 싶었지만 타누는 변명도 사정도 하지 않고 입을 다물었다. 하지만 그것도 잠깐, 그는 머리를 거칠게 긁더니 야빈에게 되물었다.

"근데 왜 나더러 첩자래?"

"전에 같이 왔던 누나."

"첼라?"

"사이 좋아 보이던데."

"그야 남매니까."

"진짜 위험하면 같이 왔겠지."

첩자라는 걸 제 입으로 시인한 꼴이 되어 타누는 다시 입을 다물었다. 그는 결국 한숨과 함께 자포자기로 푸념했다.

"하아, 그럼 그 누님은 알고도 내버려 둔 건가?"

"응."

"진짜 무서운 여자네. 우리 주인님 빰치는데?"

"선생님은 나쁜 사람 아니야."

야빈이 힐끗대며 반박하자 타누는 어련하시겠냐며 건성으로 대꾸했다. 그때 타누의 표정이 꽤 심란해 보여서 야빈은 뒤늦게 그를 달랬다.

"걱정 마. 아야라 선생님은 형한테 뭐라고 안 할 거야. 선생님은 형이 아무것도 모를 거라고 했어. 목적이 있어서 온 게 아니라 그냥 시믈라라는 사람이 보내서 옳다구나 왔을 거라고. 그러니까 형한테는 잘못 없다고 했어."

그 말대로 아야라는 타누에게서 수상한 낌새를 챘고 야빈에게 감시를 부탁했다. 하지만 이 경계는 그다지 진지하지 않았다. 만약 정말 심각하게 생각했다면 아이에게 부탁할 것이 아니라 자신이 직접 감시했을 테니까.

아야라가 타누를 의심하면서도 방치하는 데엔 몇 가지 근거가 있다. 첫 번째는 시믈라라는 여자의 성미를 알기 때문인데, 시믈라는 귀찮은 일을 결코 스스로 하지 않는다. 그러니 정말 큰 꿍꿍이가 있다면 주변의 다른 거물들을 움직이지 이런 식으로 자기 수족을 부리지는 않을 거다. 두 번째는 변신 능력을 가진 타누가 맨 얼굴로 이 성을 찾아왔다는 점 때문이다. 다른 목적이 있다면 자신의 존재를 감춘 채 마을에 숨어드는 편이 훨씬 나았을 텐데 타누는 보란 듯이 본모습으로 나타났다. 마지막 세 번째는 타누의 어리벙벙함 때문이다. 계속 의심하며 지켜봤는데 타누는 정말 아무것도 모르는 것 같았다. 자기가 여기에 왜 있는지, 뭘 해야 하는지조차 모르는 가련한 첩자는 무지하기 때문에 한없이 헤맬 뿐이었다.

이것을 종합해 볼 때 아야라는 타누가 그저 기물일 거라고 생각했다. 그래서 야빈에게 감시를 부탁했고, 야빈은 지금 감시를 빌미로 그를 마음껏 부려먹는 중이다.

"허……."

한숨을 내뱉는 타누의 얼굴이 창백해졌다. 아야라의 추측이 정확했기 때문이다. 영주 회담이 열린 첫날 시믈라는 타누에게 공주를 따라가라고 명령했다. 이유도 방법도 알려 주지 않고 다짜고짜. 마침 온실이 지긋지긋했던 타누는 잘됐다고 생각하며 진실과 거짓을 섞은 말로 공주에게 편승했다. 그걸로 잘 넘겼다고 생각했는데 이미 다 간파당했을 줄이야.

당황한 타누가 말을 잇지 못하자 야빈은 뒤늦게 미안해지기 시작했다. 너무 시끄러워서 조용히 시키려고 했는데 막상 그가 얼어붙으니 불쌍해졌다. 그래서 걱정 말라고 몇 마디 위로를 던졌지만 그 말은 타누에게 들리지 않았다.

타누는 야빈의 생각처럼 걱정스러워 침묵하는 게 아니었다. 그는 이 성의 공주님이 착한 사람이라는 것을 이미 알았다. 대죄인 무아카까지 끌어안은 공주님이니 설령 이 일을 들켜도 그를 모질게 대할 리는 없었다. 그럼에도 기분이 좋지 않았는데, 그건 걱정스러워서가 아니라 재수가 없어서였다.

정말 재수가 없다. 시믈라의 명령으로 공주를 따라오긴 했지만 타누는 자신이 왜 여기에 있는지조차 모른다. 또 여주인의 꿍꿍이에 이용당할 뿐. 십수 년간 그 여자의 비위를 맞춘 대가가 이거다. 게다가 이 성에서는 그가 가련한 꼭두각시인 걸 이미 알고 있으면서 아무것도 묻지 않는다. 늘 눈치껏 살아남기만 하면 된다고 생각했지만, 그래서 그렇게 살아왔지만 그도 어쨌든 사람이다. 이렇게 하찮게 여겨지는데 비참하지 않을 리가 없다.

그는 자신의 처지가 새삼 한심해서 기분이 착잡했다. 게다가 주변을 둘러보면 심정은 더욱 처참해진다. 어리지만 위대한 공주님, 그의 강인한 연인 라이시, 영주인 기달티와 무아카, 지혜로운 여주인 아야라, 그리고 소위 천재라는 이 양 머리 꼬마까지. 그들은 너무나 대단했고 그에 비해 본인은 하잘것없다. 그 속에서 그가 할 줄 아는 거라곤 광대놀음으로 연명하는 것뿐. 아아, 빌어먹을. 타누는 속으로 욕하며 다시 태연하게 빙긋 웃었다. 그리고 고양이 같은 표정으로 능청맞게 말했다.

"역시 그 누님 보통이 아니네. 우리 주인님이랑 싸우면 누가 이길까?"

야빈의 시선이 타누에게 잠시 머물렀지만 타누는 모른 척했다. 그래서 야빈도 곧 그에게서 시선을 거뒀다.

"아야라 선생님."

"우리 주인님도 만만치 않을걸?"

"하지만 선생님은 성주님도 이겨."

일순 타누는 그 말이 진담인지 농담인지를 고민했다. 말도 안 되는 허풍이라고 생각했지만 어쩐지 아야라라면 가능할 것도 같았다. 그렇게 말을 돌린 타누는 곧 짓궂게 웃으며 다시 야빈을 찔렀다.

"어이, 양 머리."

옆구리를 찔린 야빈이 찌푸리며 돌아봤다. 타누는 아랑곳 않고 빈정대며 물었다.

"천재는 어떤 느낌이냐?"

야빈은 비꼬아진 말에서 타누의 심정을 헤아렸다. 그래서 토 달지 않고 조용히 대답했다.

"신기해."

타누가 갸웃거리자 야빈은 심드렁히 설명했다.

"나는 할 수 있는 걸 다른 사람들이 못 하는 게 신기해."

그에겐 숨 쉬듯 자연스러운 일, 그러니까 낯선 문자를 해독하거나 책을 암기하거나 여러 가지 수식을 암산으로 푸는 것을 사람들이 못 하는 게 야빈은 신기하다. 나는 당연히 할 수 있는 걸 사람들은 왜 못 하지? 아, 누구에게나 가능한 일이 아니구나. 이렇게 범인의 무지를 하나둘씩 알아가는 게 천재의 기분이다.

"이거 진짜 건방진 자식이구만?"

타누가 혀를 차며 말했지만 틀린 말이 아니기에 야빈은 반박하지 않았다. 그러자 타누는 농담을 섞어 푸념했다.

"대단하셔, 천재님. 부럽네, 부러워."

"부러워?"

"당연히 부럽지."

"그럼 바꿀래?"

야빈이 진지하게 물어서 타누는 자못 놀랐다. 바꾸자니, 갑자기 왜 이러나 생각하던 중 타누의 시선이 야빈의 뿔에 닿았다. 야빈이 이런 말을 하는 게 그것 때문인 줄 알고 타누는 황급히 너스레를 떨었다.

"얌마, 겨우 뿔 두 개 달린 거 가지고 뭘……."

하지만 야빈은 타누의 말을 자르며 말했다.

"난 이제 곧 죽어."

야빈이 담담하게 고하자 타누는 또 한 번 놀랐다. 그를 향해서 아이는 흔들림 없는 얼굴로 말을 이었다.

"전에 온 과학자 아줌마가 그랬어. 몸이 무너지고 있다고. 오래 살아야 3년이래. 그런데도 부러워?"

야빈이 고요한 눈으로 타누를 담았다. 타누는 죽을죄를 지은 기분이었다. 그러냐고 하하 웃을까, 갑자기 뭐 그리 심각해지냐며 얼버무릴까, 여러 생각이 떠올랐지만 그는 차마 그럴 수 없었다. 그래서 결국 아이의 눈을 피하며 자신의 실수를 인정했다.

"아니, 미안하다."

면목이 없어진 타누는 바로 앉으며 손바닥을 들어 올렸다. 한편 사과를 받은 야빈은 타누가 참 다루기 쉽다고 생각했다. 놀리면 놀리는 대로 곧장 걸려든다고 할까, 딱 예상대로 반응한다고 할까. 하여튼 정말 쉽다.

방금 야빈이 한 말은 전부 사실이다. 빛나는 재능을 가진 그 아이는 죽음을 앞두고 있다. 시로니가 냉정하게 산정한 기간은 고작해야 3년. 억지로 변형된 세포가 속에서부터 천천히 괴사하며 곧 죽음을 불러올 것이다. 죽음을 두려워하는 이들로 인해 야빈은 남들보다 더 일찍 죽게 되었다.

야빈은 시로니에게 진단받기 전부터 몸이 삐걱거리는 걸 느끼고 있었다. 애초에 사람과 양을 접목했는데 멀쩡할 리가 없다. 약도 수술도 너무 많이 받았다. 그 작은 몸은 걸어 다니는 항생제 덩어리나 다름이 없었고, 그래서 야빈은 체파르데아가 자길 먹고 지독한 알레르기에 시달렸으면 좋겠다고 생각했었다.

이처럼 죽음을 앞둔 건 사실이지만 심각하게 말해서 타누를 당황하게 만든 건 연기였다. 타누가 괜히 삐뚤어져서 건들거리기에 정신 차리라고 겁을 좀 준 건데, 결과가 흡족했다. 타누의 빈정거림이 싹 사라졌으니 말이다.

야빈은 드디어 얌전해진 타누를 뒤로하고 조사를 마저 할까 하다가, 다시 그에게로 눈길을 돌렸다. 생각보다 훨씬 난처해하는 모습이 보여 야빈에겐 두 가지 마음이 동시에 떠올랐다.

"괜찮아, 너무 걱정하지 마."

하나는 그만 풀어 줘야겠다는 착한 마음.

"어차피 사람은 모두 죽으니까."

다른 하나는 조금 더 놀리고 싶다는 못된 마음이었다.

조금 밝게 말하던 야빈은 곧장 냉소적으로 목소리를 바꿨고, 타누는 아이가 의도한 대로 반색했다가 다시 우울해졌다. 타누를 마음껏 농락한 야빈은 그의 침울한 얼굴을 보고 나서야 장난을 멈추기로 했다. 한편 타누는 자신이 대단히 놀림받고 있다는 사실을 까맣게 몰랐다.

"정말 괜찮아, 아무렇지도 않아. 살아 있는 게 죽는 건 당연하잖아. 이상한 일이 아니야. 무서워할 필요 없어."

야빈이 온화하게 말했지만 타누는 여전히 반신반의했다. 아이가 죽음에 대해 이토록 의연한 게 영 괴상해서. 중앙에서 유랑하던 야빈은 가족과 생이별하고 나삭의 연구소와 체파르데아의 축사를 전전하며 수많은 죽음을 목격했다. 그리고 고민했다. 죽음은 모든 사람에게 공평하게 찾아온다. 배고픔이나 피곤함처럼 모든 사람에게 불가피하다. 그런데 사람들은 그것을 아주 격렬하게 거부한다. 이상한 일이다. 인간은 왜 그렇게 죽음을 혐오하며 살아남기 위해 발버둥 치는 걸까? 그런들 피해갈 수 있는 것도 아닌데.

야빈은 궁금했다. 그 아이가 생각하기에 이건 마치 욕조에 들어가기 싫은 고양이가 온 힘을 다해 저항하다가 최후의 순간 물에 첨벙 빠지는 것과 같다. 욕실에 들어온 순간부터 고양이는 결국 물에 빠질 운명이었다. 마찬가지로 태어난 순간부터 모든 인간은 죽음을 맞이할 운명이다. 그것을 거부하든 말든 관계없이. 그 사실이 명백함에도 불구하고 사람들은 그것을 막기 위해, 혹은 늦추기 위해 안간힘을 쓴다. 그 희생물이 야빈과 그의 동기들이었다.

불로불사를 원하는 메트로폴리스의 거부들은 나삭의 연구소에 거액의 연구비를 투자했다. 어떻게든 죽음의 비밀을 밝히고 그것을 정복하기 위해서. 그러나 그들은 대체 죽음이 무엇인지는 알고 그렇게 거부하는 걸까? 재미있는 일이다. 사람은 죽음을 모른다. 아직 죽어본 적 없는 모든 사람은 그게 무엇인지 조금도 헤아리지 못한다. 그저 막연히 두려워한다. 이러한 상념은 야빈을 비웃게 만들었다. 세상을 쥐락펴락하는 자들도 죽음 앞에선 한없이 약해진다. 죽음은 이렇게 누구에게나 공평했다.

마침 야빈은 체파르데아의 기록을 살펴보던 중 그가 쓴 죽음에 대한 단상을 발견했다. 야빈에겐 절대적이라 해도 좋을 만큼 강력했던 그 영주도 죽음을 두려워했다. 그래서 죽음을 피하기 위해 매일 한 명씩 죄 없는 아이를 먹었다. 아, 정말 비웃지 않을 수 없는 일이다.

죽음은 대체 무엇인데 이런 거물들마저 두려움에 떨게 하는 걸까? 그 너머엔 무엇이 있을까. 영원한 침묵? 새로운 삶? 아니면 미지의 세계? 죽음 이후에도 우리는 과연 존재할 수 있을까? 야빈은 난무하는 질문을 머릿속으로 되뇌었다. 어린 천재는 너무 쉽게 답이 나오는 다른 문제들보다 아직 아무도 답을 구한 적 없는, 하지만 모든 사람에게 어김없이 찾아오는 죽음이라는 문제가 더 좋았다. 그리고 죽음에 대한 그런 고찰은 삶의 지침이 되었다.

"강한 사람도 똑똑한 사람도 어쨌든 결국 죽어. 태어나서 처음 눕는 요람이 각자 다른 것처럼 마지막에 눕게 되는 관도 다를 테지만, 그 안에서 꼼짝 못 하는 시체가 되는 건 다 마찬가지야. 아무리 좋은 관도 죽은 사람에겐 소용없을 거야. 그러니까 다른 사람과 비교할 필요는 없어. 결국은 다 흙더미가 될 운명이니까."

야빈은 타누가 숨긴 열등감에 대고 넌지시 말했다. 하지만 타누는 이미 언짢은 기분을 까맣게 잊고 야빈이 펼쳐 놓은 말에 푹 빠진 상태였다.

"결론이 흙더미라면 굳이 살 필요도 없는 거 아니야?"

타누의 질문에 야빈이 빙긋 웃었다. 그 꼬마의 웃음은 희귀했지만 타누는 대답이 급해서 그가 웃었다는 사실을 눈치채지 못했다. 야빈은 자신이 아야라에게 했던 질문을 똑같이 반복한 타누에게 친절히 대답했다.

"정답은 나도 몰라. 하지만 의미가 없다고는 생각하지 않아. 시작도 끝도 다 다르지만 우리가 살아 있는 데엔 분명 가치가 있어."

그럼에도 타누의, 눈치 보며 살아남기에만 급급했던 청년의 표정은 석연치 않았다. 그는 자신의 삶이 구질구질하다고 생각했기 때문에 이 아이가 하는 말을 좀처럼 인정할 수 없었다.

"과연 그럴까?"

"과연 그래."

곧장 돌아온 대답에 타누는 더 기가 막혔다.

“또 뭘 믿고 그렇게 당당해?”

“이번엔 공주님.”

“공주님?”

“내게 아무런 가치가 없다면 공주님은 날 구하지 않았을 거야.”

어린애 같은 말에 타누는 헛웃음을 터트렸다.

“그건 그 사람이 착해서 그런 거지.”

“맞아, 공주님은 착해. 그래서 나쁜 사람들이 하찮게 만들었던 내게 의미를 줬어.”

연구소와 축사에 있을 때 야빈은 사람이 아니었다. 그의 처지는 과학자들의 실험동물, 언제 죽어도 상관없는 소모품, 곧 잡아먹힐 가축이었다. 그곳에서 사람들은 한 아이의 가치를 그렇게 규정했다.

그러나 공주가 야빈을 축사에서 꺼내 오는 순간, 품에 안으며 상냥하게 대해 주는 순간, 그에 대한 잘못된 규정은 모두 떨어져 나갔다. 실험동물, 소모품, 가축. 더는 그 누구도 그를 그렇게 부를 수 없게 되었다. 공주는 야빈의 몸을 구했을 뿐 아니라 그에게 새로운 의미를 부여했다. 공주의 구원은 그러했다. 단순히 숨 쉴 틈을 준 것이 아니라 본질을 변화시켰다. 일회성 실험용 쥐를 하늘의 따님이 직접 기르는 아이로, 무가치하던 것을 귀중한 것으로 바꾸었다.

“그러니까 나한텐 의미가 있어. 남들보다 남은 시간이 훨씬 짧아도.”

야빈은 공주가 자신에게 부여해 준 가치를 오롯이 인정했다. 그러면서도 그것을 자신만의 특권이라 여기는 방종은 저지르지 않았다.

"그건 형도 마찬가지야."

야빈의 지명에 타누는 내심 놀랐다. 하지만 야빈은 여느 때처럼 차분했다.

"비록 색골에 놈팡이에 스파이이지만, 공주님도 선생님도 알면서 받아 줬잖아. 그건 형이 어떤 주접을 부려도 받아 주겠다는 뜻이야."

타누는 감동적인 위로에 막말을 잔뜩 섞어 준 야빈이 고마웠다. 그 덕분에 낯간지럽고 뭉클한 분위기는 조성되지 않았으니까. 타누의 안도를 뒤로하며 야빈이 마저 말을 이었다.

"사람은 누구나 죽어. 그렇다고 삶이 무의미한 건 아니야. 난 오히려 죽음이 있기 때문에 사람이 어떻게 살아야 할지 알 수 있다고 생각해."

어떻게 살아야 할지 알 수 있다니, 지금까지 살아남기에만 급급했던 타누에게 그 말은 생소했다. 그저 생존하고 몸을 편히 하는 것이 전부인 줄 알았는데, 그러고 남는 시간엔 유흥이나 좇으면 다인 줄 알았는데. 야빈이 말한 삶의 방법과 타누가 알던 삶의 방법은 말만 같을 뿐 의미가 전혀 달랐다. 그래서 그건 청년을 오랫동안 근심하게 만들었다. 아이는 그의 진지한 고민을 비웃거나 놀리지 않았다. 그들은 나이가 무색하게 서로를 가르치고 배우고 있었다.

한참 후 타누가 머뭇대는 목소리로 물었다.

"그럼 너는 그걸 알아?"

"나도 다는 몰라. 하지만 여자만 쫓아다니는 건 아마 아닐 거야."

야박한 대답에 타누는 네 나중을 두고 보겠다며 이를 갈았다. 야빈은 그렇게 별러 봤자 소용없다고, 자신은 사춘기 전에 죽을 거라고 대답했고, 타누는 또다시 시무룩해지고 말았다. 고민 끝에 청년은 혀를 차며 아이에게 따졌다.

"나도 너 같은 재주가 있으면 이렇게 안 살아."

"재능은 상관없어. 사람마다 크기의 차이는 있지만 방향은 같아. 의미 있는 것을 선택할지 무의미한 것을 선택할지, 둘 중 하나야."

"뭐가 의미 있는 건데?"

"그건 스스로 찾아봐."

청년이 치사하다고 불평했지만 아이는 단호했다. 스스로 찾지 않으면 소용없다고 생각했기 때문이다. 그래서 청년은 깊은 생각에 빠졌고 아이는 드디어 최초의 목적, 그 청년을 조용히 만드는 데 성공했다. 맴도는 고요에 만족하며 야빈은 다시 책상으로 눈을 돌렸다. 하지만 곧장 조사에 착수할 수는 없었다. 타누가 던진 질문에 스스로 대답하느라고.

죽음을 피할 수 없는 인간에게 의미 있는 삶이란 무엇일까. 그것은 죽음의 정체를 완벽히 알기 전엔 답할 수 없을 것이다. 만약 죽음 후 인간에게 도래하는 것이 완벽한 침묵이라면, 지금 세상은 이대로 좋다. 강자는 있는 힘껏 약자를 착취하고 자신의 쾌락을 채우도록 하자. 즐기기에도 짧은 인생이니까. 그리고 약자는 삶을 견딜 필요 없이 하루 빨리 목숨을 끊자. 어차피 마지막은 침묵, 모든 것이 안개와 같다면 구태여 이 세상에서 고통을 감내할 필요가 없다.

하지만 그게 아니라면, 만약 그 너머에 무언가가 있다면? 그렇다면 그때를 위해 살아 있는 동안 착실히 준비해야 한다. 야빈이 학교를 졸업한 것처럼 이 삶을 졸업했을 때 새로운 지평이 열린다면 말이다. 최고의 재학생, 영원한 재학생이 되려고 몸부림칠 필요는 없다. 그건 아무리 애써도 졸업생보다 못한 거니까.

아직 추측에 불과한 상념을 야빈은 머릿속으로 되뇌었다. 어린 천재는 너무 쉽게 답이 나오는 다른 문제들보다 아직 아무도 답을 구한 적 없는, 하지만 모든 사람에게 주어진 삶이라는 문제가 더 좋았다.

답을 정확히 구할 순 없지만 야빈에겐 한 가지 믿음이 있었다. 그건 모든 사람의 삶에 의미가 없지 않다는 것이다. 의미는 부여되는 것이다. 실험용 쥐는 공주의 소중한 아이가 되었다. 이것은 그가 직접 경험한 부정할 수 없는 기적이다. 그 앞에서 아이는 생각했다. 누군가에게 의미를 부여해 주는 삶이 진정한 삶이라고. 그것이야말로 기적이라 불러도 좋은 삶이라고. 그래서 그도 누군가에게 의미를 부여하는 삶을 살고자 했다. 스스로 할 수 없다면 적어도 그렇게 할 수 있는 이를 돕고자 했다. 그게 그가 찾은 삶의 답이었다.

생각을 마친 야빈은 비로소 만족하며 두 눈에 책을 담았다. 타누가 어떤 생각을 하고 있을지 슬쩍 궁금하기도 했지만 굳이 묻지 않았다. 생각은 언젠가 그의 삶을 통해 드러날 테니까.

더위가 한가득 차오른 주인 없는 방, 그 방이 외부인에게 허락된 까닭은 기록물 조사를 위해서였다. 두 방문자는 조사와는 상관없는 대화로 상당한 시간을 소모했다. 그러나 그것은 무의미한 일이 아니었다.

이 대화로 청년은 훗날 이제까지와는 다른 선택을 하게 되므로. 그리고 아이는 공주가 이 세상을 위해 어디까지 불사했는지 누구보다 뼈아프게 알게 되므로.

더위가 한가득 차오른 주인 없는 방, 그 방엔 청년 한 명과 아이 한 명이 함께 있었다.

체파르데아

수십 년을 살았지만 그는 소년이었다. 매일 한 끼 사람의 고기를 먹지만 그는 소년이었고, 세상의 한 축을 지배할 정도로 강하지만 그래도 그는 소년이었다.

소년인 체파르데아에겐 친구가 필요했다. 그의 크고 넓은 식탁에 마주 앉아 줄 친구가.

"웃어, 식사 시간이잖아. 밥 먹는데 표정이 왜 그래?"

체파르데아는 해맑게 웃는 낯으로 포크를 흔들었다. 포크에 꽂힌 고기 한 점이 허공에 웃는 입을 그렸다. 식사 중에 식기를 흔드는 건 예의에 어긋나는 일이지만 그걸 제지하거나 혼낼 사람은 없었다. 성 안에도, 밖에도, 어디에도. 모든 사람은 그의 일거수일투족을 두려워했고 소년은 자유롭고도 외로웠다. 그래서 그에겐 친구가 필요했다.

체파르데아는 흔들던 고기를 입에 넣고 단정하게 씹으며 다시 말했다.

"하긴, 이거 별로 맛이 없지? 나도 억지로 먹어. 하지만 싫은 표정으로 먹으면 더 먹기 싫어지니까 맛있게 좀 먹어 봐."

체파르데아는 모든 일에 자유로웠지만 매일 한 끼, 하기 싫은 식사를 해야 했다. 그래서 그는 친구를 만들어 맞은편에 앉혔다. 그러곤 자신과 똑같은 식사를 차려 주었다. 친구와 함께라면 이 일을 감당하기가 더 쉬울 거라는 생각에, 그런 순진하고도 이기적인 생각에.

"만약 못하겠으면 언제든지 말해. 식탁 친구는 새로 데려와도 괜찮으니까."

하지만 아무렇지도 않게 사람 고기를 입에 넣을 수 있는 친구는 지금까지 없었고, 그것은 체파르데아를 조금 신경질 나게 만들었다.

"그러니까 계속 그런 표정 지으면 잡아먹을 거야, 아지킴."

체파르데아의 장난스런 닦달에 맞은편에 앉은 소년, 아지킴은 고기를 다급히 입에 담았다. 구역질이 났지만 욱여넣고 씹었다. 비위가 고약해도 참고 참으며 꿀꺽 삼켰다. 체파르데아는 조용히 웃으며 그 모습을 바라보았다. 썩 우아하게 식사를 한 건 아니지만 첫날이니 봐주기로 했다. 아지킴은 요전의 소년들보다 좋은 친구가 될 수 있을 것 같았다.

체파르데아는 수다스러운 소년이었다. 그는 그날의 기분에 따라 이런저런 이야기를 늘어놓았다. 대부분 옛날이야기였다. 그가 영주가 되어 지금까지 지내 온 이야기, 징계의 7년에 있었던 이야기, 다른 영주들에 관한 이야기. 여러 이야기 중에서도 그가 가장 즐겨 하던 것은 비라에 관한 이야기였다. 체파르데아는 낙원에서 살던 때를 아주 즐겁게 말했다. 정작 그의 식탁은 낙원을 모욕하는 것이었지만, 그래도 그는 여전히 그곳을 좋아하고 또 그리워했다.

"공주님이 보고 싶어."

그 말은 숨 쉬는 것만큼 자연스럽게 흘러나왔다. 시도 때도 없이, 자신이 그런 말을 한다는 자각도 없이.

그는 그렇게 매일같이 공주를 그리고,

"공주님은 내 친구였어. 정말 잘해 주셨는데."

궁금해하며,

"지금쯤 뭘 하실까? 비라에서 날 보고 계실까?"

걱정했다.

"가끔은 내 생각도 하시겠지? 벌써 잊지는 않았겠지?"

체파르데아는 수다스러운 만큼 변덕도 심했다. 비라의 이야기를 할 땐 잔뜩 들뜨더니 눈앞의 고기를 바라볼 땐 우울해하며 한숨을 쉬었다. 그에겐 여러 근심거리가 있었는데 그중 가장 큰 것은 역시나 공주님이었다.

"피네하스가 시키는 일은 비라의 주인들이 가장 싫어할 일들이야. 그자는 일부러 그런 일을 우리에게 시키고 있어."

체파르데아는 하늘의 왕과 대공, 그리고 공주가 그것을 몹시 싫어하리라는 걸 잘 알았다. 살아남기 위해 하는 수 없이 피네하스를 따르고 있지만, 체파르데아는 그것이 늘 마음에 걸렸다.

"그럼 공주님은 이제 날 싫어하실까?"

그것이 체파르데아에게 가장 큰 걱정거리였다.

"당연히 싫으시겠지?"

그렇게 되뇔 때의 그는 만행에도 불구하고 불쌍해 보였다. 그래서 아지킴은 '그럼 안 하면 되잖아요?'라고 말하고 싶었다. 하지만 그는 목구멍까지 올라오는 말을 그냥 삼켰다. 무서운 영주 앞에서 말이든 고기든 억지로 삼키는 건 아지킴에게 익숙했다.

체파르데아는 신경질을 잘 냈지만 그래도 비위 맞추기가 크게 어렵지 않았다. 그는 대부분 서재에 혼자 틀어박혔고 그게 지겨워지면 밖으로 나와서 뚱땅뚱땅 피아노를 치거나 사람을 불러 체스 같은 게임을 했다. 체파르데아는 소년이었지만 게임에선 연륜이 드러났다. 그는 이 오락을 아주 오랫동안 해왔기에 적수를 찾기가 쉽지 않았다. 그래서 손자와 놀아 주는 할아버지처럼 권속이나 하인들을 봐주며 게임을 했다. 상대를 가르치며 실력이 느는 걸 즐겁게 지켜보기도 했다.

그것은 유희라기보단 하루를 살기 위한 필사적인 몸부림에 가까웠다. 체파르데아의 일과는 수십 년간 늘 같았다. 다른 날은 단 하루도 없었다. 하루 한 생명을 접시에 올리는 것 외에 그에겐 할 일도, 할 수 있는 일도 없었다. 그래서 그의 매일은 그림자처럼 항상 똑같았다.

그 삶은 현이 늘어진 피아노 같았다. 건반을 아무리 눌러 봐야 둔탁한 소리가 날 뿐인 피아노, 건반을 달리며 실컷 연주하고 싶어도 불가능했다. 그의 시간은 고정되어 있고 달라질 것은 아무것도 없었다. 그래서 책을 쓰거나 놀이를 하거나 과거를 그리워하는 것으로 시간을 간신히 굴렸다. 지겹지 않았던 것은 아니다. 같은 일을 너무 오랫동안 반복한 그는 죽음에 대해서도 생각했다. 목숨을 끊어 생을 마친다면, 무언가는 달라지지 않을까 잠시 생각했다.

하지만 그는 차마 죽음을 택할 수 없었다. 죽음은 뱀의 뱃속, 그 안으로 스스로 기어 들어갈 순 없었다. 둘 다 지옥이라면 그나마 견디기 나은 편을 택하는 게 현명했고, 죽음이라는 흑암 속에 맨몸으로 던져질 바에야 영주라는 옷이라도 두르고 세상에서 버티는 편이 나았다. 그래서 그는 죽을 수 없었고, 그에게 삶이란 결국 매일을 버티는 것에 불과했다.

그러던 어느 날이었다. 그의 일상을 송두리째 뒤집는 소식이 전해졌다. 아본에 혹한이 시작된 지 80년째 되던 해였다.

"공주님이 오셨대!"

체파르데아는 성을 뛰어다니며 소리쳤다.

"공주님이 오셨어, 공주님이!"

그를 들뜨게 만든 것은 비라에서 공주가 내려왔다는 소식이었다. 하늘에서 오신 순백의 공주님이 세상을 두루 다니고 계시다는 소문은 흘러 흘러 소년의 귀에까지 전해졌다. 그 이야기를 듣고 그가 가장 먼저 한 것은 얼굴을 꼬집는 것이었다. 생생한 아픔에 눈물이 핑 돌았고 그때부터 그는 격양 상태가 되었다. 꿈이 아니었다. 늘 꾸다 깨는 꿈인 줄 알았는데 이번에는 꿈이 아니었다. 그분이 오셨다는 소식이 파다하게 전해지고 있었다.

"공주님을 모셔 와, 얼른! 얼른!"

체파르데아는 권속들을 보내 공주를 데려오도록 했다. 하지만 그들은 공주를 데려오지 못했다. 기대가 꺾인 체파르데아가 길길이 날뛰자, 그들은 납작 엎드려 공주의 말을 전했다. '자신이 직접 만나러 갈 테니 이들을 해치지 말고 기다리라'는 내용이었다.

그 말을 전해 듣고 체파르데아는 곧장 얌전해졌다. 그때부터 그는 희망에 부풀어 딴 사람처럼 변했다. 포악하게 굴던 영주는 온데간데없고 착한 소년만이 그 자리에 남았다. 그는 모든 사람에게 너그러워졌고 매일 하던 식사도 자주 걸렀다. 공주님이 오신다는데 피네하스의 명령 따위야 아무래도 상관없다는 투였다.

체파르데아가 얌전해져서 오매불망 공주만 기다리자 주위에선 그가 미쳤거나 잠깐 변덕을 부리는 거라고 수군댔다. 하지만 친구인 아지킴은 그가 정말 달라졌다고 믿었다. 공주를 기다리는 눈이 정말 맑아서, 지금까지의 만행이 다 거짓말인 것처럼 순해서, 그는 정말 뭔가가 달라질 것 같다고 생각했다. 이 끔찍한 세상이 변할 거라는 믿음이 생겼다. 그래서 아지킴만은 친구를 응원하며, 그와 함께 희망을 한 아름 안고서 순백의 공주님을 기다렸다.

약속대로 공주는 체파르데아를 만나기 위해 찾아왔다. 체파르데아는 공주의 새하얀 모습을 보고도 믿을 수가 없었다. 그래서 거의 구르듯이 뛰며 공주에게로 달려갔다.

"공주님!"

주인을 만난 강아지처럼 기뻐하며 체파르데아는 그 품에 와락 안

기려 했다. 하지만 직전에 공주와 눈이 마주쳤고 저도 모르게 멈칫 걸음을 멈추었다. 공주의 눈에는 깊은 슬픔이 어려 있었고 체파르데아는 그걸 보며 무언가가 잘못되었음을 깨달았다. 그것이 무엇인지 아는 건 어렵지 않았다. 자신이 공주에게 미움받을 짓을 했다는 걸 이미 잘 아니까. 이 땅에서 살아남기 위해 한 모든 일은 분명 공주가 싫어할 짓들이었다.

하지만 그는 변명거리가 잔뜩 있었다. 자신이 어느 정도 정당하다고도 생각했다. 그러니 설령 자신이 그런 짓을 했더라도, 공주가 이전처럼 기꺼이 안아 주어야 한다고 생각했다. 바로 그 생각이 공주의 눈에 짙은 연민을 남겼지만 체파르데아는 그걸 깨닫지 못했다.

공주는 아무것도 묻지 않았다. 체파르데아가 수많은 변명과 구실을 준비했건만 아무것도 따지지 않고 아무것도 혼내지 않았다. 그저 잠잠히 사랑하던 소년을 바라볼 따름이었다. 침묵은 체파르데아를 곤혹스럽게 만들었다. 그는 벌 받는 기분을 느끼지 않으려고 아무것도 모르는 척 순진하게 입을 열었다.

"아본에는 어떻게 오신 거예요?"

"너를 구하러 왔어."

그 순간 체파르데아는 모든 걱정을 잊고 환희에 벅차올랐다. 꿈에도 그리던 말이 공주의 입에서 나왔으니 그럴 수밖에 없었다. 구하러 왔다니, 그럼 비라로 돌아갈 수 있는 걸까? 매일매일 그리워하던 고향, 그 낙원으로? 체파르데아는 뛸 듯이 기뻤다. 하지만 공주는 조용히 그를 제지했다.

"그런데 지금은 네가 너무 붉어서 데려갈 수 없어."

체파르데아는 멈칫하며 공주를 바라보았다. 혹여 이대로 두고 간다고 할까 봐 두려워진 그는 겁먹은 눈으로 물었다.

"그럼 어떻게 해야 하죠?"

"때가 되면 내가 널 찾을 거야."

"때……요?"

"그래, 네가 다시 하얗게 될 수 있는 때."

체파르데아는 공주가 하는 말을 알아들을 수 없었다. 비라에 있을 때도 공주의 말은 이따금씩 어려웠다. 그래도 허튼소리였던 적은 단 한 번도 없기에 체파르데아는 다시 기대에 부풀었다.

"그럼 저는 그때까지 기다리면 되나요?"

"응, 하지만 넌……."

공주의 맑은 눈이 체파르데아를 담았다. 위대한 딸의 시선은 현재에 머무르지 않고 먼 미래를 내다보고 있었다. 그래서 얼굴엔 슬픔이 어렸고 그것은 체파르데아를 불안하게 만들었다. 예언하는 공주는 뒷말을 삼키며 체파르데아의 어린 뺨을 양손으로 감쌌다.

"기다려 줘, 내가 널 다시 만나러 올 때까지."

사랑하는 이에게 하듯 자그맣게 속삭였다.

"오랜 기다림이 되겠지만 그래도 기다려 줘, 알겠지?"

체파르데아는 따스한 손길을 느끼며 눈을 감았다. 그리고 기쁘게 웃으며 약속했다.

"네, 공주님. 기다릴게요. 공주님이 다시 오실 때까지 꼭 기다릴게요."

체파르데아는 공주의 약속을 의심 없이 마음에 새겼다. 반드시 자신을 데리러 와주리라 믿으며. 이 추운 땅에서 이미 오랜 시간을 보낸 그에게 기다리라는 말은 일면 잔인했지만, 체파르데아는 불평하지 않았다. 희망이 있다면 기다림쯤이야 어렵지 않았다. 도리어 공주님과 만날 날을 고대하며 기쁘게 나날을 보낼 수 있었다.

그 후 체파르데아는 식인을 완전히 멈췄다. 포로들은 풀려났고 권속과 하인들은 학대받지 않았다. 성의 사람들은 무언가 달라졌음을 깨닫고 웅성댔다. 친구인 아지킴은 모든 광경을 옆에서 지켜보고 희망에 부풀었다.

덧없이 짧은 평화와 희망이었다. 어느 날 피네하스가 영주들에게 직접 명령을 내렸다. 키브사 공주를 찾아내 죽여 버리라고. 그가 이렇게 직접 세상에 관여하는 명령을 내린 적이 있었던가? 처음이었다. 그것은 그가 그만큼 궁지에 몰렸다는 뜻이기도 했고 더는 공주의 행보를 지켜보지 않겠다는 뜻이기도 했다.

공주와 피네하스의 사이에서 체파르데아는 근심에 빠졌다. 피네하스는 공주님께 감히 손을 대지 못하니 인간의 손을 빌어 공주를 죽이려 한다. 인간의 손은 공주에게 닿을 수 있다. 자신의 백성을 직접 끌어안길 원했던 공주가 이미 예전에 그것을 허락했기 때문에.

체파르데아는 공주에게 해를 끼칠 만한 영주가 누가 있는지 세어보았다. 현재 그를 제외한 여섯 명의 영주는 이요브, 시블라, 나삭, 네벨라와 아쉬무라, 그리고 새로 뽑힌 지 반년이 채 되지 않은 기달티. 시믈라는 공주님께 해를 끼치지 않을 것이다. 중립이고 싸움을 하지 않는 것과는 별개로 그 여자가 공주님께 안 좋은 일을 할 리가 없다. 그렇다면 이요브는? 확실치는 않지만 그도 섣불리 나서지는 않을 것이다. 문제는 공주님을 만나 뵌 적조차 없는 어린 영주들. 과학자인 나삭은 제외하고 남는 것은 기달티와 네벨라, 그리고 아쉬무라. 이들은 개인의 힘이 상당하거나 군대를 가진 자들이다. 그러니 공주님께 위협이 되기에 충분하다. 네벨라, 그 야심가는 분명 피네하스의 명령에 따를 것이다. 뱀에게 아부하는 아쉬무라도 자기 전사들을 보낼 확률이 높다. 그리고 신생인 기달티, 눈에 보이는 생명은 무조건 죽여 버린다는 미치광이. 가장 위험한 건 그다.

그들이 공주님을 공격하면 어떡하지? 주변에 있는 자들이 과연 공주님을 지킬 수 있을까? 초조해진 체파르데아는 결국 참지 못하고 길을 나섰다. 공주를 찾는 것에 피네하스의 눈치를 볼 필요는 없었다. 맞닥뜨리기 전까진 그를 죽이러 가는지 살리러 가는지 모를 테니까.

급히 나선 체파르데아는 북동쪽의 한 언덕에서 공주를 발견했다. 그런데 공주는 아무도 없는 설원 한가운데서 누군가를 기다리고 있었다. 체파르데아는 공주가 무엇을 하는지 몰라 멀찍이서 지켜보았다.

그때, 하늘의 문이 열리며 눈부신 이가 설원에 모습을 드러냈다. 그를 보는 순간 체파르데아는 자리에 주저앉았다. 그는 하늘의 대공 이르이트였다. 이르이트라니, 세 주인 모두가 그렇지만 그는 그중에서도 이 참람한 세상과 가장 어울리지 않는 자였다.

이르이트의 날카로운 속성을 아는 체파르데아는 겁에 질렸다. 그가 공주처럼 이 세상을 자비롭게 어루만지리라는 기대는 꿈에서조차 불가능했다. 체파르데아는 도망치기 위해 몸을 물렸다. 하지만 떨리는 두 다리가 제대로 움직이지 않고 그를 그 자리에 못 박았다. 그사이 대공은 공주와 마주했다. 대공의 시선이 오롯이 공주에게 향했기에 체파르데아는 가까스로 견딜 수 있었다. 그는 그렇게 연인을 지켜보았다.

픽쿠드였던 시절, 소년은 저 둘이 세상에서 가장 아름다운 연인이라 느꼈다. 함께 있을 때 완전해지는 둘은 서로를 한없이 사랑했고 픽쿠드는 그들의 모습을 보며 행복했다. 그런데 지금은 저 둘이 함께 있는 광경이 찢기듯 아팠다. 타락할 만큼 타락했지만 여전히 비라를 그리워하는 그는, 선한 것을 여전히 갈망하는 그는 알 수 있었다. 그 둘이 이 세계에 마주 선 것이 무엇과도 비할 수 없는 비극임을.

이후 벌어질 일을 예감해서일까? 소년은 심장이 터질 것만 같았다. 마주 선 대공과 공주는 서로에게서 멀찍이 물러선 채였다. 마치 남인 것처럼 상대를 경계하는 모습에 체파르데아는 다시 한 번 목이 멨다. 굉음과 함께 설원의 한 면이 찢겨 나갔다. 대공은 칼끝으로 공주를 위협했고, 체파르데아는 가까스로 비명을 삼켰다. 하지만 대공의 날 선 태도는 오래가지 않았다. 그는 결국 칼을 버리며 공주에게 달려갔고, 둘도 없는 사랑을 한가득 끌어안았다. 공주 또한 그리움을 숨기지 않고 정의의 품에 안겼다.

평생토록 그렇게 있어도 아깝지 않을 둘이건만, 그들은 얼마 지나지 않아 서로에게서 다시 물러났다. 체파르데아는 멀리서도 그들의 슬픔을 느낄 수 있었다. 그래서 이미 울고 있었다. 소년이 흐느껴 울 때, 공주는 대공이 버렸던 무기를 손에 쥐었다. 공주가 칼을 잡는 것을 보며 체파르데아는 목이 졸리는 것 같았다. 안돼요, 공주님. 안돼요. 달려가 말리고 싶었지만 불가능했다. 주저앉아 덧없이 손을 내뻗는 것 외엔 아무것도 할 수 없었다. 아, 저들의 대립을 어찌 막겠는가. 저들이 매섭게 서로를 노려보는 이유가 바로 자신에게 있는데.

이윽고 공주가 정의로운 연인을 칼로 찔렀다. 대공 또한 사랑스러운 연인에게 손을 뻗었다. 둘의 충돌은 별이 파괴되는 것만큼 눈부신 빛을 내뿜었다. 세상이 이대로 바스러져 녹아 버리지 않을까 싶을 정도로 크고 강한 빛이 있었다.

빛에 휘말렸던 체파르데아가 정신을 차렸을 때, 그는 새하얀 적막 속에 혼자 버려져 있었다. 가까스로 몸을 일으켜 언덕을 내려다보니 많은 것이 달라져 있었다. 대공은 흔적도 없이 모습을 감추었고 공주는 빛으로 화하며 무너지고 있었다. 무슨 일이 일어났는지 알 수 없었다. 어떻게 된 거지? 설마 죽은 걸까? 설마 죽어 가는 걸까? 위대한 대공님께서, 고귀한 공주님께서?

그때, 공주가 바닥에 주저앉으며 가슴을 움켜쥐었다. 공주는 괴로움을 참지 못해 울부짖었다. 숨 막히는 비명이 언덕 위까지 울려 퍼지자 체파르데아는 창백하게 질려 버렸다. 대공과 마주했을 때와는 비교도 할 수 없는 공포였다. 세상이 무너지는 듯한 두려움이 소년에게 엄습했다. 자신이 아는 공주는 저렇게 고통스러워하는 자가 아니었다. 존엄한 왕의 아리따운 외동딸. 아버지의 뒤를 이을 유일한 상속자. 세상에 그를 고통스럽게 할 것은 어디에도 없었다. 그런 그가 저렇게 망가져 절규한다.

그 모습을 보며 체파르데아는 겁에 질렸다. 숨조차도 제대로 쉴 수가 없었다. 몸은 핏기가 다 빠져나간 듯 차게 식어 덜덜 떨렸다. 이제껏 꺾인 적 없는 왕의 권위가 바스러지고 있었다. 공주의 몸부림을 통해, 공주의 비명을 통해.

두려움에 떨며 그 광경을 지켜보는데 체파르데아의 귓가에 상냥한 속삭임이 울렸다. 황홀하다 해도 좋을 만큼 친절한 목소리였다.

"내 개구리는 여기서 뭘 하는 걸까?"

체파르데아는 흠칫 놀라 옆을 돌아보았다. 그곳엔 사슬이 목에 걸린 이요브가 속박을 풀기 위해 버둥대고 있었다. 체파르데아의 시선이 사슬을 따라 올라갔다. 사실 확인할 필요도 없었다. 저 여제를 사슬로 묶어 끌고 다닐 수 있는 존재는 세상에 단 하나뿐이니까.

"하여튼 한눈을 못 판다니까. 틈만 나면 도망칠 궁리에 배신할 궁리에. 자, 네 오랜 친구를 봐. 나 몰래 대공을 불러온 거 있지? 덕분에 그가 죽게 되었지만, 그래도 괘씸해."

피네하스가 사슬을 당기자 이요브는 목이 졸리며 설원에 덧없는 발버둥을 남겼다. 그들의 갑작스러운 등장에 체파르데아는 얼어붙었다. 그 모습을 즐겁게 감상하며 피네하스는 다시금 말했다.

"이 친구에겐 벌을 좀 줄 생각인데, 여기서 몰래 훔쳐보던 개구리에겐 뭘 해줄까?"

뱀의 눈이 향하자 개구리는 숨이 멎었다. 포식자 앞에서 옴짝도 할 수 없었다. 유일하게 다행인 것은 지금 그 뱀이 흡족하게 배부르다는 것. 그래서 그에겐 일말의 자비가 생겼고 그 일그러진 자비는 개구리의 귓가에 은근한 목소리로 돌아갔다.

"요즘 바빠서 신경을 못 썼지만 널 계속 지켜보고 있었어. 그새 공주에게 홀려서 꼬리를 쳤지, 이 배신자 녀석."

"사, 살려 주세요……."

체파르데아는 간신히 신음을 쥐어짰다. 더 애원하고 싶었지만 그마저도 여의치가 않았다. 가쁜 숨이 폐에 들어차기만 할 뿐 내쉬어지지가 않아 질식하기 직전이었다. 그토록 가련하게 떠는 개구리에게 뱀은 다정하게 말했다.

"내가 어떻게 할지는 네게 달렸지."

다행히도 뱀은 기분이 좋았다. 두려운 적들이 대립하다 공멸했으니 기쁘지 않을 수 있으랴. 그는 한껏 관대해져서 소년에게 말했다.

"가봐, 개구리야. 가서 날 흡족하게 해주렴."

허락이 떨어지자 체파르데아는 뒤도 돌아보지 않고 내달렸다. 공주가 찾아왔을 때 구르듯 달려간 것만큼이나 다급히 달려 자신의 성으로 돌아갔다.

체파르데아가 돌아오자 친구인 아지킴이 반갑게 맞았다. 하지만 체파르데아는 본 척도 하지 않고 한 팔로 그를 날려 버렸다. 그리고 식사를 가져오라고 하인들을 향해 쩌렁쩌렁 소리치더니, 조바심을 견디지 못하고 어수선하게 구는 하인들에게 직접 달려들었다. 그리곤 손에 잡힌 사람을 산 채로 물어뜯기 시작했다. 주인의 돌변에 하인들은 모두 비명을 지르며 도망쳤다.

그래서 그들은 듣지 못했다. 체파르데아가 피범벅이 되어 살려 달라고 한없이 되뇌는 것을. 체파르데아를 제외하고 그 소리를 들을 수 있는 사람은 둘뿐이었다. 하나는 산 채로 뜯어 먹히며 서서히 죽어 가던 체파르데아의 하인, 다른 하나는 뼈가 부러진 채 구석에 숨은 그의 친구, 아지킴.

그날 체파르데아는 배가 불러 토할 때까지 식사를 했다. 그날 이후 그의 성엔 인간 축사가 만들어졌고, 그날 이후 그의 식사는 하루 한 끼가 아니라 세 끼로 늘어났다. 잠시나마 세상을 비추었던 빛은 사그라져 어둠을 더 짙게 만들었다. 희망은 더 큰 절망만 남겼고 거기에 증오를 더했다.

그럼에도 체파르데아는 생각했다. 공주를 다시 한 번 만나고 싶다고. 비록 눈송이처럼 부서진 공주님이지만, 그래도 다시 한 번 보고 싶다고. 소년은 죽는 순간까지 그 이름을 되뇔 만큼 공주가 그리웠다. 그래서 결국 죽게 되었을 때, 그는 오랫동안 흘려 본 적 없는 눈물을 턱에 매달고 숨을 거두었다. 마지막의 마지막까지 공주를 찾으며. 하지만 그것은 끝내 닿지 못했고 깜깜한 죽음 속에서 그는 모든 것이 끝났다고 생각했다.

그땐 미처 알지 못했던 것이다. 자신이 죽음 이후에 공주를 다시 만나게 될 것을.

시믈라

시믈라는 느긋하게 몸을 기대며 미지근한 물에 손을 담갔다.

나른해진 여인은 황홀한 듯 뜬 눈으로 웃는 듯, 마는 듯.

붉던 입술이 물속에서 아찔하게 번지고.

그 향기가 애잔할 때에야 들리는 속삭임은 혀가 아니라 눈동자에서, 비로소 첫 소절을.

아, 나는 꽃이었지요.

당신이 어여쁘다 아끼던 나는 한 떨기 꽃이었지요.

당신에게 곱게 길러지던 나는, 누가 뭐라든 꽃이었지요.

혹 누군가 다가와 왜 이토록 독하게 시들어 죽었느냐 물으신다면,

오직 사랑하였기에 그리했노라 답하겠어요.

"이해를 못 하겠어요."

소년의 불퉁한 말에 하얀 공주는 웃는 눈으로 나긋이 되물었다.

"왜?"

"대공님은 이미 예전부터 공주님의 짝으로 정해져 있었다면서요. 그런데 굳이 그런 말이 필요해요?"

소년의 물음에 공주는 맑게 웃었다. 그때 옆에 있던 소녀도 함께 웃는 바람에 소년의 불만은 더욱 커졌다.

"모르는 것만이 가치 있다면 우린 항상 새것을 찾아야 할 거야. 하지만 이미 알더라도 계속 듣고 싶은 말이 있어. 내가 듣기를 원하는 이유는 모르는 걸 알고 싶어서도, 아는 걸 확인하고 싶어서도 아니야. 내가 여전히 기뻐한다는 걸 알려 주고 싶은 거야. 똑같은 말이라도, 이미 밝혀진 마음이라도. 이렇게 말하면 알겠니?"

공주의 물음에 소년은 고개를 저었다. 대신 옆에 있던 어린 소녀가 수줍게 웃었다. 사랑이 무엇인지 아는 소녀는 그 말을 이해하고 어여쁘게 웃었다. 화관을 쓰고 공주의 품에 안겨 햇살처럼 웃는 소녀의 이름은 아미크. 그것은 세상에서 가장 매혹적인 창녀의 옛 이름이었다.

낙원에서 소녀가 하던 일은 땅의 순리를 돕는 것이었다. 아미크는 자신의 일을 좋아했다. 여린 풀을 세심히 어루만져 꽃을 피우고, 그렇게 기른 것을 공주에게 자랑하며 칭찬받았다.

나날은 평화로웠다. 할 일을 마치고 돌아가면 사랑하는 공주님이 소중한 친구와 함께 기다리고 있었다. 그 곁에 앉으면 친구인 소년, 픽쿠드는 책을 읽어 주거나 악기를 연주하며 소녀를 즐겁게 해주었다. 도란도란 이야기하다 먹는 것은 맑은 물과 갓 딴 과일, 그리고 바람 내음 나는 보리. 이따금 빵을 구우면 냄새를 맡은 동물들이 다가오고, 약간을 떼어 주면 토끼는 클로버로, 다람쥐는 도토리로, 사자는 갈대풀로 보답한다.

낙원에서 향기롭던 소녀 아미크. 그 시절의 소녀는 누구보다도 공주를 사랑했고 그가 하는 모든 말을 마음에 새겼다. 공주가 속삭이는 말은 물론 사랑. 아미크는 그것을 품에 가득 그러넣어 다짐했다. 사랑할 것을, 오직 사랑할 것을.

그래서 더는 소녀가 아니게 된 오늘의 그는 말한다. 이 모든 것이 오직 사랑하였기에 그리되었노라고.

낙화가 시작된 것은 굳게 잠긴 문이 열리면서부터였다. 낙원 밖으로 향하는 문은 허락된 바가 아니었건만, 뱀은 붉은 입을 벌려 여자를 꾀어내는 데 성공했다.

"언니, 가지 마."

그 문으로 첫발을 내디딘 것은 소녀의 언니, 이슈라였다. 아미크의 자랑거리인 이슈라는 대공을 도와 하늘을 날던 당당하고 강한 소녀였다. 그랬는데, 지금은 모든 것을 체념한 채 낙원을 등지고 있다. 아미크가 필사적으로 매달려도 냉정히 고개만 가로저을 뿐이다.

"난 이제 여기 못 있어."

이슈라의 입술이 창백했고 아미크는 가슴이 찢어졌다. 사랑하는 언니가 마음이 꺾인 채 낙원을 떠나는 것을 차마 보고만 있을 수 없었다.

"그럼 나도 같이 가."

"말도 안 돼, 돌아가!"

이슈라가 놀라서 밀어냈지만 소용없었다. 아미크는 언니를 혼자 내버려 둘 수 없었고, 그를 위해서라면 낙원마저 등질 수 있었다. 다른 이유는 없었다. 오직 사랑했기 때문에. 아미크를 바라보던 이슈라의 눈에 어느덧 눈물이 차올랐다. 만신창이가 된 그가 입술을 깨물며 울 때 아미크는 조용히 눈물을 닦아 주었다.

"울지 마, 내가 같이 가줄게. 그러니까 울지 마."

아미크는 언니를 위로하며 그의 차가운 길에 동행할 것을 다짐했다. 몰랐기에 가능한 일이었다. 그 선택으로 자신이 짊어지게 될 것을 까맣게도 몰랐기에. 결국 자매는 손을 맞잡고 낙원 밖으로 내려왔다. 그곳에서 단둘이 얼어 죽을 생각이었다. 그런데 뜻밖에도 많은 사람이 뒤따라와 절망하는 것을 보게 되었다. 애당초 뱀의 허기는 어린 소녀들만 집어삼키고 만족할 것이 아니었다. 그의 처절한 기근은 인류를 통째로 끌어내고도 부족하다 할 만큼 게걸스러웠고, 그래서 뱀은 이 얼어붙은 땅을 식탁 삼아 모든 것을 집어삼키고자 했다.

많은 사람이 아본으로 내려왔다. 그리고 정황을 살필 겨를도 없이 징계가 시작되었다. 뱀의 선포에 따라 사람들은 서로 적이 되었다. 극한에서 살아남기 위해 인간들은 투쟁했고 그 가운데 약자는 죽어

나갔다. 그때 아미크는 언니 뒤에 숨어 떨었고, 이슈라는 동생을 지키기 위해 무엇이든 불사했다. 결국 이슈라는 이 동토에서 가장 냉혹하고 무자비한 지배자가 되고 말았다.

어쨌든 그들은 성공적으로 생존했다. 하지만 그 전에 주위를 한번 살펴보았다면 좋았을 텐데. 피를 흩뿌리느라 바빴기에 그들은 미처 깨닫지 못했다. 뱀에게 속아 내려온 무리 중에 한 소년이 있음을, 친구였던 픽쿠드가 이 동토에서 홀로 미쳐 가고 있음을. 자매가 살아남는 동안 소년 또한 상처투성이로 살아남았다. 그래서 그들이 다시 만났을 땐 많은 것이 변해 있었다.

이슈라는 잔혹하게 얼어붙었고 아미크는 언니의 울타리에 갇혀 세상 물정이라곤 몰랐다. 그리고 픽쿠드는 정신이 나가 시체를 먹어 치웠다. 이미 망가질 대로 망가진 그들은 다시 만나지 않는 편이 나았다. 그러면 그들의 비극은 한 줌이나마 덜했을 것이다. 하지만 운명은 그들을 무대로 이끌고 뱀을 초청하여 갈채를 구걸했다. 운명이 극을 꾸미기 위해 던진 미끼는, 이번에도 사랑이었다.

이슈라와 픽쿠드가 세력을 키우며 충돌을 일으키던 때에, 아미크는 언니의 보호 아래에 온실 속 화초로 지내고 있었다. 아미크는 세상의 고통을 알지 못했다. 그에게 아본에서의 삶이란 안락한 방에서 시중을 받는 게 다였다. 그 와중에 비라에서 배운 사랑을 읊으니 그 속 편한 아가씨의 입바른 소리는 모두에게 경멸당할 수밖에 없었다. 그럼에도 아미크는 홀로 꿈을 꾸듯 사랑을 믿었다. 그것이 이 세상을 구할 것을 믿어 의심치 않았다.

그때 전해진 픽쿠드라는 이름이 이 소녀를 얼마나 큰 비탄에 빠트렸는지……. 그립던 친구가 언니와 싸우고 있다는 소식은 소녀에게 둘도 없는 비극이었고, 아미크는 이를 막고자 또 한 번 대담하고 위대한 결단을 내렸다. 소녀는 중재를 위해 홀로 픽쿠드를 찾아갔다. 누가 이 소녀를 무모하다 욕할 수 있을까, 오직 사랑하기 때문에 한 일인데. 언니와 친구를 사랑하는 어여쁜 마음 때문인데.

포로를 풀어 주고 픽쿠드를 만나게 된 아미크는 친구를 보자마자 눈물을 터트렸다. 그와의 재회가 너무나 기쁘고 벅차서. 하지만 픽쿠드는 아니었다. 아미크는 비라에 있을 때보다 조금 성장했을 뿐 거의 모든 것이 예전 그대로였다. 여전히 예쁘고 깨끗했다. 그 모습을 보고 픽쿠드는 그만 웃음을 터트렸다. 아미크는 자신을 반가워해서 그런 줄 알았다. 가당치 않은 오해였다. 픽쿠드는 언니의 그늘에서 호의호식한 아미크를 가증스러워하고 있었다. 그것을 까맣게 모르는 아미크는 친구에게 달려가 안겼다. 그의 마르고 상한 몸을 안타까워하면서. 하지만 픽쿠드는 아미크의 향기에 도리어 광기를 느껴 매몰차게 뿌리쳤다. 바닥에 쓰러진 아미크는 겁먹은 눈으로 픽쿠드를 올려다보았다.

"픽쿠드, 왜 그래……."

픽쿠드는 영문을 몰라 구슬프게 묻는 아미크에게 손을 뻗어 그 머리채를 거머쥐었다. 아미크가 비명을 질렀지만 픽쿠드는 모른 체하고 귓가에 속삭였다.

"이렇게 와줘서 고마워, 정말 보고 싶었어."

거친 손길과 달리 목소리는 아무렇지도 않게 친근했다. 아미크는 혼란스러웠다. 그가 왜 이러는지 이해할 수 없었다. 그 혼란을 비웃듯 픽쿠드는 상냥하게 말했다.

"너한테선 아직도 꽃향기가 나. 비라에서 막 나온 것 같아. 내 입에선 이제 시체 냄새가 나는데, 너를 먹으면 이 냄새가 좀 씻길까?"

혼란은 가속되었다. 아미크는 먹는다는 의미를 몰랐다. 자신을 어떻게 먹으려는 건지 상상조차 할 수 없었다. 그 무구함에 픽쿠드는 짙게 웃으며 아미크의 머리채를 놓았다. 대신 어린 시절 그랬던 것처럼 그의 뺨을 감싸고 이마를 맞댔다. 그리고 친절히 설명했다.

"만약 너를 먹는다면 어깨 관절을 끊어서 팔부터 뽑을 거야. 떨어지는 피는 손에 모아서 핥고 살점을 해체한 후에 뼛골부터 발라서 먹을 거야. 그때 넌 아직 살아 있겠지. 만약 날 보고 있으면 눈을 뽑아 삼키고 다른 곳을 보고 있다면 턱을 부숴 고막을 터트려 줄게. 그래서 흘러나오는 것까지 마시면 나머지는 솥에 넣어 삶자. 삶은 건 맛있지, 비린내가 안 나니까, 부드럽고 맛있겠지, 맛있겠지, 맛있겠지, 너는 참 맛있겠지. 응? 이것 봐, 맛있잖아! 맛있잖아!"

부드럽던 속삭임은 점점 빨라지더니 종국에는 광기를 이기지 못해 고통에 찬 절규로 바뀌었다. 그는 미친 듯 고함을 토해 내며 발광했다. 그 와중에도 아미크의 얼굴은 놓지 않았다. 그래서 아미크는 그의 쏟아지는 울부짖음에 고스란히 맞대어졌고, 그 아찔함을 견디다 못해 결국 울음을 터트렸다.

미친 자는 처절했고 우는 자는 처참했다. 아미크는 그제야 깨달았다. 그가 미쳐 버렸다는 것을. 아미크가 울기 시작하자 픽쿠드의 격정과 흥분은 거짓말처럼 뚝 그쳤다. 그래서 그 자리엔 아미크의 숨죽인 흐느낌만 남았다. 픽쿠드는 자신의 옛 친구를 내던지고 부하에게 말했다.

"이슈라에게 협상을 걸어. 3일 내에 응하지 않으면 동생을 죽여 버릴 거라고 전해."

내버려진 아미크는 엎드려 흐느꼈다. 다른 사람이 되어 버린 친구와 인질이 되어 버린 자신의 처지에 눈앞이 새카매졌다. 하지만 더 큰 절망이 아직 남아 있었다. 사흘이 지났지만 언니가 협상에 응하지 않은 것이다. 자신을 곧장 구하러 올 줄 알았는데 언니는 픽쿠드의 전언을 무시했다. 자신이 버림받은 걸 깨닫고 아미크는 발밑이 무너지는 절망감을 느꼈다. 동시에 픽쿠드의 협박이 떠올라 그를 더 두렵게 만들었다. 이대로 쓸모가 없어진다면 그에게 진짜 잡아먹힐 것만 같았다. 하지만 걱정과 달리 픽쿠드는 해를 끼치지 않았다.

"일어나."

픽쿠드는 겁먹은 아미크를 억지로 일으켰다. 그리고 부하들에게 떠밀며 말했다.

"두 번 다시 내 앞에 나타나지 마. 봐주는 건 이번만이야."

아미크가 놀라서 바라보았지만 픽쿠드는 그 시선을 외면했다. 그는 아미크가 떠나는 모습도 보지 않았다. 그것은 그가 광기 속에서 가까스로 베푼 마지막 온정이었다.

아미크는 그렇게 풀려났다. 조금 위협했을 뿐, 픽쿠드는 분명 해를 끼치지 않았다. 하지만 그의 부하들은 아니었다. 그 남자들은 아미크를 건네받는 순간부터 이미 아미크의 미모에 눈을 떼지 못했다. 드디어 비극이 시작되었다. 어여쁜 소녀는 바로 그날 동토의 고통 한 점을 온몸으로 맛보았다.

처음 보는 남자들이 여리고 여린 아미크의 몸을 무자비하게 휩쓸었다. 아미크는 그들의 거친 행동에 자신이 죽으리라 생각했고 실제로도 죽을 만큼 아팠다. 하지만 다행인지 불행인지 목숨은 끊어지지 않았다. 남자들은 자신의 욕심을 채운 후 만신창이가 된 아미크를 버려두고 떠났다.

낭떠러지에서 굴러 떨어진 기분이었다. 아미크는 아픈 몸을 간신히 추스르고 도와줄 사람을 찾았다. 두렵고 아파서 도움이 필요했다. 몸의 고통이 너무 커서 수치심은 미처 깨닫지도 못한 때였다. 절실히 헤매던 아미크는 가까스로 사람과 마주쳤다. 하지만 도움을 받기는커녕 직전의 고통이 되풀이되었다. 아미크는 아름답고 무방비했다. 세상은 그런 여인을 내버려 둘 만큼 신사적이지 않았다.

아미크는 이 사람들이 왜 이렇게 자신을 아프게 하는지 알 수 없었다. 사나운 세계에서 사람들이 얼마나 난폭해졌는지, 약자가 얼마나 유린당하는지 몰랐던 아미크는 그렇게 몸의 조각들을 빼앗기고 또 빼앗겼다. 도망치고 싶었지만 도망칠 힘이 없었고 되돌아가고 싶었지만 길을 몰랐다. 이후 수많은 남자가 아미크를 건드렸고 아미크는 별수 없이 끌려갔다. 그들은 소녀의 아름다운 몸을 욕망하다 죽어갔고 아미크는 값진 전리품처럼 그들의 손아귀를 오갈 따름이었다.

아미크는 점차 시들어 갔다. 미모에는 변함이 없었지만, 속은 까맣게 썩어 갔다. 아미크는 정녕 자신이 왜 이런 일을 겪는지 알 수 없었다. 남자들은 아무런 동의도 구하지 않고 무례하게 아미크를 만졌다. 그래 놓곤 염치도 없이 남편이나 주인 행세를 했다. 그러는 동안 무뎌질 대로 무뎌진 아미크는 자신에게 벌어지는 모든 일을 내버려 두게 되었다.

그 와중에 남자들은 아미크의 몸을 붙들고 애걸하며 호소했다. 사랑한다고 말했다. 아미크는 고통 속에서도 조소를 참을 수가 없었다. 사랑이었구나, 너희가 내게 저지른 것도 과연 사랑이었구나. 아미크는 자신의 모든 것이 값싸게 느껴졌다. 그때부터 마음에도 없는 짓을 아무렇지도 않게 할 수 있게 되었다.

이후로는 모든 것이 쉬웠다. 웃어 주면 모든 남자가 넘어오고 눈물 지으면 어떤 남자든 굴복하는데 무슨 말이 더 필요할까. 물론 대가로 그들의 추하고 거친 숨결을 받아 줘야 했지만 이미 더러워진 몸에 아쉬울 것은 없었다. 또한 남자들은 아미크의 그런 내면에는 아무런 관심이 없었다. 뿌리가 썩어도 꽃은 꽃이더라, 속이 문드러져도 빛깔이 고우니 여전히 원하더라. 아미크는 그렇게 비웃으며 마음껏 자신을 팔았다.

모든 것이 쉬웠다. 어느 흉포한 강자가 자신의 발에 입 맞추는 것을 보며, 발끝으로 혀를 짓밟아도 황홀해하는 것을 보며 아미크는 환멸과 함께 웃음을 터트렸다. 정녕 모든 것이 쉬웠다. 이제는 복수를 시작할 때였다.

아미크는 한 남자에게 몸을 맡긴 채 자신을 괴롭혔던 무리를 지목했다. 남자는 애첩을 달래기 위해 그들의 목을 베었다. 그런들 아미크의 기분은 나아지지 않았다. 다만 잘린 머리를 보며 생각했다. 아, 저렇게 죽어야 할 것은 저들만이 아닌데. 아미크는 옆에 있는 포악한 남자를 더욱 애태우기로 했다. 그가 녹아서, 미쳐서, 타는 불길이 되어서 세상을 모조리 불살라 버리도록. 그렇게 아미크는 자신을 거쳐 간 남자들을 모조리 죽였다. 수도 없이 많았지만 자신에게 똑똑히 각인된 그들을 찾아내어 차근차근 죽여 버렸다.

복수를 거의 마쳤을 때 아미크는 잿더미처럼 하얗게 식어 있었다. 그때쯤 그는 뱀에게 선택받아 시믈라라는 새 이름을 얻었다. 시믈라는 이제 완전한 창녀였다. 복수도 끝났고 돌아갈 곳은 없으며 그 와중에 몸뚱이만은 미치도록 아름다웠다.

그쯤 되니 시믈라는 미쳐 버린 픽쿠드를 이해하게 되었다. 시믈라도 마찬가지였다. 가만히 있다가도 갑자기 화가 치밀어 비명이 터져 나왔다. 한참을 울부짖으면 또 마음이 싸늘히 식어 아무것도 느껴지지 않았다. 그 일이 매일매일 반복되며 시믈라를 미치게 만들었다. 정녕 이대로 시들어 죽어 가는 것 같았다.

멈춘 시간 속에서 이따금 생각했다. 자신이 창녀로 살아간다는 소식이 전해지면 언니와 픽쿠드는 무슨 생각을 할까, 이런 나를 보면 그들의 낯빛은 어떻게 변할까. 덧없지만 창녀는 생각했다. 멍하니 앉아 대체 어디서부터 잘못된 건지 생각하고 또 생각했다. 그럼에도 답은 보이지 않았고 그는 미궁 속에서 하염없이 헤매게 되었다.

창녀가 미궁에 갇혔을 때 소식이 전해졌다. 공주가 이 세계로 내려왔다는 소식이었다.

여느 때처럼 애인의 비위를 맞추던 시믈라는, 그를 위해 연회를 베풀던 창녀는 자신의 눈을 의심했다. 소식은 들었지만 이렇게 갑자기 마주칠 줄은 몰랐다. 하필 이런 때에, 하필 이런 지독한 때에.

어느 도둑고양이 소녀를 조롱하며 흥을 돋우던 차였다. 한 목소리가 감히 그들의 연회를 방해했다. 목소리의 주인공은 비라의 주인, 순백의 공주 리브나 키브사였다.

높은 자리에 있던 시믈라는 공주를 보는 순간 얼어붙었다. 온갖 심정이 복잡하게 휘몰아치기 시작했다. 큰 경악 속에서 반가움과 두려움이, 기쁨과 슬픔이 뒤섞여 그를 어지럽혔다. 공주가 가까이 올수록 시믈라는 몸이 떨려 왔다. 뒤늦게야 모든 것이 수치스러웠다. 나쁜 짓을 하다 들킨 아이처럼 숨고 싶었다. 하지만 여기서 공주를 피하면 그를 놓칠까 봐, 또 혼자 버려질까 봐 그럴 수도 없었다. 그래서 딱딱하게 굳어 하염없이 바라만 보았다. 차분히 걸어오는 공주를, 그토록 사랑했던 공주님을.

하지만 다가온 공주가 감싼 것은 자신이 아니라 볼품없는 도둑고양이였다. 시믈라는 당황했다. 공주님, 저예요. 절 못 알아보시겠어요? 묻고 싶었지만 입술이 떨어지지 않았다. 대신 혹시나 하여 기다렸다. 자신을 불러 주기를, 자신을 알아봐 주기를. 공주의 시선이 드디어 시믈라를 담았다. 그는 기대에 부풀었다. 하지만 정작 공주의 입에서 흘러나온 말은, 그 기대를 산산이 무너트리는 것이었다.

"그 아이를 괴롭히지 마."

그 말이 얼음조각처럼 가슴에 박혔다. 칼에 찔린 것처럼 어지러웠다. 언니에게 버려질 때, 남자들에게 처음 짓밟혔을 때처럼 낭떠러지로 굴러떨어지는 심정이었다. 아니야, 그 아이가 아니야. 당신이 불러야 하는 건 그 아이가 아니라 나인데, 내 이름인데!

시믈라의 눈에 불길 같은 증오가 타올랐다. 그 짧은 찰나에 시믈라는 이해하게 되었다. 픽쿠드가 지난날 자신에게 쏟아 낸 광기를. 아, 그 또한 이런 기분이었으리라. 모든 것을 박탈당하고 혼자 내버려진 심정, 바로 이 심정에 미치광이처럼 굴었던 것이리라. 생각이 거기까지 미치는 순간 입술은 저절로 움직였다.

"누구에게 명령하는 거지, 공주님? 여긴 비라가 아니야. 저 도둑고양이를 구하고 싶으면 직접 해."

시믈라는 보란 듯 냉랭하게 말했다. 이렇게 하면 이름을 불러 줄 줄 알았다. 이렇게라도 해야 봐주리라 생각했다. 하지만 공주는 끝내 그를 무시했다. 무심히 시믈라를 외면하고 소녀를 구하기 위해 스스로 더러운 바닥으로 걸어 들어갔다. 모든 치욕을 감수하고 그 어린 고양이를 품에 안았다. 그 광경을 지켜보던 시믈라는 이를 갈며 자리에서 일어났다. 당신이 내게 이럴 순 없다고 생각하며, 내게 이래서는 안 된다고 마음으로 외치며 상석에서 뛰어 내려갔다.

"아이를 내놔. 내가 돈을 주고 샀으니 내 것이야."

"값을 치르겠어."

그것은 마지막 애원이나 다름이 없었는데, 공주는 여전히 그를 남처럼 대했다. 그래서 시믈라는 살벌한 얼굴로 비웃었다. 얼마나 큰 돈을 내놓든 아이를 팔지 않을 생각이었다. 하지만 무엇 하나 시믈라의 생각대로는 되지 않았다. 키브사가 내놓은 것은 치포라, 세계를 통틀어 가치를 견줄 바가 없는 보물이었다.

그것을 받는 순간 시믈라는 결국 무너지고 말았다. 보물이 탐나서가 아니라 이것을 내민 저의를 깨달아서. 공주는 비라를 완전히 등진 것이다. 자신의 어리석은 백성을 구하기 위해 왕좌를 버린 것이다. 그것은 정녕 고귀한 선택, 그 고결함에 어울리는 결단. 그리고 그 위대한 공주에게마저 외면당한 창녀. 그 사실에 시믈라는 웃었다. 미친 여자처럼 마냥 웃었다. 눈물로는 갈가리 찢긴 마음을 다 표현할 수 없어 그저 웃고 말았다. 그렇게 웃던 시믈라는 놀라운 사실을 깨달았다. 그로써 미궁에서 빠져나왔지만 미궁 밖은 나락이었다.

그의 생이 이토록 잘못된 이유, 모든 게 엉키고 꼬인 이유. 그건 사랑이었다. 언니를 사랑했고 친구를 사랑했다. 그 대가로 소녀는 창녀가 되었다. 공주님을 사랑한 대가로는 이토록 비참하게 버려져 다시는 일어날 수 없는 지경에 이르렀다. 우습기도 하다. 이 모든 것이 사랑 때문이라니. 고작 그것 때문이라니. 자신의 어리석음을 깨달은 시믈라는 스스로를 비웃었다. 어리석고 어리석은 아미크, 자신의 발 앞에 덫을 놓는 불쌍한 철부지.

그럼에도 시믈라는 아미크의 마음을 버리지 못해 표리부동하며 흔들렸다. 사랑하면서 미워했고 증오하면서 갈구했다. 그래서 피네하스가 공주를 죽이려 할 때 이슈라에게 치포라를 보냈다. 대공을 불러 공주를 구해 내도록. 네벨라가 이요브를 치려 할 땐 지난날의 상처에 쓰라려하면서도 그의 시선을 돌렸다. 언니를 위험에 빠트릴 수 없어서. 새로운 이름으로 나타난 대공을 보았을 땐 그에게 하늘의 열쇠를 주었다. 그가 공주를 되찾길 바라며. 비로소 공주님을 다시 만나게 되었을 땐 그 아픈 몸을 정성껏 보살폈다. 어찌되었건 소중해서, 자신을 버린 공주님이 소중해서.

하지만 이번에도 공주는 아미크를 알아보지 못한 채 떠났다. 쓸쓸함이 매서운 원망으로 뒤바뀐 것은 북쪽이 해방되었다는 소식을 전해 들으면서부터였다. 아, 당신은 또 세상을 구하려 한다. 나만 뺀 세상을 구하려 한다. 당신을 연호하는 사람들의 무리에 나는 끼워 주지 않는다. 당신을 잡아먹으려 한 자의 죽음은 슬프다면서 나는 끝까지 알아보지 않는다.

마지막까지 배신당한 창녀는 이번에도 역시 웃었다. 차라리 이 마음이 완전히 얼어붙었다면 나았을까. 그러면 이렇게 썩고 마르지는 않았을까. 그런 생각도 이제는 부질없다. 더 견딜 힘이 없다. 낭떠러지를 구르다 못해 깊은 땅속에 매장당한 지금.

그래, 그게 당신이 말하는 사랑이라면 좋다. 이제 다시 복수를 시작할 때다. 당신이 구한 도시를 무너트리고 당신의 연인을 빼앗아 가리라. 당신이 소중하다 말하는 세상을 모조리 부숴 버리리라. 그리고 복수가 끝나면 나는 또 예전처럼 하얗게 식겠지. 잿더미만 남겠지. 다른 건 아무래도 상관없지만 그것만은 유일하게 싫었다. 그래서 멸망을 앞둔 날에 시믈라는 곱게 화장을 했다. 어느 때보다 화사하게 스스로를 치장했다. 이제 충분하다. 혼자 남은 세상에서 잿더미만 끌어안을 바에야. 그럴 바에야.

시믈라는 느긋하게 손목을 긋고 의자에 몸을 기댔다. 그러곤 미지근한 물에 피가 흐르는 손을 담갔다.

현기증에 나른해진 여인은 황홀한 죽음을 앞두고 뜬 눈으로 웃는 듯, 마는 듯.

붉던 입술이 새하얗게 질리자 흐르는 피는 미지근한 물속에서 아찔하게 번지고.

그 피 향기가 애잔할 때에야 들리는 속삭임은 혀가 아니라 흐려지는 눈동자에서, 이제 마지막 소절을.

아, 당신의 꽃이었던 나는 이제 죽어요.

더는 바라는 것도 꿈꾸는 것도 없지요.

그저 내가 말라 죽은 사실에 당신께서 지으실 표정이 궁금할 따름이에요.

혹 뒤늦게라도 내게 마음 쓰진 마세요. 자투리 된 마음은 받지 않으니까요.

나는 이제 정말 죽어요.

원망하는 마음조차 이제는 없어요.

하지만 멸망은 남기겠어요. 무엇보다 사랑했던 당신께.

아야라

창가에서 새벽을 하염없이 바라보던 아야라는 그만 제자리로 돌아왔다. 그의 제자리는 아직 깨어나지 못한 남편의 옆이었다.

"공주님이 떠나셨어."

아야라가 기달티의 손을 감싸 쥐며 자그맣게 말했다.

"알타쉬헤트에게도 돌아오지 말라고 했는데, 어떻게 될지 잘 모르겠어."

그렇게 말하며 아야라는 그만 웃고 말았다. 울지 못해 웃었다. 사랑하는 사람들을 떠나보내 가슴에 구멍이라도 난 듯 허전했다. 후회는 하지 않았다. 눈부신 그들은 이 세계에 잠식되어 죽기에 너무 아까우니까. 함께 갈 순 없었지만 그들을 보낸 것으로 만족한다. 비록 자신은 죽더라도, 그들은 어딘가에서 살아가게 될 테니까. 그걸로 됐다, 그것으로 되었다. 아야라는 그렇게 되뇌며 남편의 창백한 얼굴을 바라보았다.

"너는 언제쯤 일어날 거야?"

아야라는 기달티의 손등에 입을 맞췄다. 찢겨진 살갗이 거칠었지만 아랑곳 않고 부드럽게 입술을 대었다. 무심코 남편을 따라 한 행동이 짙은 향수를 일으켰다.

그의 남편은, 오랜 시간을 기다려 비로소 사랑하게 된 남자였다. 남자는 기다림에 벼려진 갈망으로 여자의 모든 것을 원했고 여자는 그 간절함에 환희로 응답했다. 사랑을 나눌 때마다 남자는 여자의 손등에 입을 맞췄다. 말로 다 하지 못하는 마음을 그렇게 표현했다. 비록 세상에 드러낼 순 없었지만 그들은 은밀하게 사랑했고 그것은 넘치도록 따스했다.

꿈같던 나날의 그가 사무치게도 그리워 아야라는 작게 속삭였다.

"보고 싶어."

마지막으로 널 다시 만날 수 있다면. 종말이 오기 전에 마지막으로 마주 보고 마지막으로 입 맞추고 끝으로 사랑한다 말할 수 있다면. 덧없이 바라며 아야라는 남편의 손에 얼굴을 감추었다. 깜깜한 절망 속에서 그리운 기억이 눈에 선해, 그의 간절함을 더욱 사무치게 만들었다.

두 사람이 어릴 적, 기르던 아이가 아장아장 걸어 다닐 무렵에 그들은 종종 서재에서 책을 읽었다. 글을 모르는 소년을 위해 글자를 한 자 한 자 읽어 주던 때도 있었는데, 이제 소년도 스스로 책을 읽을 수 있었다.

그날도 여느 때처럼 소년과 소녀는 서재에서 나란히 책을 읽었다. 얼마나 그러고 있었을까, 소녀는 조금 지루해져서 옆에 앉은 소년을 기웃댔다. 무슨 책인데 그렇게 열심히 읽나 들여다보던 아야라는 깜짝 놀라고 말았다. 그 앞에 펼쳐진 건 적나라한 성애 소설이었다. 아야라는 책을 빼앗으며 소리쳤다.

"이런 건 보면 안 돼!"

그에 소년은 덤덤하게 되물었다.

"왜?"

"나쁜 거니까!"

무턱대고 한 말에 소년이 갸웃거렸다.

"너도 알타쉬헤트에게 그렇게 하잖아."

아야라는 당황해서 빼앗은 책을 확인했다. 마침 펼쳐진 쪽엔 남자와 여자가 입을 맞추는 장면이 묘사되어 있었다. 소년의 말마따나 아야라는 종종 아기에게 같은 행동을 하곤 했다. 아야라는 머뭇대다가 또 한 번 얼버무렸다.

"아기한테는 상관없어."

"이해가 안 돼."

소년 기달티의 진지한 중얼댐에 소녀 아야라는 결국 한숨을 내쉬었다. 기달티가 모르는 것을 자세히 알려 주는 것은 아야라의 역할 중 하나였으니까.

"사실 나쁜 건 아니야. 이건 그러니까, 서로 좋아하는 사람끼리 하는 일이야. 어른이 돼서 말이야."

아야라가 이실직고했지만 기달티는 여전히 모르겠다는 표정이다.

"그러니까, 원래 사람은 어른이 되면 짝을 찾아. 서로 평생 함께할 사람을 찾으면 둘이 결혼을 하고 부부가 되는 거야."

"꼭 짝을 찾아야 돼?"

"음, 그렇지는 않아. 근데 짝이 생기면 좋은 게 많은 것 같아."

"어떤?"

"우선 아기가 생겨. 그럼 부부는 다시 아빠와 엄마가 되고, 그렇게 아기를 낳아야 엄마는 젖을 먹일 수 있는 거야, 이 빌어먹을 놈아."

아야라는 문득 지난날의 치욕이 떠올라 매섭게 쏘아붙였다. 하지만 잦은 일이라 기달티는 그다지 상처받지 않았다. 다만 그는 생각했다. 두 사람이 짝이 되어 아기를 기른다는 게, 지금 자신들의 이야기라고.

"너랑 내가 함께 있는 것도 그런 거야?"

기달티가 나름 용기 내어 물었지만 아야라는 코웃음을 쳤다.

"설마 내가 널 좋아해서 같이 있겠니?"

소녀는 미처 몰랐지만 소년은 이때 조금 상처받았다. 그걸 눈치도 못 챈 채 소녀는 당당하게 말했다.

"그건 아나하라트 때문이야."

"아나하라트?"

"응, 공주님이 가르쳐 주신 거야. 그게 뭐냐면 싫지만 억지로 하는 거야."

소년의 상처가 조금 더 깊어졌다.

"부엌 청소랑 비슷한 것 같기도 해. 하기는 싫은데 해야만 한다는 게."

연이은 타격에 기달티는 결국 재기불능에 빠졌다. 아야라의 신랄한 말에 기달티는 홀로 침울해져 고민했다. 아야라는 그럼 내가 붙잡고 놓아주지 않아서 마지못해 여기 있는 걸까? 아무래도 그건 아닌 것 같다. 이 소녀는 드러눕고 버틸지언정 위협에 굴복하는 성격이 아니니까. 그럼 이 고집 세고 자존심 강한 소녀가 말하는 아나하라트는 대체 뭘까.

소년의 물음에 소녀는 의미심장하게 말했다.

"그건 세상을 구하는 방법이야."

소년은 더욱 의아해지고 말았다. 이해할 수 없다는 표정을 짓자 소녀가 장황하게 설명했다.

"세상이 이렇게 된 건 먼 옛날 사람들이 반역을 저질렀기 때문이래. 그래서 우리는 낙원으로 되돌아가야 하는데 그 길이 바로 아나하라트야. 낙원에 있으려면 선한 것을 원하고, 악한 것을 슬퍼하고, 매일에 온유하고, 정의를 갈망하고, 가난한 자를 불쌍히 여기고, 마음을 청결하게 하고, 주변의 평화를 이루고, 이 옳은 것을 위해 기꺼이 고통받을 줄 알아야 해."

아야라는 손가락을 꼽으며 지난날 외웠던 것을 차근차근 나열했다. 아야라는 공주를 사랑했기에 그가 말한 모든 것을 빠짐없이 기억했다. 그것을 자랑스러워하며 소녀는 말했다.

"그렇게 사는 게 바로 아나하라트야. 그래서 나도 그렇게 하고 있어."

넌 절대 온유하지 않아. 소년은 그렇게 말하려다가 후환이 두려워서 참았다. 그 와중에 소녀는 아무렇지도 않게 소년을 가리켜 '이 가난한 놈!' 하고 소리쳤다.

"아나하라트는 다른 사람을 미워하지 않고 다치게 하지도 않고, 심지어 나한테 잘못한 사람도 용서해야 돼. 복수하지 않고 말이야. 게다가 곤경에 처한 사람이 있으면 조심히 돕고 욕심을 부리지 말아야 해. 그래서 엄청 손해 보는 일이야. 엄청, 정말 어어엄청! 다른 건 몰라도 복수하지 않으면 나한테 나쁜 짓을 한 사람은 멀쩡히 잘 살잖아. 불공평해!"

많은 사람을 죽였지만 보복당해 본 적이 없는 기달티는 마음이 뜨끔했다. 그 마음을 알 리 없는 소녀는 계속해서 투덜댔다.

"공주님이 가르쳐 주신 것 중에서 그것만은 정말 싫었어. 날 괴롭힌 여자는 지금도 아무렇지 않게 잘 살고 있거든. 게다가 너무 강해서 복수할 수도 없어. 가까이 가지도 못해."

기달티는 이 소녀의 원수를 대신 갚아 주면 어떨까 생각했다. 물론 비밀로 해야겠지만 그렇게 해주고 싶었다. 하지만 그 생각은 소녀의 이어지는 말에 사라졌다.

"그래서 복수할 수 없다면 미워하기라도 하고 싶은데, 공주님은 그것도 하지 말래."

"어째서?"

"공주님이 그 나쁜 사람들까지 사랑하기 때문이래."

아야라가 비통하다는 듯 말했다. 하지만 기달티는 심정이 조금 달랐다. 처음 만난 공주가 자신에게 손을 내밀던 것이 기억났기 때문이다.

"그래서 공주님도 아나하라트를 택한 거래. 착한 사람만을 위해서가 아니라 나쁜 사람도 위해서."

그 말에 기달티는 조금 위로받았다. 그렇다고 전부 이해한 것은 아니었다.

"아직 잘 모르겠어."

언뜻 듣기에 그 이야기는 사람더러 허수아비가 되라는 것과 같았다. 소년 기달티도 그랬었다. 리쉬아가 자신을 찌르든 자르든 반응하지 않고 가만히 있었다. 하지만 그런들 그의 세상이 구해질 기미는 보이지 않았다. 그나마 기달티를 여기까지 구한 것은 그 악독한 영주를 죽여 버린 힘이었다. 심각하게 묻는 기달티를 위해 아야라는 한동안 고민하더니 다시 입을 열었다.

"그럼 이렇게 말해 볼게. 사람이 컵이라고 상상해 봐. 깨끗한 물을 담은 사람도 있고, 새카만 먹을 담은 사람도 있어. 물이 담긴 사람은 물을 흘려보내겠지만 먹이 담긴 사람은 먹물을 흘려보낼 거야. 그렇게 섞이다 보면 결국 깨끗한 물도 까만 먹물이 되고 말겠지. 지금 우리 세상이 이런 상황이래. 나쁜 사람은 더 나빠지고 착한 사람도 결국 나빠지는, 그래서 계속 나빠지기만 하는."

그 이야기를 들으며 기달티는 자신이 먹이라는 것을 인정했다. 모조리 죽여서 먹물 한 방울 튀기지 않았지만, 어쨌든. 그런 생각에 기달티는 조금 좌절했다. 하지만 이어지는 이야기는 그를 다시 일으켰다.

"그런데 아나하라트는 사람을 마술 컵으로 바꾸는 거야. 그 컵은 먹물이 들어오면 그걸 정화시켜서 오히려 깨끗하게 만들어."

"어떻게?"

"방법은 여러 가지지. 잘못된 일을 고치고, 힘든 사람을 돕고, 나쁜 사람에게도 상냥하게 대해 주는 거. 한마디로 좋은 건 더 좋게 내보내고 나쁜 것도 좋게 내보내는 거야. 그래서 착한 사람이 나쁜 길에 빠지지 않고 나쁜 사람도 착한 길로 돌아올 수 있게 하는 게 바로 아나하라트야. 아나하라트로 세상의 검은 힘이 사라지면 그때는 아본도 비라가 될 수 있다고 했어."

소년은 비로소 고개를 끄덕였다. 가까스로 소년을 이해시킨 소녀는 긴 한숨을 내쉬며 첨언했다.

"이건 정말 좋은 일이지만 힘들어. 빵이 하나뿐일 때 그걸 옆 사람과 나눠야 하거든. 그래서 아나하라트라고 하는 거야. 좁은 길, 나한테 불편하지만 그래도 세상을 위해 걸어가야 하는 길."

"그렇게 해서 살아남을 수는 있어?"

참으로 합리적인 물음이었다. 그건 분명 좋은 일이지만 불가능해 보인다. 제 몸 건사하기도 힘든 세상에서 남을 보살피고 불법을 행하지 않으며 자신에게 위협이 되는 원수들을 용서하라니. 그래서는 단

하루도 목숨을 부지하기 힘들 거다. 내심 비슷한 마음인지 아야라도 뚱한 얼굴로 대답했다.

"어렵긴 한데, 그렇다고 불가능한 건 아니래. 아나하라트를 걸으면 기적이 일어난대."

"기적?"

"응, 하늘의 임금님이 자신의 길을 걷는 사람들을 보살펴 주신대."

아무리 아는 것이 없지만 그럼에도 소년은 그것이 얼토당토않다고 생각했다. 하지만 소녀는 공주에게 들은 그 말을 철석같이 믿었고, 그 믿음은 소년에게 반갑고도 다행스러운 일이었다. 자신의 만행에도 이 소녀가 자신을 받아 줄 거라는 희망이 생겼기 때문이다. 하지만 그 기대는 곧장 좌절됐다. 이어진 소녀의 단호한 거절 때문이었다.

"아무리 그렇다곤 하지만 역시 나쁜 놈을 용서하라는 건 못 하겠어. 결국 그 녀석들 때문에 세상이 이렇게 된 거잖아. 나쁜 놈들은 전부 천벌을 받아야 돼. 남김없이 전부!"

소녀의 조준되지 않은 한마디가 소년의 가슴을 과녁 삼아 관통했다. 결국 그러했다. 죄인인 소년은 이 강직한 소녀에게 받아들여질 수 없다. 그 사실에 소년은 오래도록 홀로 아파했고 이날의 소녀는 그의 고독한 몸부림을 미처 깨닫지 못했다.

다만 먼 훗날의 아야라는 그렇게 말한 것을 후회하고 또 후회했다.

서툴고 순진하던 어린 시절은 행복했다. 하지만 기만을 덧씌워 너무나 얄팍했던 행복은 정해진 수순인 양 산산조각 났고, 그들은 파편에 깊이 베였다. 네벨라의 일족을 몰살시키고 죽음을 결심했던 기달티는 아야라의 설득으로 결국 성에 돌아왔다. 하지만 이전처럼 살아갈 수는 없었다. 기달티가 자신의 방에서 나오지 않을 때 아야라도 그에게 선뜻 다가가지 못했다. 그때 사무치게 깨달은 건 자신이 그를 사랑한다는 사실이었다.

셀 수 없이 많은 사람을 죽인 천고의 죄인. 악인도 선인도 구분하지 않고 생명이라는 이유로 집어삼킨 괴물. 사람의 몸을 관통하고 사지를 양단함에 거리낌이 없었던 악마. 그럼에도 널 사랑하는 건 죄악일까? 그의 실체를 알게 되었지만 그렇다고 이미 전신에 퍼진 사랑을 철회할 수는 없었다. 그래서 기달티가 고독에 침묵할 때에 아야라는 애통으로 흐느꼈다. 사랑하는 이의 죄악이 무겁고도 아파 마음을 찌르고 또 찔렀다.

그 벼랑 끝에서 아야라가 다시 붙잡은 것은 아나하라트였다. 혹 내가 이 길을 걸으면, 힘겹더라도 이 길을 가면 기적이 일어나 네가 용서받진 않을까? 너에게 또 한 번의 기회가 생기지 않을까? 기달티를 사랑한 아야라는 시믈라를 아프게 여기던 공주의 마음을 이해하게 되었다. 그래서 그 또한 공주처럼 했다. 사람들에게 자신을 내어 주고, 그들이 쏟아 내는 비수 같은 악의를 받아들이며, 배신에도 견디면서 끝까지 아나하라트를 걸었다.

그런데 그것은 사람에게도 하늘에도 닿지 않은 모양이다. 아야라는 슬픔을 삼키며 남편의 손에서 고개를 들었다. 다시 눈을 뜨면 너는 이렇게 많이 변한 세상을 어떻게 받아들일까? 너무 늦게 일어나면 아마도 너는 혼자가 되어 있을 텐데. 자신의 말이 슬퍼 아야라는 하늘을 바라보며 물었다. 제게 어찌 이러시나요. 당신의 뜻대로 살았는데 남은 것이 종말이라니.

하늘에서 답변이 돌아왔다. 그것은 성을 강타하는 포격이었다. 굉음과 함께 성이 흔들렸다. 곧 온 성에서 비명이 터져 나왔다. 피할 곳도 숨을 곳도 없는 지금 아야라는 기달티를 꼭 붙잡았다. 절벽 끝에 매달린 심정으로 그를 안고서 간절히 속삭였다. 난 곧 죽을지도 몰라. 하지만 너무 슬퍼하지는 마, 외로워하지도 말고. 살아갈 수 있다면 살아가 줘. 제발 너라도.

연이은 포격에 천지가 진동하며 모든 것이 깨지고 부서졌다. 벽이 무너지며 계단이 내리 꺼졌다. 천장이 쏟아지고 바닥은 기울어졌다. 위태로운 아야라는 남편을 부둥켜안고 흐느꼈다. 아, 내 삶은 대체 무엇이었나요. 당신을 기억하며 살아온 나를 당신은 정말 잊으셨나요?

그때였다. 거짓말처럼 포격이 멈추었다. 아야라는 놀라서 하늘을 올려다보았다. 어떻게 된 일인가 생각하는데 나직한 신음 소리가 들렸다. 고개를 돌려 보니 기달티가 자신을 바라보고 있었다.

"아야라."

그 목소리는 아야라에게 둘도 없는 기적이었다. 정말 기적이 일어났다. 아야라는 가슴이 벅차 오랫동안 아무 말도 못 하다가 남편의 손에 얼굴을 파묻었다.

"고마워, 일어나 줘서."

아야라는 추운 밤을 보내고 떠오르는 해를 되찾은 사람처럼 기쁘게 속삭였다. 깨어난 남편을 본 아야라는 이제 다시 살아갈 수 있으리라 믿었다. 하지만 뱀의 각본은 아직 남아 있었다.

포격이 멈추고 기달티가 깨어난 지 불과 10여 분, 주민들이 성으로 몰려들었다. 그들은 무너진 계단과 복도를 득달같이 넘어 기달티와 아야라의 앞에 들이닥쳤다. 칼과 곡괭이를 든 그들의 요구는 단 하나였다.

"공주를 내놓으시오!"

아야라는 화가 나서 단호하게 말했다.

"공주님은 이제 여기 안 계십니다. 오늘 새벽에 떠나셨습니다."

사람들이 웅성대기 시작했다. 주민들이 분통을 터트리자 아야라가 그들을 설득했다. 성주님이 깨어나셨으니 이제 다시 싸울 수 있다고, 공주님을 넘긴들 나삭이 여러분의 목숨을 살려 주지는 않을 거라고. 하지만 그 말은 주민들에게 전해지지 않았다. 이미 생명의 끝에 다다른 그들은 절박했고, 막 깨어나 너덜너덜한 성주는 그들에게 신뢰를 주지 못했다. 동요하는 주민들 사이에서 한 외침이 터져 나왔다.

"그럼 저 여자라도 붙잡읍시다! 공주 대신 나삭에게 보냅시다!"

그 외침이 도화선에 불을 놓았다. 어수선하던 주민들이 아야라를 쏘아보기 시작했다. 그들은 나삭을 구원자로 정했고 그에게 아부할 수 있다면 무엇이든 할 작정이었다. 사람들이 다가오자 기달티가 몸을 일으켰다. 하지만 주민들은 물러서지 않았다.

"겁먹지 마. 겨우 부상자 한 명이야!"

남자들이 쇠스랑과 곡괭이를 치켜들며 기달티에게 달려들었다. 몸이 아직 성치 않은 그는 검은 힘을 끌어올렸다. 부상 중에 흘러나온 힘이 기달티의 의도보다 과격하게 사람들을 공격했다. 남자들이 날아가고 처박혔다. 하지만 그들은 아랑곳하지 않았다. 그것은 살아남고자 함이 아니라 함께 죽고자 함에 가까웠다. 궁지에서 공멸을 향해 달리는 그들은 자신이 무엇에게 조종받는지도 모르고 득달같이 덤벼들었다.

그리고 어수선한 틈을 타 벽으로 이동한 한 남자가 기달티 모르게 아야라를 붙잡았다.

"움직이지 마!"

남자의 외침과 아야라의 비명에 기달티가 덜컥 굳었다. 동시에 사람들의 무기가 그 몸을 내리찍었다. 몸을 관통하지는 못했지만 상처를 비집어 그를 쓰러트리는 데는 성공했다. 제압당한 기달티는 아야라를 살리기 위해 무엇이든 하려 했다. 설령 자기 목을 베더라도 참으려 했다. 그런데 의지와 다르게 몸이 요동쳤다. 동시에 의식은 조금씩 어둠에 잠식되었다.

사람들의 비명이 처절해졌다. 까닭을 알 수 없었는데, 어째선지 사방에 핏자국이 보였다. 기달티는 그 사이로 간절하게 아내를 찾았다. 다행히 조금 떨어진 곳에 아내는 무사했다. 아내가 달려왔다. 그는 기꺼이 마주 안으려 했다. 그때 바닥이 거짓말처럼 무너져 내렸다. 아야라가 미끄러졌고 기달티는 반사적으로 팔을 뻗었다. 지금 자신의 팔이 어떤 형태인지도 모르고.

기달티의 검고 날카로운 손톱이 아야라의 몸을 관통했다. 그대로 벽에 꽂힌 아야라는 몰려오는 충격에 숨도 제대로 쉴 수 없었다. 극심한 고통으로 몸이 떨리기 시작할 때, 아야라의 귓가에서 목소리가 들려왔다.

—그의 손에 죽는 역할까지 해주세요. 그러면 저 괴물이 얼마나 산산조각이 날지, 궁금하지 않나요?

그것은 10년 전 피네하스가 뇌까린 말이었다. 왜 하필 지금 그 역겨운 말이 생각난 걸까. 아야라는 스스로가 원망스러웠다. 아, 하지만 그것은 단순한 기억이나 환청이 아니었다. 또 다른 속삭임이 아야라의 귓가에 똑똑히 들려왔다.

—드디어 역할을 해냈군요. 고마워요, 레이디.

아야라는 눈을 홉떴다. 잘못 들은 것이 아니었다. 이곳에 그가 있음을 깨닫고 아야라는 절박하게 발버둥 쳤다. 죽으면 안 돼, 죽더라도 네 손에 죽어선 안 돼. 어떻게든 살아 보려 몸부림쳤지만 소용없었다. 어느새 의식이 흐려지고 있었다. 아야라는 결국 칠흑 같은 죽음에 절망하며 흐느꼈다.

"못 버티겠어……."

그는 고개를 들어 자신의 몸에 손톱을 박아 넣은 남편을 바라보았다. 처참한 얼굴을 한 그에게 무슨 말이든 해주고 싶었다. 하지만 스며드는 어둠이 그의 입술을 막아, 말 대신 핏줄기를 흘려보냈다. 결국 아야라는 핏빛이 된 입술로만 그에게 속삭였다. 짧은 시간 그가 할 수 있는 말은 사랑해, 그 한마디가 전부였다.

결국 눈앞으로도 어둠이 내렸다. 그 깜깜한 절망 속에서 그리운 기억만 눈에 선해, 간절함을 더욱 사무치게 만들었다. 그로써 아내는 죽고, 남편은 멸망으로 부활했다.

피네하스

그 뱀은 몸이 하나이고 머리가 셋이었다. 최초의 머리, 이틀라는 비라의 높은 재상이었다. 위로는 왕을 섬기고 아래로는 세상을 굽어봄이 마땅했으나 그는 교만하여 왕의 자리를 넘보았다. 그 역천으로 재상은 나락까지 떨어졌고 욕심의 대가로 죄라는 딸을 얻었다.

모든 것을 잃은 재상은 어둠 속에서 이를 갈며 기회를 노렸다. 그는 간교하고 딸은 지혜로워 1,000일의 기다림 끝에 기회를 잡았고, 임금의 백성을 선동하여 그들을 끌어내리는 데 성공했다. 임금의 백성을 끌어내고 흥분에 들뜬 재상과 그 딸은 참람하게 뒤엉켜 자식을 낳았다. 그 이름은 죽음이었다.

아름다운 재상은 욕심으로 반역하고 하늘에서 쫓겨났으니, 모든 탐욕의 시작이었다. 그 딸은 아비의 탐욕을 물려받아 범죄를 일으켰으니, 모든 죄의 시작이었다. 아비와 딸의 배덕으로 자식을 낳으니 그 이름은 사망, 깊고 검은 구멍이었다.

하늘을 본떠 셋이 된 그 뱀은 피네하스였다. 왕의 정원을 노략질한 그들은 이제 왕 노릇 할 생각에 부풀었다. 하지만 그 뒤로 따라온 것은 무섭고도 무거운 심판이었다. 왕의 자비로 유예되던 대공의 분노가 드디어 그들에게 임했고 그들은 두려움에 떨었다. 두 자식이 울부짖을 때에 타락한 재상은 간절하게 그들을 달랬다.

—울지 마라, 불쌍한 것들아. 그렇게 엎드려 운다고 무엇이 해결된단 말이냐. 울지 말고 정신 차려라, 내게 묘안이 있다.

아비의 속삭임에 자식들이 눈물을 그치고 고개를 들었다. 타락한 교만도 제 자식은 정에 겨워 죄와 사망을 끌어안고 말했다.

—심판을 피해 갈 수 없다면 늦추기라도 하자. 끌어낸 비라의 백성을 인질로 삼아 우릴 공격하지 못하게 하자.

아비의 대담한 계획에 죄라는 딸이 되물었다.

—아버님, 그런 조악한 술수가 과연 대공에게 통하겠습니까?

—물론 그는 만만치 않다. 대공의 칼날은 서릿발처럼 매서워 우리를 단숨에 찢고 얼려 버릴 것이다. 그러나 그 혹한 뒤엔 공주를 아끼는 마음이 있다. 그리고 공주는 자신의 백성을 사랑하지.

그렇게 말하며 아비는 비열하게 웃었다.

—재료는 모두 모였다. 이걸 가지고 우린 왕 노릇 하며 심판도 피해 갈 수 있다. 피할 수 없다면 늦추고, 늦출 수도 없다면 저들도 우리와 함께 심판받게 하자. 잊었느냐, 딸아. 그 춥고 어두운 곳에서 이

를 갈던 나날을. 저들을 깔고 누우면 한결 나을 것이다.

딸이 화색을 띠며 맞장구쳤다.

—좋은 생각이에요! 비라의 주인을 닮아 사랑받던 저들을 오염시킨다면 하늘의 주인들께선 악취에 코를 막겠지요. 그럼에도 눈으로 쫓으며 고민하게 될 거예요. 고민 끝에 이들을 심판하기로 한다면, 우리도 고통받겠지만 하늘의 주인들도 편치는 않겠죠. 아, 선하다는 하늘의 왕이 자기 백성을 자기 손으로 쳐야 하다니. 이것만으로도 우리는 하늘에 깃발을 꽂는 거지요! 이 말이 틀린가요, 아버님?

—그래, 네 말이 맞다, 내 지혜로운 딸아. 소중한 아들아, 네 생각은 어떠냐?

아비가 금쪽같은 아들에게 눈을 돌렸다. 죽음은 훌쩍이며 주린 배를 움켜쥘 따름이었다.

—배가 고파, 아버지. 뭐든 좋으니 내 허기를 채워 줘. 어서 저들을 죽여서 내 사망에 빠트려 줘. 내가 저들의 해골을 요람 삼아 누우면 자장가를 불러 줘.

게걸스레 보채는 아들을 달래며 아비와 어미는 진하게 웃었다.

—그래, 좋다. 네 굶주림을 채워 주마. 인간을 죽음에 잡아넣어 인질로 삼고 임금의 사랑을 담보 삼아 심판을 피하자. 아마 지금쯤 비라의 주인들은 인간을 구해 낼 방법을 궁리할 것이다. 그 계획을 방해하자. 우리보다 더 타락시키고 우리보다 더 부패시켜서 영영 구해 내지 못하게 하자. 그럼 임금은 우리를 내버려 두거나 인간을 포기하거나 둘 중 하나를 택해야 할 것이다.

—아, 상상만으로도 황홀합니다. 어느 것을 택하든 하늘의 주인은 우리에게 굴복하는 거군요! 그러면 아버님, 저들이 서로를 죽이게 해요. 가족과 형제로 만들어진 서로를 짓밟고 범하게 해요. 그럼 대공도 우릴 탓하지 못할 거예요.

—과연 옳은 말이다. 그렇게 한다면 모든 죄과는 인간이 뒤집어쓰게 될 테지.

뱀의 머리들은 흡족해하며 혹한에 덮인 아본을 바라보았다. 인간들이 오들오들 떨며 설원을 헤매고 있었다. 아, 어찌 저리도 먹음직스러워 보일까. 과연 주인들의 솜씨는 대단하다. 저것들이 우리의 뱃속으로 들어오면 이러지도 저러지도 못해 발을 동동 구르겠지. 뱀들은 사악하게 웃으며 추위에 웅크린 인간들을 바라보았다.

자, 이제 심판을 막자!

비라의 주인을 닮은 인간들이 이제는 우리를 닮게 만들자!

가라, 인간들아. 우리에게 아부하고 구걸하며 모든 짓을 다 해라.

너희 만행 속에 황금과 쾌락을 숨겨 두마. 그것을 캐내 욕정해라.

가장 순결한 자부터 우리가 잡아 삼킬 것이니 어서 내달려 왕에게서 멀어져라!

뱀은 인간을 무자비하게 몰아붙였고 인간은 서로의 피로 손을 적시게 되었다. 비명과 통곡이 천지에 퍼진 그것은 징계의 7년. 그로써 인간은 영원히 고통받는 길에 들어섰다.

그 후 100년이라는 세월이 흘러 뱀들의 오랜 염원이 이루어질 때가 되었다. 위기도 있었지만 그들은 악한 지혜로 오늘을 이루었다. 이 기념할 날을 앞두고 뱀의 머리들이 한자리에 모였다.

—참으로 좋은 날이다. 우리가 드디어 이 땅을 모두 쓸어버리게 되었구나.

멸망의 부활을 앞두고 뱀들의 아비가 흥분해서 소리쳤다. 함께 신이 난 죄와 죽음도 그 곁에서 거들었다.

—그러게 말이에요. 아버님의 안목과 선견에 또 한 번 감탄합니다. 20년 전 영영 놓친 줄 알았던 그 알이 희망을 먹고 더 큰 절망이 되다니, 이럴 줄을 아버지 외에 누가 알았겠습니까?

—기뻐, 아버지. 하루 한 생명도 즐거웠지만 어서 몰아치는 멸망을 먹고 싶어. 단맛 나는 인간들을 더 핥아먹고 싶어. 한 조각도 남기지 않을 테니 어서 멸망을 일으켜 줘.

자식들의 아부와 재촉에 아비는 기껍게 고개를 끄덕였다.

—그래, 이제야 우리의 염원이 이루어지게 생겼다. 곧 도래할 그날을 기념하기 전에 너희가 한 일도 고해 보아라. 그 이야기를 전채 삼으며 만찬을 기다리자. 너희들은 땅을 두루 다니며 무엇을 했느냐, 어디까지 침노하여 땅을 어지럽혔느냐?

옛 재상의 물음에 죽음이 먼저 답했다.

—아버지, 나도 못지않게 훌륭한 인간을 주웠어. 그자는 북쪽의 우두머리야. 원래 선량한 자였지만 지금은 우리의 피를 마신 영주들보다 더한 폭군이지.

아들의 들뜬 자랑에 그의 아비는 껄껄 웃었다.

—그래, 아들아. 훌륭한 일을 했더구나. 그는 포악하지도 탐욕스럽지도 않은데 이전의 영주들보다 우리의 입맛에 더 잘 맞는다. 그는 한때 올곧았으나 이제는 비틀리고 말았구나.

아비의 감탄에 딸이 거들었다.

—그래요, 그는 우리를 대적하려 몸부림쳤지만 그럴수록 우리에게 가까이 왔지요. 그가 만든 통곡의 강이 어찌나 감미로운지! 그럼에도 그는 아직 모르죠, 자신이 우리 길을 걷고 있다는 걸요. 아, 차라리 욕망을 위해 살았다면 달콤하기라도 했을 텐데. 그는 자신도 망치고 세상도 망하게 만들고 있죠. 정말 근사한 일이에요.

뱀들이 낄낄 웃었다. 그들이 머리를 맞대고 조롱하는 것은 북쪽의 머리, 자이트였다. 자이트는 청운을 품은 젊은이였으나 지금은 총명함을 잃고 깊은 늪에서 허우적대고 있다. 그것이 뱀들을 즐겁게 했음은 말할 것도 없다.

—그는 한때 우리에게 위험했지요. 보기 드물게 청렴한 자라 계속 방해였어요.

—하지만 그것도 잠깐이었다. 심약해진 후로는 쉬웠지. 본디 높이 있을수록 더 깊이 떨어지는 법. 그는 이제 진창에 갇혀 영영 빠져나오지 못할 것이다.

아비가 만족스럽게 말했다. 그 말처럼 자이트는 지금 어둠을 홀로 헤매고 있다. 완벽한 세상을 만들고자 불완전한 것을 지워 가던 그는 대의를 위한다며 온갖 지독한 짓을 저질렀다. 범죄자는 눈을 뽑아 평생 노역하게 만들고 불구와 무능력자는 땅에 매장했다. 우수한 인간만을 남겨서 번영을 누리고자 했다. 하지만 불 위에 얼음을 둘 수는 없는 법, 잘못된 방식으로 잘된 세상이 만들어질 리는 없었다. 자신의 법도로 인류를 개조하려던 자이트는 결국 길을 잃고 말았다. .

최하위의 인간을 모조리 없앴는데 어째서인지 다시 바닥이라 불릴 만한 인간들이 만들어졌다. 일거수일투족을 철저하게 감시하는데도 쥐도 새도 모르게 범죄가 일어났다. 그가 만든 세계는 이전보다 결코 훌륭하지 않았다. 사람들이 공포에 질렸을 뿐, 뿌려진 피가 무색하게도 나아진 것이 없었다.

그럼에도 자이트는 그 길을 포기하거나 되돌아올 수 없었다. 그러기엔 이미 너무 많은 사람을 희생했기에, 그는 무슨 일이 있어도 자신의 방식으로 세상을 구해야 했다. 압박감에 날이 갈수록 피폐해졌다. 잠들어서도 두려운 꿈을 꿨다. 공주가 자신을 몰아내는 꿈이었다. 그래서 항상 몸부림치며 잠에서 깨어났다.

—그자는 매일 벌벌 떨었어. 그래서 두려움을 감추려고 더 냉철하게 굴었지. 그 덕에 나는 매일 피 묻은 인간을 먹을 수 있었어.

죽음이 진미를 떠올리며 입맛을 다셨다. 북쪽은 정말 즐거웠다. 끝나지 않는 만찬의 식탁 같았다. 하지만 모든 것이 순조롭기만 했던 건 아니다. 단 한 번 위기가 있었다. 그것은 그의 현명한 아내 시하의 편지였다. 그는 남편의 폭주를 막기 위해 늘 옆에서 간언했다. 그럼에도 자이트가 듣지 않자 편지를 남기고 독약을 마셔 절박하게 읍소했다. 만약 그 편지가 자이트에게 전해졌다면 새로운 폭군은 그때라도 자신을 돌이켰을 것이다. 하지만 그보다 죽음의 술수가 빨랐다. 죽음은 도시를 배회하는 유령을 시켜 편지를 불태웠다. 시하의 절박한 시도는 아무 의미 없는 비극으로 끝나고 말았다.

—그건 정말 재미있었어. 그때 두려움을 던져 주니 그자는 이 모든 게 공주의 저주 때문이라고 믿게 됐어. 그래서 요새를 보내 공주를 죽이기로 한 거야.

죽음의 말을 듣고 아비가 감탄했다.

—그래. 잘했다, 아들아. 그 요새는 제법 요긴했다. 네 덕에 한결 수월했구나.

그렇게 칭찬하며 재상은 딸에게 눈을 돌렸다.

—그럼 딸아, 너는 여태 무엇을 했느냐?

—굳이 왜 물으시나요? 제가 아버님을 위해 무엇을 했는지 이미 다 보셨으면서.

아비의 물음에 딸이자 첩인 죄가 교태 어린 눈으로 대답했다.

—저는 과학자를 시켜 아버님의 꿈을 이루고자 했죠. 이 침공에 얼마나 많은 공을 들였는지! 쓸 만한 노인네가 있어서 나름 괜찮았지만, 그것도 이젠 정나미가 떨어졌어요. 어리석은 노인네, 시간을 끌다가 공주를 놓쳐 버렸지 뭐예요? 아버님 말씀대로 공주의 곁에 대공이 함께 있었던 모양이에요. 이렇게 순식간에 사라지다니.

딸의 불평에 재상이 끄덕였다.

—그렇다. 구멍이 뚫린 듯 세상이 일그러져 보였는데 역시나 그가 함께 있었던 모양이다. 우리는 어둠이기에 빛을 볼 수가 없지만 그는 빛이기에 우리를 낱낱이 볼 수 있지. 정말 두려운 일이다.

—두려워하실 것 없어요, 아버님. 우리가 지난 100년간 쌓은 성은 견고하니까요. 공주를 사랑하는 한 대공은 결코 우릴 치지 못해요. 그러니 이번 일이 더 아깝네요. 공주의 목을 매달아 그마저 인질로 삼으면 대공을 우리 종처럼 부릴 수도 있을 텐데.

죄가 자신만만하게 말했지만 교만은 선뜻 답하지 못했다. 지난날 대공에게 찔린 상처가 쑤셔 왔기 때문이다.

—그건 그만 됐다. 상속자의 목을 베어 봐야 기념 이외에 무엇이 되겠느냐.

—아버님께서 그러시다면야. 그럼 밥은 다 됐고 이제 뜸을 들이는 중인데 저는 그 전에 식탁을 차려도 될까요, 아버님?

—그래, 무엇을 하고 싶으냐?

—저 노인네를 치우고 싶어요. 전부터 탐탁지 않았고, 더는 보고 싶지 않네요.

—그래, 좋을 대로 해라. 이미 영혼까지 우리에게 넘어온 놈이니 기름을 쥐어짜도 불평하지 못할 터.

—감사해요, 아버님. 그럼 마지막 일을 시키고 그 머리를 뚫어서 죽여 버릴래요.

딸인 뱀은 즐겁게 말하며 첩첩한 어둠 너머를 바라보았다. 그곳에선 그의 충견이 버림받은 것도 모르고 즐거이 짖고 있었다.

“그래, 제자님. 기고만장하더니 결국 제 발로 돌아오셨군.”

나삭은 느긋하게 앉아 시로니와 그의 비서를 바라보았다. 그는 이

상황이 유쾌해서 견딜 수가 없었다. 콧대 높은 제자가 제 발로 돌아왔으니 즐거울 수밖에.

"그 자존심에 어찌 고개를 숙이고 돌아왔는지 모르겠군. 이제야 스승께 사죄할 마음이 생겼나?"

시로니는 대답하지 않고 벙커의 내부를 둘러보았다. 천장과 벽에는 어항이 주렁주렁 달려 있었다. 그 안에 든 것은 아직 살아 있는 뇌. 그것은 복잡한 뇌관으로 나삭의 의자와 연결되어 있었다.

아스라이 들려오는 포성, 진동에 찰랑이는 어항, 그리고 그 안에 담긴 뇌. 시로니의 눈이 황망해졌다. 자신의 스승이 기달티 성을 치기 위해 얼마나 많은 인간을 소모했는지 비로소 알게 되어서. 단 한 사람도 포기할 수 없다던 공주와는 참으로 다르다. 그래서 그는 털끝도 다치지 않고 여유롭게 전쟁에서 승리했다. 그래, 이게 현실이다. 착한 공주는 도망쳤고 못된 과학자는 승리했다. 게다가 우둔한 공주의 추종자는 모두 죽게 되었다. 시로니가 입술을 깨물 때 나삭은 비웃음을 터트렸다.

"아무래도 좋네. 돌아왔으니 충분해. 저 성에서 죽기에 자넨 너무 아깝지. 자네는 특별하니까 다시 받아 주겠네. 두 다리를 잘라 낸다면 말이야. 또 날 걷어차고 도망치면 곤란하니 말일세."

가당치도 않은 말에 시로니는 욕을 참지 않았다.

"엿이나 먹어, 망할 대머리."

"이런, 여전하군. 내 밑으로 들어오려면 그 태도부터 바꿔야 할 걸세. 계속 그러면 혀까지 잘라 버릴지 몰라. 아니면 저렇게 뇌만 뽑아 어항에 넣어 줄까?"

나삭이 서늘하게 위협해 왔지만 시로니는 눈 하나 까딱하지 않고 대답했다.

"미안하지만 당신 밑으로 들어갈 생각 없어."

"그럼 뭐 하러 온 거지?"

"이러려고 왔다, 쓰레기야."

그렇게 말하며 시로니는 품에서 권총을 꺼냈다. 그 꼴이 가소로워 나삭은 비웃음을 머금었다. 저깟 총알쯤이야 중력으로 내리찍어 주마, 하고 태연자약하게 팔짱을 꼈다. 그 여유가 경악에 물드는 건 한 순간이었다. 시로니가 보란 듯 자기 머리에 총구를 겨눴기 때문이다.

"안 돼, 그만둬!"

나삭이 소리를 지르는 순간 총알이 과학자의 머리를 관통했다. 뒤이어 후드득 쏟아지는 뇌수는 시대를 풍미하던 천재의 것, 위대한 과학자의 지식. 시로니는 싸늘한 눈으로 스승을 바라보며 자기 머리에 댄 총을 내렸다. 총성은 시로니의 관자놀이가 아니라 그 뒤에서 울렸다. 나삭이 당황하는 틈에 디브리가 그의 머리를 날려 버린 것이다. 만행에 비해 너무 편안한 죽음이다. 시로니는 그렇게 생각하며 스승의 시체를 바라보았다. 나삭의 방어를 파훼하는 법은 진즉에 궁리해 놓았다. 그가 불시의 습격에 당한 게 한두 번이던가. 가장 애지중지하던 것을 깨부술 시늉을 하면 놀라서 정신을 못 차리겠지. 지금처럼.

처음으로 사람을 죽였다. 하지만 후회는 없다. 차라리 후련하다.

엉킨 실은 풀기보다는 잘라 내는 게 낫다는 걸 이참에 배웠다. 그러니 엉켜 버린 인간사도 풀어내려 애쓸 필요 없다. 자를 건 자르고 버릴 건 버리면 된다. 내 어리석은 공주는 그걸 못 해 고통받았지만.

나삭의 죽음에 제자들이 어수선하게 굴자 시로니가 날카롭게 소리쳤다.

"요란 떨지 마."

선배의 명령에 햇병아리 후배들은 우뚝 멈췄다. 시로니는 다행이라 생각했다. 만약 저항하는 놈이 있다면 당장 쏘아 죽일 생각이었다.

"요테르 어디 있어."

시로니의 물음에 후배들이 가리킨 건 뇌가 담긴 용기 중 하나였다. 시로니는 흠칫하며 가까이 다가갔다. 요테르, 그 어항에는 이름도 쓰여 있었다. 시로니는 하하 웃고 말았다. 어쩐지 코흘리개 수습들만 보인다 했더니, 댁들은 다 이 꼴이었군. 대단하다, 정말. 시로니는 실컷 웃다가 웃음을 뚝 그쳤다. 그리고 후배들에게 물었다.

"통신 담당 누구야?"

한 명이 쭈뼛대며 손을 들었다. 그들은 나삭을 무서워한 만큼 시로니도 무서워하고 있었다. 좋은 일이다. 사람에게 친절하게 구는 것도 웃어 주는 것도 이젠 지쳤다.

"포격 중단시켜. 그리고 저 시체 치우고 새 가운 가져와."

그렇게 말하며 시로니는 지저분해진 가운을 벗어 던졌다. 그러고는 모니터로 기달티 성을 바라보았다. 포격에 반쯤 무너진 성이 보였다. 공격을 멈췄으니 이러면 산 사람은 살겠지. 죽은 사람은 어쩔 수 없지만.

자, 이게 당신들에게 주는 내 마지막 선물이다. 이제 놀이는 끝났다. 당신들은 착했지만 약했다. 그 약함을 동정해 줄 수는 있지만 변명은 들어 주지 않겠다. 세상을 바꿀 수 없다면 그 착함도 틀린 것이다. 희망이 보여 즐거웠다. 하지만 희망이 꺾이는 순간 현실은 더 뼈저렸다. 믿음은 배신당했고 선량함은 끌려 나와 짓밟혔다. 이 세상엔 사랑도 정의도 우리를 돕는 선한 왕도 없다. 그저 서로의 살점을 발라 먹는 인생만이 남아 있을 뿐. 그게 진리라면 더 헤맬 것 없다.

아, 이 세상은 정녕 이런 것이다. 무자비하고 야만적이며 선도 악도 없다. 그저 빼앗고 빼앗기며 강자로서 살아남으면 전부인 짐승의 세계인 것이다. 과학자는 그토록 갈망하던 진리에 통감하며 입술을 사리물었다. 피가 배었지만 그 편이 눈물을 흘리는 것보다 나았다.

그때 갑자기 모니터를 바라보던 시로니의 눈이 커다랗게 떠졌다. 거대하고 검은 것이 성을 부수며 날개를 펼쳤기 때문이다. 그것은 순식간에 성을 초토화시키고 주변을 먼지처럼 부쉈다. 아, 이럴 수가. 시로니는 경악에 입술을 틀어막았다. 그것은 용이었다. 칼날로 쌓은 성처럼 흉흉하고 거대한 그것은, 그것은…….

시로니는 더 바라보지 못하고 눈을 질끈 감았다. 먼 곳에서 들려오는 괴물의 포효가 그의 마음을 갈가리 찢어 놓았다.

—드디어 시작됐네요. 정말 근사합니다, 아버님. 혹한 이래 최고의 걸작이군요. 드디어 꿈이 이루어졌어요. 모든 인간이 인간의 손에 죽

어 우리의 죽음에 갇히게 되었어요!

—쉿, 조용히 해. 아버지는 명상 중이야.

—명상이라니, 이런 때에?

—아버지를 봐. 아버지는 지금 어머니와 나보다 저 멸망을 더 간절히 원해.

죄는 의아해하며 죽음을 따라 교만을 보았다. 과연 아들의 말이 맞았다. 옛 재상은 울부짖는 멸망을 향해 머리마저 조아리고 있었다. 이 얼마나 염원하던 순간인가. 사악한 뱀은 황홀경에 젖어 자신의 걸작에게 찬사를 퍼부었다.

인간이여, 내가 애지중지 품은 나의 알이여. 내 가장 소중한 자식인 멸망아, 너는 정말 위대하구나. 보아라, 너의 위선과 가식을. 세상의 가치를 인정하는 척하더니 결국 고통에 굴복하고 또다시 세상을 부수는구나. 고고한 척하던 너는 사실 처음부터 고통에 몸부림치고 있었다. 나는 너를 알아보았다. 그러나 너는 모르는 척했지. 그 추함을 감추었지.

하지만 정작 네가 힘을 얻는 순간 처음 한 것이 무엇이냐. 네게 냉담했던 세상에 복수하는 것이 아니었느냐. 그런 주제에 무지함으로 자신을 포장하지 마라. 너는 네 분에 못 이겨 얼굴도 모르는 타인을 죽인 쓰레기 같은 놈이다. 그러나 순백의 공주가 네게 눈물 한 방울을 떨어트리자 너는 마음을 바꾸었다. 그 한 줌도 되지 않는 온정에 온순한 개가 되었다. 너는 정녕 비굴한 놈이었다. 고작 그걸로 오랜 고통을 잊고 꼬리치는 비굴한 놈.

그런 네가 드디어 내 품으로 돌아왔구나. 그동안 나는 너를 포기하지 않았다. 선을 악으로 이용하는 것이 나의 지혜, 빛이 밝을수록 어둠도 진해진다는 것을 알기에 기다렸다. 그 오랜 기다림이 오늘에야 보상받는구나.

아, 위대하다, 위대하다. 악에 받쳐 세상을 무가치하다고 평하는 너는 정녕 위대하다. 네 아내를 애도하려고 남의 아내를 도륙하는 너는 그야말로 위대하다! 그토록 교만한 너는 하늘의 왕만큼이나 높고도 높도다. 너의 벌레 같은 모습이 참으로 아름답구나. 진정으로 너를 경배한다, 나의 멸망아.

뱀의 찬사가 울릴 때 멸망으로 부활한 용은 날개를 펼쳐 하늘을 뒤덮었다. 그로써 이른 아침은 도로 밤이 되었다. 영원히 끝나지 않을 긴 밤이었다.

체파르데아의 기록_ 비라

비라는 인간이 아본으로 쫓겨나기 전에 살아가던 곳으로, 현재 우리가 머무르는 땅과 천양지차인 낙원이며 인간이 상상할 수 있는 모든 이상향의 총집이다.

비라는 세 주인의 다스림을 받았고 그 아래서 인간은 모두 평등했다. 비라의 땅은 스스로 소산을 내기 때문에 인간은 생존하기 위해 고통받을 필요가 없었다. 그러니 모든 관계도 자유로웠다. 영주도 없고 권속도 없으며, 부리는 자와 억압당하는 자는 존재하지 않았다.

비라에서 인간에겐 모든 것이 허락되었는데 단 한 가지, 낙원 끝에 있는 문을 열어서는 안 된다는 규율이 있었다. 하지만 이르이트의 부관 이슈라가 그 문을 열어서 많은 사람을 아본으로 끌어내렸다.

내가 아직도 의문인 건, 왜 우리 앞에 문을 놓았느냐는 것이다. 마치 열어 보라고 유혹하는 것 같지 않은가? 어쩌면 우리는 주인들이 파놓은 함정에 빠진 건지도 모른다.

체파르데아의 기록_ 속성

속성이란 존재의 본질을 의미한다. 비라의 세 주인인 엘의 선, 이르이트의 정의, 리브나의 사랑이 그것이다. 이틀라가 피네하스로 변질되기 전 우주에는 이 세 가지 본질만이 존재했다.

이 셋은 서로를 포 함하고 보완하는 본질로서, 우선 이르이트의 정의와 리브나의 사랑은 엘의 선에 포함된다. 그러므로 '선善'—옳음, 정正—이란 잘못에 치우치지 않게 공정하며 서로를 아끼고 소중히 여기는 것을 의미한다.

선은 정의와 사랑보다 상위의 속성이지만, 정의와 사랑은 동등한 위치에서 서로를 보완하는 속성이다. 사랑이 없는 정의는 무자비함이며 정의가 없는 사랑은 방종이다. 무자비함과 방종은 둘 다 선에 포함될 수 없다. 따라서 정의와 사랑은 선이라는 상위 속성에 포함되기 위해 끊임없이 서로를 보완하고 조율해야만 한다.

엘이 리브나 공주의 짝으로 이르이트 대공을 정한 까닭이 바로 여기에 있다. 만일 그들이 사랑이 없는 정의로서, 혹은 정의가 없는 사랑으로서 그 상위 본질을 벗어난다면 그들은 전혀 다른 타락한 속성을 가지게 될 것이다. 그런 이유로 그 둘은 서로 짝을 이루어야 하지만, 그러한 의무를 제외하고도 자신을 완성시킬 서로를 향해 한없는 끌림을 가진다.

한편 이것은 우주의 초창기 이야기로, 지금의 우주엔 변질된 속성이 존재한다. 그것은 본질이 아닌 비본질이며, 그 비본질의 주인은 처음으로 선을 벗어나 타락한 자, 바로 피네하스이다. 이 최초의 변절자는 '악惡'—그릇됨, 부不—이라는 비본질적 속성을 탄생시켰고 그것의 주인이 되었다.

피네하스의 악은 엘의 선에 대적하는 개념으로서 그는 이것으로 엘과 동등한 속성적 위치를 지니게 된다. 이런 결과로 미루어 짐작할 때, 그의 타락은 엘과 동등해지기 위한 그의 마지막 수단이 아니었을까 싶다.

다시 돌아와, 피네하스는 악이라는 속성의 주인이 되었고 따라서 본연의 속성을 버린 자들은 모두 그의 소유가 되는 법칙이 생겨났다. 비유하자면 이런 것이다. 빈 땅에 나라를 세우고 처음으로 주인임을 선언하면 그는 그 땅의 왕이 된다. 피네하스가 한 것도 그와 같다. 악이라는 빈 속성에 처음으로 깃발을 꽂고 그 안에 들어오는 모든 자에게 자신의 권리를 주장하는 것이다.

아본으로 따라 나와 비라의 주민이라는 본연의 속성을 버린 이들이 피네하스의 노예가 된 것이 바로 그런 까닭이다. 아본이라는 땅 또한 마찬가지다. 땅은 본디 인간에게 선물로 주어진 것, 그 소유자인 인간이 피네하스의 노예가 되었으니 모든 영토 또한 그에게 빼앗기게 된 것이다.

그러므로 우리는 피네하스의 합법적 노예이며, 피네하스는 이 세상의 합법적 주인이다.

체파르데아의 기록_ 아본의 역사

아본 1년. 이틀라가 피네하스로 이름을 바꾸고 징계의 7년을 선포한다.

아본 7년. 징계의 7년이 끝나고 피네하스가 7인의 영주를 선발한다. 7인의 영주는 영토를 분할받고 인간 위에 군림하는 대가로 매일 한 생명을 피네하스에게 바치기로 맹세한다. 선발된 영주의 이름은 아래와 같다.

원죄의 이요브.
멸종자 티플리치트.
대식가 체파르데아.

요부 시믈라.

삼키는 아마펠레야.

칼날의 레엠.

부패의 킷슈.

아본 10년. 1차 영주 전쟁이 발발한다. 멸종자 티플리치트의 시비로 원죄의 이요브, 삼키는 아마펠레야, 티플리치트의 삼파전이 발생한다. 티플리치트와 아마펠레야의 전쟁으로 아마펠레야가 사망, 부상을 당한 티플리치트를 이요브가 공격하여 티플리치트 또한 사망에 이른다.

아본 11년. 부패의 킷슈가 영주에서 실각된다.

아본 13년. 영주의 공석이 채워진다. 절름발이 카르솔이 멸종자 티플리치트의 뒤를 잇는다. 이음의 찬타라가 삼키는 아마펠레야의 뒤를 잇는다. 황금의 네벨라가 부패의 킷슈의 뒤를 잇는다.

아본 26년. 칼날의 레엠이 다스리던 인간들에게 살해당한다.

아본 28년. 황금의 네벨라가 도시 건설을 시작한다.

아본 31년. 카르솔과 찬타라가 동맹을 맺고 체파르데아를 공격하지만 패배하고 도리어 그 두 영주는 살해당한다.

아본 33년. 영주의 공석 일부가 채워진다. 환상의 오마르가 칼날의 레엠의 뒤를 잇는다.

아본 35년. 영주의 공석이 채워진다. 단절자 아카드가 절름발이 카르솔의 뒤를 잇는다. 가시나무 아타드가 이음의 찬타라 뒤를 잇는다.

아본 48년. 2차 영주 전쟁 발발한다. 환상의 오마르가 단절자 아카드를 선공, 아카드는 동맹인 가시나무 아타드의 도움으로 방어에 성공한다. 이후 앙심을 품은 오마르에게 아타드는 살해당한다.

아본 51년. 황금의 네벨라가 완공한 메트로폴리스를 원죄의 이요브에게 강탈당한다.

아본 52년. 오마르가 네벨라에게 자신의 성을 짓도록 강요한다. 네벨라는 체파르데아에게 도움을 청하고 체파르데아는 오마르를 살해한 대가로 네벨라에게 새로운 성을 받는다.

아본 55년. 영주의 공석이 채워진다. 균열의 나삭이 가시나무 아타드의 뒤를 잇는다. 제단의 아쉬무라가 환상의 오마르 뒤를 잇는다.

아본 59년. 균열의 나삭이 합성 생물 제작에 성공한다.

아본 61년. 원죄의 이요브와 균열의 나삭이 동맹을 맺는다.

아본 62년. 황금의 네벨라가 온실 도시를 요부 시믈라에게 선물한다. 시믈라가 절대 중립을 선포한다.

아본 79년. 3차 영주 전쟁 발발한다. 원죄의 이요브가 식민지 확장 중 단절자 아카드와 마찰을 일으키며 전쟁이 일어난다. 아카드는 이요브의 물자를 담당하는 동맹 균열의 나삭을 먼저 노리지만 이요브의 군대에 먼저 살해당한다.

아본 80년. 영주의 공석이 채워진다. 범죄의 리쉬아가 단절자 아카드의 뒤를 잇는다.

아본 81년 현재까지 영주의 계보는 다음과 같다.

· 원죄의 이요브
· 멸종자 티플리치트 – 절름발이 카르솔 – 단절자 아카드 – 범죄의 리쉬아
· 대식가 체파르데아
· 요부 시믈라

· 삼키는 아마펠레야 - 이음의 찬타라 - 가시나무 아타드 - 균열의 나삭

· 칼날의 레엠 - 환상의 오마르 - 제단의 아쉬무라

· 부패의 킷슈 - 황금의 네벨라

체파르데아의 기록_ 아본 83년

모든 희망이 사라졌다.

사랑과 정의가 서로를 찔러 죽였다.

뱀의 농간으로 하늘의 연인이 서로를 죽였다.

리브나 키브사는 검으로 이르이트의 심장을 꿰뚫고

이르이트 대공은 손으로 리브나 키브사의 목을 졸랐다.

모든 게 끝났다.

희망도 약속도 끝났다.

신들도 이 세계의 죄악을 이길 수 없었다.

이제 남은 것은 타인의 살점을 뜯어 먹어 연명하는 것뿐이다.

▶ 5권에서 계속

아나하라트_공주와 구세주 4

초판 1쇄 발행 | 2016년 10월 21일

지은이 | 김영지
발행처 | 마음지기
발행인 | 노인영
기획·편집 | 박운희
디자인 | 박옥

등록번호 | 제25100-2014-000054(2014년 8월 29일) **주소** | 서울시 구로구 공원로 3, 208호 **전화** | 02-6341-5112~3 **FAX** | 02-6341-5115 **이메일** | maum_jg@naver.com *이 도서의 국립중앙도서관 출판예정도서목록(CIP)은 서지정보유통지원시스템 홈페이지(http://seoji.nl.go.kr)와 국가자료공동목록시스템(http://www.nl.go.kr/kolisnet)에서 이용하실 수 있습니다. (CIP제어번호: 2016023776)

ISBN 979-11-86590-15-7 04810 / 979-11-86590-09-6 04810 (세트)

마음지기 마음지기는 여러분의 소중한 꿈과 아이디어가 담긴 원고 및 기획을 기다립니다.

마음지기는

성공은 사람을 넓게 만듭니다. 그러나 실패는 사람을 깊게 만듭니다. 마음지기는 성공을 통해 그 지경을 넓혀 가고, 때때로 찾아오는 어려움을 통해서 영의 깊이를 더해 갈 것입니다. 무슨 일에든지 먼저 마음을 지킬 것입니다.

높은 산꼭대기에 있는 나무의 뿌리가 산 아래 있는 나무의 뿌리보다 깊습니다. 뿌리가 깊기에 견고히 설 수 있습니다. 마음지기는 주님께 깊이 뿌리내리고 그 어떤 상황에서도 주님을 찬양할 것입니다.

"하나님과 가까이 교제하고 교감하는 사람은 그렇지 못한 사람보다 더 행복하다"라고 마시 시머프는 말했습니다. 마음지기는 하나님과 교감하고 교제하기 위해서 하루 24시간을 주님과 동행할 것입니다.

———— **"모든 지킬 만한 것 중에 더욱 네 마음을 지키라 생명의 근원이 이에서 남이니라" 잠언 4:23**